D1323463

Khadija

MAREK HALTER

HALTER

Les femmes de l'Islam – 1

Khadija

ROMAN

Si l'homme était un fleuve, la femme en serait le pont.

Proverbe arabe

Ne faites pas violence aux hommes à cause de leur foi.

Coran, II, 257

À Khadija.

« Quand j'étais pauvre, elle m'a enrichi ; quand tout le monde m'abandonnait, elle m'a réconforté ; quand on me traitait de menteur, elle a cru en moi. »

MUHAMMAD

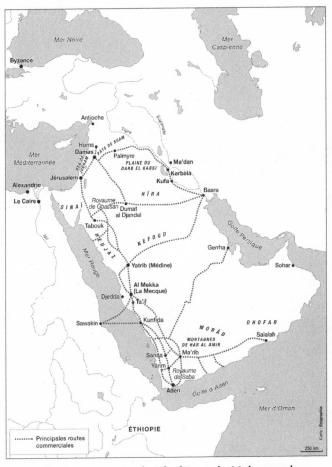

L'Arabie au temps de Khadija et de Muhammad

PREMIÈRE PARTIE

LA RAZZIA

Ta'if

Khadija sortit du bain, drapée dans un grand voile de lin. Sa lourde chevelure frisée gouttait encore. De la langue, elle cueillit l'eau qui serpentait de ses tempes à ses lèvres. Elle pressa un coin du linge sur ses paupières, s'épongea doucement le cou. La pommade au musc et à la citronnelle dont la masseuse venait d'enduire sa nuque et ses reins lui emplissait les narines. Elle jeta un coup d'œil de dédain en direction de Barrira qui, les bras haut levés, tenait une merveille entre ses mains potelées.

Un murmure de ravissement courut sur les lèvres des servantes.

— Voilà ce que tu dois mettre.

La tunique était d'un bleu de ciel infini. Un vêtement comme peu d'yeux, dans tout le Hedjaz, avaient pu en voir. Le tissu en était si fin qu'il glissait sur la peau, aussi léger qu'un souffle. Il avait été acheté au sud de l'Arabie, sur un marché de Sanaa, à des commerçants qui l'avaient acquis auprès d'hommes des pays proches du lever de soleil. Un prix de folie : le tiers des biens d'une caravane. Les fils de ce tissu, disait-on, ne provenaient d'aucune graine ni d'aucune herbe.

Ils sortaient de la gueule de chenilles domesti-
quées comme des chèvres ou des moutons.

La coupe de la tunique était simple, avec seulement des plis et des manches plus larges que
d'ordinaire. Un plastron de cornaline, d'agates et
de minces feuilles d'argent rehaussait l'échancrure du col, en refermant les pans au creux des
seins ainsi qu'une cascade de lumière. Sept fils
de cuir aux couleurs de l'arc-en-ciel servaient de
ceinture. Et là, dans le feu du crépuscule qui
pénétrait loin dans la pièce avec la brise du soir,
des chatoiements de source miraculeuse
ondoyaient sur cette merveille. De seulement la
tenir entre ses doigts, les joues de Barrira lui-
saient d'ivresse. Elle fit danser la tunique dans
le soleil.

— Que la déesse Al'lat me punisse si je mens,
Khadjiî ! Porte cette tunique et le puissant Abu
Sofyan sera à tes genoux, implora-t-elle.

De nouveau un murmure fusa des lèvres des
servantes. L'excitation se lisait sur leurs visages,
mais aussi la prudence. Cinq filles d'à peine vingt
ans. Des esclaves achetées à l'âge de l'enfance sur
les marchés de Ma'rib ou d'Éthiopie. Depuis
longtemps, elles avaient appris tout autant à
aimer leur maîtresse qu'à s'en défier. Saïda
Khadija bint Kowaylid était capable de caresses
et de largesses, mais ses colères étaient aussi
imprévisibles que les orages d'automne.
D'ailleurs, malgré la splendeur de la tunique, elle
ne se déridait pas.

Ce qui n'impressionnait nullement la vieille
Barrira. Elle répéta :

— Fais-moi confiance, Khadjiî. Enfile cette
tunique et Abu Sofyan croira voir une déesse !

Khadija fut tentée de la gronder. À l'occasion, elle savait trouver des mots aussi tranchants qu'une dague. Mais comme souvent, comme presque toujours, la vieille servante se contenta d'une grimace. Cela faisait tant d'années que Barrira bint Judhaz lui tenait tête. Depuis sa naissance.

L'histoire était connue. La mère de Khadija l'avait mille fois racontée : il y avait eu un temps où, tout bébé, Khadija ne voulait rien avaler. Elle refusait d'entrouvrir ses lèvres minuscules sur un bout de sein pour téter. Omm Saada, sa mère, pleurait, priait, suppliait. Barrira, jeune esclave capturée au pays de Sham, venait tout juste de perdre le fruit de ses entrailles. Elle avait pris la nouveau-née avec elle et déclaré que leurs vies seraient liées pour l'éternité. Barrira bint Judhaz vivrait avec Khadija bint Khowaylid ou mourrait avec elle. Que les dieux décident.

Durant presque une lune, l'enfant et la jeune esclave avaient lutté. Jour et nuit, Barrira avait maintenu Khadija liée à sa poitrine par un grand châle. À chaque instant, l'enfant pouvait y téter le lait de vie. Quand elle s'y refusait trop longtemps, Barrira l'y contraignait. Elle forçait l'ouverture de sa bouche et, sans se soucier des cris, des rejets et des aigreurs, y faisait doucement gicler de sa poitrine le sang blanc qui maintenait la petite parmi les vivants.

Il y avait trente-sept années de cela. Aujourd'hui, Barrira était toujours là, aussi tenace qu'une ombre du désert. Trente-sept années qui l'avaient grossie, flétrie, édentée, sans entamer son obstination et son amour.

Trente-sept années qui, hélas, n'avaient pas plus épargné le corps de sa maîtresse. Khadija grogna :

— Crois-tu que j'ai besoin d'une tunique pour que cet homme soit à genoux devant moi ?

— Ne fais pas l'orgueilleuse, Khadjiî. Je sais que tu veux l'éblouir, et je sais pourquoi.

— Tu ne sais rien... Cesse ces sornettes de vieille femme.

Mais Barrira se moquait des remontrances. Provocante, elle agita la tunique sous les yeux des servantes. Le tissu jeta ses feux aussi bien que s'il avait contenu un corps.

— Les hommes éblouis n'ont plus qu'une moitié de cervelle, clama-t-elle. Et parfois, une moitié de cervelle, c'est déjà trop.

Les servantes gloussèrent. L'une d'elles s'enhardit :

— Si tu ne la portes pas pour le seigneur Abu Sofyan, porte-la pour nous, saïda ! Tu seras si belle !

Khadija hésita. En vérité, depuis le début elle masquait mal sa tentation. Barrira disait vrai. Cela ne lui déplairait pas de se montrer devant le puissant Abu Sofyan, l'homme dont le clan dominait la ville, en reine éblouissante. Une pure sottise, mais un grand désir. Finalement, elle dénoua le drap qui l'enveloppait et le laissa tomber à ses pieds.

— Tu n'es qu'une vieille folle, Barrira. Et moi, je le suis plus encore de t'écouter.

Désert du Hedjaz

Zimba, le guide, tendit le bras vers le nord-ouest.

— Tabouk, dit-il.

Le soleil bas irritait les yeux. À l'extrémité de la falaise de basalte dissoute dans l'air brûlant de l'horizon, Muhammad devina une tache blanche. À peine plus grosse qu'un épi d'alfalfa, elle ondulait telle une flamme dans l'air surchauffé.

Al Sa'ib ibn Abid fit claquer sa langue.

— Tabouk ! Tabouk et le pays de Sham !

Sous le voile qui protégeait sa bouche de la poussière, on devinait le sourire. Les pieds en appui sur le cou rêche de leurs méharis, les trois hommes se tenaient sur un mamelon qui dominait de quelques coudées le reg de Judham, la porte des riches pays du Nord. Leurs ombres s'étiraient sur les caillasses, se déchiraient sur les touffes racornies des *qahr al luhum*, les « plaies de chair », comme on les appelait.

— Deux heures avant la nuit, reprit Zimba, dont l'accent du Nord hachait les phrases. Avancer encore, et demain on marche tôt. Peut-être on arrive devant Tabouk avant la prochaine nuit.

Derrière eux, au cœur du reg, la caravane martelait la piste dans un grondement grave, assourdi, entrecoupé par le grincement des liens de cuir, d'un cri, d'un appel, du tintinnabulement des boucles d'un bât mal serré. Plus d'une centaine de bêtes. Des chameaux d'Al Dhana, trapus et sombres. Un peu à l'écart venaient les chamelles des femmes, avec, sanglés sur leurs bosses, les palanquins recouverts de dais aux couleurs violentes.

Ils avaient quitté Mekka dix-sept jours plus tôt. Ils avaient fait vite. Deux fois déjà, Muhammad avait accompli le voyage au pays de Sham. Il n'avait oublié aucune des merveilles qu'il y avait découvertes. L'eau y ruisselait éternellement. Elle emplissait des cuves décorées d'images de pierre : tigres, paons, béliers, colombes, antilopes ou monstres à cornes. Sham : pays de richesse, pays d'opulence où l'on méprisait les hommes du désert.

Les yeux moqueurs du négociant Al Sa'ib cherchèrent ceux de Muhammad.

— Si on marche jusqu'à la nuit, le vieil Abu Nurbel va glapir comme une poule faisane. Ses femmes devront cuire ses galettes dans l'obscurité. Les démons en profiteront pour leur donner mauvais goût.

Muhammad devina ce qu'Al Sa'ib ne disait pas. Il remonta le pan de son chèche sur sa bouche. Annonça qu'il allait prévenir le vieil Abu Nurbel.

Tapotant le cou de son méhari de sa cravache, il le poussa au pied du mamelon puis, avec de petits grondements de la gorge, le mit au trot pour rejoindre la tête de la caravane.

Al Sa'ib avait vu juste. Sans surprise, Abu Nurbel s'exclama :

— Si on marche jusqu'à la nuit, les femmes n'auront plus de lumière pour monter les tentes et nous préparer les galettes.

Muhammad retint son sourire. Le vieux marchand, qui avait beaucoup investi dans la caravane, était un homme bon. Mais il ne pouvait s'empêcher de faire le vieux. D'avoir le dernier mot en tout. En particulier avec lui, Muhammad. De lui rappeler, d'une manière ou d'une autre, qu'il n'était qu'un jeune sans expérience. Vingt-sept ans de vie quand lui, Abu Nurbel al Illih ibn Hamda, en avait plus de cinquante. Ou plus de soixante. Qui pouvait savoir ?

Ce n'était pas véritablement un manque de respect, plutôt ce genre de plaisir qu'aimaient s'offrir les vieux. Très souvent des hommes sages, il est vrai. Mais parfois aussi plus savants en caprices et mensonges. Ce qu'il fallait endurer.

Bien que, en ce qui le concernait, lui, Muhammad, Abu Nurbel ne déformât pas la vérité. Il était un homme sans héritage ni richesse, soumis à la volonté des uns et des autres, de son clan, de ses oncles. Il n'avait, comme on disait, que son nom pour lui-même : Muhammad ibn 'Abdallâh.

Au cours de ses deux précédents voyages au pays de Sham, il n'avait eu d'autre tâche que l'entretien des bêtes et la surveillance des chargements. Aujourd'hui encore il ne possédait pas même le méhari qui se dandinait entre ses jambes. La selle sous ses fesses n'était qu'un prêt de son oncle et père adoptif, Abu Talib.

Pourtant, ce voyage promettait d'être différent des précédents. Cette fois, il montait au pays de Sham en véritable marchand. En égal d'Al Sa'ib et d'Abu Nurbel, que ça leur plaise ou non. Ce serait à lui d'acheter sur les riches marchés du royaume de Ghassan. Pas pour son compte, bien sûr. Pour celui de la plus riche des veuves de Mekka : Khadija bint Khowaylid. Une femme assez puissante pour que chacun, à Mekka, la respecte autant qu'un homme.

« Qu'Hobal te protège. Reviens avec ton premier bien, et tu seras un homme heureux... », avait dit l'oncle Abu Talib en guise d'au revoir. Pour lui porter chance et sauvegarde, il lui avait offert une amulette de cornaline du dieu de Mekka.

— Tu te moques du goût de mes galettes, n'est-ce pas, Ibn 'Abdallâh ? s'amusa Abu Nurbel, comme s'il avait lu ses pensées. Tu te moques que mes vieux os se tassent et cliquettent sur le dos de ce chameau depuis trop d'heures. Tu es jeune, et la jeunesse est impatiente. Et toi, Ibn 'Abdallâh, tu l'es plus que tous, on croirait. Impatient de devenir riche. Impatient d'être un homme parmi les hommes. Je sens ça.

Le vieux marchand détacha sa gourde du pommeau de sa selle. Il la tendit à Muhammad.

— Va chercher de l'eau auprès des femmes. Si on doit marcher plusieurs heures, je vais avoir soif.

Il accompagna sa demande d'un clin d'œil narquois. Bien sûr, le vieux savait pour Lâhla. C'était ça, aussi, les vieux : toujours à se débrouiller pour tout savoir. Il s'amusait, oui, mais sur sa face fripée on lisait autant de respect que de provocation. Un fouillis de rides qui suggérait : « Va, montre-nous ce que tu sais faire, puisque tu y tiens tant. »

Une pensée si forte que les démons du désert l'entendirent. Il y eut un hurlement derrière eux. Des cris aigus de femmes. Muhammad pivota sur sa selle. Là-bas en arrière, sous les dais des palanquins, des bras s'agitaient. Épouses, servantes, esclaves, toutes hurlaient en même temps :

— *Gazwa ! Gazwa ! Al razzia ! Al razzia !*

Sous le feu du soleil bas montait une colonne de poussière. Étroite et comme déjà sanglante. Ceux qui soulevaient cette nuée étaient trop loin pour que l'on puisse en discerner le nombre. Ce ne pouvait être qu'une grosse troupe. Vingt ou trente hommes. Guère plus, mais suffisamment pour conduire une razzia. Et maintenant qu'ils s'étaient rendus visibles, ils n'arrêteraient plus avant le combat.

Une étrange visite

Après avoir enfilé la tunique merveilleuse, Khadija frissonna des pieds à la tête. Au plus faible mouvement, le tissu devenait caresse sur sa peau nue.

Elle s'avança sur la terrasse. La soie ne pesait pas plus que l'air du soir. Les plis se mouvaient sur ses hanches et ses cuisses telle une eau vive. Elle paraissait s'écouler des épaules pour se dissoudre à hauteur de la taille. Seul le plastron frappait à chaque pas contre sa poitrine et, étrangement, faisait songer à une main qui vous repousse.

Khadija s'approcha du parapet surplombant le jardin intérieur, tapi à l'abri des hauts murs entourant la demeure. Le soleil n'était plus qu'une immense boule rouge posée sur les crêtes montagneuses dominant le petit bourg de Ta'if, à quelques journées de marche de Mekka. Déjà, la nuit tombait sur l'immensité terne des vallées qui allaient se perdre dans le désert. Ici, à mi-pente des montagnes, sur un plateau doucement plissé de collines, moutonnait encore le vert des pâtures et des vergers bruissants du murmure des oueds et du pépiement des oiseaux énervés par l'approche de l'obscurité.

Plus tard, Khadija confierait qu'à cet instant lui était venue une pensée étrange, effrayante. Plus qu'un pressentiment. Une sorte de vision. C'eût été trop dire qu'elle avait songé au jeune Muhammad ibn 'Abdallâh risquant sa vie sur la route du pays de Sham pour y mener ses affaires. Non, ce serait un mensonge.

Ce qui l'avait émue jusqu'aux os en cet instant ne possédait aucune forme précise. Simplement, elle avait vu, ou senti, ou cru sentir, une mise en garde. Quelque chose de fugace. La conscience d'un appel des dieux ? Ou du soleil écarlate ?

Comment savoir ? Tout, dans cette émotion, lui soufflait qu'elle ne devait pas encore revêtir cette tunique. Non, cela devait attendre un autre moment. La porter maintenant serait la souiller.

Puis, aussi vivement qu'elle était venue, cette émotion s'effaça, balayée par les cris des servantes.

— Saïda ! Saïda Khadija !

Excitées, fébriles, elles dressaient un miroir d'argent au milieu de la terrasse.

— Viens te voir avant que la lumière soit trop faible, réclama Barrira.

Malgré les piqûres et le bosselage qui déformaient le reflet ici et là, ce qui était à voir se voyait bien assez. La tunique merveilleuse moulait le corps de Khadija, soulignant beauté et défauts mieux qu'une main ne l'aurait fait. C'était pire que d'être nue. Rien n'échappait au regard : la courbe pleine des cuisses et des hanches, la rondeur du ventre et des épaules, le poids ferme de la poitrine et jusqu'à la pointe des seins qui tendait le tissu comme deux pierres.

Une femme sans plus de jeunesse, mais avec toute l'ampleur d'une chair que plus d'un homme aurait désiré plier sous son désir.

Khadija eut un sursaut de dégoût. Qu'Al'lat la protège ! Était-ce la vision qu'elle voulait offrir à cet hypocrite d'Abu Sofyan ?

Qu'allait-il croire ? Qu'elle voulait se vendre ? Qu'elle le suppliait ? Qu'elle était en mal d'homme et de jouissance ? Une femme ayant perdu toute raison au cours de son long veuvage ?

Point n'était besoin d'exciter l'imagination d'un homme comme Abu Sofyan al Çakhr. Nul doute que sa visite en était déjà pleine, d'imaginations de ce genre.

Elle donna un coup si violent dans le miroir qu'il échappa aux mains des servantes et rebondit sur la terrasse à grand bruit.

— Êtes-vous folles ? hurla-t-elle. Voulez-vous ma perte ?

Cette fois, Barrira et les servantes comprirent qu'il n'y avait plus à insister. Khadija retira si violemment la tunique merveilleuse qu'elle manqua de la déchirer. Nue à nouveau, elle réclama de l'eau et qu'on la frotte avec des feuilles de sauge et de thym.

— Khadjiî ! Tu vas...

— Tais-toi et fais ce que je te t'ordonne. J'empeste le musc comme une bédouine abandonnée. Crois-tu qu'Abu Sofyan ait le nez bouché ? Vous autres, dépêchez-vous, apportez-moi ma robe noire à torsades dorées.

— Saïda... La noire, mais...

— Ne discutez pas ! Vite ! Il ne va plus tarder.

La nuque inclinée, craintives, les servantes s'affairèrent autour d'elle. On apporta un nouveau baquet d'eau claire. De cette eau si précieuse et si rare qui nécessitait chaque jour un long ballet de mules afin de remplir une citerne à peine suffisante pour la maisonnée. De nouveau les linges ruisselants volèrent sur la chair nue de Khadija, noyant les parfums âcres et apaisant les émotions malfaisantes.

Quand ce fut terminé, une très jeune servante apporta la simple tunique de lin que Khadija allait revêtir sous la robe. Les yeux de l'esclave dévoraient le corps nu de sa maîtresse, qui levait les bras pour recevoir le vêtement. Elle murmura :

— Que tu es belle !

Un instant plus tôt, Khadija n'aurait répondu que par un grognement méprisant. Mais l'émotion de la servante lui parut si sincère qu'elle se retint, touchée à son tour. Clémence d'Al'lat ! Cette fille à peine nubile la trouvait belle, véritablement. Elle ne voyait ni l'âge ni les usures de son corps de femme mûre. Et qui sait, dans son innocence, cette enfant voyait-elle un peu de vérité ?

— Tu es nouvelle dans ma maison, remarqua Khadija avec douceur.

— Trois lunes, saïda. Mais au service de ta chambre uniquement depuis que nous vivons ici, dans la montagne.

Elle parlait avec aisance, usant avec distinction de la langue du désert du Sud plutôt que de celle de Mekka, mais de façon très compréhensible, malgré son fort accent qui trahissait le pays étranger d'où elle venait.

— Comment te nommes-tu ?

— Ashemou. Ashemou bint Shir al Dhat.

Dans sa fierté, elle haussa le ton et releva le menton. Qu'elle abaissa aussitôt.

— Ici, on dit seulement : « Ashemou de Loin. »
Barrira veut qu'on m'appelle ainsi.

Khadija approuva d'un sourire, offrant sa
nuque à la douceur des jeunes mains qui
l'aidaient à nouer ses cheveux d'une fine résille.
Maintenant, elle se rappelait.

Elle avait acquis cette fille au tout début de
l'été, après que Barrira lui eut conté son histoire.
Au printemps, Yâkût al Makhr, le mercenaire,
l'avait capturée lors d'une razzia contre une caravane rejoignant Sohar, très loin dans les pays de
l'Est. Yâkût assurait qu'elle était aussi vierge
qu'une nouveau-née et, surtout, fille de seigneur.
Ce qui était possible. Elle avait la peau très claire,
les yeux en forme d'amande et cette distinction
des filles élevées sans la crainte des puissants.

« Elle est plus étrange que belle, avait précisé
Barrira. Ce puant d'Al Makhr en demande cher.
Trop cher. Personne n'en veut. Pourtant, cette
fille n'est pas comme les autres, Khadjiî. Bien
qu'elle soit entre les mains de ce malfaisant de
Yâkût, elle ne trahit aucune peur. Peut-être
ignore-t-elle ce qui l'attend si ce bonhomme ne
la vend pas. »

Khadija connaissait le cœur de Barrira et sa
détestation d'Al Makhr, qui portait un égal
mépris à tous ceux qu'il pensait inférieurs. Et elle
savait aussi ce qui attendait les trop belles
esclaves trop chères. Quelle femme aurait pu s'en
réjouir ?

« Achète-la, avait-elle ordonné. On pourra toujours la revendre au pays de Sham si elle ne
convient pas. »

En vérité, cela n'avait pas été une mauvaise
affaire. L'achat avait rendu Yâkût al Makhr plus

attentif lorsque Khadija, Al Sa'ib et le vieil Abu Nurbel avaient voulu louer ses services pour protéger leur prochaine caravane à destination du nord. Ce qu'il devait être en train de faire à l'instant même.

Khadija enfila la robe de laine fine alourdie par les torsades de fil d'or.

— Pour une fille de loin, dit-elle en ajustant ses manches sur ses bracelets d'argent et d'ivoire sculptés, tu parles plus que convenablement la langue du désert.

— J'ai passé beaucoup de temps au pays de Morâd avec mon père. J'y retournais quand... il est arrivé ce qui est arrivé.

Une pointe de tristesse s'était glissée dans sa voix à l'évocation de ce cruel moment. Mais aucune crainte ne se lisait sur son visage, où la jeunesse empêchait encore de deviner la femme. Barrira avait raison. Un joli caractère.

Déjà la vieille nourrice claquait des mains, ordonnant aux servantes de se retirer. Un lourd frottement de sandales venu de l'escalier annonça les serviteurs porteurs des lampes.

Khadija eut un geste vers la belle esclave.

— Reste près de moi, fille de loin, réclama-t-elle.

Les hommes apparurent, conduits par un grand Perse au crâne aussi brillant que du bronze et dont la main gauche était remplacée par un étui de cuir. D'un bref coup d'œil il jaugea la tenue de Khadija. Un fin sourire adoucit ses traits. Avec familiarité, il se tourna vers la vieille Barrira, levant un sourcil en une question muette.

— Elle n'a pas voulu, grinça la nourrice en chassant les servantes.

Le rire d'Abdonaï le Perse résonna jusque dans la cour.

— Je te l'avais dit.

— Que lui avais-tu dit ? s'étonna Khadija.

Abdonaï désigna la magnifique tunique que Barrira tenait délicatement sur son bras.

— Que tu ne voudrais pas porter cette splendeur devant Abu Sofyan.

Il s'inclina, souriant avec cette assurance qui ne l'avait jamais quitté, pas même durant les années où il n'avait été qu'un esclave du défunt mari de Khadija. Douze ans avaient passé depuis la mort de ce maître qui lui avait tranché la main au combat avant de l'asservir. Il était redevenu un homme libre. Pourtant, quand Khadija lui avait proposé de retourner parmi les siens, en terre de Perse, il avait refusé.

« Où serais-je mieux qu'ici, si tu veux encore de moi, saïda Khadija ? »

Depuis, s'il était en ce monde un homme en qui elle pouvait avoir confiance, c'était lui, son garde du corps, son intendant, Abdonaï le Perse.

Il ajouta :

— Tout est prêt dans la salle du repas. Abu Sofyan a envoyé deux esclaves porteurs d'une offrande. Une chose lourde et haute enveloppée dans un tapis de Saba. Il ne va pas tarder. Il attend que la nuit soit complète afin que ses serviteurs lui ouvrent le chemin dans les rues de Ta'if avec des torches. Il aime se donner en spectacle.

Le piège des chamelles

Tout alla vite.

De nouveaux cris jaillirent de la caravane. Du coin de l'œil Muhammad devina Yâkût al Makhr, le chef des hommes d'armes, qui déjà levait son sabre. Hurlant, il haranguait ses mercenaires tout en faisant tournoyer son méhari noir.

Puisse-t-il être aussi courageux et cruel qu'on le prétend, songea Muhammad.

Le vieil Abu Nurbel fit pivoter son méhari pour rejoindre le mercenaire. Dans un réflexe, Muhammad bascula sur le flanc de sa monture, attrapa la bride serrée sur la joue du chameau d'Abu Nurbel. D'une torsion du poignet, il l'immobilisa. Le vieux glapit de fureur, leva sa cravache pour le frapper au visage.

— Abu Nurbel ! Non ! hurla Muhammad. Écoute-moi. Laisse Yâkût se battre. Conduis la caravane et les femmes vers l'est, protège-les !

La bouche béante et les yeux agrandis de colère, le vieux le dévisagea. Muhammad crut que la cravache allait s'abattre sur lui. Il insista :

— Je t'en prie, fais-moi confiance ! Je vais lancer les vieilles chamelles contre eux. Sauve la caravane. Éloigne-la du combat !

Le temps d'un éclair, ils s'affrontèrent du regard. Autour d'eux les cris redoublaient. Les esclaves braillaient, frappant les chameaux et semant le chaos en transmettant leur panique aux bêtes.

Là-bas, dans la brume solaire, la ligne noire des pillards grossissait. On eût cru une rangée d'insectes malfaisants dansant dans l'air brûlant du reg.

La nuée de poussière couleur de sang était trop vive pour une course de chameaux, jugea Muhammad. Sans doute y avait-il parmi eux des hommes à cheval.

— S'il te plaît, Abu Nurbel, répéta-t-il, fais-moi confiance.

Une grimace déforma le visage du marchand. Peut-être l'esquisse d'un sourire ou d'une moquerie. Sa main abattit la cravache sur le col de son chameau, le relançant vers la tête de la caravane. Dans l'air tout vibrant de vacarme, Muhammad crut entendre le cri du vieux :

— Que le jugement de la déesse Al'lat s'accomplisse, Ibn 'Abdallâh ! Qu'elle te protège ou te châtie !

Les pillards étaient désormais assez proches pour qu'on pût les compter. Plus d'une trentaine. Peut-être le double des hommes de Yâkût. Et parmi eux une bonne dizaine de cavaliers. En avant des méharis, leurs chevaux galopaient sur le sol dur. Leurs sabots soulevaient des gerbes de sable couleur fauve.

Yâkût al Makhr mettait en ordre sa ligne de combat. Les *nimcha*, les sabres du désert, brillaient dans le soleil couchant.

La manœuvre des pillards, chacun la connaissait. Au dernier moment, le groupe des cavaliers se diviserait. Les uns à gauche, les autres à droite, ils fileraient comme le vent pour contourner la ligne de Yâkût. Ils fondraient sur elle afin de l'attaquer à revers alors que le gros des pillards monterait au combat de front. Les hommes de Yâkût allaient devoir se séparer eux aussi, se scinder en trois groupes de combat, chacun en trop petit nombre. Une bataille inégale dont l'issue semblait connue d'avance.

Peut-être pas.

Et si les démons du désert avaient envie d'accorder une chance à Muhammad ibn 'Abdallâh ?

À l'arrière de la caravane qui s'éloignait sous la garde d'Abu Nurbel, le fidèle Bilâl accomplissait son devoir.

Cet esclave d'Éthiopie, sans âge et noir comme la nuit, sérieux comme un prêtre d'Al'lat, possédait une voix capable de renverser les murs. Il veillait jalousement sur le neveu de son maître Abu Talib. C'était sa mission durant ce voyage. Il la remplissait avec ferveur. Depuis longtemps, sans que nul ne comprît pourquoi, il adorait celui qu'il appelait « Petit Maître Muhammad ».

Se démenant à l'arrière de la caravane, Bilâl en séparait un troupeau de vieilles chamelles. Des bêtes qui certainement avaient enduré plus d'une razzia, laides, les flancs lustrés par les sangles et des charges portées depuis trop d'années. Fixées à leurs sous-ventrières, de longues bandes de cuir, teintées du même rouge que la poussière du reg, les reliaient par cordées de six, les empêchant de s'écarter les unes des autres de plus d'une trentaine de pas.

Muhammad rejoignit Bilâl au galop. Ils étaient prêts. Depuis le départ de Mekka, le soir devant les tentes, ils avaient tant de fois répété la manœuvre, comme on se raconte un conte. Imaginant l'assaut des pilleurs, leur fureur en découvrant la ruse. Priant pour qu'Al'lat leur donne l'occasion d'éprouver leur idée et redoutant plus encore son verdict.

L'heure était venue. La déesse du désert avait décidé. On allait savoir.

Muhammad arracha l'une des brides des mains de Bilâl, écarta la chamelle de tête de l'une des deux cordées.

— Moi sur la gauche et toi sur la droite !

Le grand Noir sourit. Il brailla :

— Gare aux lames, Petit Maître ! Qu'Hobal te protège.

Sa voix submergea le vacarme. Un frisson parcourut le corps de Muhammad.

La mise en place du combat avait commencé.

Face au soleil, Yâkût divisait ses hommes en trois groupes. Ceux des flancs s'écartaient déjà pour recevoir la charge des cavaliers. Cinq mercenaires, pas plus. Muhammad les admira. Ils possédaient un courage inouï, le goût de la guerre. Ils savaient que la mort, très certainement, allait les prendre avant la nuit, que la douleur allait les faire hurler. Ils n'en montraient rien. Ils avançaient au petit trot, bridant la nervosité de leurs méharis. Ils n'avaient qu'une chance : rendre la course de l'ennemi la plus longue possible, essouffler les chevaux dans des galops de travers, user les nerfs des pillards pour, au dernier instant, les affronter, à un contre trois ou quatre.

En vérité, il aurait été mille fois mieux qu'ils patientent encore. Qu'ils laissent le temps aux chamelles de se mettre en place. Mais lorsque Muhammad avait exposé son plan, quelques jours auparavant, Yâkût avait explosé de fureur et de mépris :

— Me prends-tu pour un homme qui joue avec de vieilles chamelles, Ibn 'Abdallâh ?

Il n'en avait plus été question. Muhammad savait quand il devait se taire. Il avait compris qu'il ne faudrait compter que sur Bilâl et lui-même. Mais, après tout, c'était un bien pour un mal. La surprise pouvait valoir bien des sabres.

Maintenant, le sol grondait sous la charge des chevaux. Ils n'étaient plus qu'à une portée de flèches. Sur la fine encolure des montures, on devinait les visages hurlants des pillards entre les bandes flottantes des chèches. À hauteur de leurs hanches, les lames courbes des nimcha étince-laient.

Ils se séparèrent à l'instant où Muhammad et Bilâl parvenaient enfin à mettre leurs chamelles au trot. Il ne fallait pas en attendre plus. Elles étaient trop vieilles, trop molles et trop dolentes pour courir. C'était cela précisément ce qui fai-sait leur qualité.

Les hurlements de Bilâl recouvrirent les cris des guerriers. Du coin de l'œil, Muhammad vit Yâkût pivoter sur sa selle. Il agita son sabre en braillant de fureur. Une colère et des ordres qui se passaient d'explications.

Bilâl l'ignora superbement. Muhammad aussi. L'un et l'autre obliquèrent plus encore vers la gauche et la droite. Muhammad tira sur la bride de la chamelle de tête. De toutes ses forces il fouetta ses flancs pour qu'elle maintienne son trot.

Qu'Al'lat lui vienne en aide ! Que chaque chose s'accomplisse comme elle le devait ! Qu'Al'lat prenne sa vie ou lui donne raison !

Abu Sofyan

Abdonaï le Perse avait vu juste. Abu Sofyan al Çakhr se présenta à la porte de Khadija à la nuit pleine. Dix hommes porteurs d'autant de torches et de sabres l'escortaient. Se fût-il rendu sous la tente d'un ennemi qu'il n'eût pas été moins entouré.

En qualité de gouverneur de la maison, Abdonaï lui ouvrit la grande porte du mur d'enceinte. Il s'y était préparé. Six serviteurs l'entouraient, trois à droite, trois à gauche. Il salua, s'inclinant aussi bas que nécessaire, le poignet de cuir pressé contre sa poitrine.

Cela plut à Abu Sofyan. Il laissa un sourire naître sur ses lèvres minces. Resplendissant de puissance, jeune et vigoureux, le visage affichant les marques d'un pouvoir acquis de naissance, il portait la barbe finement taillée des sages de Mekka, et ses cheveux longs de puissant du désert étaient noués par un anneau d'argent. Il retira sa cape, la laissa tomber entre les mains du serviteur le plus proche. Il arborait une tenue de cavalier : tunique courte aux couleurs vives, amples chausses de fine laine ocre retenues par un ceinturon de lin qui soulignait la minceur de sa taille et la nervosité de son corps. Incrusté d'étoiles et de lunes de nacre, un large baudrier de cuir lui barrait la poitrine. Sa hanche supportait un étui de dague en argent plus large que la main. Le manche de la lame, sculpté dans la défense d'un éléphant d'Éthiopie, représentait le bond d'un lion du Nefoud.

D'un signe à peine esquissé, Abu Sofyan rendit son salut à Abdonaï. Il observa la cour illuminée par quantité de torches. Selon la tradition, le mur encerclait plusieurs bâtisses basses, celles des serviteurs, le jardin et les enclos du petit bétail. Au centre, haute de trois étages et reposant sur d'épaisses fondations de pierre, dominait la maison même de Khadija bint Khowaylid. D'une hauteur sans égale à Ta'if. Une unique porte en bois de cèdre peint de bleu, énorme, assez large pour le passage d'un char, y donnait accès. Aux étages, de nombreuses fenêtres perçaient les murs. Au sommet, surplombant la vallée, les lueurs de torches formaient de grands halos dans la nuit, dessinant les murs de la terrasse.

Le battant droit de la porte d'entrée était troué d'un huis de la taille d'un homme. Il était ouvert. Deux serviteurs l'encadraient en levant leurs torches. Sans un mot, Abdonaï s'y dirigea, suivi d'Abu Sofyan.

Obéissant aux instructions données plus tôt, les hommes de Khadija s'interposèrent quand l'escorte d'Abu Sofyan voulut emboîter le pas à son maître. Un homme protesta. Abdonaï se contenta de dévisager l'invité de sa maîtresse en haussant les sourcils. D'un geste bref, aussi désinvolte que s'il chassait un tourbillon de mouches, Abu Sofyan ordonna à ses serviteurs de céder. Point n'était besoin qu'un esclave perse affranchi lui rappelle les lois de la bienséance : jamais un homme du Hedjaz n'allait partager le repas d'une veuve avec une escorte.

Khadija saisit la main de la jeune Ashemou et l'entraîna dans un couloir ténébreux. Derrière elles résonnaient les pas de Barrira, lourds de sa mauvaise humeur. Ce vestibule longeait la grande salle occupant le rez-de-chaussée de la maison, seule pièce où les étrangers étaient autorisés à pénétrer. Sur le côté gauche du couloir, presque en son milieu, le mur était entaillé par une étroite ouverture. Un délicat tressage en bois d'amandier y était encastré, permettant d'observer la salle sans être vu. Le centre de la pièce de réception était éclairé par une demi-douzaine de lampes à huile, les murs restant dans la pénombre. Tapis et coussins recouvraient le sol comme dans une tente. Khadija avait également réclamé qu'on y disposât, face à face, deux sièges bas de bois et de cuir. Entre eux, de la taille d'un enfant, patientait « la chose lourde et haute enveloppée dans un tapis de Saba », pour reprendre les mots d'Abdonaï : le présent d'Abu Sofyan al Çakhr.

La pièce était encore vide. Bientôt on entendit le grincement de l'huis. Abdonaï apparut, Abu Sofyan dans son sillage. Brillants sous l'effet des lampes, les yeux du puissant Al Çakhr fouillaient l'obscurité. À peine les deux hommes furent-ils au centre de la salle que des servantes approchèrent. L'une portait une aiguière de cuivre emplie d'eau parfumée, l'autre un linge blanc, une troisième tenait un plat de terre garni de boulettes de viande de chèvre aux herbes roulées dans des feuilles d'oseille. Enfin une dernière jeune fille déposa sur les tapis un épais plateau de bois chargé de gobelets d'argent et d'un pot de lait fermenté aromatisé de tranches de *zenj*, le gingembre.

Désignant de son unique main les servantes, les coussins et les sièges, Abdonaï proposa :

— Seigneur Abu Sofyan, prends tes aises, ma maîtresse t'en prie. Elle sera là dans un instant.

Sans attendre de réponse, il salua et disparut dans la pénombre.

Derrière le moucharabieh, ne perdant rien de ce qui se passait dans la pièce, Khadija sourit. Cette mise en scène, convenue avec Abdonaï, se déroulait selon son goût. Si Abu Sofyan s'en étonnait, il prenait soin de n'en rien montrer.

Négligeant les servantes, il s'approcha du présent qu'il avait fait apporter. Hésitant, il palpa le tapis qui le dissimulait. Ses doigts serrèrent la cordelette de cuir qui le retenait comme s'il voulait la dénouer. Changeant d'avis brusquement, il se redressa pour faire face aux servantes.

Avec soin, il choisit une boulette de viande sur le plat qu'on lui présentait. Il eut un murmure inaudible pour celles qui le guettaient derrière le moucharabieh. Elles virent l'esclave baisser les yeux et incliner la nuque.

Alors qu'il croquait dans la viande, le blanc de ses dents étincela. Barrira soupira :

— Quel bel homme, Khadjiî...

Khadija la fit taire d'un geste. Abu Sofyan inspectait à nouveau les ombres autour de lui. Ses yeux glissèrent sur le moucharabieh sans rien y deviner de suspect. Il réclama un gobelet de lait fermenté. Cette fois, sa main s'attarda sur le bras qui lui présentait le gobelet et chercha à remonter sous la manche de la tunique. D'une torsion du buste, qu'elle évita de rendre trop violente, la servante s'écarta. Le rire d'Abu Sofyan résonna dans la salle.

Khadija approcha sa bouche de l'oreille d'Ashemou.

— Cet homme ressemble-t-il aux puissants de ton pays ? souffla-t-elle.

Ashemou acquiesça d'un signe de tête.

Abu Sofyan maintenant réclamait l'aiguière pour se laver les mains. Il saisit le linge pour s'essuyer la bouche, puis le jeta au pied de l'esclave. Quand elle s'inclina pour le ramasser, les doigts d'Abu Sofyan glissèrent sur ses reins et ses fesses. Jusque dans le couloir, derrière le moucharabieh, on entendit de nouveau le rire du puissant Al Çakhr.

— Oui, renchérit Khadija. D'un bout à l'autre du grand désert, ils se ressemblent tous.

Elle poussa Ashemou devant elle.

— Viens avec moi. Quoi que ce puissant te dise, reste silencieuse.

Dans leur dos, Barrira, anxieuse, marmonna :

— Khadjiî, ne fais pas de bêtises !

La bataille

La déesse choisit.

Les cavaliers prirent au plus large, dessinant une longue courbe. Lorsqu'ils furent proches à se toucher, ils ralentirent. Les fins chevaux passèrent du galop au trot, puis au pas. Nerveux, dansant, la croupe fébrile. Les nimcha pointées vers le ciel, les cavaliers hurlèrent des insultes, vomirent des ignominies. Les unes et les autres se perdirent dans la poussière et le vacarme qui montaient de partout, le désert n'étant plus que tumulte. On aurait pu croire que les ennemis hésitaient. Qu'ils redoutaient le combat. Mais ce n'était que le spectacle de leur vanité et d'une ruse éculée pour humilier les guerriers de Yâkût. Leur faire bouillir le sang et perdre la raison.

Et les attirer dans une charge fatale.

Ce fut leur grande erreur. Leurs tergiversations donnèrent à Muhammad le temps de placer, toute étirée, molle et lente, sa cordée de chamelles au travers de leur trajectoire. On pouvait penser qu'il voulait les défier, les provoquer avec ces dérisoires bestiaux. Les pilleurs le crurent. Ils s'esclaffèrent. Nouveaux cris, rires et gueulements de moquerie. Tout un ciel d'insultes.

Un instant, Muhammad craignit que les hommes de Yâkût cèdent à la provocation, qu'ils se précipitent stupidement dans l'espace entre les chamelles.

Al'lat veillait. Ils n'en eurent pas le temps. Les pillards cravachèrent leurs chevaux. Babines retroussées, gueules béantes, les pur-sang bondirent. Fracas de sabots et flammes d'acier déchirèrent l'air. Une poignée de terribles secondes.

Muhammad abandonna la bride des chamelles. Indifférentes aux braillements humains, celles-ci s'immobilisèrent, le cou tendu, ne comprenant plus ce qu'on exigeait d'elles.

Tenaillé par la peur, Muhammad poussa brutalement son méhari à l'écart de la trajectoire des chevaux. Repris par l'orgueil, les reins brûlants, les doigts serrés sur sa dague, il le fit volter aussitôt, la poitrine vibrante du vacarme de l'assaut. Il eut juste le temps de se rendre compte que la disposition des chamelles était parfaite.

Aveuglés par leur arrogance, saisis d'une folie de Bédouins, les pilleurs galopaient droit sur l'espace libre entre les six vieilles chamelles. S'enivrant déjà de la faiblesse de ceux qu'ils allaient abattre. La joie du combat leur brûlant la gorge.

Ils ne découvrirent les lanières reliant les chamelles que trop tard. Ou ne les virent pas du tout. Les antérieurs des chevaux y butèrent. Le cuir se tendit. Entraîna les lourdes chamelles comme des sacs de pierre. Les culbuta.

Le cuir trancha les jarrets, les épaules. Coupa les muscles fins gorgés de sang. Les chevaux poussèrent des hennissements venus de l'enfer. La gorge tendue, les yeux exorbités, ils basculèrent.

Dans un chaos de pattes et de ruades, ils désarçonnèrent leurs cavaliers qui tombèrent dans ce magma de fureur et de sang. Poitrails déchirés, têtes et membres broyés roulèrent sur la caillasse du reg dans un gueulement assourdissant d'hommes et de bêtes.

Fasciné, retenant à grand-peine son méhari terrorisé, Muhammad ne pouvait détacher le regard du massacre qu'il avait déclenché. À grands coups de lame, un pillard se dégagea des entrailles de son cheval qui venait de l'écraser à demi. Le sang lui couvrait le visage. Des morceaux de viscères adhéraient au baudrier barrant sa poitrine. Il manqua de s'effondrer en se redressant. Sans doute avait-il une jambe brisée.

Dans un effort surhumain qui lui laissa la bouche béante sur un cri silencieux, rassemblant ce qu'il lui restait de forces, il se propulsa en avant. D'un moulinet de son sabre, il tenta de faucher une patte du méhari de Muhammad. La bête sentit venir le coup. Elle s'écarta brutalement. Muhammad vida sa selle et chuta lourdement sur le sol, perdant son arme. Il cherchait à se redresser quand le pillard lança sa nimcha droit sur sa poitrine. Muhammad roula sur luimême. La lame trancha le tissu de sa tunique à hauteur d'épaule et ripa sur une pierre dans un tintement d'étincelles.

Muhammad l'entendit crisser dans la poussière rouge de sang. D'un même mouvement, il s'empara du sabre de son agresseur et se redressa. Les yeux fermés, les deux poings noués sur la nimcha, il se laissa tomber sur sa poitrine. Dans ses poignets il devina l'aisance avec laquelle le fer entrait dans la chair et brisait les os. Avec une rage qui faillit lui ôter toute conscience, il pressa l'arme de tout son corps, de toutes ses forces sur l'homme qui se débattait. Des doigts gluants cherchèrent sa gorge. Des mains trop faibles. Il y eut une secousse, un grand gargouillis de sang. C'était fini.

Muhammad repoussa le cadavre et se mit à genoux. Au-dessus de lui, tout autour, les hommes de Yâkût combattaient à grands coups d'acier. Le temps d'un éclair, il voulut jeter le sabre du pilleur pour chercher sa dague. Mais son poing se crispa sur la poignée. Une émotion violente le secoua devant la dépouille de celui qu'il venait d'abattre. Pour la première fois de sa vie, il avait tué un homme.

Il n'eut pas à combattre pour reprendre son méhari. Les assaillants qui avaient survécu au piège des chamelles tentaient maintenant de fuir.

Sur l'autre aile, Bilâl avait tout aussi bien réussi que lui à briser la férocité des cavaliers. Leur débandade avait stoppé net la charge frontale des pilleurs. C'en était fini de leur raid. Tous, ils tentaient à présent d'échapper à la colère des hommes de Yâkût, que la victoire excitait comme des démons.

Muhammad nettoya la lame de la nimcha avec le vêtement déchiré du cadavre. La tête encore bourdonnante de violence, il admira l'arme qui avait failli lui ôter la vie avant de le sauver. L'acier épais dont la courbe très douce évoquait la hanche d'une femme luisait dans le crépuscule avec un ondoiement d'eau sous la lune. De fines lettres, trop fines pour être lisibles dans la lumière évanescente du jour, étaient gravées dans le métal. Tout contre la garde, il remarqua un quillon d'acier plus clair avec deux boucles en forme de fleur de Jéricho. Une belle arme de valeur, comme seules en produisaient les grandes forges du pays de Sham. Une nimcha certainement volée lors d'une précédente razzia.

Et le premier des biens acquis par Muhammad ibn 'Abdallâh dans ce voyage qui n'était déjà comme aucun autre.

Sentant le sang séché craqueler sur ses lèvres et ses joues, Muhammad fixa le ciel pourpre. Du fond du cœur il remercia la grande Al'lat. Elle avait décidé et choisi. Et lui, maintenant, il était impatient de savoir ce qu'en dirait Abu Nurbel et Al Sa'ib.

La déesse Al Ozzâ

Suivie d'Ashemou, Khadija pénétra dans la lumière dorée des lampes à huile.

— Seigneur Al Çakhr, sois le bienvenu dans ma maison de veuve !

Abu Sofyan ne l'avait pas entendue approcher. Il sursauta légèrement. Son regard glissa sur le visage de Khadija pour fixer celui de la jeune Ashemou. Puis revint sur Khadija, courut sur la grande et austère robe noire et la mine sévère de son hôtesse. Il inclina doucement la tête, pressant la main sur sa poitrine barrée du baudrier, affichant toute l'apparence d'un sage respect.

— Cousine bint Khowaylid ! La main d'Al'lat sur toi et ta maisonnée ! Tu vis dans un palais digne des reines de Yarim.

— Tes mots sont faits pour flatter, seigneur Al Çakhr. Reine, je ne le suis pas, mais cette maison, il est vrai, est pareille à celles du pays de Yarim. Comme tu le sais, mon époux l'a fait construire par des maçons de là-bas.

— Âmmar al Khattab, ton époux, était un sage.

— Un sage que la Grande Assemblée de Mekka n'a pas su écouter comme elle l'aurait dû.

— C'était il y a longtemps.

— Trouves-tu ? Six années seulement qu'on lui a fermé les yeux. Pour moi, de toutes petites années. Elles sont passées comme une saison.

Le ton paisible de Khadija décontenança Abu Sofyan. Même dans ce reproche qu'elle venait de lui faire, les mots coulaient de ses lèvres avec une douceur à peine teintée d'ironie. En outre, la présence de la jeune et belle esclave étrangère attisait sa curiosité. Il avait beaucoup de mal à ne pas la dévisager, à ne pas tenter de deviner le jeune corps masqué par les vêtements larges et humbles qui le recouvraient.

Il inclina la nuque et agita les mains en signe de protestation.

— Non, non, cousine Khadija ! Pas de seigneur Al Çakhr, pour toi ! Nous sommes tous filles et fils de Qoraych, notre premier ancêtre...

Khadija approuva d'un battement des paupières avant de claquer des mains. Aussitôt, les servantes réapparurent, chargées de plats de fromages et de viandes grillées, de dattes et d'olives, de purée de figues et de galettes fumantes. La salle s'emplit d'odeurs. À l'exception des trois plus âgées, les servantes se retirèrent à petits pas dans un froissement de tissu.

Khadija prit place sur l'une des chaises. Ashemou s'accroupit derrière elle sur un coussin. Khadija désigna le siège en face d'elle.

— Que ma maison soit la tienne, cousin Abu Sofyan. Tu as voulu me voir. Une veuve ne pouvait te visiter. Bois et mange, et parle. Je t'écoute.

Comme subjugué par le ton débonnaire de Khadija, Abu Sofyan fut sur le point d'obéir. Puis il se rappela son présent, toujours précieusement enveloppé à ses pieds.

— Ah ! s'exclama-t-il. Cousine Khadija, je ne pouvais te visiter les mains vides. Ceci est pour toi.

Avec un peu de précipitation, il dénoua la cordelette de cuir, rejeta les pans du tapis et dévoila le mystérieux objet.

Ashemou et les servantes ne purent retenir un cri. Peut-être même entendit-on, sans y prêter attention, l'exclamation de surprise de Barrira derrière le moucharabieh. Les lèvres de Khadija s'entrouvrirent, mais elle sut retenir son souffle.

Abu Sofyan saisit une lampe. Il approcha la flamme pour que l'on pût mieux voir.

D'une épaisse plaque d'albâtre se détachait le corps nu d'une femme. Un corps parfait, sculpté et poli dans la masse. La femme tenait les mains réunies sous sa poitrine, les doigts serrés sur une coupe. Il semblait que ses seins, pleins et jeunes, les pointes hautes et fermement sculptées, reposaient sur ses avant-bras. Fixé dans la plaque d'albâtre, un collier de perles colorées, verre et pierres, glissait dans leur sillon.

Le visage, très ovale, serein, était parfaitement dessiné. La bouche était courte et les lèvres larges sous un nez long dont les narines s'évasaient ainsi que des coques de cardamome. De larges tresses taillées dans l'épaisseur de la pierre dessinaient la chevelure.

Les yeux étaient le plus extraordinaire. De fines rainures creusées dans la pierre opalescente en esquissaient les formes : deux amandes avec, incrustés en leur cœur, deux disques de lapis en guise d'iris. Une pâte de verre dorée remplissait l'arc sous les cils, tandis qu'un enduit noir, épais, mêlé de poussière d'argent scintillante, évoquant les ailes déployées d'une colombe, comblait la courbe des sourcils. Un regard troublant, presque vrai. Cependant distant et plein de savoir, comme celui des esprits qui arpentaient les mondes inaccessibles aux humains.

Abu Sofyan fit passer sa lampe derrière la statue. De nouveau les servantes crièrent de stupeur. La flamme dansante de la mèche huilée semblait se fondre dans l'âme laiteuse de l'albâtre. Au cœur du corps sculpté, une lumière sourde, chaude, proche de celle d'un brasier, presque liquide, attisait une vie mystérieuse.

Comme les servantes, comme Ashemou, Khadija vit soudain frémir le visage. Les courtes lèvres parurent s'entrouvrir. Qui sait si elles ne prononcèrent pas quelques mots. Un murmure. Tandis que l'étrange regard de lapis, au bleu devenu presque noir, puis d'un ocre de crépuscule, se déplaçait. Se fixait ici et là. Puis ce furent les mains, les doigts qui jouèrent sur le bord de la coupe. Et les seins si parfaits tremblèrent comme sous l'effet d'une caresse.

Abu Sofyan retira brusquement la lampe. L'air écrasa la flamme, manquant de la souffler. La vie disparut du corps de la statue. L'albâtre ne fut plus que pierre, massive et dure. Et le regard de lapis, si troublant un instant plus tôt, était désormais aussi distant que celui des morts avant leur voyage dans l'autre monde.

Abu Sofyan, tout sourire, fit claquer sa langue, hochant la tête comme s'il découvrait lui-même le mystère qu'il venait d'offrir. Il reposa la lampe, désigna le corps d'albâtre de ses doigts longs et élégants.

— Al Ozzâ la très puissante. Voilà qui est cette femme. Al Ozzâ, la grande déesse du savoir de la nuit, dont l'astre brille dans le ciel avant même que l'obscurité se pose sur nous.

Sa main se referma sur le lion bondissant de sa dague. Un instant, debout et cambré, il toisa Khadija et les femmes de la maison comme il aimait toiser les serviteurs et les épouses chez lui, en maître tout-puissant qu'il se savait, capable de prendre la vie ou de l'épargner, comme bon lui semblait.

La victoire de Muhammad

— Les chamelles ! Les chamelles ! Muhammad
ibn 'Abdallâh, le roi des vieilles chamelles !

Al Sa'ib riait, la poitrine vibrante de soulagement et d'admiration. Dès les premiers hurlements, Zimba le guide et lui avaient
rebroussé chemin, se précipitant vers la caravane, aidant Abu Nurbel et les esclaves à éloigner les précieux chameaux et les femmes hors
de portée des pillards.

Muhammad venait de répondre à leurs questions angoissées. Oui, le piège des chamelles
avait fonctionné. Les pillards avaient lancé
leurs chevaux droit dedans. Ils étaient morts
ou débandés avec le reste de la razzia. Yâkût
et ses mercenaires n'avaient pas dû perdre plus
d'un ou deux hommes. À peine quelques bles-
sés, sans doute. Ils poursuivaient les malfaisants pour les tailler en pièces avant que la
pleine nuit ne les sauve. La caravane était en
sécurité.

Al Sa'ib et Abu Nurbel ne pouvaient détacher
leurs regards de Muhammad, comme s'ils le
reconnaissaient à peine sous la croûte de sang
et les vêtements déchirés. Al Sa'ib s'esclaffa.

— On va entendre chanter Yâkût al Makhr ! Avec tes vieilles chamelles, tu lui as volé son beau combat, Ibn 'Abdallâh. Tu ne t'es pas fait un ami.

Le vieil Abu Nurbel trancha l'air de la main.

— Yâkût al Makhr est payé, et beaucoup, pour protéger notre caravane, pas pour le plaisir des combats. Ibn 'Abdallâh a fait son devoir.

— Ibn 'Abdallâh lui a donné une leçon, oui ! gloussa Al Sa'ib. Et Yâkût n'est pas un homme qui prend plaisir à apprendre.

Il n'ajouta rien de plus. Ce n'était pas la peine. La réputation de Yâkût al Makhr était connue de tout le Hedjaz. Qu'il faille attaquer ou défendre, nul ne mettait en cause son courage. On le disait goûtant toutes les cruautés. Ce que ses yeux laissaient parfois deviner. C'était un homme d'orgueil plus que de ruse, davantage porté aux mouvements d'humeur qu'à l'obéissance. Et fort soucieux de son apparence et de sa beauté, la barbe aussi soignée qu'un jardin de Sham, les paupières épaisses de khôl. Une balafre ancienne serpentait de sa tempe à sa narine. Il en enduisait l'ourlet clair avec une pommade parfumée qui plaisait aux femmes, prétendait-il.

Sa renommée aux armes avait attiré auprès de lui des jeunes hommes rêvant de partager sa gloire. Ils formaient ainsi une petite troupe très redoutée. Les marchands de Mekka les payaient grassement pour défendre leurs caravanes plutôt que les piller. Ce qu'avaient fait le vieil Abu Nurbel et saïda Khadija, ainsi que, quoiqu'en rechignant devant la somme, le négociant Al Sa'ib. Et, bien sûr, pour Yâkût al Makhr, un Muhammad ibn 'Abdallâh ne valait pas davantage qu'un Bédouin. Un homme à peine plus respectable qu'un esclave et à qui ses oncles, et maintenant la riche Khadija, faisaient l'aumône d'un emploi.

Oui, Al Sa'ib avait raison. Si ce soir Yâkût, sans autre blessure que celle de son infini orgueil, les rejoignait devant les tentes, il y aurait un nouveau combat à livrer.

Comme si souvent, Abu Nurbel parut avoir deviné les pensées de Muhammad. Sur un tout autre ton, il déclara :

— Qu'Al'lat garde sa paume sur toi pour l'éternité. Ce qu'on te doit, on s'en souviendra.

Al Sa'ib déclara qu'il fallait trouver un endroit sûr avant la nuit.

— Rien ne garantit que les pillards ne reviendront pas pour se venger. Et, cette fois, plus de chamelles pour nous défendre.

— Juste, approuva Abu Nurbel. As-tu une idée, guide ?

Zimba ne répondit pas sur-le-champ. Ses yeux fouillèrent le reg et les replis de la grande falaise de basalte, maintenant creusés d'ombres par le crépuscule.

— Une fois, je suis allé par là, dit-il en désignant un point presque en face d'eux. Trouvé un peu d'eau. En hiver, après la saison pluies. Il y a longtemps.

— Il y a longtemps, grommela Abu Nurbel, la voix pleine de doutes. Saurais-tu nous y conduire sans nous perdre ?

Comme à son habitude, Zimba prit le temps de peaufiner sa réponse. Finalement, il s'inclina sur le côté de sa selle et cracha dans la poussière.

— Tu paies pour être conduit, Abu Nurbel al Illih. Pas pour être perdu. Quand je vais, je sais où je vais.

— En ce cas, laissons un esclave ici, qu'il puisse indiquer à Yâkût et à ses mercenaires quelle direction nous prenons, proposa Al Sa'ib.

— Après quoi, ils se perdront quand même dans l'obscurité, marmonna Abu Nurbel.

— Non, intervint Zimba. Je montre à esclave le point qu'il fixe pour avancer.

Une volée de cris aigus jaillit de la colonne des femmes à l'arrière. Des youyous stridents vrillèrent l'air du soir. Des bras agitèrent des foulards de couleur depuis les palanquins.

— Ah, fit le vieil Abu Nurbel avec un sourire qu'on lui connaissait peu, les femmes ont appris la gloire du jeune Ibn 'Abdallâh.

Il décrocha la gourde de sa selle et la tendit à Muhammad.

— Tu ne m'as toujours pas rempli cette gourde, garçon. Dieu sait où le guide va nous conduire, et c'est encore aux jeunes d'aller remplir les gourdes des vieux. Et puis il y a là-bas des mains qui sont sûrement impatientes de te rendre la figure plus aimable.

Mais alors que Muhammad allait faire tourner son méhari, Al Sa'ib le retint.

— Attends, Ibn 'Abdallâh ! Montre-nous ce sabre que tu as pris au pillard.

Fièrement, Muhammad tira l'arme du fourreau. Les taches de sang séché maculaient encore l'acier luisant. Al Sa'ib approcha la lame pour mieux l'admirer avant de pousser un brusque juron.

— Abu Nurbel ! Qu'Al'lat me protège de tous les démons. Abu Nurbel, regarde ça !

L'index d'Al Sa'ib désignait une trace noire près des quillons de garde. Ce n'était pas du sang mais une gravure profonde de l'acier. Un entrelacement de lettres avec lesquelles, à Mekka, on désignait la Pierre Noire du dieu Hobal. Et dessous, juste au-dessus de l'ongle épais d'Al Sa'ib, creusées bien nettement dans l'acier, deux courbes, longues comme un œuf d'hirondelle, s'opposaient par le ventre, chacune rehaussée d'un triangle à la pointe dressée vers l'extérieur.

— Les cils d'Abu Sofyan al Çakhr, murmura Abu Nurbel.

Al Sa'ib releva le visage et fixa Muhammad, sidéré.

— Qu'Hobal garde sa paume sur toi, Ibn 'Abdallâh. Tu as tué un homme d'Abu Sofyan.

Une proposition indécente

Du coin de l'œil, Abu Sofyan guettait la réaction de Khadija. Elle n'en montra aucune, se contentant de conserver un sourire sur les lèvres. Abu Sofyan desserra ses poings noués sur sa dague, eut un grognement embarrassé et s'assit. Les murs et le plafond de la salle renvoyaient le moindre bruit. Les yeux d'Abu Sofyan, glissant vers le visage de la belle Ashemou comme l'eau sur la pente, évitaient ceux de Khadija. Il désigna la statue à ses pieds et reprit ses explications, cette fois sur un ton froid, distant, presque indifférent.

— Qu'elle soit la puissante Al Ozzâ, c'est ce que les marchands à qui je l'ai achetée à mon dernier voyage au pays de Ma'rib prétendent. Et aussi que l'homme qui lui a donné vie dans l'albâtre l'a fait il y a longtemps. Bien avant les pères des pères de nos pères. Al Ozzâ a voyagé dans le temps jusqu'à nous sans rien perdre de sa beauté. La vérité, cousine Khadija, c'est qu'au premier regard, j'ai su que je voulais l'acquérir pour t'en faire présent.

Khadija plissa les paupières et laissa courir un rire joyeux sur sa bouche.

— Un présent si plein de valeur et des compliments, cousin Abu Sofyan ! Comment t'en remercier, moi qui n'en suis pas digne ?

— Tu l'es, tu l'es, cousine ! Et tu le sais.

— Oui ? Je ne compte plus le nombre d'années durant lesquelles, même à Mekka, nous n'avons pas été face à face, seigneur Al Çakhr. Et aujourd'hui te voilà ici pour me combler, moi, simple veuve cloîtrée dans sa demeure.

— Simple femme tu l'es, et vivante et de vraie chair, à la différence d'Al Ozzâ. Mais ne sois pas trop modeste, Khadija bint Khowaylid. Ta richesse te rend digne des bienfaits des dieux plus qu'aucune autre femme du Hedjaz.

— Tu égrènes trop de compliments, cousin Abu Sofyan. Que veux-tu de moi ?

— Que nous avancions ensemble plutôt qu'en ennemis.

— Je ne suis pas ton ennemie, seigneur Al Çakhr. Je mène mes affaires, tu mènes les tiennes. Les pistes du Hedjaz sont assez vastes pour nous deux, et les souks de Ma'rib, de Yarim, de Sawakin, de Sham et de Ghassan sont bien assez fournis pour remplir les bâts de nos chameaux.

— Mon père, Al Çakhr ibn Harb, qu'Hobal notre dieu prenne soin de lui, est mort depuis une année. Je sais ce que tu penses de lui. Il est pour toi celui de Mekka qui a été l'ennemi de ton époux avant de devenir le tien.

— Celui qui a fait voter les Anciens de la *mâla* contre mon époux, oui. Celui qui a refusé l'aide qu'Âmmar al Khattab demandait et a laissé les Perses détruire sa caravane, massacrer ses fils et ses frères dans les montagnes de dhar al Amir.

Et qui a espéré que sa veuve serait trop faible pour protéger ses richesses. Oserais-tu me contredire ?

— Le passé appartient à mon père, qu'Hobal garde sa main sur lui. La décision prise à la mâla n'était pas la mienne, et le fils que j'étais il y a six ans n'est plus. Je dis : Khadija bint Khowaylid, veuve d'Âmmar al Khattab, aujourd'hui tu es mon égale. Et aujourd'hui, moi, je suis le chef des Banu Ommaya. Soyons comme les deux doigts d'une seule main.

La colère avait raidi Khadija, la laissant prête pour une joute verbale. La surprise la laissa silencieuse et troublée. Elle aurait voulu garder le regard sur le visage d'Abu Sofyan, mais ses yeux s'abaissèrent sur la face d'albâtre d'Al Ozzâ, comme si la déesse pouvait lui adresser un signe.

Abu Sofyan s'en aperçut. Aussitôt, il s'inclina pour soulever la plaque d'albâtre et la pousser aux pieds de Khadija.

— Ceci n'est pas un présent de politesse, cousine Khadija, reprit-il d'une voix plus basse. Et ce n'est pas une alliance de marchand que je viens te proposer. Veux-tu devenir mon épouse ?

— Moi ?

Abu Sofyan ne put retenir son rire.

— Toi, bien sûr. J'aurais dû en parler à ton oncle Abu Assad bint Khowaylid avant de venir chez toi, comme l'exige la règle, mais le vieux est si âgé qu'il ne comprend plus ce qu'on lui dit ni ce qu'il dit lui-même.

— Cousin Abu Sofyan...

— Tu es veuve, et veuve depuis longtemps, cousine Khadija. Et tu es femme à décider seule.

— Une vieille femme, de presque dix ans plus âgée que toi.

— Tu n'es pas une vieille femme.

— Allons ! Tu n'as pas vécu trois décennies, et moi, je vais vers le soir des femmes. Voudrais-tu m'épouser pour te rassasier de mes jeunes servantes ?

Involontairement, le regard d'Abu Sofyan fila vers le visage d'Ashemou. Voyant la moquerie qui plissait les traits de Khadija, il inclina le front en se frappant doucement la poitrine.

— Ta maison regorge de jeunes et belles servantes, il est vrai. Des filles si fraîches que pas la moitié n'a encore connu d'homme. Cependant, tu n'as pas peur de te montrer à leur côté. Tu ne crains pas la comparaison. Tes servantes ont la jeunesse, mais leur maîtresse possède tout le reste. Un homme véritable sait d'où lui viendra le plus grand plaisir.

— Tu as la réputation de savoir user des mots avec les femmes, cousin Abu Sofyan. Et, ce qui est mieux encore, d'y prendre plaisir. Après ce soir, moi aussi, je pourrai assurer que ta réputation est vérité. Mais avec l'âge, on apprend ce que pèsent les mots.

— Ne te fais pas ce que tu n'es pas, cousine Khadija. Tu n'as plus de fils...

— Oui.

— Veux-tu que ta maison s'éteigne comme la mèche de cette lampe ? Ce qui a été ne reviendra pas. Ton époux et tes fils ne reviendront pas. La vie d'une femme n'est pas finie tant qu'elle peut voir son ventre se remplir.

— Cousin Abu Sofyan... J'ai entendu que tu venais de prendre une jeune épouse, Hind bint 'Otba.

— On t'a informée, alors, qu'elle n'a que six ans et que ce n'est qu'un accord de commerce.

— Des épouses et des concubines, combien en as-tu, déjà ? Te déplaisent-elles donc tant que tu aies besoin des cuisses d'une vieille veuve pour ton plaisir ?

La franchise de la question prit Abu Sofyan au dépourvu. Il agita vaguement la main avant de rire, embarrassé.

— Cousin Abu Sofyan, reprit Khadija d'une voix tranquille, regarde autour de toi. Pourquoi voudrais-tu que j'abandonne mon existence de veuve ? L'été, je vis ici, dans cette belle maison construite par mon époux Âmmar. L'hiver, je suis dans notre cité de Mekka, où il n'existe pas six demeures aussi spacieuses que celle qu'Âmmar al Khattab m'a léguée. Sa richesse, que la main d'Hobal demeure sur moi, depuis six ans, j'ai su l'augmenter sans l'aide de personne. Tu l'as dit : je suis ma reine. Pourquoi deviendrais-je l'épouse seconde ou troisième d'un homme ? Tu veux faire de moi une mère. Certainement tu pourrais m'en donner le plaisir. Mais c'est un plaisir auquel on peut résister, avant de l'oublier dans l'amas des années. Et dans ta maison, que serais-je d'autre qu'une mère, alors que le puissant Al Çakhr serait le maître de la richesse de Khadija bint Khowaylid, veuve d'Âmmar ? Je suis celle que je suis, cousin, et cela me convient.

— Tu es celle que tu es, et pour cela tu ne peux jamais t'asseoir à la mâla. Les femmes ne siègent pas avec les Anciens. Pour tes affaires, un jour tu dois t'allier avec un clan, le lendemain avec un autre. Avec Al Sa'ib et Abu Nurbel aujourd'hui. Des petits que tu domines aisément.

Jamais avec tes égaux, et jamais tu ne parles pour toi.

— En quoi cela serait-il différent avec toi, Abu Sofyan al Çakhr ? En tant qu'époux, tu parlerais pour moi. Comment entendrait-on ma voix, la voix d'une femme, mieux qu'aujourd'hui ?

Les derniers mots de Khadija avaient claqué avec plus de sécheresse qu'elle ne l'aurait souhaité. Le silence revint dans la salle. Khadija s'inclina, caressa avec douceur le visage d'albâtre devant elle et se leva.

— Ton présent est aussi beau que ton offre, cousin Abu Sofyan. Pour tout le temps qu'il me reste, je regarderai Al Ozzâ en me souvenant de la bonté de tes paroles.

Abu Sofyan était déjà debout lui aussi, raide et le poing crispé sur le lion de sa dague.

— Si nous ne sommes pas alliés par des épousailles, grogna-t-il, que serons-nous ?

Khadija sourit et saisit la main d'Ashemou venue se placer à son côté.

— Il existe des alliances qu'une femme peut passer sans devoir s'étendre sur la couche de celui qui veut son bien, seigneur Al Çakhr.

Elle quitta la pièce si vivement qu'Abu Sofyan n'eut pas le temps de répliquer. Abdonaï apparut dans la lumière. Les deux hommes se jaugèrent du regard. Celui de l'affranchi perse resta impénétrable.

Les hommes en blanc

Ils avançaient le plus rapidement possible. Le jour se réduisait à un filet de lumière livide surmontant l'horizon. Y aurait-il eu une piste sur le sol caillouteux qu'aucun d'entre eux n'aurait pu la discerner. Ils devaient se fier au guide Zimba, mais ne pouvaient s'empêcher de craindre qu'il ne soit perdu lui aussi.

Plus ils progressaient, plus le désert devenait un *hara* : un champ de pierres de lave encore brûlantes de soleil et que l'on aurait cru abandonnées là par les démons à la naissance du monde.

Plus ils marchaient, plus la falaise de basalte paraissait s'éloigner, alors même qu'elle se dressait devant eux, immense, la crête du sommet presque disparue dans la nuit nouvelle. Pourtant, à perte de vue, pas un seul emplacement pour monter les tentes et prendre du repos !

Tous se taisaient. Des palanquins des femmes ne provenait plus l'écho de leurs bavardages. Au début, le vieil Abu Nurbel n'avait pu s'empêcher de demander et de redemander au guide s'il était certain de sa route. Zimba avait répondu deux ou trois fois, puis il s'était tu. Abu Nurbel aussi, économisant sa salive dans sa soif. À présent, Al Sa'ib se retournait sans cesse sur sa selle. Derrière la caravane, sur l'horizon de l'ouest, le jour se muait en un fil près de se rompre.

Muhammad partageait l'inquiétude d'Al Sa'ib. Nulle part, à contre-jour dans cet ultime rai de lumière, on ne devinait les silhouettes de Yâkût et de ses guerriers ou du grand Noir Bilâl. Bientôt la nuit serait absolue. Ils n'auraient plus que les étoiles pour se diriger, surtout si l'esclave laissé en arrière afin de leur montrer le chemin s'était égaré. Sans doute, Yâkût allait-il décider de dormir sur les pierres en attendant l'aube. Il n'aurait pas le choix. La caravane resterait alors sans protection pour la nuit. En ce cas, pas de feu, pas de galettes, pas de thé. Ce qui n'arrangerait pas l'humeur du vieil Abu Nurbel.

Puis cela vint aussi soudainement qu'une levée de vent. Un bruissement résonna dans l'air fraîchissant. Un murmure. Ou un frémissement de feuillage.

Plus tard, Muhammad se rendit compte qu'à aucun moment il n'avait songé à des voix. Même lorsque ce murmure s'était affirmé, ce sont les flots d'un *wadi* qu'il avait imaginés. La soif et le désir d'eau fraîche lui étaient montés à la bouche avec la conscience de sa fatigue. Lâhla lui avait en partie lavé le visage du sang du combat, mais la poussière épaississait sa peau tel un masque. Sa salive en était nourrie, et ses vêtements souillés par la mort du pillard pesaient sur lui comme une immense lassitude. L'acier de la nimcha gagnée au combat, sans fourreau, simplement passé dans sa ceinture, battait contre sa hanche telle une pierre.

Alors qu'il songeait une fois de plus que Zimba s'était perdu et qu'ils allaient eux aussi devoir dormir sur le sol de roche, sans eau ni feu, ils perçurent de la lumière.

D'abord, ce fut un frissonnement d'ocre au ras du sol. Ils approchèrent encore. Une coupole légère paraissait soulever l'obscurité. Abu Nurbel voulut donner l'ordre d'arrêter la caravane. Zimba dit non, il fallait avancer encore un peu.

— Rien craindre, assura-t-il.

Ils le suivirent. Ce qu'ils entendaient n'était ni eau ni feuillage, mais des voix. Nombreuses et qui chantaient.

Quand le dôme de lumière ne fut plus qu'à une cinquantaine de pas et que le chant résonnait dans l'air, comme porté par cette lumière, Zimba déclara à Abu Nurbel :

— Maintenant, oui, à pied.

Les chameaux se ployèrent pour laisser descendre les hommes. Abu Nurbel ordonna aux serviteurs de rester près de la caravane et aux femmes de demeurer dans les palanquins. Al Sa'ib et Muhammad l'entourèrent. Muhammad tira son arme et, avec une autorité dont il n'eut pas conscience, il ordonna à Al Sa'ib comme à Abu Nurbel de prendre leurs dagues en main.

Zimba avançait prudemment. Marcher dans la nuit sur le chaos de pierres avec leurs simples sandales n'était pas aisé. Ils devaient prendre garde à ne pas se blesser les orteils contre les arêtes de la lave millénaire.

Puis, d'un coup, ils virent.

Comme tranché par une nimcha divine, le sol s'ouvrait devant eux. L'à-pic de la falaise devait mesurer six à sept cordées, et la béance de la faille était plus large qu'un jet de flèche. À leurs pieds, le désert offrait la merveille de ses entrailles. Un grand feu jetait des flammèches. Une couronne de palmiers encerclait une étrange coupe de sable aux bords relevés, pareille à un cratère. Dans cette coupe, un disque aussi noir que la nuit reflétait le ciel. Il leur fallut quelques secondes pour comprendre que ce disque était la surface d'une eau immobile. Autour du feu, des femmes, des enfants et des hommes chantaient. Nombreux. Peut-être une centaine.

Al Sa'ib et Abu Nurbel s'exclamèrent. Zimba leva la main et murmura :

— Non, attendre. Pas un mot et pas bouger.

Le chant s'élevait en une masse compacte, aiguë et grave. Lancinant comme des pleurs et pourtant éclatant de force et de confiance. Là, sur le bord de la falaise où ils se trouvaient, les quatre hommes le sentirent vibrer dans leur poitrine. Muhammad tendit la main devant lui comme pour la plonger dans les sons. Alors seulement, il s'aperçut que les chanteurs, en bas dans la faille, tenaient eux aussi les mains devant eux, paumes ouvertes et offertes, comme dans l'attente d'un don du ciel.

Le plus étrange arriva dans l'instant qui suivit.

Le disque d'eau noire frémit. Des vaguelettes s'agitèrent comme sous l'effet d'une brise. Pourtant, il n'y avait pas un souffle d'air. Les palmes des grands dattiers ne bougeaient pas d'un pouce.

Le frémissement devint ondes. Des ondes qui naissaient, se croisaient et s'entrechoquaient à la surface de l'eau. Un bouillonnement apparut. Montés des tréfonds du désert, des jets lourds, violents, sauvages, projetaient maintenant l'eau comme une lave sur les bords du cratère de sable.

Incapable de quitter ce sortilège des yeux, Muhammad entendit le vieil Abu Nurbel invoquer la protection d'Al'lat et d'Hobal. Puisse le dieu enclos dans la Pierre Noire de Mekka les protéger de la puissance des démons du désert !

Et cela prit fin aussi brutalement que cela avait commencé.

Et cessèrent aussi les chants.

Alors, en bas, près du feu, les hommes et les femmes levèrent le visage vers les étrangers debout sur le bord de la faille, loin au-dessus d'eux. Zimba leur fit un signe, leva haut les bras, les écarta en croix avant de ployer le buste en un salut respectueux.

— Maintenant, descendre et saluer, annonça-t-il d'une voix enrouée.

En vérité, Zimba possédait plus de souvenirs de l'endroit qu'il ne l'avait laissé croire. Il trouva sans difficulté le sentier qui descendait dans la faille. Taillé dans la falaise par des mains d'hommes, il formait des marches par endroits si étroites qu'on ne pouvait rejoindre l'étrange oasis qu'au prix d'une grande prudence.

Ceux d'en bas les observaient, silencieux, sans faire un geste. Les hommes portaient la barbe, souvent longue, même si elle était clairsemée. Leurs cheveux étaient noués en chignon. Les femmes, elles, avaient les cheveux aussi libres que ceux des enfants, épars sur leurs épaules et atteignant parfois leurs reins. On apercevait quelques vieillards parmi eux, guère plus nombreux que les doigts d'une main. Tous étaient vêtus de tuniques blanches.

Parvenu le premier sur le sable, entre les dattiers dont les palmes se découpaient sur le ciel d'étoiles, Abu Nurbel s'avança. Main sur la poitrine, tête droite, face rougie par le feu, il salua ainsi qu'on le faisait à Mekka et dans tout le Hedjaz, jusqu'aux royaumes de Saba et de Ma'rib. Il annonça qui il était et qui étaient ses compagnons. Quand il se tut, nul ne lui retourna son salut. Il était évident que personne, parmi ceux qui lui faisaient face, n'avait compris une seule de ses paroles.

Zimba le guide s'avança à son tour. Après avoir incliné la nuque, il parla en hébreu. Un homme, sans distinction particulière parmi les autres, lui répondit d'un ton calme. Il y eut un bref échange.

Zimba se retourna vers Abu Nurbel.

— Ces gens parlent l'hébreu, mais pas fils de Moïse. Ni du Christ. Des fils d'El Kessaï, ils sont. Un père du père des pères de leur clan a rencontré le Grand Archange. Ils vont où va leur destin. Ils sont fidèles aux Anciens.

Zimba désigna l'homme avec qui il venait d'échanger quelques mots. Il se nommait Za Whaad el Kessaï.

— Il dit : « Nous dresser les tentes là-bas cette nuit. Ici, sable pur. Pas pour nos pieds et nos esprits. » Il dit : « Vous faites des feux, mais pas pour griller viande. Pour ceux d'El Kessaï, la viande brûle pour offrande, c'est tout. Certains jours seulement. » Il dit : « Si nous avons femmes, elles peuvent descendre. Pas chanter, pas rire, pas gémir. »

Abu Nurbel, Al Sa'ib et Muhammad écoutèrent Zimba sans étonnement. Nul n'ignorait l'infinité autant que l'étrangeté des croyances des hommes dans le désert. Celles-ci n'étaient guère plus insolites que bien d'autres. À Mekka aussi, on aimait à penser que les humains, pour se rapprocher de la mort sans craindre les démons du monde de l'après-vie, ne devaient pas aller sans règles ni sans dieux.

Le vieil Abu Nurbel s'inclina devant Za Whaad el Kessaï. Il se frappa le front et la poitrine. Dans le langage du désert, compris par chacun, ces gestes signifiaient le respect. Sans autre palabre, des femmes vêtues de blanc s'approchèrent et déposèrent quatre jarres d'eau fraîche devant les visiteurs. Za Whaad el Kessaï pointa un doigt sur la poitrine de Muhammad. Il prononça quelques mots. Zimba ouvrit la bouche pour les traduire, puis la referma. Abu Nurbel grogna :

— Que dit-il ?

Zimba eut un regard vers Muhammad. Il baissa les paupières avant de bredouiller :

— Il dit : vêtement de celui-là plein de sang. Il s'est battu. Il a tué. Pas possible demeurer ici sans se purifier.

— Et comment se purifie-t-il ? demanda Abu Nurbel, contenant sa colère.

— Donner ses vêtements pour le feu et laisser femmes le laver.

Al Sa'ib ne put contenir un ricanement. À voix basse, il grinça :

— Obéis, Ibn 'Abdallâh. Qui sait, peut-être que leur dieu apaisera la colère d'Abu Sofyan quand il apprendra que tu portes une nimcha de son clan. Ou celle de ta maîtresse la saïda Khadija quand elle saura qu'Abu Sofyan a lancé une razzia sur sa caravane.

Abu Nurbel allait protester, quand Muhammad s'avança d'un pas et déclara :

— Je veux bien.

Sous le regard ébahi de ses compagnons, il ôta sa cape raidie par le sang. Il retira la nimcha de sa ceinture pour la laisser tomber sur le sable, se dépouilla de sa tunique souillée et puante, de ses bottes et de sa culotte déchirée. Sous les yeux de tous, il fut nu. Les flammes dansèrent sur sa chair.

Marmonnant des sons incompréhensibles, des femmes, munies de palmes séchées, roulèrent les vêtements souillés sans les toucher de leurs mains. L'une d'elles tendit à Muhammad un linge de lin blanc. Par signes, elle lui montra comment s'en recouvrir. Quand ce fut fait, on lui tendit une jarre d'eau pour qu'il s'en asperge. Puis encore une autre, et une autre, jusqu'à ce que le linge soit totalement imbibé et adhère à son corps ainsi qu'une seconde peau.

Tandis que l'eau fraîche ruisselait sur lui et que, frissonnant violemment, Muhammad serrait les mâchoires afin de n'en rien laisser paraître, les fils d'El Kessaï, femmes, hommes, jeunes et vieux, psalmodiaient leur étrange chant.

Quand cela cessa, Za Waad el Kessaï s'approcha de Muhammad. Rivant ses yeux aux siens, il prononça quelques paroles paisibles. Avec un soulagement perceptible, Zimba traduisit :

— Il dit : « Tu as porté du sang d'homme sur toi, pourtant ton esprit est bonté. »

Après quoi, brutalement, les fils d'El Kessaï se détournèrent et s'éloignèrent, disparaissant dans la nuit en silence.

— Où vont-ils ? s'étonna Al Sa'ib.

Zimba désigna les ténèbres de la falaise opposée au chemin par lequel ils étaient parvenus au bas de la faille.

— Là-bas. Leur maison sous terre.

Confidences entre femmes

Le soleil n'était pas levé depuis très longtemps mais déjà dépassait les crêtes environnant Ta'if. Sur la terrasse, profitant de la fraîcheur du matin, Khadija versait elle-même le lait de chèvre adouci de miel dans le gobelet de sa cousine, Muhavija bint Assad al Qoraych.

Elle reposa le pot, patienta le temps que Barrira apporte les pains chauds fourrés aux figues. Lorsque sa cousine y mordit en fermant les paupières de plaisir, Khadija déclara :

— Le beau Al Çakhr n'avait d'yeux que pour ma nouvelle esclave, tu sais, celle qui est à demi perse et qu'on appelle Ashemou de Loin. Quand je le lui ai fait remarquer, il m'a répondu : « Tes servantes ont la jeunesse, mais leur maîtresse possède tout le reste. Un homme véritable sait d'où lui viendra le plus grand plaisir. » Ses mots exactement. Avec les yeux qu'il fallait. Barrira peut te le confirmer.

— Oh oui, devant Al'lat ! renchérit la vieille nounou.

Khadija avait singé les intonations orgueilleuses d'Abu Sofyan. Muhavija eut un hoquet de joie. La même ironie illuminait leurs traits. Finalement, le fou rire les emporta, tandis que Barrira, gênée, se contentait de hocher la tête.

Muhavija s'essuya les lèvres du bout des doigts.

— « Tu es une vieille bique, mais je saurai tirer profit de toi ! » gloussa-t-elle. Voilà ce qu'il entendait par là.

— Exactement ce que j'ai compris, approuva Khadija. Et aussi qu'il aurait, à l'occasion, le temps de m'engrosser.

— De faire sienne ta richesse dans les fils que tu lui donnerais...

— « Soyons comme les deux doigts de la main », a-t-il dit. Sa tête était plaisante à voir quand je l'ai mis à la porte.

À nouveau elles rirent, avec moins de gaieté et plus de colère.

— Quand je pense que j'ai insisté pour que tu portes ta belle tunique, soupira Barrira, honteuse.

— Peut-être en avais-je envie moi aussi, dit Khadija, lui caressant les mains en signe d'apaisement. Voir ce que ses yeux m'auraient dévoilé, ajouta-t-elle à l'adresse de Muhavija.

— Tu n'aurais rien vu du tout. Les yeux d'Abu Sofyan al Çakhr sont comme sa langue et ses lèvres : du poison invisible et sans odeur, répliqua la cousine.

Elle s'empara d'un nouveau petit pain pour le tremper dans le lait, puis désigna la statue d'Al Ozzâ posée sur la terrasse, à quelques pas. Dans la lumière matinale, l'albâtre émettait une intense lueur verte, liquide, dans laquelle les veines du gemme paraissaient vivantes.

— Elle est très belle, mais elle donne la chair de poule, dit Muhavija. Vas-tu la lui rendre ?

— Bien sûr que non ! Il en prendrait prétexte pour une guerre. Je vais l'offrir à celle qui a plus que moi besoin de la paume d'Al Ozzâ sur sa tête.

Muhavija et Barrira dévisagèrent Khadija. Leurs sourcils posaient la question que retenaient leurs lèvres.

— Ashemou, déclara Khadija après avoir bu son lait. Notre nouvelle, belle et coûteuse esclave.

— Khadjiî ! s'exclama Barrira.

— Si, si, c'est une bonne idée, approuva Muhavija. Une très bonne idée : Abu Sofyan l'apprendra. Il se posera des questions. Cette Ashemou lui occupera beaucoup l'esprit. Ah, voilà une histoire qui ne fait que commencer et qui me plaît déjà...

Khadija vida son gobelet de lait, approuvant les paroles de Muhavija d'un battement des paupières. C'était ce qu'elle aimait chez sa cousine : cette manière vive qu'elle avait de comprendre et de voir loin.

D'ailleurs, quoique la ronde Muhavija aimât se prélasser bien après l'aube sur sa couche solitaire, Khadija n'avait eu aucun mal à la convaincre de venir partager le premier repas avec elle. Muhavija était bien trop avide de papotages et de confidences pour manquer pareille occasion. Sa curiosité remplaçait le vide que laissait dans son existence un époux trop vieux, trop indifférent et trop souvent marié. Proche de la cinquantaine, elle était aussi abandonnée et sans affection qu'une veuve oubliée par son clan. Elle n'avait pas enfanté de garçon, seulement des filles. « Cinq fardeaux à dot en vingt saisons, voilà tout ce dont elle a été capable en guise d'épouse », avait déclaré son vieux mari. Après quoi, il avait délaissé définitivement sa couche pour de jeunes concubines qui auraient pu être ses filles ou ses petites-filles.

Désormais aussi dodue qu'une jarre bien pleine, Muhavija avait abandonné le soin de sa personne autant que l'ambition de séduire. Sans pour autant s'aigrir, ni que le fiel de la jalousie lui gâte le caractère. Elle savait montrer un esprit aussi aiguisé qu'une pointe de flèche, et de grande sagesse. Elle était drôle et légère. En outre, toute curieuse et bavarde qu'elle fût, elle tenait sa langue quand il le fallait ou, au contraire, s'en servait abondamment si le besoin s'en faisait sentir.

Khadija, qui se souvenait de son beau visage de jeune épouse, ne méprisait pas ses conseils et la tenait en grande affection. Depuis des années, elle avait coutume de la garder près d'elle à Ta'if, dans sa maison, durant les mois de l'été, loin de la fournaise de Mekka et du Hedjaz. Brisant un petit pain de figue, elle précisa :

— La bouche d'Abu Sofyan contient plusieurs poisons. Y compris celui de la vérité.

Muhavija fronça les sourcils, attentive.

— Quelle vérité ?

— Ma couche n'est pas l'unique endroit où je suis seule. Je suis seule aussi dans mes affaires et à la Grande Assemblée. Si seule que je n'existe pas à la mâla. Il a raison, Al Çakhr : pour mes affaires, je ne peux compter que sur plus âgé et plus faible que moi...

— À Mekka, tout le monde te respecte autant qu'ils ont respecté Âmmar al Khattab, ton époux ! protesta Barrira.

Khadija la fit taire d'un geste sec.

— Ils l'ont bien respecté, mon Âmmar, mais ils l'ont fait mourir. Ne comprends-tu pas ce que signifie la visite d'Abu Sofyan ?

Les yeux tendres et naïfs de la vieille esclave répondaient que non, elle ne comprenait pas.

— Ta maîtresse a raison, intervint Muhavija, saisissant des feuilles de menthe dans un petit bol de terre pour se frotter les dents. Hier soir, il est venu dire : tu m'épouses ou je te fais la guerre à la Grande Assemblée.

— Les deux doigts de la main ou plus de main du tout, grinça Khadija.

— Pourquoi, Khadjiî ? Tu es riche et...

— Précisément, je suis riche. Autant que le seigneur Abu Sofyan. Et bientôt l'un de nous deviendra plus riche que l'autre. Plus puissant que l'autre. C'est la loi du commerce dans le Hedjaz. Tu deviens fort, puis plus fort, et enfin le plus fort. Sinon, même ton immense richesse ne t'empêchera pas de devenir le faible d'un puissant.

— Saïda Khadija doit donc suivre le conseil du seigneur Abu Sofyan, susurra Muhavija avec un fin sourire. Ce ne devrait pas être si désagréable.

— L'épouser ? Tu es folle. Jamais !

— Tu te trompes, cousine. Épouser, oui, mais pas lui.

— Qui ? J'ai déjà refusé tous les oncles, les frères et les cousins d'Âmmar. Ils m'en veulent assez, eux aussi.

— Qui te parle de ceux-là ? Ils en sont tous à leur dixième épouse ! Tu l'as dit, il t'en faut un dont tu seras la reine et la première épouse.

— Muhavija, ne te moque pas, je ne suis pas d'humeur.

— Où entends-tu de la moquerie ? Tu en conviens toi-même, Abu Sofyan a raison : il te faut un homme qui te fasse respecter à la mâla. Et pas question d'être seconde ou troisième épouse.

— Tu vois bien.

— Je vois, et toi, tu es aveugle. Tu ne veux pas comprendre. Il te faut un homme dont tu seras la toute première épouse...

— Alors ce sera un enfant, gloussa Barrira, incapable de dissimuler sa moquerie.

— Très juste. As-tu oublié mon âge, cousine ?

— Je l'ai sous les yeux, ton âge, cousine Khadija bint Khowaylid. Et si tu ouvres les tiens, tu nous verras, Barrira et moi. Tu comprendras ce que sont des vieilles femmes. Crois-tu que le seigneur Abu Sofyan serait venu me proposer le mariage, à moi, même si j'étais aussi riche que toi ? Il aurait eu trop honte. Ses épouses doivent être comme ses chevaux et ses plus fins méharis : des bêtes parfaites. Le plus beau des compliments, il te l'a fait en avouant son désir de te mettre sous lui.

— Ah ! j'aime quand tu parles comme ça, saïda Muhavija, applaudit Barrira. Je le lui ai répété moi aussi, à Khadjiî. Mais elle me prend pour une cervelle de lait tourné. Toi, tu sais user de ta langue.

Sourde à l'enthousiasme de Barrira, Muhavija s'inclina pour saisir les mains de Khadija.

— Tu es encore dans l'âge et bien assez belle pour donner du bonheur à un homme vigoureux.

— Un homme jeune et fervent, se moqua Khadija.

— Oui. Pourquoi pas ? « Tes servantes ont la jeunesse, mais leur maîtresse possède tout le reste. Un homme véritable sait d'où lui viendra le plus grand plaisir. » Il parle vrai, Al Çakhr. Il sait ce qui compte. À toi de choisir celui à qui tu l'offriras, ce plus grand plaisir. En prenant au passage ce qu'il en faut pour toi...

L'œillade de Muhavija était sans équivoque. Les trois femmes éclatèrent de rire. Khadija retira ses mains de celles de sa cousine.

— Moi qui te croyais de bon conseil.

— Je le suis.

— Un jeune qui voudrait de moi ? Il ne me regarderait pas longtemps m'user. Dès qu'il serait certain d'avoir la main sur mes affaires, il prendrait vite des concubines, une seconde et une troisième épouse. Voilà ce que tu proposes ?

— Maîtresse...

— Tiens, en voilà un que j'aurais pu épouser ! soupira Khadija, mi-sérieuse mi-rieuse, en découvrant Abdonaï en haut des escaliers. Il y a longtemps, et avec bonheur. Si seulement les esclaves, même affranchis, n'étaient pas bannis de la mâla.

Barrira et Muhavija gloussèrent en se cachant derrière leurs doigts. Même s'il avait entendu la tendre plaisanterie, Abdonaï, lui, n'en montra rien. Il conserva son air dur et sévère, celui qu'il arborait pour annoncer les mauvaises nouvelles.

Khadija se raidit. D'une inclinaison de tête l'invita à parler.

— Abu Nurbel nous a envoyé un messager. Il y a neuf jours, la caravane a été attaquée. Avant qu'ils n'entrent dans Sham, tout près de Tabouk.

— Oooh !

— Une grosse attaque. Des méharis et des chevaux. Une trentaine. Plus que Yâkût et ses guerriers ne pouvaient combattre.

— Qu'Hobal nous protège ! Tout est perdu ?

Sombre encore, Abdonaï affronta l'air anxieux des trois femmes. De son poing gauche il serra le cuir recouvrant son moignon. Puis, d'un coup, sa face de guerrier explosa en un grand rire joyeux.

— Rien n'est perdu, saïda !

— Rien ?

— Rien d'important. Pas un bât ni un palanquin.

— Al'lat mille fois grande !

— Seulement douze vieilles chamelles.

— Des vieilles ?...

— Et tu as gagné un homme de confiance.

— Je savais que Yâkût, si on le payait bien...

— Yâkût n'est pas celui qui a sauvé tes biens.

— Que racontes-tu ?

— Ce neveu qu'Abu Talib t'a demandé de prendre à ton service...

— Muhammad ibn 'Abdallâh...

— Oui. Ce jeunot-là, cet Ibn 'Abdallâh, c'est lui qui a empêché la razzia.

— Lui, ce bout de rien ! s'exclama Barrira.

Abdonaï raconta ce que venait de lui confier le messager d'Abu Nurbel.

— Rusé et courageux, conclut-il. Sans peur de tuer. Qui l'aurait pensé en le voyant si modeste et timide comme une vierge ?

— Il n'est pas blessé ?

— Pas même. Des éraflures, peut-être, que les femmes de la caravane ont dû soigner avec acharnement...

Le ton plein de sous-entendus d'Abdonaï ravit Barrira et Muhavija. Mais Abdonaï aimait surprendre. Son sourire s'effaça.

— Ça, c'est la bonne nouvelle. Il y en a une autre.

— Parle donc, s'agaça Khadija.

— Abu Nurbel et Ibn 'Abdallâh te font dire que le seigneur Abu Sofyan a voulu cette razzia. Ils en ont la preuve. Ils te la donneront à leur retour.

Un silence lourd suivit les mots d'Abdonaï. Puis la colère de Khadija explosa.

— Le fourbe ! Le grand fourbe ! Qu'Al'lat lui brûle le cœur.

— C'est la guerre, maîtresse, dit Abdonaï.

— Bien sûr, que c'est la guerre.

— Pas comme tu le crois. Cette *ghazwah* était un piège..., reprit Abdonaï un ton plus haut, levant une main pour que Khadija l'écoute avec attention. On n'attaque pas une caravane qui monte à Sham avec des bâts qui n'ont pas vu un seul marché. Le messager l'assure : les mauvais voulaient le sang et la mort, pas la possession. Le combat, c'est ce que leur a donné le neveu d'Abu Talib. Gloire à lui ! Mais quand le vieil Abu Nurbel montrera à la mâla la preuve que la main d'Al Çakhr tenait les sabres des pillards, saïda, tu peux être certaine qu'Al Çakhr en appellera à la loi du *tha'r*, la loi de la vengeance par le sang.

— Veux-tu dire que l'on devra se taire ? gronda Khadija, livide de colère. Al Çakhr vient dans ma maison, veut me mettre dans sa couche pendant qu'il pille ma caravane, et je devrais me taire ? Afin qu'il ne crie pas vengeance pour ses morts ?

— Je dis : Abu Sofyan al Çakhr a fait ce calcul. Soit il tuait ceux de ta caravane et te ruinait, mais tu ignorais que le coup venait de lui. Soit Yâkût tuait pour te défendre, et qui réclamerait vengeance contre le clan de Yâkût, qui se vend pour tuer ? Le caillou dans la sandale, c'est que ce n'est pas Yâkût qui a vaincu, mais Muhammad ibn 'Abdallâh, du clan Hashim, ton allié.

Un silence empli de stupeur succéda au ton calme et à la voix basse d'Abdonaï. La cousine Muhavija le brisa :

— Abdonaï a raison, cousine, pour ce qui est de la volonté d'Abu Sofyan. Il veut la guerre. Cependant, rien n'est perdu. C'est lui, le puissant Al Çakhr, qui a perdu les deux premières batailles. Celle de ta couche et celle qui prévoyait ta ruine. À toi de préparer la suivante.

Un amour fugitif

Enveloppé dans une cape de laine rêche et trop courte que lui avait prêtée Abu Nurbel en remplacement de la sienne, Muhammad ne parvenait pas à dormir. Peut-être était-ce les ronflements du vieil homme ou le souffle lourd d'Al Sa'ib. Ou les mots mille fois ressassés depuis la veille : j'ai tué un homme d'Abu Sofyan. La pensée que bientôt viendrait le jour où il se présenterait devant Mekka, où les plus puissants du clan Al Çakhr l'attendraient.

Ainsi avait choisi Al'lat. Elle lui avait donné la force de vaincre la razzia avec les vieilles chamelles. Mais faisait peser sur lui une autre menace peut-être pire encore.

Pourtant, avait-il commis une faute ? Ce combat, les dieux lui en étaient témoins, il ne l'avait pas désiré.

Un chaos d'images et de pensées passait devant ses paupières, éloignant le sommeil. Garder les yeux ouverts n'y changeait rien. Les images défilaient tout autant dans l'obscurité de la tente. Chevaux et chamelles culbutés. Lames, sang et hurlements. Laine blanche des méharis se couvrant d'incarnat. Visages des fils d'El Kessaï.

Visage en fureur de Yâkût. La grande beauté du cercle d'eau, des hommes et des femmes priant en tenue blanche. Cette eau glacée qui avait ruisselé sur lui, ces paroles qu'avait prononcées le fils d'El Kessaï. Et encore le crissement du fer dans les chairs. Silhouettes bondissantes, membres tranchés. La lumière venue de la faille, enflant, au ras du hara, dans la nuit d'étoiles, comme une matière vivante. Le regard de Lâhla. Son sourire de promesses. Le regard indifférent des femmes sur sa nudité. Le disque noir et bouillonnant de l'eau jaillissant de la terre. Le frisson étrange, puissant, qui l'avait saisi, alors que l'eau fraîche plaquait le linge contre son corps épuisé par le combat et la rude journée de route. Les gestes lents, placides, des filles d'El Kessaï alors qu'elles effaçaient avec de grandes palmes la trace des étrangers. Les doigts de Lâhla tandis qu'elle pétrissait les galettes d'Abu Nurbel devant le feu. Les femmes en tunique blanche sortant soudain de l'obscurité où elles avaient disparu. Déposant des jarres d'eau fraîche et des rames de dattes devant les tentes. S'éloignant de nouveau avant que l'on songe à les remercier. Et maintenant, dans les rougeoiements et les flammèches du feu dansant dans l'entrebâillement de la portière de la tente, il revoyait les gestes vifs des fils d'El Kessaï aspergeant d'eau ce sable que les femmes venaient de nettoyer. Des hommes pressés d'effacer la présence étrangère. « Ici, sable pur. Nos pieds et nos pensées, c'est l'impur », avait expliqué Zimba.

Muhammad s'assit, se frotta les paupières pour chasser images et pensées. Il épia le sommeil de ses compagnons. Chercha à tâtons la nimcha gagnée au combat, l'empoigna et quitta la tente. La fraîcheur de la nuit l'apaisa. Un silence puissant régnait dans le bas de la faille. La lune montante n'éblouissait pas encore le ciel. L'éclat des étoiles nappait tout d'une laque argentée.

Près des braises, le visage d'un serviteur se releva. Muhammad fit un signe de la main. Le visage disparut sous la couverture. Leur camp avait été réduit au plus simple. Une tente pour les femmes, une tente pour Abu Nurbel, Al Sa'ib et lui-même. Les serviteurs dormaient à la belle étoile. Là-haut, sur le bord de la faille, d'autres serviteurs se relayaient pour garder les bêtes.

Al Sa'ib et Abu Nurbel avaient longuement palabré sur l'utilité d'entretenir un feu près de la caravane. Dans l'immensité plate du hara, les flammes ne manqueraient pas de se voir de loin. Yâkût et ses guerriers pourraient s'y repérer, insistait Al Sa'ib. Et aussi tous les mauvais, les démons grands et minuscules qui rôdaient dans le Hedjaz, répliquait Abu Nurbel. Et peut-être Yâkût craindrait-il ce feu et ne voudrait-il pas s'en approcher ?

Muhammad ne s'était pas mêlé à la dispute. Que lui importait que le mercenaire passe la nuit sur la caillasse et s'y brise le dos le temps d'une nuit sans sommeil ? Il n'était pas pressé de l'entendre vociférer pour faire oublier que les vieilles chamelles avaient sauvé la caravane. Une vérité que le seigneur des armes Yâkût al Makhr aurait du mal à reconnaître. Muhammad espérait seulement que le grand Bilâl était sain et sauf au milieu de ces hommes d'orgueil et de préjugés.

Ici, en bas, derrière les tentes, la lueur argentée de l'infini était suffisante pour que l'on pût discerner les petits jardins où les fils d'El Kessaï cultivaient leur pitance. Plus loin encore, l'entrelacs serré des dattiers luisait, les palmes pareilles à une forêt de dagues dissimulant le cratère de sable abritant l'eau précieuse. Muhammad ne doutait pas que l'emplacement qu'on leur avait accordé pour la nuit avait été choisi avec soin pour les en tenir éloignés.

Il noua la cape sur sa poitrine à l'aide d'une fibule de bois. Prenant soin de ne pas faire crisser le cuir de ses semelles sur le sable, il s'écarta des tentes. Si l'eau mystérieuse n'était pas visible du bas de la faille, elle devait l'être depuis le sentier le long de la falaise. Il était curieux d'en voir l'apparence sous les étoiles.

Il avait à peine fait quelques pas qu'un murmure l'immobilisa. Le sabre tenu en avant, il guetta les ombres. Il crut voir bouger la portière de la tente des femmes. Une illusion produite par les flammes mourantes. Sans doute le murmure qu'il avait cru entendre provenait-il du feu, lui aussi.

Mais le chuchotement se répéta dès qu'il se mit en marche. Cette fois, il lui sembla que la voix provenait d'une ombre plus dense, à quelques pas derrière les tentes. Il s'y dirigea.

— Muhammad ibn 'Abdallâh...

Il reconnut la silhouette et le parfum.

— Lâhla !

Elle se précipita contre lui sans se soucier de l'arme qu'il tenait. D'un doigt, elle lui ferma les lèvres avant d'agripper sa manche et de l'éloigner des tentes. Elle ne s'immobilisa que lorsqu'ils furent près des jardins. Là, ce furent ses lèvres qui scellèrent la bouche de Muhammad.

— Viens, souffla-t-elle en se détachant de lui.

Il avait oublié le sentier de la falaise et son désir de voir les étoiles dans le disque d'eau mystérieux. Lâhla l'attira dans l'obscurité la plus profonde. Ils contournèrent les premiers carrés de jardin. Là, fruit de l'irrigation et de patients efforts, une terre dure et humide remplaçait le sable. L'air était plus frais, tout imprégné du parfum des herbes mêlé à celui du fumier de chèvre.

Lâhla paraissait connaître son chemin. Ils pénétrèrent dans un bosquet de palmiers, retrouvant le sable sous leurs semelles. Un sable épais, tiède encore de la chaleur du jour. Lâhla se retourna brusquement pour nouer ses bras autour du cou de Muhammad. Puis, accompagnant le baiser, ce fut tout son corps qu'elle colla au sien, la poitrine gonflée de désir. Elle n'écarta qu'à peine ses lèvres pour chuchoter, sur un ton très grave :

— L'homme en blanc, le sévère, a dit : « Pas de bruits de femme ! Pas de gémissements de femme ! Pas de rires de femme ! » Je vais devoir serrer les dents, Muhammad ibn 'Abdallâh.

Ses mots produisirent l'effet contraire. Ils furent pris d'un fou rire qu'elle réduisit au silence par un baiser plein de soupirs. D'un coup, elle s'accrocha des deux mains à la cape de Muhammad, le déséquilibra de tout son poids. Ils basculèrent dans le sable. Elle roula sur lui. Commença à dégrafer la fibule retenant le lourd vêtement.

— Qu'Al'lat me vienne en aide ! J'ai cru que tu n'allais jamais sortir de ta tente ! Pourquoi as-tu attendu si longtemps ?

Leurs impatiences affamées, déchaînées, ils livrèrent alors une bataille de souffles, de lèvres, de doigts, soulevant, repoussant les tissus pour trouver leurs peaux nues et ardentes. Cinq nuits déjà que le plaisir les emportait. Chaque fois la même avidité les dévorait. Et tous deux avaient appris à jouer avec le corps désiré jusqu'à l'embrasement.

Dans un marmonnement entrecoupé de plaintes joyeuses, elle raconta :

— Comme tu ne quittais pas ta tente, j'ai pensé que tu étais avec une des femmes en blanc. Il paraît qu'elles t'ont mis nu et lavé. Et tu es resté sans réagir ?

Ils éclatèrent à nouveau d'un rire complice.

— Il y en a d'autres qui auraient bien voulu te laver, reprit Lâhla. J'ai dû me battre avec les filles ! Elles voulaient toutes être avec toi, ce soir ! Même la vieille Habîba. Elle serait à ma place si je l'avais laissée faire. Tu nous as sauvées, grand Muhammad ! Le maître des vieilles chamelles ! Qu'Al'lat te fasse roi au paradis. Sans toi, on serait mortes. Ou entre les mains des mauvais ! Toutes, elles veulent te prouver leur reconnaissance. J'ai dit non. J'ai dit qu'elles auraient tout le temps plus tard. À Tabouk, au pays de Sham. J'ai dit : « Ce soir, après une bataille pareille, il sera fatigué. Une seule femme lui suffira. Moi. »

Lâhla redressa son buste de jeune fauve et, dans un marmonnement plaintif, elle s'enquit :

— Es-tu fatigué, Muhammad ibn 'Abdallâh ?

Il restait à peine une heure avant le jour quand Muhammad s'éveilla. Seul au milieu des troncs, enroulé dans son large manteau. Ne sachant, durant un bref instant, où il se trouvait. Puis il se rappela. Le parfum de Lâhla. Ses caresses, ses baisers. Ses grondements de bonheur.

Ensuite, son sommeil avait été si profond qu'il n'avait pas eu conscience qu'elle s'écartait de lui pour rejoindre la tente des femmes. Pas même qu'elle l'avait emmailloté dans sa cape comme un enfant. Muhammad s'en dégagea avec un sourire.

La beauté et la tendresse de Lâhla bint Salîh. Une femme d'une condition égale à la sienne. Une fille de pauvre. Servante et cousine lointaine d'Abu Nurbel.

Muhammad revit les grimaces et les allusions du vieux marchand. D'une manière ou d'une autre, il savait. Nul doute qu'il en ferait des gorges chaudes à leur retour à Mekka. Mais le retour à Mekka, désormais, qui pourrait dire à quoi il ressemblerait ?

Ces pensées le tirèrent pour de bon hors du sommeil. Le ciel était toujours noyé d'étoiles qui, lentement, glissaient vers l'est. Le jour n'allait plus tarder. Les ombres se creusaient avec la même intensité qu'en plein jour, pourtant il était encore temps d'admirer le disque d'eau sous le ciel nocturne.

Il se leva, le corps engourdi, un peu douloureux de la violence du plaisir puisé dans celui de Lâhla. Sans bruit, il retraversa les petits jardins et se dirigea vers le sentier taillé dans la falaise.

Il était déjà bien engagé dans la pente quand il eut la sensation d'être suivi. Il se retourna et scruta le noir. Le long de la falaise, à l'abri de la lune, les ténèbres étaient encore denses. On n'y discernait à peine le chemin. Et nulle présence.

Il se remit en marche, l'oreille aux aguets, les doigts crispés sur la poignée de sa nimcha. Qui le suivait ? Certainement pas une femme. Lâhla y veillerait. Ni un serviteur, trop occupé à dormir. Les fils d'El Kessaï semblaient loin de toute curiosité ou de tout désir de vol. Se serait-il passé quelque chose, là-haut, près de la caravane ?

Muhammad pressa le pas. Le cratère de sable apparut sur sa gauche. Le disque d'eau reflétait si parfaitement le ciel qu'on eût pu croire qu'un pan de la nuit était tombé là, sur terre. Subjugué, Muhammad s'immobilisa quelques secondes pour admirer cette splendeur.

Un nouveau bruit résonna derrière lui. Faible, tout juste audible. Des pierres, peut-être, s'entrechoquant sous une semelle légère. Tout près. Quinze ou vingt pas au plus.

Muhammad reprit sa marche silencieuse, se pressant maintenant vers le sommet. Le vide, sur la gauche du sentier, était impressionnant. Se battre ici, c'était l'assurance de basculer au bas de la falaise.

Alors que la crête s'annonçait, un pan de roche grumeleuse, à sa droite, dessina un pli, une anfractuosité assez profonde pour servir de cachette. Muhammad s'y recroquevilla, le cœur battant la chamade, le sabre prêt à frapper.

Ce ne fut pas long. Déjà, les pas furtifs glissaient sur le chemin. Une silhouette blanche apparut. Muhammad bondit. Il enserra la poitrine de son poursuivant tandis que sa lame se posait sur la gorge inconnue, étouffant le cri de terreur qui y montait. Le corps qu'il enlaçait était si fin, si léger, que l'élan de Muhammad faillit les emporter dans le vide. D'un coup de rein, il renversa son poursuivant. La nimcha cogna la roche, sonore comme une cloche. Muhammad plaqua l'assaillant sur le sol. La tunique, la chevelure longue étaient celles d'un fils d'El Kessaï.

— Qui es-tu ?

— Je ne te veux pas de mal !

— Réponds : qui es-tu ?

— Zayd ibn Hârita al Kalb. Ne me tue pas !

Ses cheveux, épais, cachaient son visage. Sa voix était jeune. Très jeune. Il parlait l'arabe du Nord. Muhammad empoigna sa tignasse et la tira sans ménagement. L'autre lâcha un cri de douleur. Le visage était celui d'un adolescent, les joues maigres, les yeux écarquillés d'effroi. Le tranchant de la nimcha pesait toujours sur sa gorge. Des larmes brillèrent dans ses yeux. Il gémit :

— Ne me tue pas, je ne te veux pas de mal !

— Alors que me veux-tu, Zayd idn Hârita al Kalb ?

— Partir. Partir avec toi.

Une supplique terrifiée traversa le regard du garçon. Comme Muhammad se contentait de froncer les sourcils, il déglutit et marmonna :

— Je ne suis pas comme eux. Je suis du pays de Kalb.

Muhammad écarta son sabre, puis son genou. De toute évidence, le garçon était sans arme et sans grande force, bien trop mal nourri pour être dangereux. Debout, Muhammad rengaina sa lame. En contrebas, la lune apparaissait dans le merveilleux disque d'eau, parfaitement immobile, grossie comme par un effet de magie, si proche qu'il semblait qu'on pût la toucher, tandis que là-bas, à l'est, le ciel se gorgeait d'un lait puisé dans le jour nouveau.

Palpant la chair que le tranchant du sabre avait entaillée sur sa gorge, le garçon se recula au bord de la falaise. Ce n'était qu'une simple éraflure, pourtant la panique le laissait tremblant. Il enserra ses jambes de ses bras maigrichons, osant à peine lever les yeux. Il ne devait pas avoir quinze ans.

— Pourquoi veux-tu quitter les fils d'El Kessaï ? interrogea brutalement Muhammad. Ce n'est pas assez beau pour toi, ici ? Tu n'es pas bien avec eux ?

Malgré sa peur, le garçon s'obligea à affronter l'air suspicieux de Muhammad.

— Ils sont fous, dit-il.

— Qui ça ?

— Za Whaad. Son père, ses frères, ses fils... Tous les autres. Ils sont fous.

— Pourquoi ?

Zayd désigna le disque d'eau dans le cratère de sable. Avec la pâleur qui montait dans le ciel, la surface en devenait bleutée, étrangement éthérée.

— Ils croient que leur dieu va venir les chercher dans l'eau. Qu'il va les emporter tout droit au paradis.

Muhammad allait poser une nouvelle question, quand un braillement à peine humain résonna dans la faille, multiplié par l'écho. Muhammad leva la tête vers le haut du chemin, sans rien discerner. En bas, les serviteurs rejetaient leur couverture et bondissaient sur leurs pieds. La portière de la tente des femmes s'ouvrit. Muhammad s'élança vers la crête de roche, hurlant le nom de Bilâl.

C'était bien lui, le grand Bilâl, qui venait de crier ainsi. Et l'accueillait en haut du chemin avec un nouveau hullulement de joie, fier de la surprise qu'il créait.

— Comment nous avez-vous retrouvé ? s'exclama Muhammad.

— Hier soir, j'ai vu la direction que prenait la caravane, Petit Maître Muhammad. J'ai compris. Au dernier voyage que nous avons fait sur cette piste de Tabouk, le guide Zimba m'a parlé des gens qui vivent là-dessous. Il m'a montré un repère pour se diriger : « Bilâl, tu dois te cacher, tu vas là-bas. Personne ne te retrouvera jamais. »

— Et Yâkût ?

Bilâl désigna la caravane. Les bêtes s'ébrouaient avec l'aube. À l'arrière, Muhammad devina les méharis de Yâkût et de ses mercenaires.

— Il s'occupe de soigner ses bêtes. Elles en ont besoin. Deux de blessées et une morte. Et toutes tes chamelles, Petit Maître. Celles qui étaient encore vivantes, le seigneur Yâkût les a fait abattre.

— Les hommes ?

— Deux morts. Beaucoup moins que chez les mauvais. Et surtout...

Bilâl se tut brusquement, désigna la nimcha que tenait Muhammad.

— Petit Maître ! Tu l'as prise sur les mauvais ?

Muhammad lui saisit aussitôt le poignet.

— Tais-toi. Regarde.

Bilâl ne fut pas long à comprendre.

— Les cils d'Abu Sofyan al Çakhr, murmura-t-il. Tu as tué un homme d'Abu Sofyan, Petit Maître ?

— Fais attention. Pas un mot. Si Yâkût l'apprend, il voudra quitter la caravane. Et les Al Çakhr ne doivent pas savoir que nous savons qu'ils ont lancé une razzia contre nous. Pas encore.

Naissance d'une passion

La journée suivante fut pleine de confusion. Les mots d'Abdonaï et de Muhavija poursuivaient Khadija. Sans cesse, lui revenait à l'esprit l'arrogance d'Abu Sofyan al Çakhr. Son manège avec la statue d'Al Ozzâ, ses coups d'œil sur les esclaves. Sur la jeune et belle Ashemou. Avait-on jamais vu plus hypocrite et plus sournois ?

Et quand enfin, un instant, les perfidies d'Al Çakhr cessaient de lui faire bouillir le cœur, les mots de Muhavija s'insinuaient dans sa poitrine et dans sa tête. Il lui semblait que les dieux jouaient avec elle de la pointe de leurs doigts.

Pour les apaiser, elle ordonna de disposer de riches offrandes sur les autels d'Hobal et d'Al'lat, installés de part et d'autre de la cour. Jusqu'au soir on respira les encens d'Éthiopie et les pétales odorants de fleurs séchées de Perse qu'on ne consumait qu'à l'occasion des grandes fêtes. Pour Al'lat, qui en était friande, on grilla également le cœur et les entrailles d'un jeune bouc égorgé selon la règle. Ensuite, à la tête de toute sa maisonnée, Khadija mena la procession d'Hobal.

Sous un appentis de palmes et un dais d'alfalfa soigneusement tressé, un petit roc de lave, à peine plus gros que le poing et plus noir que la nuit, reposait sur un lit de cornaline. La volonté d'Hobal y résidait, racontait-on. Ce roc était fils et frère de la Pierre Noire d'Hobal, vénérée dans la Ka'bâ sacrée de Mekka. Son pouvoir, pensait-on, était un écho de la puissante voix du Protecteur.

Avec la même ferveur qu'elle montrait à Mekka, Khadija fit sept fois le tour de l'appentis, d'est en ouest. Les paupières mi-closes et les paumes offertes au ciel, elle murmura sa soumission et ses prières. Quand elle en eut fini, ceux de sa maison qui lui devaient le gîte, le couvert et leur bien-être tournèrent autour d'Hobal, psalmodiant à leur tour la grande prière d'espérance et d'humilité devant les forces plus puissantes que celles des humains.

Cependant, la journée s'acheva sans que la paix soit revenue dans l'esprit de Khadija. Elle ordonnait une chose, puis une autre. S'énervait pour un rien. Les servantes baissèrent la tête. Se mirent à chuchoter. Plus question de rire.

Khadija fit venir Ashemou pour lui donner le perfide cadeau d'Abu Sofyan, la statue d'Al Ozzâ. Pourtant, quand la jeune esclave fut devant elle sur la terrasse, elle se rétracta et la congédia sans explication.

Depuis des heures, Barrira avait compris qu'il valait mieux se taire. Elle s'était fait rabrouer de méchante façon. Elle en connaissait le signe. Plus tard, avec le sourire rusé des vieilles femmes, elle assura qu'elle en connaissait également la raison. Elle mit les servantes au travail.

Il y avait beaucoup à faire. Préparer les grains et les farines, séparer le lait de la crème, faire chauffer les fours, laver le linge, remplir les citernes d'eau, carder les laines, trier les olives tout juste récoltées, biner les potagers, et mille autres choses encore. Qu'elles s'activent en silence, qu'elles tiennent leurs bouches closes, ordonna-t-elle. Qu'elles suivent les ordres de leur maîtresse en lui épargnant leurs sempiternelles marmonnements d'obéissance. Qu'elles se fassent aussi discrètes que des ombres. Ce qui, en vérité, était leur lot. Leur maîtresse avait besoin de silence pour pouvoir entendre le bruit de ses pensées et le murmure de son cœur.

Enfin, Khadija se coucha après avoir posé le front sur la pierre encore chaude des offrandes à Al'lat et murmuré une dernière prière à Hobal. Le sommeil ne vint pas. Au contraire, fermer les paupières tournait au supplice.

Elle voyait la face chafouine d'Abu Sofyan.

Elle voyait le massacre de ses caravanes, entendait les moqueries des hommes de la mâla.

Elle voyait sa faiblesse, son impuissance de femme seule. De veuve obstinée. Et aussi sa rage, sa volonté de ne pas se soumettre à l'arrogance des hommes qui ne désiraient des femmes que la satisfaction égoïste de leurs plaisirs, l'accroissement de leur pouvoir et de leur richesse.

Surtout, elle voyait le sombre chemin de son âge, quoi qu'ait prétendu la cousine Muhavija.

La jeunesse s'aveugle. Elle oublie les vérités de la vie dans l'éblouissement de l'amour et les folies de l'espoir. Mais comment s'aveugler quand on est sur la pente qui conduit aux corps flétris et aux cœurs gros des temps passés ?

Chacune de ces pensées était une lame dans ses entrailles. Elle se l'était juré : le veuvage d'Âmmar al Khattab serait pur de tout mensonge. Elle avait aimé d'amour son époux à chaque heure de leur vie commune. Quel qu'en soit le prix, elle ne souillerait ni son corps ni sa mémoire pour le bien de ses affaires. C'était sa loi. Elle la respecterait jusqu'à son dernier souffle.

Oh, qu'Al'lat lui procure la paix ! Qu'Al'lat, la toute-puissante mère du désert, la guerrière du monde humain, lui donne la force de se tenir droite devant les hommes. Si nécessaire, qu'elle lui ôte ce qui lui restait de beauté afin qu'un Abu Sofyan ne puisse plus se jouer d'elle !

En écho à ce chaos de pensées, le silence résonnait des appels lugubres des chouettes. Loin dans la nuit parvenaient les réponses grinçantes des lynx de montagne. Ils pullulaient autour de Ta'if, profitaient de l'obscurité pour se rapprocher des maisons et renifler leurs proies. Alors qu'elle y était accoutumée au point de passer des nuits sans conscience de ce vacarme, Khadija se mit à guetter ces féroces échanges.

Bientôt, ce fut comme si elle entendait ses ennemis de la mâla de Mekka se déchaîner contre elle. Cela prit de telles proportions qu'elle crut avoir de la fièvre. Son front était moite. La sueur perlait à ses narines et sur son buste, alors que l'air dégageait sa fraîcheur habituelle. Une onde froide pesait sur sa poitrine telle une main malveillante. Il lui fallait ouvrir grand la bouche pour respirer, et le désir lui vint de déchirer sa tunique pour se débarrasser de cette effrayante oppression.

N'y tenant plus, elle se leva. Comme chaque nuit, Barrira veillait dans une alcôve séparant la pièce de la cour. Son sommeil était celui d'une mère et d'une gardienne. Au premier pas de Khadija, elle fut sur son séant, prête à questionner sa maîtresse bien-aimée.

Khadija la fit taire d'un « Non ! » impérieux. Et comme Barrira allait protester, elle gronda :

— Fiche-moi la paix. Dors.

Dehors, la lune presque pleine l'éblouit. Khadija se précipita vers l'escalier de la terrasse. Il n'y avait que là-haut, lui semblait-il, qu'elle pourrait respirer.

Cependant, aussitôt au haut de l'escalier, elle se pétrifia, le cœur battant à tout rompre.

Sous la lumière lunaire, la statue d'Al Ozzâ était redevenue transparente. Son corps d'albâtre paraissait s'être mué en une chair de nuée, une sorte de gaz aux frémissements incandescents. Il n'était plus possible d'en deviner les limites. Seuls apparaissaient avec netteté les arcs des yeux profonds et les larges traits des lèvres de la déesse.

Dans un réflexe de peur, Khadija faillit fuir. Elle recula d'un pas dans l'escalier. La pensée lui vint d'un maléfice. Elle se reprocha de ne pas s'être débarrassée de cette statue auprès d'Ashemou, comme elle l'avait d'abord voulu. Pourquoi ne l'avait-elle pas fait ? Quelle mauvaise volonté l'avait retenue ?

Une grande colère l'emplit, la conviction folle que la statue et la présence d'Al Ozzâ dans sa maison étaient la cause de ses chagrins. Voilà pourquoi Abu Sofyan la lui avait offerte : il connaissait le pouvoir maléfique de cette déesse.

C'était sa manière à lui, perverse et rusée, de l'empoisonner et de la soumettre.

Khadija était sur le point de se précipiter sur la pierre d'Al Ozzâ pour la briser quand la terreur la saisit. Elle n'osa pas.

Comme en réponse à sa fureur et à sa crainte, quelque chose bougea sur le visage d'Al Ozzâ. Les traits de la bouche se soulevèrent-ils dans un ricanement ? Ou, tout au contraire, dans un frémissement d'approbation ? Le cœur de Khadija dansa dans sa poitrine. Le sang lui martela les tempes. L'effroi brûla ses reins.

Elle ne devait pas laisser la déesse prendre le pouvoir sur elle.

Elle leva les yeux vers la lune. Alors, ce fut comme si un lait s'écoulait en elle. Un lait d'évidence et de vérité qui brisa toutes les barrières, consuma les terreurs et les colères.

Khadija s'avança sur la terrasse, tournant le dos au buste d'Al Ozzâ. Son regard quitta doucement la lune. La nuit lui parut plus obscure que jamais. Les ombres des montagnes dessinaient des pétales de ténèbres, comme si Ta'if formait le centre d'une fleur immense et secrète. Et dans toute cette obscurité lui apparurent, flous et incertains, un visage et une silhouette.

Un homme, un nom, une vérité.

Ce qu'elle avait fui depuis le récit d'Abdonaï s'était ancré dans son corps et dans son esprit.

Muhammad ibn 'Abdallâh.

Le sauveur de sa caravane.

Celui sur qui la loi de la vengeance risquait de peser jusqu'à ce que son sang coule et le prive de vie.

Elle ne l'avait vu que quatre fois. Cinq tout au plus. La première fois, lorsque Abu Talib, son oncle et tuteur, le lui avait présenté, elle avait su. Sans vouloir savoir, car c'était un fils de rien, un homme à qui on fait l'aumône d'une tâche. Néanmoins, le jour du départ de la caravane, elle en connaissait assez sur la voix de son cœur pour détourner les yeux de lui.

Pourtant, ici, sous la lune, avec le regard d'albâtre d'Al Ozzâ lui incendiant le dos, elle ne pouvait se représenter exactement son visage.

Son nez était-il grand et sa bouche petite ? Ses joues et ses tempes se plissaient-elles quand il souriait ? Avait-il le front sérieux quand il écoutait ? En elle n'apparaissait qu'une mince silhouette nerveuse, avec une masse de cheveux scintillant sous le soleil. Et aussi des mains longues et fines qu'il bougeait comme seuls le font les gens intelligents, et qui lui avaient fait songer à des volettements d'oiseau. Du son de sa voix aussi, étrangement, elle se souvenait avec précision. Doux, un peu grave, ou dolent, ne correspondant pas à la jeunesse de son corps.

C'était tout ce qu'il lui restait de cet Ibn 'Abdallâh.

Car dans l'instant même où, à côté d'Abu Talib, il avait planté ses yeux dans les siens, elle, Khadija bint Khowaylid, avait ressenti, du haut en bas de la colonne vertébrale, du haut en bas de la poitrine, l'aiguillon oublié depuis des années. Depuis Âmmar al Khattab. L'aiguillon du désir. Pis encore : l'aiguillon de l'espérance d'amour.

Au moins l'âge accorde-t-il, en quelques circonstances, le pouvoir de masquer certaines vérités et certaines folies. Elle avait su ne rien montrer. Brider sa langue et son cœur. Y compris devant Barrira et Muhavija. Faire comme si ce garçon, de dix ans son cadet, n'était qu'un corps parmi d'autres. Elle avait su regarder ailleurs. Ou l'observer à la dérobée quand ils s'étaient à nouveau et inévitablement croisés. Elle avait su l'effacer de ses paupières closes la nuit, avant le sommeil. Et même s'interdire sa présence dans la seconde vie des rêves. Khadija bint Khowaylid devait être une femme forte à la volonté d'airain.

Elle y était si bien parvenue qu'elle l'avait presque oublié. Jusqu'à ce qu'Abdonaï, ce matin, annonce : « Tu as gagné un homme de confiance... » Avant même que le Perse prononce son nom, elle avait deviné qu'il s'agissait de lui. Elle l'avait su comme on sait certaines choses depuis toujours.

Puis, aussitôt après, la douleur, oh la foudre de la jalousie ! quand le fidèle Abdonaï avait ri en évoquant le désir des femmes de la caravane pour leur jeune héros et les caresses qu'il leur accordait certainement.

Et maintenant, là, sur la terrasse, sous la lumière lunaire, la grande Al'lat et Hobal surmontaient le pouvoir maléfique d'Al Ozzâ et répondaient à ses prières. Ils lui faisaient connaître la vérité : elle brûlait d'amour pour Muhammad ibn 'Abdallâh.

Puis vint cette pensée : il lui fallait le sauver de la haine du puissant Al Çakhr !

Oh oui ! Muhammad devenu son époux, Abu Sofyan y songerait à deux fois avant de réclamer le sang du tha'r.

Mais aussi, ajoutait la vérité : Tu es celle qui rêve de Muhammad ibn 'Abdallâh dans ta couche. Tu es celle qui rêve d'un fils de rien pour époux. Ne triche pas : l'aiguillon de l'amour te fouaille de haut en bas.

Al Ozzâ, la puissante des pouvoirs de l'ombre, pouvait ricaner dans son dos. Elle aussi savait. Le monde des dieux savait. Khadija bint Khowaylid ne pouvait plus se mentir.

L'aube suivante, Khadija réveilla à nouveau Muhavija. Elle ne la fit pas venir sur la terrasse. Elle s'agenouilla près de la natte de sa cousine après avoir chassé les servantes. Que leurs oreilles ne puissent entendre ce qu'elle avait à lui confier !

Posant un doigt sur les lèvres de Muhavija, elle dit :

— Pas un mot, écoute-moi.

Elle murmura la vérité. Quand elle se tut, Muhavija sourit paisiblement. Sur ses traits se lisait cette compréhension née d'une longue solitude et de dures épreuves.

— Je te l'ai dit hier, Khadija : « Ce sera un enfant. » Tu ne voulais pas m'entendre.

— Al'lat a voulu que je t'écoute. Mon cœur chante, mais ma tête sait ce qui m'attend. Ce n'est pas un homme de rien qui me défendra à la mâla contre Al Çakhr et sa bande de chouettes haineuses. Âmmar mon époux ne l'a pas pu. Comment cet Ibn 'Abdallâh y parviendrait-il, lui qui ne possède pas même son chameau ?

— À son retour de Sham, ton Muhammad entrera dans Mekka sur un méhari d'or. Il sera celui qui aura sauvé ta caravane, celle d'Abu

Nurbel et celle d'Al Sa'ib. D'ici là, chacun saura qui a organisé la razzia.

— Quand il reviendra dans Mekka, il me verra avec toutes mes rides et...

— Ne recommence pas à te cacher derrière ton âge, cousine Khadija. Tes rides ne sont pas encore assez creusées pour que je puisse les voir dans la lumière du matin.

— Qui sait s'il ne reviendra pas avec une épouse ?

— En ce cas, ce sera à peine une épouse.

— Tout te paraît tellement facile, Muhavija ! On ne balaye pas ce qui existe avec la queue d'un âne.

— Précisément. Oublies-tu qui tu es ? Dès l'instant où ce garçon sera ton époux, il portera ta puissance. Et si tu sais le modeler, il deviendra aussi grand qu'un Abu Sofyan al Çakhr. Ou plus encore. Ibn 'Abdallâh est fils de rien, mais Abu Talib est son tuteur. Lui n'est pas rien. Il ne souhaitera pas mieux que de mettre sa main dans ta main. Le clan des Hashim se rappellera que Muhammad, le héros, est des leurs. Tu seras la puissance qui leur manque. Tout ceux de la mâla qui détestent Abu Sofyan sans oser le montrer se rangeront à ton côté.

— Mais lui ? Lui, voudra-t-il de moi ?

— Lui qui n'a rien, comme tu dis...

— Je ne te parle pas de puissance et de richesse. Voudra-t-il m'aimer comme je l'aime ? Voudra-t-il de mon corps comme je veux du sien ? Crois-tu que je m'avilirais à aimer un homme que je dégoûterais ? Qui ne me prendrait que pour les chameaux que j'envoie sur les routes ? Je ne suis pas cette femme-là. Al'lat ne peut exiger cela de moi.

— Ô, cousine chérie ! À quoi bon la torture des mots et des questions ? Si tu lui fais bouillir le sang, tu le sauras comme toutes les femmes l'apprennent de tous les hommes : quand tu seras nue devant lui.

Les mots filèrent toute la matinée entre les cousines. Lorsque le soleil atteignit son zénith, Muhavija était parvenue à conforter Khadija dans sa décision. Avec beaucoup d'entrain, elle la convainquit de ne pas agir à la légère. Il fallait un plan. Elle le proposa. Khadija n'y trouva pas grand-chose à redire.

Après qu'elles se furent serré les mains et tenues embrassées entre rires et larmes, telles des fillettes se jurant une fidélité éternelle, Khadija fit venir Barrira et Abdonaï devant elle.

— Ce que je vais vous confier, vous le garderez dans votre tête et votre bouche. Pas un mot ne doit sortir d'ici avant que je le décide, annonça-t-elle.

Elle leur apprit la nouvelle.

Sans surprise, Barrira ne fut que cris de joie et tendres larmes. L'air faussement indifférent d'Abdonaï, Khadija s'y attendait aussi, non sans crainte. La colère brilla plus qu'elle ne s'y attendait dans les yeux du Perse. Ce qu'il pensait vraiment, elle le devinait sans peine. Et, quoiqu'elle n'en pût rien montrer, elle partageait un peu de sa douleur.

Elle apaisa l'émotion de Barrira avant de s'adresser au Perse avec franchise :

— Tu n'aimes pas ma décision ?

Abdonaï eut son geste familier. Sa main unique empoigna le cuir recouvrant son moignon et le pressa contre sa poitrine. Cela lui donna la force de tordre ses lèvres en une grimace qui ressemblait à un sourire.

— Non.

— Abdonaï ! s'écria Barrira.

— Non, je ne l'aime pas, répéta le Perse avec sa grimace de guerrier. Mais je m'y attendais. Quand j'ai parlé du piège d'Al Çakhr, hier, je savais. Et tu as raison de la prendre, saïda Khadija.

— Je ne le veux pas pour le sauver de la vengeance d'Abu Sofyan. Pas seulement.

— Cela aussi, je le devine, soupira Abdonaï.

— Si le jeune Ibn 'Abdallâh ne veut pas de moi, je serai ridicule devant tout Mekka.

— Khadjiî !

D'un geste sec, Khadija fit taire Barrira. Ses yeux ne quittaient pas ceux d'Abdonaï. Le rire vint adoucir l'obscurité de ses prunelles, remua ses puissantes épaules, les secouant comme on se débarrasse d'un fardeau.

— Le jour de ton ridicule n'est pas encore levé, déclara-t-il.

De son bras valide, il enlaça les épaules de la vieille Barrira qui sanglotait.

— Quels sont tes ordres ?

— Nous restons ici, à Ta'if, jusqu'à la prochaine lune. Ensuite, nous retournerons à Mekka. Cousine Muhavija nous y précédera. À Mekka, elle fera ce qu'il faut pour que notre retour soit un message à Al Çakhr. Tu devras préparer son voyage, Abdonaï. Et, tous deux, gardez la bouche close. Abu Sofyan ne doit se douter de rien. Surtout pas que nous savons qu'il a ordonné la razzia.

— Khadjiî... Après notre retour à Mekka, une autre lune passera avant l'arrivée de la caravane.

— Je le sais.

— Oh... Il va te falloir beaucoup de patience !

DEUXIÈME PARTIE

LE JEUNE ÉPOUX

Fin d'été

Comme la veille Barrira avait eu raison !
Comme le temps paraissait immobile et presque
mort ! La lune se levait nuit après nuit, croissante
et décroissante, tantôt fine comme une dague
mortelle, tantôt opulente comme une femme
lourde de vie. Seule, elle prouvait que les jours
n'étaient pas une vide succession de présents.

Enfin, arriva le temps où la brûlure de l'été
s'apaisa. Les ombres, même au zénith, s'allongè-
rent sous les pieds des hommes et des bêtes. Suivie de toute sa maisonnée, Khadija s'avança sur
la rive de l'oued Ibrahim. L'eau, ici, n'avait pas
fait rouler la moindre pierre depuis sept lunes.
Les chamelles blanches chargées des paniers, les
mules et les chameaux des hommes d'Abdonaï
soulevèrent la poussière des pentes du jabal al
Nour jusqu'à la plaine du puits Zamzam.

Nichée dans son grand mur d'enceinte, cernée
par les tentes et les troupeaux des Bédouins,
comme serrée dans une paume immense, grande
ouverte vers le couchant et toute calleuse,
rugueuse de roches et de failles, apparut Mekka.

Tout au contraire de Ta'if, Mekka était une
vraie cité. Étagés sur la pente du val, les murs

des maisons traçaient des rues, des passages, des cours ombragées de ficus séculaires. De grands entrepôts s'étiraient dans la partie la plus basse, entourés par les boutiques minuscules d'un bazar.

Un peu plus haut, au cœur d'une esplanade offerte au soleil, l'enceinte de la Ka'bâ protégeait la Pierre Noire sacrée de Mekka. C'était un cube édifié en brique, une manière de maison, dont les angles, avec précision, désignaient les quatre points cardinaux. Bas, à peine plus haut qu'un homme, l'édifice, étrangement, ne possédait aucune toiture et ne comportait qu'une porte si étroite qu'il fallait se présenter de profil pour la franchir.

En son centre, à l'abri des regards, des dalles de basalte entouraient le puits de la source éternelle, la source Zamzam, qui, depuis la naissance des temps, abreuvait Mekka et la rendait unique dans l'immensité asséchée du désert.

Par-dessus l'orifice de la source, soutenue par un plancher de cèdre, se dressait la statue du très puissant Hobal. Son torse était recouvert de dizaines de colliers de cornaline. Sa face, à peine distincte, yeux, nez et bouche limés par les vents de sable, dépassait le mur, affrontant en silence le couchant.

La Pierre Noire elle-même, d'une obscurité plus profonde que la nuit et tourmentée de sillons tel un remous de lave figé dans le temps, soutenait l'angle est de la construction. Un large plateau de brique noirci par la cendre des offrandes agrandissait sa base.

Enfin, à une vingtaine de pas des murs de la Ka'bâ, réparties sur trois cercles, étaient disposées les trois cent soixante idoles de pierre, de bois, d'opale, de lave, parfois aussi de corne ou d'ivoire, ou encore de cuir et d'os : tout le peuple des dieux des tributs du Hedjaz, des déserts du Sud et des montagnes de Ta'if.

Ici, année après année, les pèlerins affluaient de partout, de l'Afrique de Sawakin, de Yanbu, de Yatrib, Shurma ou Sanaa, de la lointaine côte de Kunfida. Par centaines, ils tournaient entre leurs idoles et les murs sacrés de la Ka'bâ, la Pierre Noire de l'origine irradiant leurs paumes tendues. Les yeux clos, la poitrine vibrante de la présence si proche des dieux, ils tournaient sept fois afin que les paumes des puissances inhumaines apaisent leurs peurs, leurs douleurs, que cessent les grandes injustices et que soient exaucés leurs vœux.

Les premiers cris, ceux des enfants, s'élevèrent dès que les chamelles furent à portée de voix des tentes. Les femmes accoururent. Les youyous de bienvenue strièrent l'air proche du crépuscule. Khadija ordonna qu'on rabatte les dais voilant les palanquins. Elle apparut aux yeux de tous, rendant saluts et sourires. Sous la houle des voiles agités, des chevelures en désordre, elle distinguait ici et là un visage connu et le gratifiait d'un signe de reconnaissance. Derrière elle, Barrira ne quittait pas la mine sévère qui avait fait sa réputation dans Mekka.

Chacun ici vénérait celle qui était marchande comme un homme. Plus d'une fois l'an, Khadija les avait fait vivre en leur achetant ce qu'ils parvenaient à produire : des fruits de la terre, des tissages, des tressages, des onguents et des poudres de couleur, du petit bétail sur pied ou déjà devenu viande, laine, cuir.

Dans un grand charivari d'appels et de joyeuses salutations, les enfants bédouins coururent aux côtés des bêtes jusqu'à l'enceinte de la cité, où il leur était interdit de pénétrer. Leurs petits corps vifs à demi nus, gris de poussière et roux de crasse jusqu'aux tignasses, s'immobilisèrent en une haie parfaite, respectueuse. Les gardes, nimcha à la taille, lance au poing, ouvrirent en grand les vantaux bleus. Ils n'avaient nul besoin de contrôler l'arrivante. Depuis le matin, le murmure magique du désert avait annoncé le retour de la saïda Khadija.

Sans ralentir, la caravane pénétra dans le calme de la cité. Les cliquetis des harnachements, le grincement des bâts et des paniers, le martèlement des bêtes résonnèrent dans l'ombre déjà fraîche des ruelles.

Les plus belles maisons, ici, étaient d'immenses enclos dissimulés par des murs deux fois plus hauts qu'un homme et sans autre ouverture qu'une unique porte à double battant. Adossées et comme semées tout au long de l'enceinte, des pièces basses, chambres, cuisines, entrepôts, étables et resserres cernaient une cour centrale. Parfois, celle-ci était pavée avec soin, ornée d'un vieil arbre abritant une citerne sous sa frondaison. Les chambres des serviteurs et des esclaves, souvent d'obscurs dortoirs où s'entassaient les nattes, étaient seulement meublées de l'indispensable. Celles des maîtres jouissaient d'espaces spacieux, d'amas de coussins, de coffres, de tables basses, de tapis et d'alcôves tendues de lin frais sous des plafonds peints d'un bleu qui rappelait les ciels de l'aube.

Dans la demeure de Khadija, certaines de ces enfilades de pièces ne donnaient pas directement sur la cour, mais sous une sorte de portique aux longues arches qui les protégeaient habilement du soleil. Contrairement à celles de Ta'if, aucune de ces pièces, pas même celles de Khadija, ne possédait d'étage. Les terrasses des toitures, ici, servaient au séchage du linge, des graines ou des bottes d'alfalfa pour le tressage des paniers, nattes et tentures.

Khadija n'alla pas directement à sa maison, où les serviteurs qui ne l'avaient pas suivie à Ta'if l'attendaient avec impatience sur le seuil. Abdonaï conduisit la caravane sur l'esplanade de la Ka'bâ. Une foule s'y pressait déjà. Dans Mekka, les retours des puissants étaient un spectacle dont personne ne souhaitait se priver. Ceux de Khadija, plus rares, car elle ne quittait la cité qu'une fois l'an pour Ta'if, étaient des plus prisés. Chacun cherchait à deviner son aptitude de femme à tenir un rang d'homme. Chaque fois, c'était l'occasion de belles palabres et de prédictions sur son obstination à demeurer veuve.

Cette fois, cependant, Abdonaï, sans rien en montrer, remarqua que la foule était plus abondante et, semblait-il, plus avide que d'ordinaire.

La chamelle blanche s'agenouilla à distance des murs de la Ka'bâ. Khadija quitta son palanquin avec assurance, feignant d'ignorer les regards qui guettaient chaque expression de son visage, le moindre de ses gestes.

Elle franchit les cercles des idoles, s'approcha de l'angle est de la construction et se recueillit devant la Pierre Noire extraite des ténèbres de l'univers par Hobal, le puissant protecteur de Mekka. Sa présence pleine de mystère avait donné naissance à l'union du premier homme et de la première femme, racontait-on.

Khadija ferma les paupières. Ses lèvres tremblèrent sur des paroles que nul ne put entendre ou deviner, pas même ceux qui avaient pris soin de lui faire face. Sa main se tendit. S'avança. Si vivement qu'un murmure d'effroi courut parmi les spectateurs. L'instant d'un éclair, on crut qu'elle allait toucher la Pierre.

Mais le sacrilège n'eût pas lieu. La chair de la saïda Khadija ne se posa pas sur la nuit d'Hobal. Paumes et doigts tremblèrent au-dessus, si proches qu'un moucheron n'eut pu voler dans l'espace ténu qui les en séparait. Mais sans contact.

Ainsi, les lèvres formulant toujours une prière inaudible, Khadija entama ses sept tours de dévotion. Chaque fois qu'elle revenait face au soleil déjà pourpre, elle s'immobilisait, inclinait tête, nuque et poitrine, la main toujours fermement tendue. Puis elle reprenait sa marche circulaire.

Enfin, après le septième tour et une dernière inclinaison, Khadija revint près de sa chamelle et remonta dans son palanquin.

Alors seulement, tandis que sa chamelle blanche se levait avec grâce, son regard courut sur ceux qui s'étaient massés là pour juger et critiquer.

S'y tenaient quelques-uns des vieillards de la mâla. Des visages chenus, des bouches édentées mais des prunelles acérées. Elle prit soin de saluer chacun d'un geste courtois bien que conservant les lèvres closes, signe de respect apprécié chez les femmes. Il y avait aussi des cousins, des hommes du clan des Hashim, de celui des Makhzum, des Abd Manâf et des Zohra, des gens du clan de Muhammad ibn 'Abdallâh.

Mais pas un de la maison d'Abu Sofyan al Çakhr.

Ashemou de Loin

Ce soir-là, comme toujours lors des retours, on veilla tard dans la maison de Khadija bint Khowaylid. Barrira reprit en main l'ordre des choses. Elle vérifia rondement l'installation dans les chambres, désignant ce qui allait et n'allait pas. Après quoi, elle inspecta le rangement et le contenu des resserres. À la lueur d'une mèche à huile, elle compta les nouveaux tissages, contrôla le niveau des jarres d'huile et de grain. Tout serait à refaire en plein jour, et plus en détail, mais elle aimait montrer aux servantes que l'obscurité ne lui cachait rien.

Enfin, longuement, elle s'assura de la préparation du repas rituel du retour. Car le lendemain, lorsque le soleil atteindrait le zénith, la porte de la maison serait ouverte. Quiconque la franchirait pourrait prendre une écuelle et partager le repas commun à l'ombre du tamaris qui trônait dans la cour. Quand cet invité repasserait le seuil bleu donnant sur la ruelle, il devrait se considérer en alliance, en dette et en affaire avec la puissante Khadija bint Khowaylid. Ce qui ne serait pas sans devoir.

Abdonaï fit de même de son côté. D'abord, il s'assura que les bêtes de la caravane étaient convenablement traitées dans l'enclos appartenant à sa maîtresse, hors de l'enceinte de la ville. Il passa ensuite un long moment à régler la tâche des hommes de la maison pour les jours à venir, avant de s'assurer des conditions dans lesquelles leur dortoir avait été préparé. Tant que le jour le permettait, il vérifia l'état des terrasses, des citernes, des chars et des portes. Tout cela aurait pu attendre l'aube, et il n'était pas à douter qu'il réitérerait son inspection aux premières lueurs du jour. Lui aussi aimait montrer que rien n'échappait à sa vigilance.

L'arc fin de la lune nouvelle apparaissait déjà sur la crête dentelée du jabal al Nour quand fut enfin donné le signal du coucher. Les lampes de terre cuite furent mouchées. Seule la torche éclairant la natte du garde en faction près de la porte d'entrée, close par une lourde poutre, continua à diffuser sa pauvre lueur vacillante. Après la fournaise diurne, la nuit possédait cette paix où se devinait déjà le premier souffle de l'automne.

Quand la cour fut redevenue silencieuse, un grand voile de laine sur la tête, pieds nus afin de ne faire aucun bruit, Khadija quitta sa chambre. Prudemment, elle s'immobilisa devant l'alcôve où dormait Barrira. Au contraire de Ta'if, dans la très vaste maison de Mekka la vieille nounou possédait sa propre chambre, contre celle de sa maîtresse. En vérité, un couloir tout juste assez large pour sa natte et donnant sur la galerie. Une simple tenture servait de porte. Khadija connaissait d'expérience le sommeil léger, aux aguets, de Barrira. Cette nuit, cependant, le souffle rauque, lent et profond de son sommeil franchissait la tenture. La fatigue d'une journée interminable avait eu raison de sa vigilance.

Légère, habile dans l'obscurité, Khadija glissa dans un parfait silence devant le dortoir des servantes, s'avança jusqu'à l'angle ouest de la maison. Là, malgré les protestations de Barrira, Khadija avait ordonné que l'on vide une ancienne resserre pour en faire la chambre de la belle esclave Ashemou bint Shir al Dhat, Ashemou de Loin.

Ainsi que toutes les resserres, la pièce possédait une porte de bois. Khadija voulut la pousser. Elle était close, la traverse extérieure rabattue dans l'encoche du mur. Khadija la souleva aussi silencieusement que possible. Sous sa poussée, l'huis grinça à peine. Une touffeur moite, gorgée d'odeurs de jute, de paille, de relents d'olives broyées et de vieilles figues lui sauta au visage. À l'intérieur, elle devina l'agitation d'un corps. Un frottement de tissu, un souffle. Elle chuchota :

— C'est moi, ta maîtresse. Ne crains rien.

Khadija ouvrit la porte, laissant le mauvais air fuir dans la cour tandis qu'elle fouillait du regard les ténèbres de la resserre. Elle n'en devinait que la petite lucarne, à peine large comme une main. Quelques étoiles y brillaient dans le ciel plus clair que la nuit de la pièce.

— N'aie pas peur, fille Ashemou, répéta-t-elle dans un murmure à peine audible.

Puis :

— C'est irrespirable, là-dedans !

Elle tendit le bras, avança d'un pas. Ses doigts trouvèrent sans peine les plis moites et fripés de la tunique couvrant la taille et la poitrine d'Ashemou. Elle agrippa le tissu, attira l'esclave à elle, lui palpa le visage, passa ses paumes sur la nuque et les tempes trempées de sueur. Dans le noir, elle secoua la tête.

— Notre bonne Barrira t'a enfermée, n'est-ce pas ?

— Elle s'est rendu compte que j'avais quitté la maison.

— Ah...

— Dès mon retour, je suis venue ici pour t'attendre. Elle a demandé où j'étais allée, je n'ai rien répondu. Rien du tout, assura Ashemou sans élever la voix. Alors elle a fermé la porte. Elle a dit : « Comme ça, je saurai où te trouver. »

— Et tu n'as pas crié pour qu'on vienne t'ouvrir ?

— Pourquoi crier ? Les autres servantes pensent comme Barrira. Elles trouvent que tu me gâtes trop. Elles ne m'auraient pas délivrée. Je savais que tu voudrais me voir. Je t'ai promis le silence, saïda. Enfermée ici, j'étais sûre de tenir ma promesse.

Elles parlaient si bas que leurs têtes se touchaient. Khadija recula d'un pas. Du talon, elle butta contre la natte d'Ashemou. La pièce était tellement petite qu'on y tenait difficilement à deux. Khadija s'assit sur un coin de la natte. On respirait mieux. L'air frais de la nuit chassait la puanteur.

— Ôte cette tunique trempée de sueur, murmura-t-elle. Tu vas prendre mal.

— Je n'en ai pas d'autre. Mon coffre est resté dans le dortoir des servantes. Je n'ai pas eu le temps de le prendre avant que Barrira...

Khadija devina le geste d'Ashemou. Elle ne put retenir un sourire. Barrira connaissait tous les tours de la vengeance lorsque la jalousie s'emparait d'elle. La veille, quand Khadija lui avait annoncé que ce ne serait pas elle, la confidente de toujours, qui servirait de messagère vers Muhavija, la dispute avait été violente.

Elle ôta son voile de laine et le tendit à l'esclave.

— Enlève ta tunique, enroule-toi dans ce châle, ordonna-t-elle.

Son regard s'était habitué à l'obscurité. Reflétée par les murs blanchis de la cour, la lueur du ciel étoilé et de la lune pénétrait par la porte ouverte. Le geste d'Ashemou soulevant sa tunique et la retirant par-dessus sa tête fut gracieux comme un mouvement de danse. La splendeur de son jeune corps fut autant un ravissement qu'un coup de poignard inattendu. La sueur recouvrait sa peau fine d'une laque argentée. Les mains de Khadija auraient pu faire le tour de sa taille. L'orbe de ses tout jeunes seins était de ceux dont rêvent les hommes. Ses hanches se fondaient dans ses cuisses d'une seule courbe qui lui tombait de la nuque.

Les mâchoires de Khadija se serrèrent pour ne pas laisser passer le gémissement qui lui noya brutalement la gorge. Oh, cette beauté de femme ! Oh, combien aurait-elle donné pour la posséder encore et pouvoir l'offrir à celui qui désormais dévorait son cœur !

Où puiserait-elle le courage de se montrer, elle si vieille, nue devant lui, alors qu'il pouvait tendre la main et caresser les merveilles offertes par une Ashemou ?

Des larmes acides griffèrent les paupières de Khadija. Elle les ferma, dans la vaine tentative d'effacer ce qu'elle venait de voir. Qu'Al'lat la sauve ! Elle ne savait pas contenir tant de faiblesse d'amour et de désir.

Malgré elle, ses mâchoires cédèrent. Sa poitrine se vida d'un souffle plein de douleur.

— Saïda ?

Agenouillée devant elle, recouverte du châle, Ashemou la scrutait de ses yeux luisants de la nacre du ciel. Inquiète, dans un murmure où se devinait un peu de tendresse, elle répéta :

— Saïda ?

Khadija remercia Al'lat pour les ténèbres.

— Ça va, chuchota-t-elle, battant des paupières. Je ne sais pas comment tu as pu respirer, ici. Ça empeste tant que j'en ai les yeux qui piquent. Demain, je te le promets, Abdonaï fera enlever la barre extérieure et on brûlera des herbes ici. Ne sois pas soucieuse pour Barrira. Elle gronde toujours avant d'aimer.

Ashemou ne répondit pas. Ses yeux ne se détournèrent pas non plus. Un peu sèchement, retrouvant sa voix de maîtresse malgré le chuchotement, Khadija demanda :

— Raconte-moi ce que t'a dit la cousine Muhavija.

— Elle a fait ce qu'il fallait. Désormais, dans Mekka, ceux qui le doivent ont appris, pour la razzia de ta caravane. Ils le savaient ce soir, quand tu as tourné autour de la Ka'bâ.

— Oui, je l'ai noté.

— Elle a dit aussi qu'à la mâla ceux des clans Makhzum et Abd Manâf prennent le parti du puissant Abu Sofyan, comme avant.

— Pas une surprise.

— Elle a dit : « Demain, le seigneur Abu Talib sera dans ta cour. »

Khadija laissa fuser un petit rire.

— Le seigneur Abu Talib !

Son ton intrigua Ashemou. Khadija devina les questions retenues derrière les yeux qui la scrutaient.

— C'est un tout petit seigneur, qui ne pèse pas plus lourd qu'une chauve-souris, précisa-t-elle. Tu le poserais sur ton ventre, qu'Al'lat te l'épargne, tu ne le sentirais pas.

Elle rit, et Ashemou partagea son rire.

— C'est tout ce que t'a dit Muhavija ? reprit Khadija, sérieuse, craignant à présent les mots qu'Ashemou pourrait prononcer.

— Non.

— Alors ?

Tout bas, la voix la plus neutre possible, Ashemou récita :

— Elle a dit : « Que ta maîtresse dorme : j'ai vu celle que je devais. Elle la respecte et l'admire. » Saïda Muhavija a ajouté qu'après-demain son époux et ses fils partiront pour le port de Djedda. Tu viendras la visiter dans sa maison.

— Après-demain seulement ?

Dans l'ombre, la tête d'Ashemou s'inclina.

Le soupir de Khadija retentit dans le silence. Un temps, elle ne vit rien d'autre que le ciel trop lourd d'étoiles et la lune trop fine, suspendue comme une dent de tigre dans l'encadrement de la porte. Elle chercha la main de l'esclave, la trouva et la serra, étonnée qu'elle soit si petite, songeant combien il serait facile de la broyer.

— Tu te demandes ce que signifient ces paroles, Ashemou de Loin.

— Je ne me demande rien. Je suis ta servante.

— Mais si, tu t'interroges. Tu es belle, jeune et intelligente. Tu es une esclave, et il te faut comprendre ce que tu ignores. Je sais ce qu'il en est.

Ashemou ne parla pas. Khadija crut déceler une froideur prudente dans ce silence. Une distance qui se devinait jusque dans la main qu'elle retenait. Elle l'abandonna.

— Oui, tu es une fille intelligente.

— Je te suis fidèle, tu peux exiger de moi ce que tu veux.

— Je le crois. Tu dois avoir faim et soif.

— Demain je boirai et mangerai.

— Allons, pas de sottises ! J'ai une jarre d'eau dans ma chambre, et il te faut une tunique propre. Tu ne vas pas rester nue sous ce châle.

Khadija se leva, reprit fermement la main d'Ashemou comme une maîtresse doit saisir une servante.

— Suis-moi. Ne fais pas de bruit. Barrira a l'oreille fine.

Elles filèrent tels des fantômes sous les arches le long du dortoir des servantes. On percevait toujours la respiration rauque de Barrira derrière le rideau masquant son réduit, moins lourde cependant et plus lente que précédemment. L'huis de la chambre de Khadija grinça un peu.

Dans la nuit silencieuse, le bruit parut capable de réveiller la maisonnée. Il n'en fut rien.

Dans la chambre, l'éclat du ciel tombant de deux hautes fenêtres défendues par des barreaux de bois leur suffit à se déplacer sans heurts. Khadija conduisit la jeune esclave vers le coffre de sa couche. Il provenait de Sham. Le bois de cèdre était renforcé de bandes d'acier qu'une dague n'aurait pu forcer. Khadija s'agenouilla, souleva le lourd couvercle avec précaution. Ses doigts fouillèrent parmi les tissus. Elle les reconnaissait au toucher aussi bien qu'une aveugle.

— Voilà, murmura-t-elle.

Elle tendit une tunique dont le tissu jaune parut presque blanc dans la pénombre. Ashemou hésita.

— Prends, insista Khadija.

— Maîtresse...

Khadija se redressa. Le châle avait glissé sur l'épaule droite d'Ashemou. Elle le serrait contre son ventre pour qu'il ne tombe pas. Le blanc de ses yeux brillait si fort que Khadija se demanda s'il n'était pas mouillé de larmes.

— Prends, répéta-t-elle plus durement, élevant un peu la voix.

Elle pressa la tunique contre les mains d'Ashemou, qui la saisit maladroitement. Le châle glissa et tomba à ses pieds.

— Pourquoi es-tu si gentille avec moi, saïda ?

Khadija ne put se retenir de guetter une nouvelle fois ce corps nu, si jeune, si beau, et de penser à Muhammad ibn 'Abdallâh.

— Ne pose pas de question idiote et couvre-toi, grogna-t-elle.

Quand Ashemou leva les bras pour enfiler la tunique, Khadija lui tourna le dos. Une jarre de grès fermée par un couvercle de bois était posée près de la couche. Elle remplit d'eau un godet d'étain. Recouverte par la tunique, la silhouette fine d'Ashemou dessinait à présent une tache claire. Khadija lui tendit le gobelet. Quand Ashemou le porta à ses lèvres, elle dit :

— Dans la vie, il y a les maîtresses et les esclaves. Les puissants et les autres. Ces autres sont parfois plus forts et possèdent plus de cervelle que les puissants. Barrira était l'esclave de ma mère. Crois-tu qu'elle soit plus loin de mon cœur que celle qui m'a mise au monde ?

Sans attendre de réponse, Khadija se dirigea vers l'angle le plus éloigné de sa couche. Elle s'inclina sur un grand panier recouvert d'un tapis.

— Approche, fille de loin, ordonna-t-elle en soulevant le bord du tapis.

La forme bien reconnaissable de la statue d'Al Ozzâ apparut.

— Tu n'as pas peur d'elle ? demanda Khadija.

— Pourquoi avoir peur ?

— Al Ozzâ n'est pas une bonne déesse. Elle aime la part obscure de nos pensées. Elle aime ce qui n'est pas beau en nous.

— Là d'où je viens, elle n'est la déesse de personne.

Khadija laissa passer un temps, comme si elle s'attendait à une réaction d'Al Ozzâ après pareil blasphème.

— Saurais-tu la porter ? N'est-elle pas trop lourde pour toi ?

Ashemou s'avança. Sans hésitation, elle agrippa les poignées du panier et le souleva.

— Lourde, elle l'est. S'il ne faut pas aller trop loin, je la porterai.

— Dans ta chambre. Tu dormiras ici cette nuit, près de moi. Quand le jour blanchira le ciel, tu l'emporteras dans ta resserre. Abdonaï viendra creuser le sol sous ta couche et vous l'y enterrerez, bien enveloppée dans le tapis. Tu veilleras sur elle pour les temps à venir.

Khadija scrutait les traits d'Ashemou dans le noir afin de deviner sa réaction. Elle n'y vit ni refus ni rejet. Un remords lui serra la gorge. Ashemou chuchota :

— Je le ferai.

— Tu n'as pas peur ?

— Peur de quoi ?

Abu Talib

Le rituel était le même pour tous. Les invités passaient la porte bleue de la maison de Khadija bint Khowaylid. Une large dague ornée d'un manche en corne de bouc retenue sur son ventre, Abdonaï les saluait. Un même salut pour tous, les riches et les moins riches, les puissants des clans et les autres.

Derrière lui se tenaient quatre gardes. Dans la cour, chacun se dirigeait vers un appentis couvert de feuilles de palmier. Sous l'autorité de Barrira, les servantes y cuisaient des *kulbz*, des galettes de pain gonflées comme des grenouilles sous la chaleur. Avec délicatesse, les femmes remplissaient des écuelles de terre cuite de purées de légumes et de ragoût de poules noires aux fèves. D'un doigt habile, elles ouvraient les galettes brûlantes en leur centre, les fourraient d'un peu de fromage de chèvre à peine caillé, de piment, de menthe broyée et de miettes de dattes. Toujours elles veillaient à saluer trois fois chaque convive. Une inclination du front quand il arrivait, une de la nuque en lui offrant la nourriture, puis quand il s'éloignait. Elles veillaient également à ne pas croiser son regard.

Les mains chargées, les invités se présentaient devant l'autel d'Hobal, dans l'angle est de la maison. Là, posant écuelle et pain fourré sur la pierre des offrandes, ils en prélevaient une part pour le divin protecteur de Mekka. Ils réclamaient son attention et le priaient de conserver sa paume sur eux, pour ce jour comme pour tous ceux qui régiraient leur destin. Enfin, il était temps d'aller rendre hommage à leur hôtesse.

Khadija se tenait sous le tamaris. Adossée au tronc, elle était assise sur un siège de bât en genévrier finement tendu de cuir clouté d'argent et disposé sur un tapis vert et rouge. Elle les attendait, patiente, les mains croisées sur ses cuisses repliées sous une modeste tunique. Des peignes de corne rehaussés d'argent à la mode de Saba retenaient sa chevelure. Des anneaux d'or pendaient à ses oreilles, et sur sa poitrine jouait un collier de minces plaques d'ambre d'Afrique suspendues à une barrette d'ébène incrustée de la cornaline d'Hobal.

Peu de mots s'échangeaient. Les invités lui souhaitaient une longue prospérité. Elle leur retournait le vœu. Ils souhaitaient que la main d'Al'lat demeure sur sa maison. Elle remerciait :

— Que ta maison soit heureuse et ta descendance pleine de vie.

Souriant, ils ajoutaient :

— Qu'Hobal le Tout-Puissant continue de t'aimer et t'accorde cent chameaux pour le prochain printemps.

— Qu'il t'aime toi aussi, et nous partagerons sa pluie de richesses, répliquait-elle.

Ces derniers mots déclenchaient des rires, des saluts, des mercis pour le beau repas, jusqu'à ce que l'invité s'écarte à reculons pour laisser place au suivant. Ils étaient déjà plus d'une cinquantaine dans la cour de Khadija, lorsque l'oncle de Muhammad ibn 'Abdallâh entra.

Abu Talib était un tout petit homme. Alors qu'il avait à peine passé la quarantaine, sa silhouette d'oiseau, sèche comme un buisson du Nefoud, était celle d'un homme faible et fragile. On le prétendait chauve, mais nul ne pouvait en être certain, pas même ses servantes, car il se couvrait le crâne d'un petit bonnet de feutre jusque dans son sommeil. Une barbe grisonnante allongeait son visage tout en lignes et rides, en faisait un vieillard avant l'âge.

Il suffisait cependant de croiser son regard pour deviner la ténacité qui l'habitait. Devenu chef du clan des Abd al Muttalib par la ruse et l'agilité de sa langue, il avait fondé sa réputation sur son âpreté au gain. Quoique nul ne redoutât son bras ou sa lame, il était parvenu à s'imposer dans le commerce de Mekka.

Il accorda peu de temps à la cuisine de Barrira. Il remplit à demi son écuelle et offrit la moitié de son kulbz à l'autel d'Al'lat, pressé d'aller saluer Khadija. Quand ils en eurent fini avec les paroles convenues, Khadija baissa modestement les paupières. Après un silence, elle désigna le tapis sous ses pieds.

— Prends le temps de t'asseoir, seigneur Abu Talib.

Creusant ses tempes décharnées et dévoilant des gencives où manquaient de nombreuses dents, les plis d'un sourire envahirent la face émaciée d'Abu Talib. Être traité en seigneur le comblait. Néanmoins, avant d'accepter l'invitation, il jeta un coup d'œil derrière lui. Mâchant leur pain trempé de ragoût, les invités le dévisageaient. Aux aguets, conscients que des secrets d'importance allaient transiter entre leur hôtesse et le premier des Abd al Muttalib, ils ne cherchaient pas à dissimuler leur curiosité. Ce soir, leur gloire serait de lancer de nouvelles rumeurs dans les cours de Mekka.

Abu Talib inclina son corps d'oiseau dans ce qui pouvait paraître une révérence à son hôtesse. Il en profita pour déposer son écuelle et son pain sur le tapis, souleva le bas de son caftan et s'assit sur ses talons.

— Tu sais ce qui est arrivé à notre caravane devant Tabouk, commença Khadija, un sourire aux lèvres, rien qui puisse irriter les sens d'un homme.

— Je sais quels mots volent dans les cours de Mekka depuis ton retour, opina prudemment Abu Talib.

— Raconte-moi ce que j'ignore.

— Ce qu'on dit : une razzia, mais manquée. Pas un chameau de perdu pour nos biens. Pas d'homme blessé qui soit à nous. Abu Nurbel, Al Sa'ib et mon neveu Muhammad s'en sont sortis sans une égratignure. Hobal soit loué jusqu'à la fin des temps ! Je lui ai offert la moitié de mon pain tout à l'heure. Je passerai la nuit prochaine en dévotion à la Ka'bâ. Qu'Hobal le grand mesure ma reconnaissance !

Joignant le geste à la parole, Abu Talib inclina le buste au-dessus de son écuelle. Qu'il fût profondément pieux, et même jusqu'à la superstition, personne n'en doutait.

130

Quand il se redressa, ses yeux n'étaient plus que deux fentes scintillantes. Bougeant à peine les lèvres, il déclara :

— Tu as été bien avisée de payer ce bandit de Yâkût. Rien ne vaut un grand mauvais pour se défendre des mauvais.

— Les mauvais...

Khadija haussa les sourcils, laissant mourir le mot sur ses lèvres.

— Ils ont un nom et un seul, ces mauvais, dit-elle, durcissant la voix mais gardant le sourire afin que les dizaines de curieux, là-bas, au fond de la cour, se méprennent sur ses paroles.

— Il s'en prononce un, acquiesça prudemment Abu Talib. Comme se murmure l'ombre des mots quand trop de bouches les ont répétés.

— Détrompe-toi. Ce n'est pas une ombre de nom, et moi, je peux le prononcer en entier : Abu Sofyan al Çakhr, siffla Khadija, peinant à contraindre sa colère.

— Ah !

— Abu Nurbel a dit au messager : « J'en ai la preuve. Je l'apporterai à mon retour. »

Abu Talib demeura silencieux et si raide, si tendu, que les nerfs de ses maigres muscles saillaient sur son cou.

— Tu as peur de ce nom ? demanda Khadija.

— La prudence n'a pas besoin de la peur pour être sage. Je sais la puissance que j'ai et celle que je n'ai pas.

— Que nous avons et que nous n'avons pas.

Une fois de plus, Abu Talib ne répondit pas. Khadija déplaça l'une de ses jambes et égailla les plaquettes d'ambre de son collier. Entre les fentes serrées de ses paupières, Abu Talib suivait chaque frémissement de ses doigts.

— Tu as été clairvoyant en me conseillant ton neveu, reprit-elle.

— Muhammad te sera un fidèle serviteur. C'est dans sa nature. Il est né pour être fidèle à celui qui l'emploie. Je l'avais déjà remarqué alors qu'il tétait encore sa mère.

— Il est encore autre chose que la rumeur tait. Le messager d'Abu Nurbel a dit : « Ce n'est pas Yâkût qui a sauvé notre caravane. C'est Muhammad ibn 'Abdallâh, le neveu d'Abu Talib. »

La bouche d'Abu Talib s'ouvrit en grand. Ses paupières aussi s'étaient desserrées.

— Mon neveu ?

— Il a tué de ses mains l'un des mauvais. C'est un stratagème à lui qui a vaincu nos ennemis. Nous lui devons beaucoup, ajouta Khadija, consciente du bonheur qu'elle éprouvait à prononcer ces phrases.

— Muhammad ? répéta niaisement Abu Talib. Il a versé le sang ?

— Tu ne l'en crois pas capable ?

— Oh que si ! Oh que si ! Mais...

La main sèche d'Abu Talib voleta. Khadija laissa un rire fuser de ses lèvres, laissant croire que l'oncle de Muhammad venait de prononcer une jolie plaisanterie. Là-bas, parmi les invités, on pourrait longtemps se demander laquelle.

— Comment ?... Tu m'apprends que mon neveu s'est dressé contre ceux qui vont avec le seigneur Abu Sofyan ? Me voici en guerre contre les clans de Harb, du clan d'Omayya, qui suivent Al Çakhr. Sans compter les Abd Kilab, les Banu Makhzum, les Abd Manâf...

— Il semble bien. Tu auras remarqué qu'ici, dans cette cour, pas un visage des Banu Makhzum ou des Abd Manâf ne s'est montré aujourd'hui pour mon retour. Aucun n'apparaîtra. Pas plus qu'hier à la Ka'bâ, pour mon retour devant notre Pierre Noire.

— En effet...

— Tu es un homme sage, oncle Abu Talib. Dans l'une de tes mains, tu pèses le poids de la veuve Khadija bint Khowaylid. Dans l'autre, celui d'Al Çakhr. Et tu songes : « Comme il est léger, le poids de la veuve ! Si les lames sont tirées, si la mâla plie sous la loi d'Abu Sofyan al Çakhr, elle disparaîtra vite. Comme son époux Âmmar al Khattab avant elle. »

Khadija se tut. Son sourire n'avait pas faibli durant tout son discours. Sa voix était restée légère. Abu Talib baissa les yeux. Sans un mot, du bout de ses doigts osseux, il touilla un peu de pain dans l'écuelle de ragoût. Y répandit la chair blanche du fromage frais, la chair noire des olives.

Khadija patienta en silence jusqu'à ce qu'il relève le front. Alors elle avança le buste, et d'un geste l'invita à en faire autant.

— Tandis que ses pillards attaquaient nos biens, le puissant Al Çakhr était devant moi, dans ma maison de Ta'if. Charmant comme il sait l'être avec les veuves. Souhaitant prendre soin de ma richesse.

— Oh ?

Tout dans le visage d'Abu Talib exprimait maintenant l'ébahissement. Ses yeux, sa bouche, les mille rides de son front.

— Oui, dans ma maison héritée d'Âmmar al Khattab. Me proposant une alliance qui pourrait me convenir. À moi qui n'ai personne pour parler en mon nom à la mâla, comme je n'ai aucun homme à tenir entre mes cuisses.

— Saïda Khadija ! Tu veux dire ?

— Oui.

— Que tu deviennes son épouse ? À Al Çakhr ?

— La seconde seulement.

— Oh, oh ! s'exclama Abu Talib.

Le rire de Khadija retentit dans la cour comme si une belle et grande plaisanterie venait de sortir de la bouche sèche d'Abu Talib. La poitrine secouée de joie, elle se laissa aller contre le tronc du grand tamaris tandis que le petit homme sec se tortillait, n'osant se retourner pour juger de la mine des invités derrière lui.

— Que lui as-tu répondu ? demanda-t-il enfin.

— Qu'une veuve a toujours du plaisir à apprendre qu'un bel homme souhaite la mettre dans son lit.

— Alors ?

— Mais pourquoi Khadija bint Khowaylid, veuve d'Âmmar al Khattab et riche de sa richesse, deviendrait-elle une seconde épouse quand elle est sa propre reine et aussi riche que celui qui veut la plier sous lui ?

— En effet, pourquoi ?

À présent, ils se jaugeaient, les yeux dans les yeux. Ceux de Khadija souriants, ceux d'Abu Talib acérés comme des épines de *tza'ab*. Puis il battit des paupières et marmonna :

— Sauf qu'un homme bien intentionné peut toujours chercher à satisfaire une veuve. Même la plus riche.

134

— Abu Talib ! Voudrais-tu... Toi aussi ?

— Non, non ! Oh que non ! Pas moi ! Ma mère ne m'a pas bâti pour ce destin !

C'était au tour d'Abu Talib de rire gaiement, sans gêne. Puis en un clin d'œil son sérieux lui revint.

— Tu dis que je pèse ton poids d'une main et celui d'Al Çakhr de l'autre. Juste. Mais pas pour dire : « Celui d'Abu Sofyan est plus lourd. » Pour dire : « Entre ces deux-là, Abu Talib sait que le sien est le plus léger. » Mon neveu Muhammad a versé le sang. On ne sait pas de qui, mais si le sang coulé est du clan d'Al Çakhr, Abu Sofyan exigera le tha'r, le prix de la loi. Alors, moi, qu'irais-je faire devant Abu Sofyan ? Lui donner ce que je ne veux pas lui donner pour l'apaiser ? Ou laisser la loi du tha'r frapper mon neveu Muhammad ? Et si je donnais ce que je ne veux pas donner pour qu'il vive, Abu Talib serait encore plus maigre et plus léger qu'il ne l'est déjà.

— Alors ?

— Au retour de la caravane, ne mets pas Al Çakhr en accusation. Ne brandis pas la preuve que sa main a dirigé la razzia. Feins de l'ignorer. Ne réclame pas vengeance. Laisse la rumeur s'effacer dans l'ombre. Qu'Al Çakhr n'ait pas besoin de tirer sa lame. Qu'il oublie. Alors, je te le promets : à la mâla, tous ceux des Abd al Muttalib seront ta voix. Et tous ceux des Abd Manâf qui aujourd'hui boudent ta cour quitteront Al Çakhr pour devenir ta voix.

— Tu le peux ?

— Je le peux. Toi et moi, nous pèserons aussi lourds que les Harb et les Banu Omayya d'Abu Sofyan al Çakhr.

Khadija demeura silencieuse, le visage clos, comme si elle était sur le point de refuser. Abu Talib se tortilla de nouveau sur ses talons.

— Tu dis que je suis sage, insista-t-il. Toi aussi, tu l'as été, dans le passé, en ne criant pas vengeance pour Âmmar, ton époux.

— Les veuves ne crient pas vengeance. Il leur faut un bras d'homme pour cela.

— C'est la vérité.

— La proposition d'Abu Sofyan m'a fait réfléchir. Il est malfaisant, mais il a raison. Aujourd'hui, il me faut le bras d'un homme pour porter ma parole à la mâla.

— Oh, oui. C'est la sagesse des veuves. Je l'ai toujours pensé. Et beaucoup, chez nous, aimeraient l'être, ce bras.

— Ne cherche pas, oncle Abu Talib. Ce bras, je l'ai déjà choisi. C'est celui d'un homme qui réalisera cette alliance entre nous, alliance que le Çakhr ne pourra pas rompre.

— Oui ? Qui donc ?

— Ton neveu.

— Muhammad ?

— Muhammad ibn 'Abdallâh.

— Qu'Al'lat me protège jusqu'à la fin de mes jours ! Muhammad ?

— Si tu le veux et s'il le veut.

— Et pourquoi ne le voudrait-il pas ?

— Parce qu'il a son âge et que j'ai le mien. Parce qu'on pourrait rire de lui dans tout le Hedjaz.

— Ne songe pas à cela. Il le voudra parce que je le voudrai. Des veuves de Mekka, en connais-tu d'autres qui feraient mieux le bonheur d'un

garçon de rien ? Et lui dans ta maison, Al Çakhr
oubliera réellement le sang du tha'r.

— Non. Tu le voudras si lui le veut. Comme un
homme doit désirer une épouse. Pas comme
un lézard qui fuit la pierre entre les pierres. C'est
ma seule condition.

L'attente

Plus tard, Barrira guetta la mine d'Abu Talib alors qu'il se faufilait parmi les invités. Ceux-ci se pressaient autour de lui, dévorés de curiosité. Sur tous les visages, entre toutes les phrases marmonnées, revenait la même impatience : savoir ce que Khadija bint Khowaylid, qui l'avait fait asseoir et entretenu si longtemps, avait de si important, de si secret, à lui confier.

Entrouvrant à peine ses lèvres sèches, Abu Talib répondait par des mots vagues. Il trempait son pain dans son ragoût, l'imbibait du jus de poule noire jusqu'à ce qu'il devienne une pâte douce à ses gencives édentées. Après quoi, il s'en gonflait les joues. Mâchait et remâchait, si bien qu'il ne lui sortait plus que des sons incompréhensibles de la bouche.

Cela dura le temps nécessaire, puis, avec l'empressement des hommes importants, il abandonna son écuelle dans les mains d'une servante, traversa la cour, franchit la porte bleue dans un flottement de caftan, et disparut dans la ruelle.

Barrira avait vu ce qu'elle désirait voir. Ce que la bouche d'Abu Talib n'avait pas dit, ses yeux et sa démarche sautillante le dévoilaient. Ses pas avaient la légèreté d'un homme qui venait de conclure une belle affaire. En vérité, Barrira n'était pas la seule à deviner cette jubilation. Mais ce qu'était cette affaire, les curieux de la cour auraient été bien stupéfaits de l'apprendre.

Quand enfin le dernier invité partit et qu'Abdonaï ordonna la fermeture de la porte, Khadija quitta son siège sous le tamaris. Ce que chacun remarqua alors, en un clin d'œil, c'est qu'elle le faisait sans entrain et tout à l'opposé de la légèreté d'Abu Talib. Barrira se précipita.

— Khadjiî... Qu'y a-t-il ? Cette vieille chouette d'Abu Talib ne le veut pas ?

— Bien sûr qu'il le veut, la rabroua Khadija. Même si je lui demandais de mâcher du pain sec, il accepterait.

Elle lui tourna le dos, et ce fut tout. Jusqu'au surlendemain, Khadija demeura silencieuse dans sa chambre. Barrira ne put obtenir d'elle le moindre mot.

L'impatience du retour de la caravane, de cet instant si prodigieux, ou peut-être si effroyable, où Muhammad serait devant elle la tourmentait et rendait chaque jour à attendre plus insupportable. Il semblait qu'Al'lat avait décidé de ralentir le temps. Cette journée endurée à sourire sans fin, à écouter la répétition mécanique et sournoise des vœux de ses invités, avait été un supplice.

Que l'oncle de Muhammad se laisse aisément convaincre des bienfaits d'une alliance et de tout ce que le mariage pouvait apporter à leurs clans respectifs, Khadija en était convaincue d'avance. Depuis longtemps elle savait manœuvrer les hommes comme Abu Talib. Souvent, elle en avait tiré plaisir et fierté. Aujourd'hui, alors que les doutes les plus terribles lui tordaient le cœur, la soumission d'Abu Talib ne lui apportait pas le moindre réconfort.

Avec quelle aisance elle avait dit : « Tu le voudras si lui le veut. Comme un homme doit désirer son épouse. Pas comme un lézard fuit la pierre entre les pierres. »

Mensonge ! Comme elle aurait voulu être cette femme tranchante ! Sûre d'elle ! Ou disparaître afin que le refus de Muhammad, l'indifférence de Muhammad, la honte ne l'atteignent pas !

Oh, pourquoi avait-elle laissé couler cette folie d'amour dans son cœur ?

À Ta'if, bercée par les rêves de la désinvolte cousine Muhavija, tout paraissait possible, simple, beau. Aimer Muhammad, lui offrir la grandeur, le protéger du venin d'Al Çakhr étaient une évidence.

Ici, à Mekka, tout semblait lourd, retors.

Qu'était-elle d'autre pour Muhammad ibn 'Abdallâh qu'une vieille patronne lui donnant sa chance de commercer à Sham ?

D'où lui venait cette arrogance de se croire assez forte pour s'opposer à la haine farouche du puissant Abu Sofyan ?

Peut-être ce jeune Muhammad accepterait-il sa proposition. Mais comme son oncle. En homme roublard. Dans l'espoir de réaliser une bonne affaire. Pour devenir riche. N'éprouvant, devant elle nue, en guise d'amour et de désir, que pitié et mépris. Voilà ce qu'elle allait faire de Muhammad : un menteur, un être dégoûté, un homme souillé par le désir qu'avait de lui une vieille veuve, jusqu'à la déraison.

Depuis la mort de son époux Âmmar, jamais Khadija ne s'était sentie aussi désemparée. Quand enfin elle se retrouva devant sa cousine, elle ne put rien lui cacher. Une fois encore, Muhavija sut faire preuve de calme et montra sa grande expérience.

Elle sécha les yeux de Khadija avec un linge fin, tira un pinceau de khôl d'un étui de buis et rendit à sa cousine ce regard brillant et vif que chacun lui connaissait. Après quoi, elle lui prit la main.

— Viens avec moi. Tu vas entendre les mots dont ton cœur a soif.

Muhavija conduisit Khadija dans une pièce étroite à côté de sa chambre. Quand elles eurent tiré le rideau, une petite femme ronde se dressa d'un bond, quittant la paillasse où elle patientait.

— Saïda Khadija bint Khowaylid !

Elle ne devait pas avoir trente ans. Ses yeux étaient pleins de lumière, sa bouche ne pouvait cacher son plaisir des douceurs de la vie, et c'est seulement dans son geste de salut que Khadija reconnut sa parenté avec le sec et austère Abu Talib.

— Kawla bint Hakim est la tante de Muhammad, confirma Muhavija doucement.

— Sa tante préférée ! rectifia la jeune femme. Ou alors, c'est qu'il est mon neveu préféré ! Qu'Al'lat me pardonne, je ne devrais pas parler de lui comme ça, mais il n'y a pas trois années de différence entre nous. Oh, à toi je peux le dire, quand nous étions enfants, Muhammad et moi, nous passions tout notre temps ensemble. Et quand l'âge est venu, et le désir avec, combien de fois ai-je prié Al'lat pour que Muhammad devienne mon bien-aimé ! Mais la déesse est plus sage que moi. Mon neveu chéri n'est jamais devenu mon époux.

Kawla se tut, eut un rire bref, gonfla son abondante poitrine. Puis, ayant perçu l'attente sur le visage de Khadija, elle éclata de rire à nouveau.

— Oh non ! Tu te trompes. Je suis ravie. Muhavija m'a tout raconté. Oh oui, comme je serais heureuse si tu épousais Muhammad. C'est le plus merveilleux des garçons. Et une femme comme toi pour lui, saïda Khadija, ce serait comme si Al'lat elle-même posait sa main sur sa nuque. Je te jure, aucun homme ne te mérite plus que lui.

Khadija l'interrompit d'un geste un peu sec.

— Ce que je voudrais savoir, c'est si Muhammad voudra me prendre pour épouse.

Le visage de Kawla se figea. Le rire, la légèreté et même cette gourmandise qui semblait dévorer ses larges lèvres disparurent. Elle jeta un bref coup d'œil à Muhavija avant de fixer à nouveau Khadija.

— S'il en est un qui peut t'aimer, c'est lui, affirma-t-elle d'une voix nouvelle, grave et lente.

— Pour autre chose que ma fortune ?

— Il ne deviendra l'époux d'aucune femme pour sa richesse. Sinon, riche, il le serait déjà.

— Et bien que je sois une vieille veuve.

— Cela n'est pas vrai. Veuve, tu l'es, saïda Khadija. Mais belle, aussi, bien plus que moi, qui suis de dix années plus jeune que toi.

Khadija ne répondit pas. Ne cilla pas. Ne montra aucun plaisir au compliment.

— Je ne suis pas dans le cœur de Muhammad, saïda Khadija. Ce serait mentir de prétendre le contraire. Mais je le connais, je sais qui il est. Pas un homme que l'âge d'une femme rebute. Il se guide à l'amour, cela, je le sais aussi.

— Et son cœur ne va à aucune femme ?

Kawla retrouva son petit rire. Sa bouche gourmande s'arrondit.

— Quand il a quitté Mekka avec la caravane, son corps allait vers une fille de rien, Lâhla bint Salîh, une servante du vieil Abu Nurbel. Son corps, et pas son cœur.

— Mais des mois auront passé au retour de la caravane.

— Les mois ne créent pas l'amour quand il n'est pas né au premier jour. Ils ne font que lasser.

— Kawla parle d'or, approuva Muhavija. Et tu le sauras au jour de son retour. Tiens bon, Khadija. Il ne te reste plus qu'à attendre une demi-lune. Tiens bon.

Kawla saisit brusquement les mains de Khadija.

— Il est une chose que je sais, qu'Al'lat et Hobal me foudroient si je mens : tu liras le cœur de Muhammad dans ses yeux. Je te le promets. Face à lui, tu sauras. Il est de ceux qui ne savent pas dissimuler. Patiente quatorze jours, saïda, et tu sauras. Et je saurai. Et je serai heureuse pour lui autant que pour toi.

Les retrouvailles

Patienter…

Un supplice. Les trois premières nuits, Khadija sortit de sa chambre pour mesurer la taille de la lune au-dessus de Mekka. Elle ne la voyait en rien diminuer. Elle se répétait les mots de Kawla bint Hakim : « Tu liras le cœur de Muhammad dans ses yeux. Il est de ceux qui ne savent pas dissimuler. » Des mots qui ne l'apaisaient pas.

Elle saurait, oui. Et bien probablement ne saurait que sa ruine.

Elle se souvenait des autres paroles de Kawla : « Quand il a quitté Mekka avec la caravane, son corps allait vers une fille de rien, Lâhla bint Salîh. »

La jalousie lui perçait la poitrine. Il était si facile de les imaginer, ces deux-là, s'aimant nuit après nuit dans le désert. Sous les tentes, sous la lune, et même, qui sait, dans les maisons des villes de commerce, Al Aqaba, Mzipe, Ammân…

« Son corps et pas son cœur, avait dit Kawla. Les mois ne créent pas l'amour quand il n'est pas né au premier jour. »

Quelle arrogance ! Quelle naïveté ! Un bavardage d'innocente qui ignore tout des hommes.

Bien sûr que le temps accroissait le désir. Et le désir transformait la tendresse en amour. Voilà ce que la vie enseignait.

Debout dans la cour, à l'écart du tamaris afin de mieux voir le fond insondable du ciel et la lune qui ne maigrissait pas, Khadija gémissait. Pour étouffer sa plainte, elle serrait les dents à s'en faire mal.

Une fois encore, Barrira sut accomplir un prodige. Elle mit toute la maisonnée au travail. N'allait-on pas recevoir quantité de biens venus de Sham ? Les resserres, les puits, les paniers, les nattes, les jarres, tout devait être examiné, vidé, nettoyé, préparé pour recevoir les bâts et les charges nouvelles. Les marchandises les plus précieuses seraient placées dans des coffres à la maison.

Puis soudain, elle se posa sur un tabouret devant Khadija.

— La maison tout entière doit devenir celle d'une nouvelle vie, déclara-t-elle. Prendre un époux n'est pas seulement recevoir un homme dans sa couche. Les murs de la maison aussi doivent proclamer la jeunesse et les promesses d'un nouvel amour.

Khadija protesta. D'épousailles, il n'y en avait pas encore, et seuls les dieux savaient s'il y en aurait un jour. À vouloir aller trop vite, Barrira allait attirer leurs mauvaises ondes.

Mais Barrira tint bon. Les dieux n'étaient pas dans les murs, objecta-t-elle, seulement la crasse et la poussière. Pas davantage qu'ils n'étaient dans les vieilles nattes, au contraire des moisissures et d'on ne savait quelles horreurs puantes.

Khadija grimaça, puis céda, n'ayant goût à une dispute.

Un grand feu consuma les vieilles nattes. On apporta des bottes de jonc et des feuilles d'alfalfa pour en tresser des nouvelles. Les navettes des métiers à tisser claquèrent en cadence, déroulant des lés immaculés de toile de laine presque transparente.

De son côté, sans attendre, Abdonaï, recruta ce qu'il fallait de bras pour réparer, remonter et chauler les murs, à l'intérieur comme à l'extérieur. Un bitume neuf enduisit les terrasses. Les socles des autels d'Hobal et d'Al'lat furent restaurés, celui d'Hobal décoré d'une épaisse couche de peinture couleur corail.

La maison devint une fourmilière. Un brouhaha et un va-et-vient ininterrompus. Le vacarme des travaux, les rires et les disputes s'apaisaient à peine au crépuscule et reprenaient à l'aube. Les voix d'Abdonaï et de Barrira résonnaient, mordantes de fougue et de remontrances. Quand le Perse cessait d'admonester les ouvriers pour qu'ils achèvent leur ouvrage à temps, il courait à l'autre bout de la cité pour surveiller la préparation des entrepôts et des enclos, tandis que Barrira houspillait les servantes.

Le soir, quand la flamme des lampes réduisait le monde à un halo doré et paisible, l'un comme l'autre pressaient Khadija de tenir son rôle. Ne devait-elle pas s'entendre avec Abu Talib, avec les hommes du clan d'Al Sa'ib et d'Abu Nurbel pour déjà prévoir la vente des biens que rapporterait la caravane ? Ne devait-elle pas répandre la nouvelle et faire miroiter de bonnes affaires auprès des émissaires des marchands d'Afrique ? Des hommes avides de commerce, indifférents aux luttes des clans de Mekka et ayant toujours des navires en attente de cargaison à Djedda ?

Si bien que les journées de Khadija redevinrent ce qu'elles devaient être. Si lourdes d'agitation et de responsabilités qu'elle cessait de songer au visage de Muhammad ibn 'Abdallâh, à sa voix et à son regard. Si épuisantes que, la nuit venue, elle supportait le silence et le tourment de l'attente sans se précipiter dans la cour pour mesurer l'état de la lune.

Si bien qu'elle sursauta lorsque, au cœur d'un après-midi, la grosse porte de la maison ravivée d'un bleu lumineux s'ouvrit brusquement dans un grincement. Abdonaï apparut, les dents éclatantes sous le sourire. Derrière lui venait un homme enveloppé d'un grand manteau ocre de caravanier.

Plus tard, Muhammad lui confierait ce qu'il avait vu d'elle à cet instant.

Elle était revêtue d'une tunique ordinaire composée de longues bandes verticales d'indigo et de jaune. « Comme si tu portais sur toi la nuit et le soleil », dirait-il. Une ceinture bleu ciel brodée de motifs en étoiles d'où pendaient de fines ramures de cornaline et où sautillaient des billes d'argent, lui enserrait la taille. Ses yeux, agrandis par le khôl dont elle avait enduit ses paupières, brillaient sous les boucles cuivrées de sa chevelure, telles les ailes d'un oiseau s'échappant d'une forêt, dirait Muhammad. Les joues de Khadija étaient légèrement fardées. Sur chacune, elle avait dessiné au henné des étoiles d'Al'lat. Et, ainsi que la tradition de Mekka l'exigeait pour les veuves, deux traits parallèles d'un bleu sombre partaient de sa lèvre inférieure, glissaient sur son menton et s'achevaient dans la douceur de son cou.

« Mais surtout, raconterait Muhammad, ce que j'ai vu d'abord, c'est que tu ne me reconnaissais pas. Ton visage était plein de questions. Qui était cet homme que ton fidèle Perse t'amenait ? Que voulait-il ? Apportait-il de mauvaises nouvelles de la caravane ? Puis, je ne sais comment, tu as découvert qui j'étais. Ta bouche, la première, me l'a confié. Pas avec des mots. Avec un léger frémissement. Nos yeux se sont parlés. J'ai su que tu ne me regardais plus comme un fils de rien ou un serviteur, mais comme une femme regarde un homme. »

C'était vrai. Elle ne songea tout d'abord pas qu'il pût s'agir de Muhammad. Avec cette grande cape qui le recouvrait, il ressemblait à ceux qui vont, des lunes durant, sur les cailloux du désert, s'y enveloppant le jour sur leur chameau pour se protéger du vent, du soleil et de la poussière, s'y roulant la nuit pour vaincre le froid. Il n'était que l'un de ces hommes des sables dont on ne pouvait deviner le corps et dont le visage disparaissait sous la barbe.

Peut-être crut-elle qu'on leur envoyait un nouvel émissaire ? Peut-être son cœur se préparait-il déjà à la déception d'entendre que la caravane avait du retard ?

Du bout des doigts, l'inconnu retenait les pans de son vêtement qui s'entrouvraient sous ses pas. Elle remarqua le baudrier, la poignée de la nimcha et les sandales de cuir rouge. Des sandales neuves, à la pointe fermée, au cuir épais et brillant comme on en fabriquait seulement au pays de Sham.

Alors elle scruta mieux la longue chevelure, les boucles ondulées reposant sur la laine poussiéreuse du manteau. Le temps d'un éclair, elle pensa que cet homme-là ne ressemblait pas au neveu d'Abu Talib. À cet homme de rien, ce Muhammad ibn 'Abdallâh, à qui elle avait confié le commerce de sa caravane cinq lunes plus tôt. Celui qu'elle avait devant elle possédait une assurance, une aisance dont elle ne se souvenait pas.

Jusque dans sa façon de s'incliner devant elle en prononçant son salut : « Saïda Khadija ! Que la paume d'Hobal t'offre une longue vie », il y avait des manières de puissant qu'elle ne reconnaissait pas.

Non, non, celui qui était devant elle ne pouvait être celui qu'elle portait dans son cœur depuis des jours !

Pourtant, au côté de l'inconnu, le sourire éclatant d'Abdonaï révélait ce qu'elle ne se résolvait pas à admettre.

Enfin, comme l'étincelle embrase le fétu desséché, tout vint en même temps. Son nez, long et fin, tendu tel un arc. Son front haut. Ses prunelles de nuit, acérées et calmes, où dansait un éclat moqueur. Ses cils si longs qu'ils paraissaient ombrer les iris dorés. Et sa bouche. La longue bouche paisible de Muhammad ibn 'Abdallâh.

C'était bien lui.

Pourquoi ne l'avait-elle pas reconnu sur-le-champ ? Comment était-ce possible ?

La stupeur envahit Khadija. Oh, l'horreur qu'il la surprenne ainsi, pour ainsi dire nue dans son étonnement ! Très loin, si loin des scènes souvent imaginées. Une imagination de retrouvailles aussi naïve, aussi stupide que les rêves d'une jeune fille avant ses premiers mots d'amour.

Muhammad ibn 'Abdallâh, se méprenant sur son silence, s'inclina à nouveau devant elle. Il prononça son nom, plia le buste avec respect. Avec soumission, ainsi qu'un serviteur devait le faire.

Oh, joie et épouvante ! Elle dut se retenir de se cacher le visage dans les mains. Se retenir de crier : « Enfin tu es de retour ! » Elle dut faire comme si rien d'étonnant n'était en train de se passer. Comme si son corps tout entier, des pieds à la tête, n'était pas brûlant. Ne lui confirmait pas que c'était lui, et nul autre, qu'elle voulait comme époux.

Cherchant son regard, Muhammad annonça :

— Saïda Khadija, ta caravane est de retour. Demain, elle entrera dans Mekka. J'ai préféré prendre les devants pour te prévenir.

Son ton égal ne laissait deviner que le respect et une pointe de fierté. Rien d'autre.

Le visage qu'elle lui offrait, l'émotion qu'elle trahissait, elle n'en avait aucune idée. Avait-elle la bouche bêtement ouverte et les yeux ahuris ? Laissait-elle voir son bonheur et sa terreur ? Sa fureur de n'être pas maîtresse d'elle-même ?

Abdonaï attrapa amicalement le coude de Muhammad. Il désigna l'ombre du tamaris. De tous les points de la cour, comme aimantées, averties par on ne sait quel message invisible, accoururent les servantes. Puis, trottinant, agitant son corps las, Barrira approcha.

Son étonnement fut si grand qu'elle oublia tous ses devoirs. Ce fut Abdonaï qui, le premier, donna des ordres. Que l'on serve au nouvel arrivant du lait bien frais et du pain, des dattes et des olives ! Un panier de figues et des gâteaux de miel préparés le matin ! Que Muhammad ibn 'Abdallâh, de retour de Sham après cinq lunes d'absence, puisse s'adoucir la bouche aux délices de Mekka.

La voix d'Abdonaï, ferme et nette, extirpa la vieille Barrira de sa léthargie. Elle reprit son rôle et lança de nouveaux ordres. Qu'on déploie le tapis des visiteurs. Qu'on approche le siège de saïda Khadija. Qu'on apporte une grande cruche d'eau et du linge blanc afin que le jeune Muhammad ibn 'Abdallâh puisse se laver les mains.

Muhammad ibn `Abdallâh

La cour bruissa et crissa sous les pas des servantes. Khadija retrouvait son emprise sur elle-même. Elle prit place sous le tamaris, se moula dans son rôle de maîtresse, aimable mais lointaine. Voyant la belle Ashemou se tenir en retrait, elle lui fit signe d'approcher, la fit asseoir à son côté tandis que Muhammad ôtait sa cape. Il la replia avec soin. Comme tous les hommes du désert, il s'en fit un siège pour s'installer sur le tapis des visiteurs. D'un geste machinal, il ramena le baudrier de la nimcha sur ses cuisses. Quand les servantes lui tendirent la cruche d'eau claire et le lin blanc pour qu'il puisse se laver les mains, Khadija dit :

— Je suis heureuse de te voir de retour, Muhammad ibn 'Abdallâh. Le messager envoyé par Abu Nurbel nous a conté comment tu avais sauvé notre caravane.

Muhammad sourit. Un sourire qui rajeunit son visage envahi par la barbe. On eût cru qu'il avait à peine vingt ans. Entre ses lèvres apparurent des dents légèrement écartées, comme celles des enfants. Le temps d'un éclair Khadija en fut effrayée. Cette jeunesse lui tranchait la poitrine. Rouvrait en grand la plaie du doute.

Sur les doigts de Muhammad, si longs, si fins, aussi élégants que ceux des puissants, qui ne se servaient de leurs mains que pour caresser ou tuer, brillaient encore des gouttelettes d'eau lorsqu'il eut un geste pour atténuer le compliment.

— La déesse Al'lat a voulu que nous soyons plus malins que les pillards. Saïda Khadija, je puis t'assurer que les bâts et les sacs de la caravane sont remplis de tout ce que tu as souhaité.

Un étui de cuir sombre pendait à son cou. Il le retira et en sortit un rouleau verdâtre qu'il tendit à Khadija.

Ce rouleau, qui ressemblait tout autant à une longue feuille de jonc qu'à une écorce, se déploya. Il était recouvert de griffures brunes parfaitement alignées. Il y eut un murmure parmi les servantes. Khadija et Abdonaï adressèrent le même coup d'œil étonné à Muhammad. Fierté et amusement dansaient plus que jamais dans ses yeux. Il devança leurs questions :

— Il y a là les comptes de ce que j'ai acheté pour toi et qui entrera demain dans tes entrepôts.

— Tu sais lire et écrire ? s'enquit Abdonaï.

— Non. Un garçon est venu vers moi pour être mon esclave. C'est lui qui a tenu ces comptes. Lui sait lire et écrire dans la langue des marchands de Sham.

— Il est venu vers toi pour être ton esclave ? répéta Abdonaï, non sans une pointe d'ironie.

— C'est ainsi. Bien sûr, il ignorait qu'il ne pouvait pas être mon esclave. Seulement celui de saïda Khadija. Je le lui ai expliqué, mais il m'a quand même suivi.

— Pourquoi est-il venu vers toi ?

— C'était après la razzia. L'histoire est longue...

Muhammad se tut, laissant entendre qu'il ne s'attendait pas à ce qu'Abdonaï insiste. Le Perse ne s'en offusqua pas. Pas plus qu'il ne renonça à sa curiosité. Il désigna le baudrier sur les cuisses de Muhammad.

— Cette nimcha, c'est une arme de Sham ?

Muhammad ne répondit pas et ne porta pas les yeux sur le visage du Perse. Son regard ne déviait pas du visage de Khadija. Il ne voyait même pas la beauté d'Ashemou. Entre ses paupières aux longs cils, ses prunelles noires demeuraient fixement sur elle qui, une fois encore, songeait aux mots de Kawla bint Hakim : « Tu liras le cœur de Muhammad dans ses yeux. »

Non. Dans ces yeux plus noirs que toutes les nuits qu'elle avait endurées dans l'attente de son retour, elle ne lisait rien.

Mais sur les lèvres qui ne s'ouvraient pas pour répondre à Abdonaï, sur la peau des tempes et des pommettes de Muhammad, elle lisait l'éclat d'une beauté qui n'appartient qu'à la jeunesse. Aussitôt vint la pensée des caresses que les filles de la caravane, cette Lâhla bint Salîh et tant d'autres, sûrement, avaient prodiguées à ce visage à la chair si fine. La jalousie lui brûla le ventre.

Oh, si Al'lat lui donnait le pouvoir de lever sa propre main pour effleurer du bout des doigts la

154

bouche de Muhammad ibn 'Abdallâh et y effacer ces traces anciennes !

Une brise légère secoua les feuilles du tamaris. Les plus sèches tombèrent en pluie fine sur Muhammad. Il sourit, les chassa de sa chevelure. Ce geste réveilla Khadija. Elle eut conscience du silence descendu sur eux tous. D'une voix qu'elle voulut neutre, elle ordonna :

— Raconte, Ibn 'Abdallâh. Bois ce lait que je t'offre et raconte comment tu as sauvé notre caravane.

Au cours de son voyage vers Mekka, Muhammad s'était préparé à ce récit. Et, sans vouloir le montrer, il était plein d'impatience de partager son aventure.

Alors il raconta. Le piège des chamelles. Le mépris de Yâkût envers ce stratagème. L'attaque, le combat avec les mauvais. Comment, pour la première fois, sa main avait donné la mort.

Nul ne l'interrompit. Tous, servantes, serviteurs, la vieille Barrira, Ashemou et Abdonaï l'écoutèrent avidement. Tous doublement enchantés et surpris par son histoire, mais aussi par l'aisance de ses paroles. Sa voix mélodieuse qui rappelait celle des poètes du désert possédait un pouvoir étrange qui donnait une chair de vérité à ce qui aurait pu n'être qu'imagination.

C'était un tout autre Muhammad ibn 'Abdallâh qu'ils avaient devant eux. Le neveu d'Abu Talib, le fils de rien, avait disparu. Tout jeune qu'il était, il savait se servir des mots aussi bien que les Anciens.

Tandis qu'il leur faisait revivre sa lutte avec le pillard, comment il s'était emparé de la nimcha dans les hurlements des morts, le sang et les tourbillons des bêtes empêtrées dans les vieilles chamelles, ses mains s'agitaient et parlaient en même temps que lui. Elles empoignèrent l'arme qu'il portait à la ceinture. Elles le dressèrent au-dessus de sa tête. Chacun comprit que Muhammad ibn 'Abdallâh n'avait eu d'autre choix que d'abattre la lame sur son adversaire. Avec des grondements de vieux guerrier, Abdonaï approuvait la fureur de Muhammad, agitait son poignet de cuir comme s'il retrouvait les gestes du combat.

Khadija, étrangement, se sentit soudain libérée de sa jalousie et de ses craintes. Si elle ne parvenait pas à lire les pensées de Muhammad dans ses yeux, elle ne s'était pas pour autant trompée sur son compte. Celui qu'elle voulait pour époux était à nul autre pareil.

Quand enfin Muhammad interrompit son récit pour boire un peu de lait, Abdonaï, impatient, demanda :

— Où as-tu appris ce piège ?

— Laisse-le donc se mouiller la langue ! protesta Barrira. Il doit avoir la gorge en poussière à force de parler. Bois et mange, neveu d'Abu Talib.

Muhammad se sécha les lèvres d'un revers de la main et fixa enfin le Perse.

— Le tour des chamelles, c'est quelqu'un qui connaît bien ton pays qui me l'a enseigné.

Il mangea un peu de fromage écrasé entre des dattes, but une gorgée et reprit son récit.

Deux années plus tôt, il avait accompli son premier voyage au pays de Sham. C'était un voyage pour apprendre et non pour décider, contrairement à ce que la saïda Khadija lui avait permis. Pour toute responsabilité, on ne lui avait laissé que l'entretien des bêtes.

Sur le marché de Damas, il avait rencontré un marchand de Palmyre. Un homme d'expérience que le commerce poussait souvent sur les routes de Kerbalà et de Kufa. Un homme qui l'avait pris en amitié. Il ne s'était pas offusqué des questions de Muhammad ni de sa soif de savoir.

Un matin, il lui avait confié cette feinte. Les caravanes comptaient toujours un lot de vieilles chamelles. Des outres à lait qui vous encombraient quand l'heure venait de vous défendre contre une attaque. Elles préféraient recevoir vingt coups de fouet, ou même le fil des lames, plutôt que d'abandonner leur allure de vieillardes. Mais d'une faiblesse, avait dit l'homme, il faut toujours savoir faire une force. « Souviens-toi de ce conseil, mon garçon. Le fort est celui qui sait se servir de ce que les autres méprisent. »

Le marchand lui avait montré comment relier les vieilles chamelles entre elles. Pas plus de cinq ou six à la fois. Et il fallait toujours les garder à distance des flancs de la caravane.

Sur le sable, il avait dessiné la manœuvre de contre-offensive. Surtout, raconta Muhammad avec reconnaissance, il m'a montré comment vaincre la peur. « Sache que l'ennemi qui te fait reculer a peur de toi autant que tu as peur de lui. »

Avant même que la caravane quitte Mekka, Muhammad avait voulu expliquer ce piège à Yâkût. Celui-ci s'en était moqué à grands cris. « Tirer une cordée de bourriques au travers de la charge d'une meute de cavaliers ne ferait jamais d'un homme un guerrier, juste une vieille bourrique lui-même », avait-il plaisanté.

Abdonaï s'esclaffa.

— Sûrement, Yâkût n'est pas ton ami.

— Il ne l'est pas, convint Muhammad dans un demi-sourire. Saïda Khadija, il se présentera devant toi de très mauvaise humeur. Après la razzia, il a voulu quitter la caravane. Le seigneur Abu Nurbel a su le retenir. Yâkût considère tout de même que je l'ai insulté. Il a clamé : « Je suis Yâkût al Makhr, je suis celui qu'on paie pour combattre et vaincre, pour protéger les biens des caravanes. Et celui-là, Muhammad ibn 'Abdallâh, il n'est payé que pour fuir. Qu'est-il allé faire dans le combat ? Nous aurions vaincu sans lui. » Je lui ai répondu : « Tu as raison. Celui que j'ai tué, je l'ai frappé parce qu'il m'empêchait de fuir. Et les chamelles, même chose. Elles aussi m'empêchaient de fuir. Elles étaient si lentes que mon méhari s'impatientait. Le guerrier, c'est toi. C'est toi qui as vaincu les mauvais, Yâkût al Makhr. Moi, j'ai seulement fait massacrer de vieilles bêtes. Dans Mekka, chacun le saura. J'en rendrai compte à saïda Khadija. » Mais mes paroles ne l'ont pas apaisé.

Le rire d'Abdonaï emplit la cour. Barrira et les servantes gloussèrent, pleines d'admiration. On entendit, ce qui était rare, le rire léger d'Ashemou. Khadija, cependant, eut à peine un sourire. Son sérieux passa dans le regard de Muhammad. Au milieu du brouhaha, elle demanda :

— Où est la preuve que le puissant Abu Sofyan a organisé cette razzia ?

Muhammad souleva la nimcha. De l'index, il montra la gravure qui serpentait dans l'acier. Khadija reconnut aussitôt l'entrelacement des lettres avec lesquelles, à Mekka, on désignait la Pierre Noire du dieu Hobal. Dessous, plus profondément gravées dans le métal, venaient deux courbes opposées par le ventre, chacune rehaussée d'un triangle à la pointe dressée vers l'extérieur. Khadija prit le sabre, le tendit à Abdonaï. Un seul coup d'œil suffit au Perse.

— Les cils d'Abu Sofyan. Aucun doute. L'homme qui se battait avec cette nimcha appartient au clan des Al Çakhr.

D'une voix lourde, soucieuse, Khadija demanda :

— Sais-tu ce que cela signifie pour toi, Ibn 'Abdallâh, d'avoir tué un homme des Al Çakhr ?

La question trancha dans les rires, ramenant d'un coup le silence.

Avant de répondre, Muhammad prit le temps de passer sa main droite sur son visage.

— Je suis ton serviteur, saïda Khadija. Ce que je sais, c'est ce qu'il en serait aujourd'hui si ta caravane n'avait pu revenir à Mekka.

Il inclina de nouveau le buste avec humilité et ajouta :

— Tu m'as fait confiance. Tu m'as envoyé au pays de Sham pour que je prenne soin de tes biens aux côtés d'Abu Nurbel et d'Al Sa'ib. Jusqu'à mon dernier jour, je craindrai plus ta colère et ton déplaisir que le sabre d'un homme des Al Çakhr.

À ces mots, tous les visages se tournèrent vers Khadija. Barrira avait la bouche béante de bonheur. Elle connaissait assez le visage de Khadija pour deviner, sous le masque impassible, le contentement qui lui serrait les tempes.

Des cris jaillirent à l'entrée de la cour. Les gardes venaient d'entrouvrir la porte bleue. Abu Talib pénétra dans l'enceinte, le caftan au vent et les bras levés, la bouche pleine d'exclamations. Sautillant d'excitation, il se précipita vers le tamaris.

Il y eut un instant de confusion. Muhammad quitta le tapis des invités. Son oncle le serra dans ses bras. Un instant, ils se dandinèrent en se souhaitant l'aide d'Hobal et les bienfaits d'Al'lat. Les servantes se masquèrent la bouche en pouffant.

Recouverte d'une calotte de feutre, la tête d'Abu Talib arrivait à peine aux épaules de Muhammad. Quoique deux fois plus âgé que son neveu, on eût cru un enfant dans les bras de son père. Plein d'émotion, il se perdait dans ses mots, avait mille questions sur les lèvres et autant de félicitations. Il en oubliait la présence de Khadija.

Celle-ci adressa un signe à Abdonaï et à Barrira. Ashemou fut debout avant eux. La maisonnée commença à se disperser. Muhammad mit fin aux effusions d'Abu Talib. Il voulut s'approcher, raconter encore son périple. Khadija le retint d'un geste. De son ton habituel de maîtresse, avec l'aisance retrouvée de celle qui sait être obéie, elle ordonna :

— Va donc prendre du repos dans la maison de ton oncle, Muhammad ibn 'Abdallâh. Tu le mérites, et moi je sais ce que je te dois. Demain, tout Mekka apprendra qui tu es, et tu viendras nous parler encore. Cette maison sera la tienne autant que tu le voudras.

Sans attendre, elle se détourna et s'éloigna. Barrira, plus tard, lui raconta l'étonnement que ces paroles et son brusque départ avaient peint sur le visage de son bien-aimé.

Bonnes nouvelles

Quand la nuit se posa sur la maison, Barrira et Abdonaï avaient déjà donné leur opinion.

Abdonaï déclara :

— Il est jeune et il est vieux. Il est solide. Ce n'est pas par hasard qu'il a pris la nimcha d'un homme d'Abu Sofyan. Il se moque de Yâkût al Makhr, il sait ce qu'il fait. Ses yeux en révèlent plus que sa bouche. Il n'a pourtant pas attendu le poids des ans pour savoir s'en servir. Si tu veux connaître le fond de ma pensée, saïda, le voici : qu'il devienne ton époux. J'en serai jaloux et heureux, car il le mérite. Qu'il devienne celui qui doit me donner des ordres, je l'accepterai. Il le mérite aussi. Même s'il peut encore apprendre deux ou trois choses de moi.

Barrira s'exclama :

— Comment ai-je pu oublier qu'il était si beau, Khadjiî ? Et comme il te dévore des yeux ! Devant toi, les autres ne comptent pas. Oh, ne grimace pas comme ça ! Je sais ce que tu vas me ressasser. Que je suis une vieille toupie qui ne sait que raconter des histoires bonnes à endormir les enfants. Tu penses : « Je suis la saïda de Muhammad ibn 'Abdallâh et il veut me prouver quel bon serviteur il est. Il veut assurer son écuelle et que demain, dans mes caravanes, je veuille encore de lui. » Tu te dis, car tu ne peux t'empêcher de douter et de te méfier : « Il a bien des dons, mais il a besoin de moi, Khadija, pour les exhiber devant tous. Alors il me flatte et essaie de me séduire avec sa belle peau de jeunesse. » Mais ce vieux Perse d'Abdonaï le dit comme moi : voilà un garçon qui a de l'orgueil. Il veut devenir un homme qui compte à Mekka. Il a la bouche et la langue pour ça. Il sait manier les mots et se moquer sans en avoir l'air. Il a observé les manières et l'arrogance des puissants. Il sait les reproduire sans être aussi ridicule que son oncle Abu Talib. Il est revenu du pays de Sham en sandales rouges et s'est montré à son avantage dans Mekka. Il sait faire preuve de courage quand il le faut. Un homme de rien qui n'a pas peur que le sang d'un puissant coule sur lui. Les qualités d'un bel époux, qu'Al'lat soit mille fois remerciée, il les a toutes. Tu le savais déjà. Mais je te connais, Khadjiî, c'est plus fort que toi. Tu doutes encore. Tu doutes toujours de toi. Cela parce que tu es folle, comme toutes les femmes qui aiment. Parce que tu as regardé dans le noir de ses yeux et que tu n'as rien su y lire. Je te connais, ma Khadjiî. La vérité, je vais te la dire : dans les yeux noirs de cet Ibn 'Abdallâh, tu n'as rien su déceler car tu y cherchais ce qui ne pouvait y être. Devant toi tu n'avais qu'un serviteur venu te rendre des comptes. Comment ce pauvre garçon pouvait-il deviner que sa saïda se consume de désir pour lui ?

Quand la nuit fut devenue épaisse, Khadija, dont l'insomnie gardait les yeux ouverts et la poitrine lourde, comme si la Pierre d'Hobal y reposait, entendit l'huis de sa chambre gémir sur ses gonds. Puis vint le souffle d'un appel :

— Saïda...

— Ashemou ?

— Oui.

— Approche. Ne réveille pas Barrira.

Khadija devina l'ombre qui se mouvait dans la pièce. Elle respira le parfum de la jeune esclave lorsque celle-ci s'agenouilla près de sa couche.

— Je ne dormais pas, murmura Khadija en réponse à la question qu'Ashemou n'osait poser.

Elles se turent. L'une guettant le silence, l'autre n'osant le rompre. Ashemou finit par chuchoter :

— Saïda, je sais pourquoi tu m'as fait asseoir à côté de toi sous le tamaris.

— Ah oui ?

— Tu as fait comme à Ta'if, avec le puissant Abu Sofyan. Tu voulais savoir si le regard de ton serviteur Muhammad allait fuir ton visage pour se poser sur moi.

Khadija sourit dans l'obscurité. Ashemou continua :

— Tu as pensé : « Mettons-lui ma belle esclave sous les yeux. Elle est jeune, et lui aussi. Il revient du pays de Sham comme un puissant revient victorieux d'une bataille. Peut-être voudra-t-il posséder le corps de l'esclave en gage de reconnaissance. »

— Ashemou...

— Saïda, cet homme ne ressemble pas au seigneur Abu Sofyan. Il ne voyait que toi. Il te regardait comme les hommes regardent une femme quand ils se rendent compte qu'elle possède bien d'autres grâces que son corps. Qu'elle abrite des forces dont ils ignorent tout.

Elle se tut. Khadija resta muette. Ashemou s'effraya de ce silence.

— Saïda, cet homme-là ne méprise pas. Même s'il montre beaucoup d'assurance, sa jeunesse est encore pleine d'étonnement. Ta beauté, il la voit. Elle l'éblouit. Ton âge et le sien, il n'y songe pas.

— Et toi, pour ton âge, tu parles des hommes avec beaucoup d'aplomb.

Ashemou soupira lourdement.

— Être vendue au marché, nue sous les yeux des hommes, parmi les chamelles et les fèves, cela enseigne bien des choses. On vieillit vite.

Khadija ne trouva rien à répondre. Elle serra tendrement la main de la jeune fille. Cela les apaisa toutes les deux.

Elle rompit le silence :

— Al Ozzâ demeure toujours sous ta couche ?

— Ensevelie par Abdonaï et sans jamais venir me visiter dans mes rêves.

Cette fois, il y avait de la moquerie dans le ton d'Ashemou.

Khadija songea à la mettre en garde. Ce que les dieux voulaient et quelles étaient leurs ruses pour manifester leur puissance, on le comprenait toujours trop tard. Pourtant, elle dit simplement :

— Viens t'allonger près de moi pour cette nuit. Si je reste seule, je ne vais jamais dormir.

C'est ainsi que Barrira les découvrit au petit matin : couchées face à face, enveloppées dans ce qui restait de nuit. Se tenant par la main comme deux sœurs ou comme une mère et sa fille.

Jalousie et mauvaises pensées lui mordirent le cœur. Elle eut un mouvement de recul. Elle, la trop vieille nourrice, depuis combien de temps n'avait-elle pas partagé le sommeil de sa bien-aimée Khadjiî, pour toujours son enfant de chair et de lait ?

Elle se reprit, gronda :

— Khadjiî ! Khadjiî ! Réveille-toi !

Avec assez de force et de rage pour voir, avec plaisir, l'esclave Ashemou sursauter d'effroi, se dresser sur la couche comme si trente guerriers prêts à violenter la maisonnée venaient d'envahir la chambre.

Khadija s'assit, posa une main apaisante sur la hanche de la jeune fille. D'un signe, elle réclama une explication. Cette fois, Barrira chuchota si bas qu'il fallait tendre l'oreille pour la comprendre.

— La cousine Muhavija est dans la cour. La cousine Kawla l'accompagne. Elles viennent tout droit de chez le seigneur Abu Talib.

Un instant plus tard, sous le tamaris, avant qu'Ashemou ne retourne de la cuisine avec un pot d'herbes infusées mêlées de lait et de miel, Kawla racontait déjà.

La veille, comme saïda Khadija pouvait s'en douter, la fête dans la maison de l'oncle Abu Talib s'était prolongée jusque tard dans la nuit. Sans jamais se fatiguer de répondre aux questions ni de répéter plusieurs fois les mêmes histoires, Muhammad avait enchanté tout un chacun. Le temps passait vite autour des lampes à huile. Kawla, elle, grillait d'impatience. Dans l'après-midi, après une rude discussion, elle avait obtenu que l'oncle Abu Talib n'aborde pas le sujet des épousailles avec son neveu.

— Je lui ai dit : « Laisse faire les femmes. Elles usent de mots que les hommes ignorent. Ne suis-je pas la personne en qui Muhammad a le plus confiance ? » Et encore : « Avec moi, ton neveu n'a besoin ni de craindre ni de se masquer. Tu auras le temps, plus tard, demain, de parler du commerce, des clans et du pouvoir avec Muhammad. » Abu Talib n'a pas été facile à persuader. Il grognait obstinément : « Ce mariage, ce n'est pas juste l'histoire d'un homme et d'une femme. Il s'agit de choses graves, maintenant que le sang d'un Al Çakhr a été répandu. La vie de Muhammad peut en dépendre. »

« "La vie de ton neveu dépend de saïda Khadija", lui ai-je rétorqué. Mais l'oncle ne voulait pas comprendre. "Ce n'est pas aux femmes de décider", répétait-il stupidement. Je me suis emportée pour qu'il se taise : "Tu penses que saïda Khadija ne décide pas par elle-même ? Peut-être est-ce ce Perse, l'ancien esclave de son défunt époux, qui décide pour elle ?"

« Cela a enfin réduit Abu Talib au silence. De toute la soirée, pas un mot sur les épousailles n'a franchi ses lèvres. Si bien que le mince croissant de lune allait disparaître du ciel de Mekka quand enfin j'ai pu m'entretenir seule à seul avec mon neveu. Je l'ai surpris alors qu'il se rafraîchissait le visage à la citerne de la cuisine, à la lueur d'une petite lanterne. Nous avons d'abord échangé quelques tendresses, ainsi que nous en avons coutume depuis l'enfance. Puis, tout bas, sur le ton de la confidence et de la taquinerie, j'ai demandé :

« "Tu as aimé beaucoup de femmes pendant ton voyage ?"

« Muhammad a ri. Comme tous les jeunes hommes, il fuyait les aveux des mouvements de son cœur. J'ai insisté. Oui, il avait aimé comme on aime en menant une caravane. Ces choses-là étaient faciles. Elles faisaient partie du voyage. Il m'a dit : "Cela se passe toujours ainsi lorsque les femmes et les hommes sont délivrés des épouses et des maris. D'ailleurs, qui s'en offusque ? Les esclaves ne sont-elles pas là pour ça ?" "Libre, tu l'es, lui ai-je répondu. Pourtant, en partant, ne me parlais-tu pas d'une fille qui agitait ton cœur ?"

« Muhammad a tergiversé. Puis enfin il a marmonné le nom de Lâhla bint Salîh avec un embarras comique. Avant d'avouer que la pensée lui était venue que, peut-être, il pourrait, une fois la caravane arrivée dans Mekka, une fois saïda Khadija satisfaite des achats qu'il avait accomplis pour elle, il pourrait, oui, proposer le mariage à cette Lâhla qui s'était montré si gentille durant le voyage.

« J'ai protesté : "C'est d'une servante du vieux Abu Nurbel que tu parles ! Es-tu devenu fou ? Veux-tu prendre une servante comme première épouse ?

« — C'est une servante et moi je suis un serviteur de la saïda, a-t-il répliqué. Je suis parti de Mekka homme de rien. Me voilà de retour avec de quoi me marier. Si la saïda l'accepte.

« — Es-tu fou ! Tu as combattu. Tu as sauvé les biens de l'oncle, de la saïda, d'Abu Nurbel, d'Al Sa'ib ibn Abid... Tu as tué l'homme des Al Çakhr. Tu portes son sabre. Demain, quand la caravane entrera dans Mekka, tous les yeux de la ville seront tournés vers toi. Peut-être un Al Çakhr viendra-t-il te défier. Et tu veux prendre une servante comme première épouse ?"

« Doré par la lueur de la lanterne, son regard si noir, si direct et si profond, est devenu aussi acéré qu'une pointe de dague. Il s'est tu. A attendu que je parle à nouveau. Une manière de faire que je lui connais de longue date. Il voulait connaître la vérité encore dissimulée sous les mots. Il était temps pour moi de dire ce qui était à dire : "Saïda Khadija t'a réservé un bon accueil, aujourd'hui."

« Muhammad a hésité. Du bout des lèvres, il a répondu qu'elle s'était montrée satisfaite de lui.

« "Seulement ? ai-je insisté. Tu as prononcé son nom, tout à l'heure, devant tous. J'ai senti quelque chose dans ta voix.

« — La saïda était différente du jour où la caravane a pris la route, a-t-il reconnu. Aujourd'hui, elle ne m'a pas traité en serviteur.

« — Oui. Peut-être a-t-elle de toi une opinion qui n'est pas celle d'une maîtresse pour son serviteur."

« Muhammad a retenu son souffle. Ses prunelles ont fouillé les miennes. J'ai poursuivi :

« "Elle est belle. Plus belle que ta servante Lâhla, n'est-ce pas ?

« — Dis ce que tu veux me dire.

« — C'est inutile. Tu le sais déjà."

« C'était vrai. Il savait. Le frémissement de sa bouche, le battement de ses paupières l'avouaient.

Pourtant, il a levé les sourcils avec un vrai étonnement et m'a demandé :

« "Moi ?

« — Tu n'as pas été capable de t'en rendre compte par toi-même ?"

« Je lui ai pris les mains et j'y ai posé mes lèvres.

« "C'est parce qu'elle est veuve ? Parce qu'elle a quelques saisons de plus que toi ?"

« Muhammad ne m'a pas répondu. Il est ainsi, parfois, capable de garder le silence sans que l'on puisse percer ses pensées. Nous nous sommes séparés sans un mot de plus.

« Sur ma couche, je ne voyais pas venir le sommeil. Je me tournais et me retournais sur ma natte, examinant chaque mot échangé avec Muhammad, cherchant la faute que j'avais pu commettre pour le rendre silencieux et fuyant. Peu de temps après, une servante m'a réveillée. Muhammad était dans la cour et m'attendait. "Maintenant ? me suis-je étonnée. — Oui, tout de suite."

« Muhammad se trouvait près de l'autel d'Al'lat, ombre dans l'ombre. Il devait y voir comme un chat. Il a été près de moi en quelques enjambées. Il m'a saisi le poignet avec tant de fougue que j'ai failli crier. Je me suis moquée : "Al'lat t'a-t-elle accordé la fureur des lions du désert ?"

« Muhammad a ignoré ma plaisanterie. Dans un murmure il m'a confié : "Saïda Khadija est d'une beauté à laquelle peu de femmes peuvent prétendre. Et certainement pas une fille aussi simple que Lâhla. Lâhla a la jeunesse, mais beaucoup moins de vie dans le visage et le corps. La vérité, c'est qu'hier, quand j'étais assis devant la saïda Khadija, je ne pouvais pas détacher les yeux de son visage. J'ai fait ce que j'ai pu pour ne pas le montrer. Je craignais qu'elle ne s'en offusque. Comment pouvais-je penser... ? Non, jamais."

« Il a lâché mon poignet. Il semblait se parler à lui-même : "J'ai enchaîné les phrases pour l'impressionner. Les bruits de bouche que fait un serviteur voulant plaire à celle qui l'emploie. Pourquoi baisserait-elle les yeux sur moi ? Si elle le désire, tous les puissants de Mekka peuvent venir devant elle."

« Je n'ai su ni osé protester. J'ai seulement chuchoté : "Demain, Muhammad, tu sauras si je mens ou non."

« Lui, ne m'écoutait pas et continuait à marmonner : "Elle a plus de saisons que moi, mais elle est assez jeune pour avoir des fils à nouveau. On m'a raconté que les siens étaient morts avec son époux. Pourquoi voudrait-elle d'un homme qui revient pour la première fois de Sham, et si pauvre que son méhari ne lui appartient pas ? Pour des épousailles, c'est après-demain qui compte. Après-demain, je serai toujours Muhammad ibn 'Abdallâh, un homme de peu. Un homme de peu qui ne tient pas sa parole. À Lâhla, j'ai promis...

« — Une promesse de mariage murmurée sous la tente d'une caravane n'est rien de plus qu'un jeu pour séduire. Toutes les femmes savent cela, et Lâhla bint Salîh comme les autres."

« Muhammad a fui dans l'ombre pour rejoindre la chambre des hommes aussi soudainement qu'il en avait surgi.

« J'ai couru prévenir cousine Muhavija, conclut Kawla. Je ne pouvais pas garder tout cela pour moi. »

— Et nous avons couru vers toi, gloussa Muhavija, rieuse et confiante, comme toujours. On sait ce que cela signifie, quand un homme commence à geindre qu'il ne se sent pas digne d'une femme. Il n'y a pas de meilleur présage pour l'amour. Il ne te reste plus longtemps à craindre et à attendre, cousine Khadija.

Le retour de la caravane

Quand les hurlements des enfants résonnèrent dans Mekka, le soleil atteignait le pied des murs. La caravane venait d'apparaître sur la route d'Usfân. Aussitôt, des trompes creusées dans des cornes de bouc sonnèrent.

Aux premières lueurs du jour, Abdonaï avait harnaché une ânesse au poil long et doux, la sanglant d'un tapis ocre et d'une selle blanche. Il plaça un tabouret sous les pieds de Khadija pour qu'elle pût s'y installer sans rien perdre de sa dignité. Il garda le licol de l'ânesse dans son unique poing, prenant soin de poser l'étui de cuir remplaçant sa main manquante sur la garde du poignard passé dans sa ceinture. Quatre serviteurs s'emparèrent des hampes d'un dais pourpre destiné à protéger leur maîtresse du soleil. C'est ainsi qu'elle avança dans les rues de Mekka.

Quoique sans apparat, vêtue d'une tunique ordinaire, un simple collier de pierres vertes nouant sa chevelure et roulant sur sa nuque, la riche veuve Khadija bint Khowaylid répandait les murmures derrière elle. Ne possédait-elle pas plus de la moitié de la caravane de retour du pays de Sham ? Les passants s'écartaient devant elle et l'honoraient. Elle répondait aux saluts, renvoyait les bénédictions avec cette aisance désinvolte qui n'appartient qu'aux puissants.

Avec elle, tout le peuple de Mekka accourait au bas de la ville. Les Bédouins, qui vivaient dans les tentes tout autour de la cité, étaient déjà massés entre les tours de guet encadrant la route du Nord. Sous leurs sandales de paille ou leurs pieds nus, la poussière de la piste montait en volutes épaisses que la chaleur, déjà, emportait dans le ciel surchauffé. Braillards, turbulents, ils formaient une foule compacte. C'était un jeu, ou un rituel. Ils empêchaient les gens ordinaires, les petits commerçants, les serviteurs des grandes maisons, les femmes et les enfants, d'atteindre les premiers rangs pour accueillir les voyageurs. Seuls les puissants, droits sur leurs chameaux et n'hésitant pas à user des *hchem*, ces redoutables badines de cuir, parvenaient à se frayer un passage au travers de la masse mouvante.

De l'autre côté, Khadija repéra la silhouette des Abd al Muttalib, du clan du vieil Abu Nurbel. Abu Talib, bavard et gesticulant de la main comme à son habitude, était également là. Il était entouré des hommes de son clan, les Abd Manâf. Alors que leurs méharis, rendus nerveux par le vacarme, tournoyaient sur eux-mêmes, elle aperçut soudain le manteau de Muhammad.

La crainte, ou une sorte de honte, inexplicable, stupide, lui brouilla la vue. Abdonaï levait déjà son poignet de cuir pour écarter les Bédouins. Elle lui fit signe que non. C'était inutile. Elle allait attendre la caravane ici, en arrière, parmi les femmes.

Abdonaï fronça les sourcils. Ce n'était pas l'habitude de sa maîtresse. Au contraire, elle prenait toujours grand soin de se comporter ainsi que les puissants de Mekka, d'imposer sa présence de femme là où il n'y avait que des hommes.

Khadija devina sa pensée. D'un geste, elle insista. Le fidèle Perse obtempéra. Peut-être saisit-il cette peur, ces doutes qu'elle-même ne comprenait pas.

La caravane ne fut pas longue à approcher. Le brouhaha enfla. Les trompes sonnèrent à nouveau. Les youyous de bienvenue des femmes jaillirent. Khadija vit la cape de Muhammad s'envoler : il avait lancé son méhari à la rencontre de ses compagnons de voyage.

Sur ordre d'Abu Talib, des serviteurs armés de longs bâtons tentèrent d'ouvrir la voie dans la masse des Bédouins, ne provoquant que rires et quolibets. Autour de Khadija, les femmes de la cité reprirent leurs youyous. Le vacarme devint si violent que l'ânesse de Khadija, les oreilles plaquées contre l'encolure, se rétracta de peur. Abdonaï tourna son poing valide, serra le licol de l'animal avant de l'apaiser par une étrange caresse de son poignet de cuir.

La caravane était maintenant si proche que l'on devinait les mines enjouées d'Abu Nurbel et d'Al Sa'ib. Muhammad chevauchait entre eux.

À leur tour, les puissants qui les attendaient s'élancèrent à leur rencontre, hurlant, brandissant les nimcha, faisant virevolter leurs montures. Du haut des chameaux, ce furent de joyeuses et acrobatiques accolades. Le vieil Abu Nurbel glissa de sa selle et manqua tomber de son méhari. Al Sa'ib le rattrapa du mieux qu'il put, le releva comme un paquet de linge, déclenchant les rires. Le rire saisit Abu Nurbel lui-même, ouvrant en grand sa bouche édentée. Il agita sa hchem au-dessus de sa tête, feignant de menacer les Bédouins.

À ce signal ils répondirent par un grand appel joyeux, plein de respect. Puis ils s'écartèrent dans un ensemble parfait, ouvrant une large route à la caravane. Les youyous des femmes s'intensifièrent. Un tourbillon de vent mêla la poussière à l'odeur âcre, étouffante, des chameaux à la peine depuis des mois. Le sol vibra sous leurs pas mécaniques. Chacun put voir les bâts, les sacs et les panières d'alfalfa que gonflait sur leurs flancs une richesse énorme et mystérieuse.

Al Sa'ib, le premier, aperçut Khadija patientant sous son dais parmi les femmes de Mekka. Il la désigna à Abu Talib et à Abu Nurbel, très entourés par les hommes de leurs clans. Sans hésiter, ils poussèrent leurs méharis vers elle, s'écartant de la caravane tandis que Muhammad et le grand esclave noir, Bilâl, demeuraient à sa tête, la conduisant vers les entrepôts. Les spectateurs se pressaient dangereusement autour d'eux. Ils avaient le plus grand mal à contenir les bêtes.

Pas une fois Muhammad ne tourna le visage vers Khadija. Elle remarqua que, sous sa cape maintenant rabattue sur son épaule pour plus d'aise, il ne portait plus la nimcha conquise devant Tabouk mais une simple dague.

Puis, bousculée par la foule, elle le perdit de vue. Abdonaï criait de rage. Les porteurs du dais parvenaient à grand mal à maintenir le dais au-dessus d'elle. Le tumulte ne s'apaisa qu'à l'approche des méharis d'Abu Nurbel et d'Al Sa'ib qui braillaient des menaces.

Enfin, arrivés devant Khadija, dans un même geste de politesse ils piquèrent le cou de leurs chameaux pour qu'ils ploient leurs antérieurs à hauteur de l'ânesse. Plus qu'elle ne l'entendit, tant le vacarme était grand, Khadija lut sur les lèvres d'Abu Nurbel le salut qu'il lui lança :

— Saïda bint Khowaylid ! Qu'Al'lat te garde sous sa paume ! Qu'Hobal bénisse ta richesse ! Le plaisir d'agenouiller nos montures devant toi est aussi grand que de retrouver les murs de Mekka ! Tu seras satisfaite de ceux en qui tu as placé ta confiance. Nous avons bien travaillé à nos affaires.

À son tour, elle lança les formules de bienvenue et les félicitations, invoqua sur eux les faveurs d'Al'lat et d'Hobal.

Elle se montra naturelle et enjouée comme on devait l'être en un jour où la richesse, après bien des efforts et des périls, venait s'accumuler dans les entrepôts. Et durant tous ces saluts, elle devina le regard anxieux d'Abu Talib. L'oncle rusé cherchait à sonder son humeur véritable.

Des cris de reconnaissance détournèrent leur attention. Les chamelles reléguées à la fin de la caravane et portant les modestes palanquins des servantes approchaient. Les enfants se précipitèrent vers elles. Du haut de leurs montures, et selon la tradition, les servantes lançaient des dattes et des figues sèches, des poignées d'olives et même des « gâteaux de route » aussi durs que les pierres du désert où ils avaient été cuits. Puis, aux femmes qui tendaient les mains vers elles, elles donnaient des sacs de légumes secs et toutes les nourritures qui n'avaient pas été consommées durant les derniers jours du voyage.

Khadija fixa les visages des femmes qui riaient et s'agitaient sur les rebords des palanquins. Il y en avait des jeunes, des vieilles, des laides, des belles. Les femmes jeunes et belles étaient plus nombreuses qu'elle ne l'aurait cru. Et l'une d'elle était certainement cette Lâhla bint Salîh dont Muhammad avait dix fois, cent fois, baisé les lèvres.

— Saïda...

L'appel d'Abdonaï, bas mais insistant, brisa sa fascination. Devant elle, les méharis d'Al Sa'ib et d'Abu Nurbel s'étaient redressés. Il était temps pour eux de rejoindre l'esplanade de la Ka'bâ, d'y faire la longue prière du retour et d'y montrer leur soumission reconnaissante à la toute-puissance de la Pierre Noire.

Le Perse fit pivoter l'ânesse. Les quatre serviteurs tournèrent à petits pas, soutenant le dais au-dessus de leur maîtresse. La foule se scinda entre ceux qui voulaient assister au déchargement de la caravane et ceux qui voulaient voir la prière des puissants autour de la Ka'bâ. Pour trancher le flot des corps excités et impatients, Abdonaï dirigea l'ânesse à la suite des chameaux des Abd Manâf.

Soudain, immobilisant son méhari, le vieil Abu Nurbel lança un cri de colère. Abu Talib lui fit signe de s'apaiser. Abdonaï désigna le haut de l'esplanade de son moignon de cuir.

Tout à l'opposé de la place, à l'écart de ceux qui déjà tournaient en longeant les cercles des idoles et psalmodiaient devant la Pierre Noire, des hommes aux manteaux colorés se congratulaient bruyamment.

Khadija reconnut Abu Sofyan, splendide et arrogant, entouré des siens. Celui qu'ils fêtaient avec tant d'ostentation n'était autre que Yâkût al Makhr, le mercenaire.

Le temps d'un éclair, la fureur qui avait envahi Abu Nurbel la gagna. Elle croisa le regard suppliant d'Abu Talib.

Une main se posa sur la sienne.

— Khadija !

La cousine Muhavija était là, à son côté, souriante et sérieuse. Elle murmura :

— Laisse-les régler ça, ce sont des histoires d'orgueil masculin. Ils ne savent pas que la gloire ressemble au marché : quand on y reste trop longtemps, les prix baissent.

À voix plus haute elle demanda :

— Tu n'en as pas assez, de ces braillements et de cette poussière ? Retournons dans ta cour. On sera mieux sous ton tamaris pour parler, cousine.

Sous le tamaris, Muhavija expliqua :

La nuit précédente, avant que la caravane n'entre dans Mekka et alors que l'on fêtait Muhammad, Abu Talib avait envoyé un messager secret à l'ombrageux Yâkût al Makhr. Le message faisait savoir que le silence sur les événements de Tabouk valait pour lui, le mercenaire. Si nul n'évoquait publiquement la razzia, Mekka ignorerait que c'étaient les vieilles chamelles qui avaient vaincu, et non pas le sabre de Yâkût al Makhr. Il n'aurait ainsi aucune tache sur sa gloire et pourrait continuer à vendre ses services à qui voudrait les payer.

— Mais tu sais comment sont ces hommes, gloussa la cousine Muhavija. Plus leur sabre est long, plus ils se comportent comme des enfants. Ce Yâkût n'a pu retenir une provocation. Ce que tu as vu sur la place de la Ka'bâ tout à l'heure est de l'enfantillage. Son orgueil ragaillardi par le silence, Yâkût a voulu parader avec les ennemis de ceux qu'il venait de servir. Bien sûr, Abu Sofyan et ceux du clan des Al Çakhr étaient trop contents de saisir l'occasion, eux qui craignaient ta réaction.

Khadija comprenait. Sous ce même tamaris, Abu Talib avait dit : « Laisse la rumeur entrer dans l'ombre qui l'efface. Au retour de la caravane, ne présente pas la preuve qu'Al Çakhr a été la main tenant celles des pillards. Ne réclame pas vengeance. »

Voilà pourquoi, tout à l'heure, Muhammad ne portait plus sous son manteau la nimcha gagnée au combat. Voilà pourquoi on l'avait laissé mener seul la caravane aux entrepôts.

La veille, en arrivant dans Mekka, il avait fait sa prière de retour autour de la Pierre Noire. Aujourd'hui, il n'avait pas besoin de se joindre à ses compagnons de voyage sous les yeux d'Abu Sofyan. En ce jour de fête, s'il gardait le silence sur leur perfidie, il n'aurait à affronter ni la colère des Al Çakhr ni leurs insultes.

Khadija rit. Elle commençait à saisir la manœuvre d'Abu Talib.

— Comment as-tu su ?

— Kawla, bien entendu. Abu Talib lui a confié son plan pour qu'elle me le raconte et que je te le raconte. Lui, il n'a pas le sabre long, mais un esprit aussi rusé que celui d'une femme jalouse.

Muhavija pouffa encore, les yeux plissés. Puis sur un autre ton, et avec un sérieux qui montrait qu'elle avait suivi les pensées de Khadija, elle précisa :

— Cousine, ne te soucie plus de tout cela aujourd'hui. Laisse faire Abu Talib. Il œuvre pour toi. Demain sera demain. Aujourd'hui doit être le jour de ton bonheur.

Elle avait raison. Ainsi allaient les jeux de pouvoir. Désormais, Abu Sofyan savait qu'elle savait, et il savait aussi qu'elle avait choisi de se taire. Sans doute se demandait-il si elle agissait par ruse ou par crainte. Demain ou après-demain, la bataille reprendrait.

Le soleil était maintenant haut. Les servantes s'activaient. Des assemblages de tapis avaient été disposés sur le sol de la cour, abritée par de grands lés de toile dont l'agencement évoquait les pans d'une vaste tente. Depuis des heures, sous l'appentis de la cuisine, les femmes cuisaient de jeunes agneaux de lait au-dessus d'un feu de braise. Elles les avaient fourrés de racines de fenouil, de figues de barbarie, d'olives, de graines d'anis et de petits piments avant de les envelopper dans de grandes poches d'alfalfa. À côté, dans des plats de terre cuite, mijotait un monceau de fèves à la poudre de *kourkoum*.

Dès le crépuscule, la joie des alliés de la riche veuve Khadija bint Khowaylid résonnerait dans la ville et, longtemps, jusque tard dans la nuit, ceux du dehors pourraient humer le fumet de son festin.

— Ce soir, tu dois devenir l'épouse de Muhammad ibn 'Abdallâh, murmura fermement

Muhavija. Ce soir, tous ceux qui seront dans ta cour doivent voir ta main dans sa main. Et la nouvelle doit courir sur toutes les lèvres de Mekka demain.

— Tu es folle ! Je ne lui ai pas même parlé. Je ne l'ai pas revu depuis son retour, sinon sous ce tamaris.

— Et alors ? Il sait ce qu'il doit savoir. Et désormais, s'il est celui que Kawla et toi croyez, il sait aussi ce qu'il veut. Il n'a plus qu'à te le montrer.

— Alors que ma cour sera pleine ?

— Sous le regard de ces hommes qui veulent devenir puissants et riches grâce à toi, oui !

Et comme Khadija, sombre et sévère, ne répliquait pas, Muhavija éclata de rire.

— Veux-tu te vieillir encore à froncer ainsi les sourcils ?

— Je sais ce qu'Abu Talib lui a dit : « Marie-toi avec la riche veuve. Tu deviendras un puissant de Mekka, et demain Abu Sofyan et les Al Çakhr ne t'interrogeront pas sur la nimcha que tu portes. » Ce que je n'ai pas désiré arrive. S'il vient dans ma couche, comment pourrai-je entendre la vérité de son cœur ?

— Je te le répète : comme toutes les femmes quand elles sont nues devant un homme. Mais avant, tu dois lui montrer l'autre saïda Khadija. Celle dont il n'a pas idée, pas plus qu'il ne pouvait imaginer ce qu'était un combat avant la razzia de Tabouk. Réclame cette tunique que tu n'as pas voulu revêtir à Ta'if. Barrira s'en pâmera de bonheur !

Le mariage

Voici comment les choses se passèrent.

À l'heure dite, Abu Nurbel, Abu Talib et Al Sa'ib franchirent la porte bleue de la maison de Khadija. Une vingtaine de fils, cousins, frères, neveux, oncles, beaux-frères, hommes de leurs clans les accompagnaient, quelques-uns assez riches et puissants pour avoir leur place dans la mâla. En retrait de son oncle venait Muhammad ibn 'Abdallâh, déférent et modeste, comme chacun le connaissait.

Un peu plus tôt, la rumeur s'était propagée dans les quartiers des entrepôts, puis dans les cours de la cité : la veuve bint Khowaylid avait montré la plus extrême reconnaissance au neveu d'Abu Talib. Tout jeune qu'il était, elle voulait en faire son homme de confiance. Au pays de Sham, où les embûches du commerce ne manquaient pas, Muhammad s'était montré si avisé et si solide que le vieil Abu Nurbel et Al Sa'ib ne tarissaient pas d'éloges sur son compte.

De l'affaire de Tabouk, pas un mot. Les Çakhr eux-mêmes auraient pu croire qu'elle n'avait pas existé. Que Yâkût al Makhr se soit mêlé au clan d'Abu Sofyan dès son retour n'attirait que des sourires entendus. Un mercenaire était un homme soumis au plus offrant, rien d'autre. Il avait paradé autour de la Ka'bâ tout le temps qu'avaient duré les prières de ses compagnons de voyage. Depuis, nul ne l'avait revu. Abu Sofyan lui-même avait dû se lasser de ses enfantillages.

C'était donc en paix, la parole et le rire hauts, que chacun prit place sur les tapis de la cour. Sous le tamaris, les servantes avaient disposé cinq tabourets autour du plat commun. Abu Talib, Abu Nurbel et Al Sa'ib s'y installèrent, ainsi que Muhammad. Le tabouret restant, celui de Khadija, demeura vide. Comme l'exigeait la tradition, les hommes allaient partager la nourriture, la boisson et les plaisanteries qui ne convenaient qu'aux oreilles masculines avant qu'une femme, fût-elle aussi influente que la veuve bint Khowaylid, puisse s'asseoir parmi eux.

Afin que leur plaisir soit aussi parfait que possible, Abdonaï avait fait venir des musiciens et un poète. Dès que les bouches se remplirent, les battements rapides de deux tambours et le son lancinant des flûtes de roseau s'élevèrent par-dessus l'agitation.

Peu à peu, les rires se turent, les conversations cessèrent. Bientôt, oubliant la nourriture, chacun s'emplit du rythme qui frappait contre les poitrines et pénétrait les cœurs.

Et soudain, vibrante et curieusement éraillée, la voix du poète jaillit, puis ses mots, ses images.

L'homme était petit, replet, enlaidi par une barbe irrégulière. Il accompagnait sa parole chantante d'un mouvement incessant des mains, comme si ses paumes et ses doigts pouvaient disperser le pouvoir de ses mots aux quatre coins de la cour. Tout en déclamant, il fixait intensément les uns et les autres de ses yeux de braise, happant leur attention.

Un murmure courut d'un groupe à l'autre. Chacun reconnaissait le poème. Il racontait ce vent froid, implacable, qui, à l'approche de la nuit dans le désert, traversait les meilleurs tissages. Un souffle de gel qui ne venait ni de la Terre sans début ni fin, ni du ciel privé de soleil. Un froid qui était l'haleine des dieux sur le cœur nu des hommes. Ces errants qui vont par les chemins, loin de leurs aimées, et n'ont que la mémoire de leurs bonheurs pour affronter les mystères de la nuit.

— Tu n'es qu'un grain de poussière jeté parmi la poussière de l'univers, psalmodiait le poète. De ton cœur, tranché telle une grenade par la solitude, naît la fleur empoisonnée de l'absence. Pourquoi vas-tu te perdre dans le vide du désert quand tu pourrais caresser le feu d'un ventre qui t'aime ? Oh ! avant de te livrer au bon vouloir d'Al'lat, d'Hobal ou de Manât, t'es-tu assez enivré du parfum de ton adorée ? L'as-tu regardée jusqu'au désespoir se lever nue dans l'aube, toi qui demain, au jour renaissant, ne verras, pour beauté, que la bosse de ton chameau près du puits ?

Les invités maintenant accompagnaient la déclamation du chantre. Tous ensemble, unis comme dans une prière, ils prononcèrent les derniers mots du poème. Une bruyante acclamation jaillit alors de toutes les bouches. Puis les rires et les moqueries reprirent de plus belle, effaçant l'émotion. Tambours et flûtes entamèrent une musique vive et légère. Aussitôt que vidés, les gobelets de cuivre furent remplis de lait fermenté. Le poète, fêté et applaudi, glissa d'un groupe à l'autre, s'enivrant doucement.

Que Muhammad demeurât silencieux quand chacun s'écriait, qu'il sourît alors que les rires fusaient, nul ne s'en aperçut, sauf son oncle Abu Talib.

Puis, alors que l'on venait d'allumer les premières mèches des lampes, le silence se fit soudainement. La veuve Khadija bint Khowaylid apparut sur le seuil de sa chambre accompagnée de la vieille Barrira et de la belle esclave qu'on appelait Ashemou de Loin.

Sa silhouette se dessinait sur la blancheur des murs que le ciel empourpré du soir teintait d'ocre. Aux premiers pas qu'elle fit, elle parut étrangement enveloppée d'un chatoiement de tons et de formes flottantes. Elle dut s'avancer encore dans la lumière sourde pour que ses invités comprennent que l'illusion provenait de sa tunique, faite d'un tissu tel qu'aucun regard d'homme, ici, n'en avait jamais vu.

Plus qu'à un vêtement, cela faisait songer à une onde dévoilant la silhouette pour l'effacer aussitôt avant de la faire renaître au pas suivant. Comme le matin, sa chevelure était retenue par un collier de simples pierres lustrées. Mais sur sa poitrine, le plastron de cornaline, d'agates et de minces feuilles d'argent rehaussant l'échancrure du col et la refermant semblait être aussi vivant qu'un animal. À chaque mouvement, on le voyait onduler, se tordre ou se lover au creux des seins de Khadija.

Alanguis sur les tapis, repus de nourriture, excités par le lait fermenté, le cœur et l'esprit embrasés par la musique et les mots, tous furent assaillis de pensées qui ne pouvaient s'avouer ni se partager. La beauté et la chair de l'esclave Ashemou qui marchait derrière sa maîtresse, ils la virent aussi. Mais qu'une fille soit belle à vingt ans, où était la surprise ? Qu'au double ou presque de cet âge, une veuve procure une émotion comme celle qu'ils ressentaient, voilà ce dont longtemps ils allaient se souvenir.

D'une inclinaison du front, d'un sourire modeste, évitant de croiser les regards, elle salua les uns et les autres en s'approchant du tamaris.

Il n'était pas dans la coutume que les hommes se lèvent de leur tabouret ou de leur coussin pour accueillir une femme. C'est pourtant ce que fit Muhammad.

Ceux qui se trouvaient assez près surprirent la grimace d'Al Sa'ib. Plus tard, certains affirmèrent qu'Abu Talib et Abu Nurbel, en même temps, avaient tendu la main pour retenir le jeune Ibn 'Abdallâh.

Dans la cour, ici et là, on entendit des ricanements. Muhammad ne devenait-il pas le serviteur de la saïda ? Les serviteurs, eux, avaient le devoir de se lever devant leur maîtresse.

Des railleries qui n'eurent pas le temps de devenir fiel. La voix de la saïda Khadija retentit :

— Tu n'as pas à te lever pour moi, Muhammad ibn 'Abdallâh.

Elle se tenait devant lui, debout non loin de son tabouret, le dévisageant. Le silence pesa si lourd dans la cour qu'on entendit la stridulation infatigable des grillons.

Muhammad écarta son manteau, dénoua une bourse de toile accrochée à son baudrier et la tendit à Khadija. D'une voix un peu sourde, où l'on devinait l'effort pour paraître calme et naturel, il dit :

— Je me suis levé, saïda, car j'ai un présent pour toi.

Elle hésita. Chacun devina ce qu'elle pensait. Prendre elle-même la bourse, c'était risquer de toucher la main du neveu d'Abu Talib. Et devant tous. Cela, elle ne le pouvait pas.

Elle jeta un coup d'œil à l'esclave Ashemou. La fille tendit la main, saisit le petit sac de toile. Muhammad ibn 'Abdallâh ne détourna pas les yeux de sa saïda, ni à cet instant ni pendant qu'Ashemou dénouait les cordons de la bourse. Elle la tendit ouverte à sa maîtresse, qui en examina le contenu. Devant son étonnement, Al Sa'ib et Abu Nurbel éclatèrent de rire.

— Ce n'est pas du poison, saïda, gloussa le vieil Abu Nurbel. Fais donc goûter cette poudre à ton esclave...

Muhammad aussi souriait. Khadija se tourna légèrement vers Abdonaï. Le Perse n'était jamais loin. Il inclina la tête pour acquiescer. Dans la cour, les hommes, curieux, s'étaient levés et s'approchaient du tamaris.

Khadija versa un peu de la poudre brune dans la paume d'Ashemou. La jeune esclave l'approcha de ses lèvres et, de la pointe de la langue, en cueillit un soupçon.

L'étonnement détendit son visage, puis le soulagement.

— C'est doux, s'exclama-t-elle. C'est doux, saïda !

D'un coup, cette fois, Ashemou avala ce qu'il lui restait de poudre dans la main.

— C'est bon !

Elle le lança avec tant de contentement que chacun éclata de rire. Muhammad expliqua :

— Cela s'appelle « *sukar* », saïda. Ça vient de Perse. Avec cette poudre, même les racines les plus amères deviennent délicieuses.

— Muhammad dit vrai, intervint Abu Nurbel. Mes servantes me font des jus de cédrat avec cette poudre et il est plus agréable à boire qu'un lait d'ânesse.

À son tour il se leva de son tabouret, posa la main sur l'épaule de Muhammad et ajouta :

— Ce neveu d'Abu Talib assure que cette poudre de sukar fera ta fortune et celle de Mekka. Il pourrait bien avoir raison : il n'est pas né, celui qui préférera l'amertume à la douceur.

Abu Nurbel se tut, gardant sa main posée sur l'épaule de Muhammad. Ils étaient tous deux face à Khadija, se tenant à bonne distance, comme si, malgré l'ombre grandissante de la nuit qui éteignait les couleurs une à une, la tunique qui la revêtait les intimidait. Abu Talib grattait nerveusement sa barbe en jetant de petits coups d'œil à Muhammad.

Abu Nurbel déclara :

— La nuit est là, saïda bint Khowaylid. Il nous faut regagner nos demeures avant de nous perdre dans les rues de Mekka. La journée a été longue et belle. Tu nous as offert un festin et beaucoup de joie. Qu'Al'lat te garde près d'elle pour une longue vie et qu'Hobal aime ta richesse. Demain, nous commercerons ensemble. Nous, les Abd Manâf, les Hashim, les Abd al Muttalib et toi, saïda. Pour ce qui s'est passé à Tabouk, nous savons ce que nous savons, toi comme nous. Abu

Talib et toi, vous avez été sages de le réduire à un murmure dans Mekka. Quand il le faudra, on s'en souviendra à la mâla. Et si tu n'as personne pour défendre ta parole à la Grande Assemblée, tu auras la nôtre, celle d'Al Sa'ib, d'Abu Talib et de tous ceux qui sont ici ce soir.

Des grondements d'approbation roulèrent derrière Abu Nurbel. Abdonaï fit signe aux serviteurs d'approcher. Les flammes rouges du bitume des torches dansèrent sur les faces des invités et ravivèrent les chatoiements de la tunique de Khadija.

Peut-être fut-ce cela qui provoqua l'étrange sourire qui s'épanouit sur le vieux visage d'Abu Nurbel. Il ôta sa main de l'épaule de Muhammad pour lui frapper doucement la poitrine.

— Saïda, la sagesse d'Hobal le puissant t'a conduite quand tu as choisi Muhammad ibn 'Abdallâh pour tes affaires. Je suis comme toi, sans plus de fils. Mais si mes petits-fils se comportaient comme ce neveu d'Abu Talib, je n'irais plus moi-même manger mes galettes sur les pierres du désert. Garde cet homme près de toi, et tu nous verras tous heureux.

Abu Nurbel possédait trop d'expérience pour ne pas connaître le double sens de ses paroles et la gêne qui en découlerait. Afin de briser l'embarras naissant, il salua aussitôt Khadija en lui souhaitant au nom de tous une longue et belle nuit. En un geste que tout le monde comprit, il saisit la main d'Abu Talib et l'entraîna vers la porte bleue. Chacun le suivit. Muhammad ne savait que faire de lui-même. Dans son dos les invités s'éloignaient, emportant le murmure de ce qui, dès l'aube, ferait la rumeur de Mekka.

D'une voix que ni Ashemou, ni Barrira, ni Abdonaï ne reconnurent, Khadija dit :

— Je te remercie de la douceur de ton présent, neveu d'Abu Talib. La parole d'Abu Nurbel est juste. Si l'on ne songe qu'aux affaires.

— Saïda...

Il ne trouva aucun mot de plus à ajouter.

Là-bas, à la porte, ils disparaissaient les uns après les autres.

Khadija passa sa langue sur ses lèvres sèches, pressa la petite bourse de sukar sous sa poitrine. Le chatoiement de sa tunique lança quelques éclats dans la pénombre.

— Moi, je n'ai qu'une manière de dire ma pensée. Va selon ton cœur, Muhammad ibn 'Abdallâh. Tu peux boire de ce sukar dans du lait de chamelle avec moi ce soir. Ou tu peux suivre ton oncle. Quoi que tu choisisses, demain tu seras celui en qui la veuve bint Khowaylid a placé sa confiance.

Ces mots pétrifièrent Muhammad, comme s'il peinait à les comprendre. Le brouhaha des voix résonnait dans la ruelle derrière les murs. À présent, tous les invités avaient franchi la porte bleue, grande ouverte sur l'obscurité. La torche brandie, un esclave attendait.

Barrira entraîna Ashemou dans l'ombre de l'appentis de la cuisine et enjoignit aux servantes de s'éloigner de leur maîtresse.

Muhammad murmura :

— Saïda, je n'ai pas de mots pour conter ce qui vient en moi. Et je ne suis...

— Je sais qui tu es, l'interrompit Khadija. Je le sais plus que toi. Mais toi, tu ne connais que saïda bint Khowaylid. Celle qui boira le lait de chamelle avec toi, si ton désir le veut, t'est étrangère.

— Oui.

Muhammad souligna ce mot d'une inclinaison de la tête. Une lueur de la lampe voisine passa sur ses yeux. Khadija en fut ébranlée. Elle comprit que Kawla avait dit vrai. L'homme qu'elle avait devant elle ne savait pas mentir.

Elle se mit à trembler si fort qu'elle recula, s'appuya au tronc du tamaris avant de se laisser glisser sur le tabouret. Muhammad s'approcha vivement. Elle le retint d'une main, sans le regarder.

— Maintenant, tu dois choisir, Muhammad. En homme libre et qui ne doit rien ni à moi ni à ton oncle Abu Talib.

Il lui sembla que Muhammad mettait un temps infini à répondre. Mais peut-être cela ne dura-t-il pas plus que le vol d'un papillon ?

Il s'installa sur le tabouret en face d'elle.

— Quand je suis près de toi, saïda, je sens ta force se lier à la mienne. Elle me soutient et me pousse à être l'homme qu'Al'lat veut que je devienne. Loin de Mekka, cette force, je l'ai sentie aussi. Je suis parti sur la route du pays de Sham avec cette pensée en tête : « La saïda m'a engagé. Elle m'a vu et, au premier geste, elle m'a accordé sa confiance. » Voilà, ce que je pensais. Je croyais faire les choses par devoir envers toi. Mais hier, quand tu m'as accueilli dans cette cour, quand je me suis assis ici, sous ce tamaris, et que tu as porté les yeux sur moi...

Il se tut, laissant son geste exprimer ce qui ne pouvait l'être.

192

Khadija ne brisa pas le silence. Elle inclina seulement le front. Plus tard, elle raconta que, durant ce court silence, elle avait enfin perdu ses craintes. Elle avait compris qu'ils allaient s'unir, son bien-aimé Muhammad le pauvre et elle, dans la félicité de l'amour. Et pour toujours.

Quand elle put mieux respirer et être certaine que sa voix ne tremblerait pas, Khadija ordonna qu'on ferme la porte principale. Puis elle ne put se retenir de rire un peu nerveusement en demandant à Muhammad si le sukar devait se verser dans le lait avant de chauffer ou après. Il dit :

— Les Perses le versent dans le lait chaud. Mais je connais bien des manières de le goûter.

Il souriait, se mordant les lèvres, lui aussi dans la joie.

Ils s'apaisèrent le temps qu'on apporte deux gobelets brûlants de lait. Khadija lui tendit la bourse de sukar.

— C'est à toi de verser.

Au lieu de prendre la bourse, Muhammad se leva.

— Le lait est trop chaud pour être bu ici.

Debout, il hésita à peine avant de tendre la main. Khadija trembla à nouveau. La crainte lui serrait le ventre autant que le désir. Elle chuchota :

— Celui qui passe le seuil de la chambre d'une veuve ne peut être que son époux.

— J'ai choisi.

— Sous la tunique, celle que tu veux connaître n'a plus le corps des filles qui vont avec les caravanes.

— Les filles qui vont avec les caravanes ne seront pas mes épouses, Khadija bint Khowaylid. Si tu me permets de t'appeler ainsi.

Tapies dans l'ombre, Barrira et Ashemou les virent quitter le halo de lumière. La servante devant eux portait la lampe et le plateau avec les gobelets de lait brûlant. Quand ils furent devant la chambre de Khadija, ils laissèrent la servante y pénétrer et y déposer le plateau avant de ressortir. Barrira gémit. Elle venait seulement de découvrir qu'ils se tenaient par la main. Puis Muhammad referma doucement la porte derrière eux.

Barrira s'assit et pleura, inondée de bonheur, s'accrochant aux poignets d'Ashemou qui séchait ses larmes et serrait sa grosse vieille tête contre son giron. La nourrice oubliait toutes ses jalousies et pardonnait la trop grande beauté de l'esclave Ashemou de Loin. Son rêve de voir sa bien-aimée Khadija entre les bras d'un époux enfin se réalisait.

Et jusqu'au matin elle les imagina, là, enfin nus l'un devant l'autre dans la faible lumière de la lampe et buvant le lait de chamelle adouci de sukar. Elle imaginait Muhammad tendant les mains pour embraser de ses caresses le corps de son épouse, baisant ses lèvres, découvrant les courbes et la splendeur qui n'appartiennent qu'au temps. Qui d'autre que lui, le jeune et sage Ibn 'Abdallâh, saurait mieux verser la poudre de douceur sur la chair impatiente de Khadija ?

À la première lueur du matin, Abdonaï trouva la jeune esclave et la vieille nourrice encore agrippées l'une à l'autre. Elles n'avaient pas quitté l'appentis ni fermé les yeux sous le poids du sommeil. Le Perse ne montra pas d'étonnement ni ne posa de question. Il savait ce qu'elles attendaient. À son tour, il patienta.

Le soleil tranchait déjà des ombres nettes quand la porte de la chambre de Khadija s'ouvrit. Les époux parurent sur le seuil, liés comme si un seul vêtement les enveloppait.

Il suffit à Barrira d'un regard sur le visage de Khadija pour savoir. Ce qu'elle avait imaginé durant la nuit était peu de chose devant la félicité qui avait emporté les époux.

Sans même qu'elle réfléchisse, sa main monta à sa bouche et sa gorge lança le hululement syncopé de la grande joie des épousailles. Ashemou à son tour, puis les servantes de la cour de Khadija bint Khowaylid unirent leurs voix à celle de Barrira.

En peu de temps toutes les demeures de Mekka apprirent que la rumeur était réalité. La veuve bint Khowaylid n'était plus veuve, et Muhammad ibn 'Abdallâh, neveu d'Abu Talib, n'était plus un homme de rien.

TROISIÈME PARTIE

LES FILS

Le cousin Waraqà ibn Nawfal

Durant une lune entière Mekka ne parla que de ces épousailles. Comme on pouvait s'y attendre. La nouvelle provoqua des ricanements. Ainsi la veuve bint Khowaylid n'était plus veuve ! Et l'époux non seulement était un simple serviteur, mais il avait bien dix années de moins qu'elle ! Bientôt, on raconta l'histoire d'Abu Assad, le patriarche du clan des Khowaylid.

Ce vieux mecquois, si vieux que nul ne savait plus son âge, était le grand-oncle de Khadija. Il habitait une imposante demeure, avec cour et servantes. Il ne s'éloignait de sa couche que pour faire une vingtaine de pas. On le prétendait sourd et n'ayant plus toute sa tête.

La règle et la tradition voulaient cependant qu'aucune alliance des Khowaylid, qu'aucun mariage au sein du clan ne s'accomplisse sans son consentement. Or, assurait-on, dès qu'il avait eu connaissance de la nuit nuptiale de la veuve Khadija avec Muhammad ibn 'Abdallâh, Abu Assad était entré dans une colère qui avait manqué de le foudroyer. De tout un jour, il n'avait cessé de gronder des insultes et des imprécations. « Pas question qu'une Khowaylid dépose sa richesse de veuve entre les mains d'un homme de rien ! Depuis toujours, éructait-il, et Hobal lui en était témoin, seuls les puissants peuvent épouser les puissants ! »

Il tempêta tant et si bien que Khadija s'inquiéta. Selon la tradition de Mekka, il n'y avait d'épousailles véritables qu'après que le patriarche du clan des époux eut apposé la marque de son pouce dans une plaque de fine glaise fraîche, entre les marques de l'homme et de la femme. Non seulement la fureur inattendue d'Abu Assad tournait à l'insulte, mais elle menaçait de ruiner son mariage. Aussi dépêcha-t-elle chez lui un sage du clan des Khowaylid, son cousin Waraqà ibn Nawfal.

Waraqà était connu de tous. On disait qu'il était la mémoire de Mekka.

Maigre, sec, sans âge, blanc de poil mais plein de vigueur, il savait manier habilement le stylet d'écriture. Waraqà était un *hanif* : un scribe, homme de poésie autant que savant de savoir. Été comme hiver, il arpentait la ville couvert jusqu'aux chevilles d'un long manteau noir. Une silhouette reconnaissable entre mille. Son long manteau était supposé cacher l'infirmité dont il était victime depuis sa naissance. En effet, il était né avec une jambe plus courte que l'autre, ce qui le rendait acariâtre de temps à autre. Parlant plusieurs langues et dialectes, il enregistrait sur des plaquettes de glaise et de minces rouleaux de papyrus les alliances, les décès et les hauts faits des Khowaylid. À l'occasion, c'était également lui qui tranchait les différends et rappelait les jugements des Anciens.

Or, ce vieux fou d'Abu Assad le laissa à peine parler. Pointant vers le ciel un doigt tout déformé, il prit Al'lat à témoin et, crachant autant de salive que de mots, il promit que jamais, jamais ! il n'enfoncerait son pouce dans la plaque de glaise. Sa nièce Khadija pouvait ouvrir sa couche et tout ce qu'elle voulait à ce Muhammad-fils-de-personne, elle ne ferait qu'y perdre son honneur. Et lui, Abu Assad, le premier du clan par l'âge, interdisait que Waraqà trace le moindre signe de ces épousailles sur le papyrus de la mémoire des Khowaylid.

Waraqà, aussi sage que rusé, laissa le vieux patriarche fulminer, lui assurant que tout irait selon sa volonté. Mais il enjoignit Khadija de trouver un moyen autre que la raison pour amener son oncle à appliquer son pouce dans la glaise.

Khadija, en apprenant la résolution de son oncle, entra à son tour dans une rage folle.

— Qu'on lui coupe le pouce, à ce vieux ! Nous aurons ainsi sa signature, dit-elle, surprise elle-même par ses mots.

Enfin, trois nuits plus tard, Ashemou de Loin, la plus belle des servantes de Khadija, dont la beauté avait sidéré tous ceux qui l'avaient contemplée, apparut dans la cour du vieil Abu Assad.

Ce qu'il se passa ensuite dans la chambre du vieillard, nul ne le sut ni ne put même l'imaginer. Abu Assad n'était plus, et depuis longtemps, en état de prendre ce que sans doute on lui offrait. Pourtant, au matin suivant, l'esclave Ashemou était retournée chez sa maîtresse en compagnie du sage Waraqà, qui tenait entre les mains une tablette de glaise toute fraîche où l'on pouvait voir la marque du pouce du patriarche.

Avant que le soleil n'ait séché la fine glaise, Waraqà inscrivit les noms des nouveaux époux dans le papyrus de la mémoire.

L'encre et le stylet tracèrent ainsi les mots de l'alliance nouvelle et charnelle entre les Hashim et les Khowaylid.

On s'accoutuma alors à voir un nouveau Muhammad ibn 'Abdallâh dans la ville. Il allait vêtu de neuf sous son grand manteau. Dans les enclos, on apprit à connaître sa voix et ses manières de marchand. L'une était plaisante et souvent rieuse, les autres pleines d'assurance. Beaucoup furent surpris de le trouver aussi dur en affaires qu'il était jeune et enjoué. Abu Talib opinait fièrement quand on le lui faisait remarquer. Son neveu Muhammad était un Hashim par la branche des Abd al Muttalib, et les dures lois du commerce coulaient dans le sang des Hashim dès leur venue au monde.

À qui voulait l'écouter, Abu Talib assurait, en bombant son maigre torse :

— De mon neveu Muhammad, vous ne savez rien encore. Qu'Al'lat vous maintienne en vie assez longtemps pour connaître qui il deviendra !

Dans la maison de Khadija aussi, on fut étonné. Que Khadija resplendisse de bonheur, Barrira et Abdonaï n'en furent pas surpris. Que son jeune époux se montre modeste et soucieux de chacun, cela fut plaisant à découvrir. On avait déjà fait l'expérience d'hommes dont la puissance et la richesse toutes fraîches avaient, le temps d'une nuit, rempli le cœur du fiel de l'arrogance. Muhammad n'était pas de ceux-là.

Un matin, dans la cour réservée aux chameaux, près des pressoirs, il aborda Abdonaï.

— De cette maison, tu sais tout, et moi je ne sais rien. Tu en es le maître, et moi je ne le serai jamais si tu ne m'enseignes pas ce que tu sais.

La formule plut à Abdonaï, qui l'assura de ses services.

— Khadija m'a raconté comment tu as perdu ta main, reprit Muhammad. Elle dit de toi que tu es le plus grand homme de guerre de Mekka.

— La saïda aime à le croire, répliqua Abdonaï en riant.

— Je possède désormais une nimcha, précisa Muhammad. Je l'ai prise à un homme que j'ai tué combat. Pourtant, j'ignore comment m'en servir. Montre-le moi.

Abdonaï hésita. Muhammad persista :

— Celui qui a versé le sang une première fois, même s'il l'a fait pour défendre sa vie, devra tôt ou tard affronter la vengeance. Je compte repartir sur les routes de Sham ou de Ma'rib, et les vieilles chamelles ne pourront pas toujours mourir pour me défendre.

Un matin, Khadija les vit s'entraîner sur le toit de la maison. Le soir, elle demanda à Muhammad s'il voulait devenir un vrai puissant des armes. Il rit et répondit que cela ne lui déplaisait pas de connaître les règles du combat.

— Et puis, ajouta-t-il, il faudra un jour que je reprenne la route avec une caravane. Cette fois, Yâkût al Makhr ne sera pas avec nous. Les vieilles chamelles non plus.

— En ce cas, dit Khadija, tu dois t'exercer sérieusement, pas comme un enfant sur le toit de la maison.

Elle donna l'ordre à Abdonaï de conseiller son époux dans l'achat de méharis de combat et de l'accompagner hors de la ville, loin des curieux, pour lui enseigner le maniement des épées et des dagues.

Quelques jours plus tard, Muhammad surprit la maisonnée en s'asseyant auprès du jeune Zayd, l'esclave revenu avec lui du pays de Sham, afin d'apprendre à se servir du stylet d'écriture. Avec application, il mémorisait les signes des chiffres et la règle des comptes, il notait avec précision les ventes, les échanges et les achats.

Le sage Waraqà en montra de l'humeur :

— Saïda Khadija, ton époux apprend d'un esclave ce qu'il pourrait apprendre de moi.

— Muhammad te considère trop grand savant, il n'ose te demander ce qu'il demande à notre esclave.

C'était dit autant pour adoucir l'orgueil du hanif que par vérité. Waraqà, cependant, considéra qu'il était de son devoir de contrôler les connaissances de Zayd. À Muhammad qui s'en étonnait, il précisa :

— Il en est plus d'un qui se vantent d'être savants dans ce que pourtant ils ignorent. Lorsqu'on est esclave, tous les moyens sont bons pour se rendre indispensable à ses maîtres.

La remarque de Waraqà était désobligeante. Le vieux sage ne montrait pas plus confiance dans le savoir et la sincérité de Zayd que dans le jugement de Muhammad.

Khadija, qui avait remarqué l'affection née entre le jeune esclave, discret, efficace, toujours curieusement vêtu de blanc, et son époux, dit, après le départ de Waraqà :

— Ne t'offense pas de sa suspicion, mon bien-aimé. Qu'un esclave de moins de vingt ans sache manier le stylet d'écriture et compter aussi bien que lui, voilà qui ne peut que lui déplaire !

Et, en riant, elle ajouta :

— Tu sais flatter aussi bien que moi quand cela est nécessaire. Ne l'oublie pas quand tu reverras Waraqà.

Il fut donc décidé que le jeune Zayd ibn Hârita al Kalb subirait une manière d'épreuve sous le tamaris. Khadija, entourée de Muhammad et d'Abdonaï, prit place sur son coussin. Waraqà et l'esclave venu de Sham s'assirent devant eux sur des tabourets.

En vérité, Waraqà fut le premier surpris par les connaissances du jeune garçon. Il possédait lui-même des rouleaux de papyrus provenant du nord, et il put constater que l'écriture de l'esclave était identique à celle qui les couvrait. Pour ce qui était des chiffres et des comptes, il dut admettre que l'esclave en savait plus que lui-même. Pour cacher sa gêne, il demanda à Zayd :

— D'où viens-tu pour en avoir appris autant à ton âge ?

Zayd secoua ses longs cheveux noirs et, d'un regard, consulta Muhammad. Celui-ci l'encouragea d'un signe de la tête.

— Je suis né au pays de Kalb, dit Zayd d'une voix timide. Ce pays appartient au royaume de Ghassan. Mon père y était admiré pour son habileté à sculpter la pierre des temples. C'est lui qui m'a montré comment me servir du stylet d'écriture et m'a appris à lire. Il voulait que je devienne, comme toi, un scribe au service d'un puissant seigneur.

Puis, à Waraqà et à Khadija qui avaient du mal à situer le royaume de Ghassan, il expliqua qu'il s'agissait d'un royaume très riche, tout au nord du désert, au bord de la mer. Un royaume de cités soumises au très puissant pouvoir de ceux qui, encore plus au nord, dans la ville des villes nommée Byzance, vénéraient un dieu unique et sans apparence.

— Le dieu de tous, dit-il, comme on nous l'enseigne, et qui ne se connaît et ne se rencontre que dans l'écriture des rouleaux de papyrus.

Waraqà opina. Cela, il le savait mieux que quiconque dans Mekka, lui, le hanif fils de hanif. Ses coffres contenaient beaucoup de ces rouleaux dont parlait l'esclave de Kalb. Il les avait hérités de son père, qui les avait hérités des anciens de son lignage. Il était loin de les avoir tous lus : ils étaient bien trop nombreux. Et leur écriture brûlait les yeux tant elle était difficile à déchiffrer. Mais tous contenaient quantité d'histoires contant les hauts faits, le pouvoir et la volonté de ce dieu qui n'existait ni dans les pierres ni dans les songes. Pas même les orages, la lumière ou le vent. Un dieu qui ne vivait que dans les paroles de ceux qu'il avait choisi comme prophètes pour colporter ses jugements et ses lois.

— Et ce dieu est ton dieu ? demanda-t-il abruptement à Zayd.

Le jeune garçon hésita. Khadija surprit le regard qu'il lança de nouveau à Muhammad, comme pour glaner son autorisation. Muhammad l'invita à poursuivre. Alors Zayd rejeta une fois encore, dans un geste familier, sa longue crinière en arrière et acquiesça.

— Oui, je crois au dieu unique des gens du Nord. C'est ainsi que mon père m'a élevé. Dieu et Christus, son prophète de chair.

— Et qu'est-il devenu, ton père, pour que tu sois esclave ici, chez nous ? s'enquit Waraqà sans adoucir sa brusquerie.

— La fièvre l'a tué. Il y a six étés.

— Conte-nous ton histoire.

Zayd tourna la tête vers Muhammad. Celui-ci dit, pour l'encourager :

— Le sage Waraqà a raison, raconte ce que tu m'as raconté. Il est temps que ta maîtresse, la saïda Khadija, entende ce qu'a été ta vie.

Serrant avec nervosité les pans de sa tunique blanche, puis prenant de l'assurance, Zayd se lança.

Six ans plus tôt, alors qu'il était dans sa onzième année, sa famille avait quitté Dumat al Jandal, la ville de sa naissance, pour se rendre à Palmyre. On y réclamait son père afin d'y réparer les colonnes d'un palais. Une promesse de richesse pour tous les siens. Hélas, à peine parvinrent-ils à la frontière du pays de Kalb que la fièvre et la dysenterie tuèrent en quelques jours son père, sa mère et ses frères. Un peu plus tôt, ils avaient bu l'eau souillée d'un puits.

Zayd fut malade à son tour, mais beaucoup moins que ses parents : comme il était le benjamin, sa mère avait insisté pour lui faire boire du lait de chèvre et il n'avait pas eu besoin d'étancher sa soif au puits contaminé.

Des marchands de Ghassan recueillirent et soignèrent l'orphelin. Une fois qu'il fut rétabli, ils lui dirent : « Nous t'avons sauvé. Tu nous appartiens. » Il n'y avait pas à protester. Tels étaient la loi et l'usage.

Ensuite... ensuite, plus d'une fois Zayd regretta d'avoir survécu à la fièvre. Ses nouveaux maîtres étaient arrogants. Violents. Plus les mois passaient, plus les corvées s'alourdissaient. Bientôt, il n'eut plus qu'une pensée : fuir. Hélas, il lui fallut encore de longues lunes de patience avant d'y parvenir. Plus de trois années passèrent avant que l'occasion ne se présente.

Enfin, un jour, une dispute sur le marché de Tabouk dégénéra en une grande confusion. Un brasero renversé mit le feu à des ballots de laine, puis à des jarres d'huile. Bientôt, le feu menaça le marché tout entier et les maisons environnantes. Dans la panique, les marchands ne songèrent qu'à sauver leurs biens. Au risque de se brûler, Zayd s'empara d'un âne attelé à un brancard qui s'enflammait. C'était l'occasion tant attendue : nul ne contrôlait plus les portes. L'âne, reconnaissant, l'emporta au trot vers le sud, loin de Tabouk, là où ceux de Ghassan ne s'aventuraient jamais. Mais il ne fallut pas longtemps au jeune garçon pour s'égarer.

Dans sa fuite, il avait eu la sagesse de voler une gourde d'eau et une poignée de dattes. C'était trop peu. Dès le quatrième jour, la soif et la faim le torturèrent. L'âne, rendu fou par la soif, commença à mordre. Zayd l'abandonna pour affronter le hara. Le délire le prit. Il lui semblait que les falaises du reg étaient toutes proches, qu'il lui suffirait de tendre le bras pour les atteindre.

Mais, à chacun de ses pas, elles s'éloignaient, dansaient dans la chaleur, noires telle l'eau d'un puits. Il croyait sentir leur fraîcheur sur la peau brûlée de son visage...

Son corps lui devint étranger. Il perdit toute mesure du temps. Ce qui arriva ensuite, il ne s'en souvenait que comme on se souvient d'un songe. La nuit vint brutalement, pareille à un rideau qui tombe. Et il vit dans le noir naître une lumière. Une lumière qui paraissait enfler et courir sur le sol. Il se souvint de cette folie qui emportait tous ceux qui se perdaient dans le désert. Cela lui donna la force d'avancer. De résister.

Il découvrit enfin une faille illuminée par un feu de palme. L'eau du cratère. Les fils d'El Kessaï vêtus de blanc. Les voyant, il se crut mort pour de bon. Son dieu tout-puissant lui ouvrait enfin la porte du paradis !

La langue sèche, Zayd interrompit son récit. Abdonaï, fasciné, lui versa de l'eau dans un gobelet. Waraqà se pencha en avant.

— Les fils d'El Kessaï ? De qui parles-tu, garçon ?

Muhammad répondit :

— Des hommes du dieu unique. Ce sont eux qui nous ont donné abri la nuit après la razzia. Nous aussi, nous avons vu cette lumière qui sortait du sol en plein désert.

En peu de mots, il raconta au hanif l'étrange rencontre avec celui qu'on appelait Za Whaad. Il décrivit la beauté du disque d'eau dans le cratère de sable dont la surface changeait selon que le ciel ou la lune s'y reflétait. Il conta la dureté de leurs lois. Les interdits.

— Ceux-là, ils ne vivent que pour plaire à leur dieu unique. Le dieu des gens de Sham et de Ghassan. C'est parmi eux que j'ai rencontré ce garçon, conclut Muhammad en désignant Zayd. Il voulait les fuir. Il m'a supplié : « Prends-moi avec toi et je serai ton esclave. » Je lui ai dit qu'il ne serait pas le mien mais celui de saïda Khadija, ma maîtresse. Aujourd'hui mon épouse.

Le regard de Waraqà rencontra celui de Khadija, silencieuse et souriante. Il souleva les pans de son manteau qui traînaient au sol et plissa les paupières.

— Ces fils d'El Kessaï t'ont accueilli alors que tu mourais de soif et de faim, dit-il à Zayd, et tu les as quittés comme tu as quitté les marchands de Ghassan. C'est ce que tu aimes faire, garçon, quitter ceux qui t'offrent la vie ?

— Je devais m'en aller.

— Pourquoi ?

— Ils ne m'offraient pas la vie. Ils voulaient que je me noie pour eux...

— Que tu te noies ? demanda le vieux scribe, l'air incertain.

— Oui. Za Whaad, son père, ses frères, ses fils... Tous ceux qui vont avec lui croient que Dieu l'Unique va venir les chercher dans l'eau. Et moi, ils pensaient que Dieu m'avait envoyé vers eux, tout assoiffé, pour que je les guide dans l'autre monde. Ils disaient : « Dieu t'a adressé vers nous pour qu'on ne s'égare pas en traversant la nuit de la Terre. »

La voix de Zayd s'était faite plus aiguë. Il baissa la tête. Ses cheveux couvrirent son visage pâle. Il tremblait de la peur encore vivante dans sa mémoire. Muhammad intervint :

— Le souvenir est mauvais pour ce garçon, sage Waraqà. Il m'a conté longuement son histoire. Laisse-moi expliquer qui sont ces gens dont il parle.

« Cela débuta il y a de nombreuses années. Les fidèles d'un prophète nommé El Kessaï marchaient dans le désert, cherchant de l'eau. Pas seulement de l'eau pour boire, mais aussi pour se laver. Telle était leur loi divine : ils ne pouvaient adorer leur dieu unique qu'en se purifiant grâce à l'eau. Or une saison passa sans qu'ils trouvent un wadi. Ils crurent que leur dieu ne voulait plus d'eux. Certains se laissèrent mourir, épuisés, désespérés devant cet abandon.

« Une nuit, ils virent une étoile de feu qui, dans un fracas infernal, s'écrasa à moins d'une journée de marche de l'endroit où ils avaient planté leurs tentes.

« Ils partirent à sa recherche mais ne la trouvèrent pas. Or un miracle avait eu lieu : l'étoile, en tombant, avait fendu la roche rouge du désert. Il s'y était formé une vaste coupe de sable où l'eau de leur dieu, remontée du paradis si loin au-dessous de leurs pieds, les attendait en si grande quantité qu'ils pouvaient y plonger tous ensemble.

« Celui qui dirigeait les familles d'El Kessaï dit : "Le Créateur nous a visités. C'est un signe." Ils décidèrent alors de plonger dans la profondeur de l'eau pour atteindre le paradis. Aucun n'y parvint. Soit ils remontaient, au bord de l'asphyxie, soit ils s'obstinaient et se noyaient.

« Ils conclurent qu'ils n'étaient pas assez purs pour que leur dieu leur ouvre les portes de ses entrailles. »

Zayd s'exclama :

— Ils sont fous ! Leur pureté, c'est de la folie. Chez eux, tout est interdit. Même le rire. Ils voulaient que je plonge avec eux. Que je sois l'ange qui ouvre la porte du dessous de la terre. Ç'aurait été me noyer. Aussi, quand j'ai vu maître Muhammad descendre le chemin jusqu'au cratère, j'ai compris qu'il allait me sauver. C'est pour ça que j'ai voulu être son esclave.

Puis, se reprenant :

— Celui de la saïda, je veux dire.

Malgré le drame qu'évoquait Zayd, ces derniers mots détendirent l'atmosphère sous le tamaris. Khadija rit.

— Ce qui est à moi est à mon époux. Chacun ici le sait. Tu as un maître et une maîtresse, Zayd ibn Hârita al Kalb. Aussi longtemps que tu ne voudras pas nous fuir...

— Jamais, saïda ! Jamais. Je le jure devant Dieu ! s'écria le jeune homme en se levant.

Waraqà se leva lui aussi. Il avança sa jambe valide et pointa l'index sur Zayd. Sa voix grinça d'ironie :

— Ah, Dieu ! Ici, des dieux, il y en a beaucoup, mon garçon. Ton maître te conduira devant notre Ka'bâ, et tu les verras. Des centaines de dieux. Et le plus grand de tous : Hobal. Et la plus puissante de tous : Al'lat. Ici, dans Mekka, un dieu sans apparence n'est qu'un dieu sans pouvoir. Un dieu sans pouvoir n'est que la lubie d'une cervelle dérangée. Qui peut croire en un Tout-Puissant sans apparence, sinon des fous égarés dans le désert ?

— Je ne suis pas fou ! protesta Zayd, entre larmes et colère. Mon père ne l'était pas. Ceux d'El Kessaï, eux...

Il s'interrompit, cherchant l'aide de Muhammad du regard. N'avait-il pas rencontré lui aussi ceux d'El Kessaï ? Et n'avait-il pas vu qu'ils n'avaient rien de commun avec lui ?

Muhammad n'eut pas à intervenir. Waraqà leva la main en signe d'apaisement. La moquerie plissait ses yeux, mais d'une voix adoucie, presque affectueuse, il dit :

— Ne t'enflamme pas, mon garçon. Qui te dit que je ne suis pas aussi fou que ton père ?

La surprise laissa Zayd bouche bée.

— Si tu sais lire l'écriture de Juifs aussi bien que tu sais l'écrire..., poursuivit le vieux sage.

— Je sais aussi un peu celle de Ghassan...

— Mais tu n'as pas appris à te taire et à ne pas interrompre un ancien quand il te parle ! Cousine, soupira Waraqà en s'adressant à Khadija, ce garçon a la bêtise de son âge. Il a aussi des yeux que je n'ai plus. Il pourra m'être utile pour déchiffrer les rouleaux de mon père et de ses pères.

Khadija désigna Muhammad d'un petit signe de tête.

— Ce garçon reste dans ma maisonnée et au service de mon époux. Vois avec lui selon tes besoins.

Waraqà fronça le sourcil, la mauvaise humeur déjà pinçant ses lèvres.

— Ton époux, cousine Khadija, dit-il comme si Muhammad ne se trouvait pas à deux pas de lui, doit apprendre que ce qui s'écrit à la pointe du stylet se lit à la pointe des yeux. Les balbutiements d'un esclave ne suffisent pas à l'enseigner. Qu'il apprenne les règles des nombres pour son commerce suffira à impressionner les marchands. Pour le reste, s'il se soucie de la mémoire des anciens et de ce qui échappe au pouvoir des hommes, qu'il vienne me voir.

Fils et filles

Ainsi, comme s'ils obéissaient à l'injonction du sage Waraqà, Khadija et son jeune époux vécurent dix années de profonde félicité. Dix années durant lesquelles il sembla que pas un jour les dieux de Mekka ne songèrent à assombrir leur bonheur. Tout les comblait. Très vite, Khadija fut enceinte. Elle donna naissance à une première fille que, en accord avec Muhammad, elle nomma Zaynab. Pour rappeler ce moment où, à l'ombre douce du tamaris, celui qui devint son époux lui offrit le sucre des épousailles.

Porté par la force nouvelle d'être père, Muhammad reprit la route de Sham. Zayd, Bilâl et Al Sa'ib l'accompagnaient. Abu Nurbel, lui, se trouva trop vieux pour un tel voyage.

— Tu n'as plus besoin de mes avis et de mes grognements, dit-il à Muhammad, tandis que moi, j'ai besoin de manger mes galettes en paix dans ma cour. Ce que tu dois encore apprendre, Al Sa'ib te l'enseignera.

À sa place, il lui recommanda un de ses cousins dont le clan possédait des territoires au nord de Mekka et était désormais assez riche pour faire commerce. L'homme, plus jeune que

Muhammad de deux ou trois ans, s'appelait Abu Bakr al Siddîq. En peu de jours à travers le désert, sa nature franche et joyeuse en fit un bon compagnon. Quand ils parvinrent dans la ville d'Homs, tout au nord du royaume de Ghassan, l'amitié déjà les liait.

Cinq mois plus tard, au retour de la caravane, une nouvelle fille attendait Muhammad dans les bras de Khadija. Celle-ci ne cacha pas son dépit. Elle avait espéré que son époux trouverait un fils entre ses seins.

Sa déception amusa Muhammad. La couvrant de caresses et de baisers comme aux premiers jours de leurs épousailles, il l'assura que des fils, Al'lat leur en donnerait bientôt. « Le temps des dieux n'est pas celui des hommes », dit-il.

Afin de bien montrer son affection envers la nouveau-née, il la souleva haut au-dessus de sa tête pour la présenter à la maisonnée réunie pour son retour, et la nomma Ruqalya, « Celle qui se tient en haut ». Et les dieux aimèrent cette enfant. Comme Zaynab, son aînée, elle survécut aux menaces des premiers jours et des premières lunes qui, à Mekka, terrassaient tant de nouveau-nés.

Quelques temps plus tard, aux premiers nuages de la nouvelle saison, alors qu'ils reprenaient leur souffle sur leur couche après s'être encore rassasiés de plaisir, Khadija dit à Muhammad :

— Maintenant, tu dois aller devant les puissants de Mekka et parler comme l'époux de la riche Khadija bint Khowaylid.

Elle entendait par là : que tu prennes ta place à la mâla, la Grande Assemblée. L'occasion était parfaite. Les clans de Mekka devaient décider de la construction de nouvelles tours pour la porte du Sud, d'un agrandissement des entrepôts de l'est et d'un mur pour ceindre l'esplanade de la Ka'bâ.

De plus en plus de pèlerins, à chaque saison, venaient saluer leurs idoles et soumettre leurs destins, leurs espoirs ou le rachat de leurs fautes à la toute-puissance de la Pierre Noire d'Hobal. La renommée de Mekka se répandait bien au-delà du Hedjaz, atteignant Yarim et Sanaa, les riches royaumes du Sud, et même, de l'autre côté de la mer d'Afrique, Aydat et Sawakin. Ainsi le commerce de Mekka n'en générait-il que plus de richesses pour tous.

Mais ces foules qui parfois s'agglutinaient en désordre autour de la Ka'bâ apportaient également leur lot de troubles, voleurs et mauvais larrons. Autant de menaces pour le commerce et la bonne réputation de la cité que les puissants se devaient de prévenir et de punir. Pour cela, il fallait davantage de contrôles aux portes de Mekka et plus de clôtures de protection à l'intérieur.

Khadija dit à Muhammad :

— Propose à la mâla de payer la moitié des travaux. Cela impressionnera et fera taire les mauvaises langues. Et, cette fois, présente-toi devant tous avec la nimcha marquée du signe d'Abu Sofyan sous ton manteau. Les Çakhr la reconnaîtront. Les autres aussi. Ils sauront ton courage et comprendront que tu as bonne mémoire.

C'est ainsi que, le jour venu, Muhammad se présenta devant le dhar al Nawda, le palais des ancêtres. À l'intérieur, dans une salle aux murs longés de gradins de pierre, se tenait l'assemblée.

Il s'avança sans ostentation, derrière son oncle Abu Talib et les puissants des clans alliés de Khadija : les Hashim, les Abd al Muttalib, les Banu Awâmm, les Banu Assad. À son côté se tenait son nouvel ami, Abu Bakr.

Comme l'avait prévu Khadija, Abu Sofyan et les siens ne furent pas longs à repérer la nimcha sous son manteau. Avec désinvolture, Muhammad gardait la main posée sur la poignée comme s'il tenait là, sous sa paume, le souvenir de Tabouk. Et, bien sûr, les Al Çakhr et leurs alliés choisirent d'ignorer ce qu'ils voyaient.

Quand vint le tour de Muhammad de parler, il annonça qu'il offrait à la cité le coût des travaux du mur de la Ka'bâ, ainsi que d'une bonne partie des nouveaux enclos.

— Les affaires de mon épouse, Khadija bint Khowaylid, et les miennes ont été bonnes ces dernières saisons, déclara-t-il. Si elles ont été bonnes pour notre maisonnée, elles doivent l'être aussi pour Mekka, qu'Hobal le puissant aime et protège.

Abu Sofyan se dressa aussitôt et salua vivement sa générosité. Comme toujours soigné, vêtu d'un caftan pourpre, le chef des Al Çakhr ne pouvait laisser le dernier mot à Muhammad. À son tour, il annonça que son clan fournirait les matériaux et les hommes pour réaliser le reste des travaux.

— C'est une joie pour les miens autant qu'un devoir pour nous tous, déclara-t-il avec emphase.

L'une et l'autre proposition furent grandement louées. On vanta la sagesse d'Abu Sofyan et de

Muhammad. Avec enthousiasme, les anciens de Mekka déclarèrent qu'une vie nouvelle commençait dans la cité, autrefois abandonnée dans le désert et où nul ne croyait pouvoir vivre.

— Puisse-t-elle un jour devenir aussi resplendissante que les grandes cités du Sud et du Nord que l'on prétend recouvertes d'or ! clamèrent-ils d'une même voix.

Tous, ensuite, allèrent déposer des offrandes et chanter les louanges d'Hobal en tournant autour de la Pierre Noire de la Ka'bâ. Au soir, ils décidèrent que ce jour, le dixième de la huitième lune de l'année, serait, pour tous les temps à venir, fêté comme celui de la grande puissance de Mekka.

Pendant plus d'une lune, les cours des maisons bourdonnèrent de cet événement. La louange, sur toutes les bouches ou presque, en revenait à Khadija bint Khowaylid. Nul ne doutait que les paroles prononcées par son jeune époux dans la salle de la mâla avaient été les siennes. Elle s'en montrait pleine de fierté. Ce qu'elle avait désiré depuis si longtemps, depuis les premiers jours de son veuvage, était advenu : sa voix était entendue parmi les hommes de Mekka.

Cependant, Abu Talib, au caractère toujours enclin à la prudence et à la suspicion, répétait à qui voulait l'entendre :

— Le message est clair. Abu Sofyan dit à la saïda bint Khowaylid qu'il vaut autant qu'elle vaut. Il sait que l'heure n'est pas aux mots de haine ni à la guerre. Se montrer aimable envers Muhammad ne lui coûte que de la patience. Il sait que la paix ne dure jamais plus que l'égalité du jour et de la nuit.

Et pour bien faire comprendre que ce temps n'était que celui de l'illusion, il soulignait ses mots d'un claquement de paumes.

Un fils nommé Al Qasim

Abu Talib se trompait. Cette paix dura plus longtemps qu'il ne le croyait. La richesse et le bonheur demeurèrent sur la maison de Khadija. Plus encore : les dieux exaucèrent enfin son vœu le plus cher. Lorsque Muhammad revint de Saba et de Ma'rib avec une nouvelle caravane lourdement chargée des précieux produits des royaumes du Sud, ce fut un fils que Khadija lui tendit. Après sept années d'épousailles ! Sur l'autel d'Al'lat et dans la fumée de magnifiques offrandes, l'enfant fut nommé Al Qasim, « Celui qui partage ». Car désormais, dit Khadija, plus rien ne pouvait être comme avant.

— Mon époux est plus riche que je ne le suis ! s'exclama-t-elle. Il possède le temps. La vie de sa lignée respire entre ses bras.

Et Al'lat aima ce fils. Cette fois encore, malgré mille craintes, mille alertes et autant de nuits sans sommeil, le nouveau-né survécut à ses premières saisons. Il franchit sa première année, puis encore une autre, tout aussi vaillant que ses sœurs.

Le bonheur s'accumulait à foison dans la maison de Khadija. Muhammad allait et venait, menant des caravanes de plus en plus opulentes. Si, de temps à autre, la menace d'une razzia se réalisait, les mercenaires, nombreux et grassement payés, se faisaient un plaisir de la mettre en déroute. À l'occasion, Muhammad se joignait à eux, exerçant le savoir du sabre et de l'arc qu'Abdonaï lui avait enseigné. Après avoir ainsi repoussé plus d'une attaque, ses caravanes acquirent une telle réputation que les tentatives de razzia se firent de moins en moins fréquentes.

Dans Mekka, les Hashim, les Abd al Muttalib, les clans d'Abu Talib et de Muhammad étaient désormais considérés aussi nobles et puissants que les Al Çakhr et les Khowaylid. Une noblesse et un pouvoir que nul ne cherchait plus à discuter. Cette paix entre les plus riches de la cité était un bienfait pour tous. Ainsi les dieux maintenaient-ils leurs paumes au-dessus de Khadija et de son époux sans qu'une ombre vienne gâcher leur joie.

Abu Talib lui-même se mit à songer que, peut-être, pour une fois, l'usure du temps ne serait pas la ruine de la paix. Alors que s'achevait la huitième année de ses épousailles, Khadija enfanta de nouveau une fille. Muhammad n'en montra aucune déception. Khadija, elle, ne put retenir des grondements contre Hobal et Al'lat. Une mauvaise humeur qui fit rire son époux.

Le bébé était si potelé que Barrira suggéra qu'on l'appelle Omm Kulthum, ce qui signifiait « Petite Mère Joufflue ». Khadija protesta. On ne pouvait appeler ainsi une enfant ! On se moquerait d'elle jusqu'à la fin de ses jours ! Muhammad l'apaisa. Ce nom serait celui de l'opulence et de la tendresse, et sa fille serait la plus heureuse des femmes : les hommes seraient nombreux à vouloir goûter à sa douceur. Le sage cousin Waraqà enregistra sans protester le nom de l'enfant dans son rouleau de mémoire.

Comme ses sœurs et son frère, Omm Kulthum vainquit les maladies et les faiblesses qui tuaient si souvent les vies nouvelles. Pourtant une obsession commença à dévorer les pensées de Khadija : donner un autre fils à son bien-aimé Muhammad. Un deuxième fils. Et d'autres, peut-être, encore.

La vieille Barrira, la première, devina ce qui tourmentait sa maîtresse. À ses questions, Khadija répondit sans détour :

— Je veux un fils.

— Khadjiî ! Tu as déjà le plus beau fils de Mekka ! Al Qasim est aussi beau que son père.

— Tu sais très bien ce que je veux dire. Un homme puissant ne peut avoir trois filles et un seul fils. Muhammad a besoin d'un second fils pour devenir qui il doit devenir.

— Ne tourmente pas les dieux avec un caprice. Ce qui naît et quand cela naît, ce n'est pas à toi d'en décider.

— Évite de parler comme Waraqà ! En quoi cela peut-il bien t'offusquer que je veuille un second fils ?

Barrira connaissait trop bien sa maîtresse pour ne pas hésiter à proférer une vérité que Khadija, certainement, ne pouvait ignorer.

— À quoi bon ? Tu ne m'écouteras pas.

— Ne fais pas tant de grimaces, je sais ce que tu penses. Que je n'en suis pas capable. Que seules des filles sortent de mon ventre. Et pourquoi n'ajoutes-tu pas que je suis trop vieille pour que mon époux ait le désir de me faire un nouveau fils ?

Barrira perdit patience.

— Ce que désire ton époux dans ta couche, tu le sais mieux que moi. Et l'âge d'enfanter, tu l'as encore. Mais l'âge de mourir pour avoir trop donné la vie, tu l'as aussi. Tu le sais. Tu l'as vu autour de nous autant que moi. Cela ne t'a pas servi de leçon ?

La dispute les laissa tremblantes de colère et silencieuses durant des jours. À la première occasion, Barrira ne cacha rien à la cousine Muhavija de la folie que sa Khadjiî adorée s'apprêtait à commettre.

Muhavija n'avait rien perdu de ses manières souples et rieuses malgré les années. Elle commença par apaiser la vieille nourrice. Pourtant les craintes de Barrira devinrent siennes. Elle avait, elle aussi, vu ces femmes qui mouraient dans d'atroces souffrances de trop vouloir multiplier leur descendance.

Depuis longtemps, elle était devenue pour Khadija une sœur de cœur et d'esprit. Elle sut sans peine provoquer un moment de confidence. Mais ce fut pour entendre sa cousine à nouveau répéter que son époux avait besoin d'un second fils.

— Il lui faut se tenir dans la mâla aussi fort, aussi riche que les autres. Il faut que son sang et sa semence incarnent sa puissance. C'est ainsi, et pas autrement. C'est ce que doit faire une épouse pour son aimé : lui donner des enfants mâles.

— Il se peut. Mais, d'après ce que j'ai entendu, ton époux se tient déjà droit à la mâla, bien que n'ayant qu'un fils.

— C'est ce que pensent ceux qui ne voient pas plus loin que leur cour, répliqua Khadija, irritée. Abu Sofyan compte trois fils. Demain, ce sera le temps des fils.

— Peut-être as-tu raison. Mais pense aussi à cela : Muhammad n'a pas besoin d'être veuf. Ou d'avoir une quatrième fille.

Cette dernière remarque, bien que murmurée dans un petit rire, était le seul véritable argument qui pouvait faire douter Khadija. Chaque femme connaissait depuis son plus jeune âge le moyen d'avoir le ventre gros, mais ce qu'il contenait, fils ou fille, seuls les dieux le savaient.

D'une grimace obstinée, Khadija rejeta la mise en garde.

— Une fille de plus, cela signifierait que les dieux ne nous aiment plus, Muhammad et moi.

— Ou que tu es devenue insatiable et capricieuse, répliqua Muhavija. Ouvre grand les yeux, cousine. Tu es comblée, plus qu'aucune femme de Mekka. Et cela ne te satisfait pas ! Un fils ! Serait-ce que tu as besoin d'une « bonne » raison pour passer plus de temps sur ta couche avec ton bel époux ? Offre plutôt des offrandes à Al'lat afin qu'elle te pardonne ta gourmandise. Et cueille le plaisir avec ton mari sans te soucier de fils ou de fille...

Cela était dit avec un sourire de tendresse, avec un peu d'envie et d'admiration, aussi, comme seule Muhavija savait le faire. Khadija, prompte à prendre ombrage, en rit avec elle. Elle sembla se laisser convaincre. Mais ce n'était que jeu et apparence. Muhavija ne se laissa pas duper. Elle insista :

— À ton époux, en as-tu parlé ?

— Non, bien sûr que non ! protesta Khadija. Les femmes ne parlent pas de ces choses-là aux hommes. Elles les font, et voilà. C'est ce qui rend heureux leur époux.

Les jours suivants, chacun dans la maison, et pas seulement la vieille Barrira, remarqua que la saïda Khadija se montrait plus fervente aux prières et aux soins des autels d'Hobal et d'Al'lat. Elle entraîna même la cousine Muhavija dans un long et fervent tournoiement autour de la Pierre Noire.

— Tu n'as donc pas changé de projet ? s'emporta Barrira. Il n'est pas un âne dans tout le Hedjaz qui soit aussi têtu que toi !

Pour toute réponse, Khadija se contenta d'un rire moqueur. À Muhavija qui, elle aussi, remarquait son obstination, elle assura, plissant les yeux :

— Tu te trompes, bonne cousine. J'ai écouté tes arguments. J'ai reconnu que tu avais raison : je me suis comportée en femme capricieuse. Il est temps que je remercie les dieux de tenir si bien leurs paumes au-dessus de ma maison et de mon époux.

Ensuite, durant une demi-lune, elle ne parla plus de son désir de fils. Puis approchèrent la saison froide et le moment du départ de Muhammad avec une nouvelle caravane. Dans la pénombre de la chambre, lovée contre le corps de son époux, Khadija chuchota :

— Je veux te donner un second fils.

La surprise laissa Muhammad silencieux un court instant. Caressant la nuque et l'épaule de

Khadija, il posa ses lèvres sur les siennes avant de murmurer :

— Tout ce que tu me donnes, je le prends avec joie. Mais tu donnes beaucoup, et moi je donne peu.

— Tu te trompes. De toi me vient plus que je n'aie jamais reçu.

Elle rendit le baiser mais retint la caresse qui faisait monter le désir.

— Le temps passe et tu dois avoir un nouveau fils, répéta-t-elle fermement.

— Al Qasim fait tout mon bonheur de père.

— Tu as trop de filles et pas assez de fils. Abu Sofyan a trois fils. Demain, ton pouvoir dans Mekka sera celui de tes fils.

— Abu Sofyan a trois épouses et autant de concubines. Moi, la nuit où tu m'as ouvert ta couche, j'ai dit : « Khadija bint Khowaylid, tu seras ma seule épouse et mon unique concubine. »

— Mon aimé !

Les larmes lui brouillant les yeux, Khadija ne retint plus les poignets de Muhammad. Elle laissa les doigts de son époux inventer une fois encore le bonheur. Mais alors qu'il posait ses lèvres sur son sein, la voix rauque et emportée, elle chuchota :

— Bientôt je ne pourrai plus, mon aimé. Je serai trop vieille. Mon ventre t'accueillera comme t'accueille le désert. Je dois le vouloir maintenant, ce fils, et toi aussi. Cousine Muhavija prétend que c'est un caprice. Non. Elle ne comprend pas. Bientôt, il sera trop tard... Bientôt, je ne serai plus que ta vieille épouse.

Les larmes roulaient dans sa gorge. Le souffle du désir encore dans la poitrine, Muhammad se redressa. Il l'observa, l'émotion le troublant à son tour.

— Femme, murmura-t-il. Femme !

Et soudain, avec avidité, il la mit nue et la caressa avec une ferveur qui emporta les doutes et les mots dans une jouissance qui les noya comme aux premiers jours de l'amour.

Plus tard, bien plus tard, dans les dures lunes qui advinrent, Khadija se souvint de cette nuit comme de celle qui clôtura le si parfait bonheur de sa vie, comme les crépuscules, à l'approche de la nuit, incendient les plus beaux jours. Car dans le silence du temps, la pelote du malheur qui si longtemps s'était retenue commença à se dévider.

La mort d'Al Sa'ib

Muhammad et la caravane furent de retour alors que les premières chaleurs du printemps embrumaient les aubes. Les bâts et les sacs pesaient lourdement sur le pas des chameaux. Les affaires avaient été vivement menées dans les royaumes du Sud où arrivaient les produits précieux de Perse et, parfois aussi, ceux étranges et très rares des lointains pays de l'Est où le soleil se levait toujours en premier. Pourtant, alors que d'ordinaire l'approche de Mekka attisait rires et impatience, Muhammad et ses compagnons allaient le visage clos.

Vingt jours plus tôt, alors qu'ils s'apprêtaient à franchir les falaises tourmentées enserrant la grande plaine du darb al Kabsi, un vent maléfique s'était levé. La poussière arrachée du sol, tournoyante et aveuglante, avait brutalement rendu l'air aussi irrespirable et sombre qu'une nuée. Elle franchissait les tissus et les paupières, s'incrustait dans les bouches et les gorges. Surpris sur l'étendue d'un plateau en surplomb de ravines, ils avaient dû lutter longtemps contre cette tourmente, visages et yeux bandés, avant de trouver un abri.

Comment était arrivé l'accident ? Personne ne le sut précisément. Dans les halos de lumière qui traversaient par instants les tourbillons opaques, peut-être Al Sa'ib avait-il cru voir des bêtes s'écarter ? La tourmente l'avait-elle aveuglé au point qu'il n'avait plus pu distinguer les ombres mouvantes de la caravane ? Pourtant, nul plus que lui ne possédait autant d'expérience et de savoir sur les maléfices engendrés par les tempêtes du désert.

S'il avait hurlé et appelé à l'aide, on ne l'avait pas entendu. Le vacarme du vent, la lutte que chacun menait pour atteindre le refuge d'une falaise avaient empêché qu'on se rende compte de sa disparition. Ce ne fut qu'après avoir repris son souffle, alors que la tourmente diminuait un peu, que Muhammad s'étonna de son absence.

Il s'élança à rebours sur la route qu'ils venaient d'accomplir. Abu Bakr, le jeune cousin d'Abu Nurbel, fut aussitôt à son côté. Il leur fallut errer le reste du jour avant de retrouver le corps d'Al Sa'ib au côté de son méhari aux reins brisés. Ils étaient tombés dans une faille de roches écarlates pareille à une chair tranchée et que l'on appelait *zakzoum*. Large d'à peine deux ou trois hauteurs d'homme, ces failles pouvaient être si profondes qu'on peinait à en deviner le fond. Traîtresses, presque invisibles, elles sillonnaient de leurs rebords déchiquetés et mortels ces hauts plateaux qui semblaient si aisés à franchir.

Au risque de leur vie, Abu Bakr et Muhammad descendirent tout au fond de l'abîme. Après mille efforts, ils parvinrent à ramener le corps d'Al Sa'ib à la caravane, où une sépulture décente l'offrit à la clémence des dieux.

Et, maintenant qu'ils approchaient de Mekka, pesait sur le cœur de Muhammad l'annonce qu'il lui faudrait bientôt faire aux oncles, aux frères et aux épouses d'Al Sa'ib. Il cherchait les mots et la plus douce manière dont il pourrait user. Il n'en trouvait pas. La mort ne possède que les mots de la mort. Abu Bakr, l'encourageant d'un regard, lui rappelait que les dieux étaient les seuls juges du destin des hommes, que c'étaient eux les puissants qui reprenaient les vies et les joies aussi capricieusement qu'ils les avaient permises.

« Al'lat la grande a levé ce vent mauvais pour tuer, avait-il dit en déposant le corps d'Al Sa'ib dans la fosse de sa sépulture. Elle veut nous rappeler ce que nous sommes et ne sommes pas. » Muhammad avait apprécié ces mots. Au moins ce drame avait-il fait naître entre ce jeune Abu Bakr et lui une amitié indéfectible qu'il n'avait encore éprouvée pour aucun compagnon.

Hélas, ni l'un ni l'autre ne pouvait imaginer ce qui les attendait. La mort d'Al Sa'ib, si dramatique fût-elle, n'était encore qu'une faible épreuve.

Lorsque la caravane ne fut plus qu'à une demi-journée de marche de Mekka, Muhammad envoya le fidèle Bilâl au-devant afin de prévenir de leur arrivée.

Contrairement à l'habitude, l'esclave éthiopien fut de retour avant le milieu du jour. Abu Bakr le premier le vit accourir de loin. Son chameau soulevait la poussière de la route comme si des démons le poursuivaient. Bien avant d'atteindre la caravane, ses braillements résonnèrent dans l'air sec :

— L'ennemi a pris Mekka ! Petit Maître Muhammad, c'est la catastrophe. Ils ont pris Mekka. Ils la brûlent ! Il y a des tentes d'étrangers tout autour de la ville !

L'effroi faisait trembler le grand Noir. Abu Bakr et Muhammad l'assaillirent de questions avant même que sa monture ne s'agenouille. Quels ennemis ? Combien étaient-ils ? D'où venaient-ils ? Qu'étaient devenus les puissants ? Et la Pierre Noire de la Ka'bâ ? Quelles étaient les maisons incendiées ? La maison de la saïda Khadija avait-elle brûlé ?...

Bilâl l'ignorait. Il ne savait rien, ou presque. Il avait eu la prudence de ne pas s'approcher trop près.

— J'avançais sur la piste à flanc du jabal Umar. La piste ordinaire, celle qui mène à la porte du Sud. Je pensais déjà à ce que j'allais dire à tous ceux que nous connaissons. Étrangement, je n'ai croisé personne. Pas un âne, pas un Bédouin, pas un enfant. Vous savez comment c'est, d'habitude. Il y en a toujours qui vont et viennent. Un troupeau de petit bétail ici, un autre là. Et aujourd'hui, rien de rien. Je me suis dit : « Ce n'est pas normal. » J'ai poussé mon chameau sur la piste de la colline au lieu de rester dans la plaine. Et là, juste après le grand pli de la falaise au-dessus des enclos d'Al Layt, j'ai vu.

Au bas de la Ka'bâ, entourant les tentes des Bédouins sur la plaine, sur la route de Jarûl conduisant au Nord, et plus haut encore, encerclant les quartiers des puissants, remontant jusqu'aux puits et au wadi d'Al Mahsab, se mêlant aux tentes de toile rayée des Bédouins, entourant leurs enclos, ou encore à l'opposé, au sud-est et jusque sur les pentes poussiéreuses de l'Ajyad... partout se dressaient des dizaines de tentes sombres, de celles réservées aux campements dans le désert ou aux combats.

— Il y en a tant qu'on croirait que vingt clans se sont installés là, assura Bilâl, ses mains moulinant plus vite que le rythme de ses paroles. Ou que tous les habitants de Mekka ont décidé de quitter leur maison pour vivre comme des Bédouins !

Aussi loin qu'il avait pu voir, les rues paraissaient désertées et les places sans vie. Quelques fumées s'échappaient des cours des maisons. Vide aussi semblait l'esplanade de la Ka'bâ. Et vide encore l'alentour des entrepôts.

— Peut-être que l'ennemi aura tout emporté, dit encore Bilâl, sans conviction.

— Les troupeaux ? demanda Abu Bakr. Les as-tu vus ? Les ont-ils pris ?

Des troupeaux de petits bétails, oui, Bilâl en avait remarqué. Les chameaux, il ne pouvait le préciser.

— On les tient près des puits, sur la route d'Arafat. D'où j'étais, impossible de voir si loin.

— Et des hommes en armes, y en a-t-il beaucoup ? demanda à son tour Muhammad.

Bilâl fronça les sourcils, comme surpris par la réponse qu'il allait donner.

— Non. En fait, non.

Maintenant qu'il y repensait plus calmement, moins aiguillonné par le désir de revenir à la caravane afin de prévenir du danger, ce qui l'avait le plus surpris, avec cette quantité de tentes, c'était que Mekka paraissait vide. Une ville sans vie.

— Mais je me trompe peut-être, reprit-il. Je suis resté loin, maître Muhammad. Je ne voulais pas qu'on me surprenne.

Muhammad caressa d'une main l'épaule du géant et lui assura qu'il avait sauvé la caravane. Puis, après avoir échangé quelques mots avec Abu Bakr, il décida de s'approcher de Mekka et de vérifier par lui-même ce qui était véritablement arrivé. Abu Bakr voulut l'accompagner. Muhammad refusa.

— Reste ici, mon ami. La caravane a besoin de toi.

Et, en serrant le baudrier de sa nimcha sur sa poitrine, il ajouta :

— Si je ne suis pas de retour demain à l'aube, ne t'approche pas de Mekka. Mène la caravane jusqu'au port de Djedda. Bilâl t'assistera. Là-bas, tu pourras écouler nos marchandises, et les marchands sauront peut-être ce qui est advenu ici. La rumeur dans le désert est plus rapide qu'un écho dans la montagne.

Abu Bakr protesta. Argumenta. Quant à Bilâl, qui gardait la vision stupéfiante d'une ville morte, il insista lui aussi pour accompagner son maître.

— C'est mon devoir, gronda-t-il de sa voix à faire trembler les falaises. Ne suis-je pas ton serviteur ?

— Alors, dit Muhammad, je ne suis plus ton maître. Tu n'es plus mon esclave. Tu es un homme libre.

Le grand Noir en resta bouche bée et pour une fois muet. Muhammad le serra dans ses bras.

— Abu Bakr m'en est témoin. Je le dis devant lui : tu es un homme libre, Bilâl de Mekka. Si tout va bien, le sage Waraqà notera dans son rouleau de mémoire le libération de Bilâl. Les dieux le savent, et toi, et mon ami Abu Bakr, ainsi que tous les serviteurs de la maisonnée de la saïda bint Khowaylid qui sont là autour de nous. Longue vie à Bilâl de Mekka, l'homme libre !

Avant que l'émotion ne retombe, Muhammad lança sans se retourner son méhari en direction de sa cité bien-aimée. Sa silhouette se confondit bientôt avec le désert.

La ville désertée

Comme Bilâl, à l'approche de Mekka Muhammad quitta la route pour remonter la pente du jabal Umar. Il connaissait bien ce flanc de colline où, quelques années plus tôt, il s'était souvent exercé au combat avec le Perse Abdonaï. L'endroit était isolé, raviné par les éboulis du wadi que les grandes pluies d'hiver creusaient et transformaient sans cesse. Un lieu parfait pour apprendre l'art de la guerre. Des falaises de basalte écarlate s'enfonçaient dans une terre de poussière et de cailloux d'où surgissaient des arbrisseaux, des herbes grises, des broussailles d'épines peuplées d'insectes et de serpents. À l'aplomb des pentes et des pistes qui s'effritaient sous les pattes de son chameau, se dressaient de lourds pitons usés et polis par le vent. De temps à autre, sous l'effet du soleil peut-être, ou de la simple volonté des dieux, ils éclataient tels des fruits trop mûrs. De grandes plaques de roches semées de paillettes miroitantes s'en détachaient alors comme des pétales. Les pluies, la rosée et le feu du soleil les noircissaient aussi bien qu'un feu de bouse. Quelques-unes formaient de parfaits promontoires d'où l'on pouvait contempler Mekka presque en entier.

Muhammad fit agenouiller son méhari dans l'ombre d'un piton et lui lia les jarrets afin qu'il ne s'égare pas. Prudemment, il contourna la roche jusqu'à une plaque en surplomb où il s'accroupit. La ville était là, sous ses yeux. À trois ou quatre portées de flèche. Elle lui apparaissait comme s'il planait au-dessus d'elle tel un oiseau. Une Mekka comme il ne l'avait jamais contemplée.

Bilâl avait dit vrai. Une cité de tentes environnait la ville. Les campements des Bédouins, reconnaissables à leurs toiles rayées de brun et de pourpre, s'étalaient comme toujours sur le pourtour de Mekka. Désormais, ils étaient eux-mêmes noyés parmi des dizaines et peut-être des centaines de nouvelles tentes. Éparpillées près des enclos, ces tentes sombres devenaient plus nombreuses au nord, près des puits.

Au premier regard, et bien que ces tentes parussent identiques à celles qu'utilisaient les caravaniers sur les routes d'Arabie, Muhammad comprit qu'il ne s'agissait pas d'un campement de marchands ou de pèlerins venus soumettre leur foi et leurs vœux à la toute-puissance de la Pierre Noire d'Hobal. Pour cela aussi, Bilâl avait dit vrai. L'enclôs de la Ka'bâ était vide comme rarement Muhammad l'avait vue. Personne n'allait entre les cercles des idoles. Personne ne se recueillait devant les murs sacrés.

Pourtant, ces tentes ne semblaient pas être le campement de guerriers venus combattre Mekka. Aussi loin que son regard portait, Muhammad ne distinguait aucun mur renversé, aucune porte forcée, aucune trace de lutte. Et de combattants ou des signes d'un siège, il n'y en avait aucun. Nulle part on n'apercevait des barricades ou des défenses aux portes de la cité. Les rues n'exhibaient pas de blessures. Si des fumées s'élevaient ici et là, ce n'était pas les incendies imaginés par Bilâl. Tout au plus quelques feux dans les cours.

Mais, plus oppressants encore que l'absence des signes de combat et des traces de destruction, étaient le vide et le silence qui régnaient sur la cité. Ces fumées qui s'élevaient dans le ciel alors que le soleil annonçait la troisième partie du jour étaient la seule preuve de vie. Les rues, la place du souk et les alentours des entrepôts intérieurs, d'ordinaire fourmillant de monde à la tombée du jour, étaient aussi abandonnés que l'enclos de la Ka'bâ elle-même !

Muhammad ne vit aucun guetteur posté sur les routes. Nulle part des hommes en armes. Entre les tentes il ne discernait aucun de ces hommes excités à jouir de leur victoire avec des captives, ainsi qu'il en va toujours après les combats. Il remarqua cependant une poignée de femmes tournoyant entre les tentes nouvellement dressées. À leurs pas, il les devinait sans entrain, sans rien de cette vivacité qui appartient aux épouses des victorieux ou à la peur des vaincus.

Muhammad se releva. Une angoisse sourde lui serrait la poitrine. Que s'était-il passé ? Un drame était advenu. Où étaient Khadija et les enfants ?

Il tenta de repérer leur maison. Elle était trop loin pour qu'il puisse distinguer ses murs, qui se confondaient avec ceux des demeures environnantes. Curieusement, il lui était plus facile de situer les maisons de la famille d'Al Sa'ib, qui ignorait encore la mauvaise nouvelle, ou celles, plus près de la Ka'bâ, des Al Çakhr et d'Abu Sofyan.

Toutes paraissaient désertées. Abandonnées. Comme la cité entière.

Imaginer la fuite des hommes, des femmes, des enfants et des bêtes devant un danger dont il ignorait tout, cette panique incompréhensible dans la ville où il était né emplirent Muhammad d'effroi. Ce silence qui pesait sur l'étroite et longue plaine de Mekka, sur ces couleurs effacées par la chaleur, ne pouvait qu'être le résultat d'un désastre.

Il s'accroupit de nouveau et, protégeant ses yeux du soleil, il fixa son regard sur la Ka'bâ. Alors une pensée lui vint. Presque une certitude. On avait volé la Pierre Noire !

Des clans lointains, aux dieux faibles et jaloux, s'étaient certainement alliés et avaient attaqué Mekka la paisible. Et ils avaient emporté la Pierre Noire d'Hobal mille fois sacrée et désormais souillée !

Depuis la nuit des temps, depuis qu'Hobal avait jeté sa Pierre Noire sur cette terre de poussière et de pauvreté, combien de fois déjà des tribus jalouses de la puissance de Mekka, envieuses de sa richesse, n'avaient-elles pas tenté de la voler ?

Dix fois, mille fois. Plus encore. Les rouleaux de mémoire de Waraqà ne pouvaient en tenir le compte.

Aujourd'hui, auraient-elles réussi ?

La Pierre Noire d'Hobal n'était-elle plus sur son socle au cœur de la place ?

D'où il se tenait, Muhammad ne pouvait pas le voir, car l'enceinte de protection que Khadija et lui-même avaient fait ériger masquait le socle sacré. Tremblant comme si un linceul gelé l'enveloppait, il déboucla hâtivement le baudrier de sa nimcha pour être plus à l'aise et courut vers le piton où patientait son méhari. Grimpant le long d'une faille, il s'arracha les paumes et les doigts aux arrêtes de la roche. La peur de ce qu'il allait découvrir lui coupait le souffle plus que l'effort ou la crainte que les plaques de basalte ne cèdent sous son poids et ne l'écrasent dans leur chute.

Inutile. Quand il parvint au sommet, Muhammad n'en vit pas plus. Il aurait fallu grimper tout en haut du piton ou être un oiseau pour, par-delà le mur, apercevoir la Pierre Noire.

Ce silence mortel, ces fumées, ces tentes, ce vide qui frappait Mekka ne pouvaient avoir qu'une seule explication : la fin du pouvoir d'Hobal sur la cité.

Si l'on ne voyait aucune trace de combats, c'était que, pris par surprise et sans doute par une ruse ignoble, les puissants de Mekka n'avaient pas même lutté pour empêcher le vol sacrilège. Terrassés par la honte, incapables de conduire une troupe pour punir les voleurs, ils avaient dû fuir vers Ta'if et ses environs. À moins que, dans un sursaut d'orgueil, ils se soient lancés dans le désert à la poursuite des mécréants ? Voilà pourquoi les rues étaient dépeuplées et que nul ne vendait ou ne troquait aux enclos.

Mais pourquoi, alors, ces tentes serrées derrière celles des Bédouins ?

Muhammad pensa une fois de plus à Khadija. Elle n'était pas femme à abandonner le champ de bataille.

Et si les puissants de Mekka n'avaient pas fui ? Peut-être, au bénéfice de la surprise, avaient-ils été assassinés dans une unique et brève attaque ? Et les autres, affolés par ce meurtre, auraient quitté la cité ?

Mais Khadija ? Se trouverait-elle sous une de ces tentes en bordure de la ville ? Et ses filles ? Et Al Qasim ?

Il ne pouvait plus attendre. Il lui fallait entrer dans Mekka. Maintenant. Tout de suite.

Muhammad détacha son méhari et le lança dans les ravines pentues vers la porte de l'Ouest.

La mort noire

Muhammad contournait une moraine de roches éboulées quand il entendit un bruit. Des voix. Poussant prudemment sa monture, il découvrit en contrebas le vaste creux asséché d'un wadi encerclé d'un chaos de roches fracassées et d'arbustes aux feuillages grisés de poussière. À la saison des pluies, le wadi se transformait en une mare qui s'asséchait lentement, produisant une boue très sombre et très fine que l'on utilisait pour modeler des briques séchées ensuite au soleil. Le terre y avait été si souvent creusée qu'elle formait désormais une sorte de bassin. Là, dans sa partie la plus étroite et la plus profonde, des silhouettes s'activaient.

Impossible de distinguer les hommes des femmes. Les corps et les visages disparaissaient sous les pans des chèches et des manteaux aussi bien que s'ils étaient en train d'affronter une tempête du désert. Certains abattaient des houes avec lesquelles ils agrandissaient une sorte de fosse. Leurs mains serrées sur les manches des outils étaient elles aussi recouvertes de vieux tissus. Un ordre résonna. Ils cessèrent de creuser. Ceux qui se trouvaient sur le côté étaient munis de bâtons. Les uns et les autres, s'aidant de leurs outils, entreprirent de pousser, puis de faire basculer dans la fosse une dizaine de longs sacs mal assemblés qui se défirent en tombant.

L'effroi mordit la nuque de Muhammad. C'étaient des cadavres que l'on enterrait là ! Loin du grand cimetière de Mekka, situé tout au haut de la cité, près de la route de Ta'if.

Des cadavres mal enroulés dans de vieilles toiles. Des morts que l'on jetait les uns sur les autres telles des bêtes pourries dans un charnier.

Sans même creuser une tombe pour chacun. Sans les herbes et les offrandes qui devaient accompagner les défunts jusque devant les dieux.

Les inconnus à présent s'activaient pour recouvrir les corps d'un peu de terre et de cailloux. Ils travaillaient avec hâte, s'écartant vivement de la fosse dès qu'ils avaient achevé leur besogne.

Aucune prière ne s'éleva dans l'air vibrant de chaleur. Aucun hanif ne vint lire le nom des morts, de leurs ancêtres et de leurs clans afin de les recommander aux dieux. Aucun fils, aucun compagnon, aucune épouse, aucune servante ne lança les lamentations d'usage.

Déjà, les inconnus serrés dans leurs manteaux rejoignaient les mules attelées aux civières de branchages qui avaient transporté les cadavres lancés dans la fosse. Alors qu'ils s'éloignaient, l'une des civières se détela, entravant la mule. L'homme qui en avait la charge tenta maladroitement de la réparer, tandis que, d'un geste, celui qui paraissait être le chef enjoignit aux autres de s'éloigner.

Muhammad crut reconnaître cette voix, puissante et habituée au commandement. Alors qu'il s'approchait du muletier à la traîne qui ne parvenait pas à se débarrasser de la civière désassemblée, l'homme mima d'un geste de nouveaux ordres avec agacement. Son bras sortit de sous son manteau.

Un bras sans main et gainé de cuir.

Dans un réflexe, Muhammad hurla le nom du Perse :

— Abdonaï !

En bas, les silhouettes se figèrent. Des têtes se levèrent. Muhammad devina leur peur.

N'était-ce pas des gens de Mekka ? Ne le reconnaissaient-ils pas ?

Muhammad cria de nouveau le nom d'Abdonaï et lança son méhari dans la pente. Au bas du wadi, Abdonaï pressait ses compagnons, leur ordonnant de s'éloigner. Puis il fit face à son maître qui approchait. De son visage, on ne devinait que les yeux à travers les plis du chèche. Quand Muhammad parvint à une dizaine de pas, il leva sa main valide enveloppée de tissu.

— Attends, maître Muhammad, attends ! N'approche pas plus de moi. Sors de ce cimetière par les buissons qui sont là-bas et attends-moi.

— Abdonaï, qu'est-ce...

— Maître, s'il te plaît ! Fais ce que je te demande.

Muhammad voulut encore protester. La voix et le regard d'Abdonaï le réduisirent au silence. Le Perse attendit qu'il s'éloigne pour, de sa seule main, dénouer les liens emmêlés de la civière.

Ses compagnons étaient déjà loin quand il rejoignit Muhammad. D'un geste de son moignon de cuir il désigna l'ombre d'un piton et ordonna sèchement :

— Ne restons pas ici. Suis-moi.

Muhammad remarqua que le Perse prenait soin de se tenir à distance. À la raideur de sa silhouette, il comprit qu'il était inutile de le questionner avant qu'il se décide de lui-même à mettre fin à tout ce mystère.

Ce qu'il fit brutalement dès qu'ils atteignirent l'ombre du basalte. Il immobilisa sa mule, la faisant pivoter sur elle-même. Sans quitter sa selle de toile ni dévoiler son visage, il dit :

— Maître Muhammad, ne m'en veux pas. Ne fais pas encore agenouiller ton méhari. Avant, tu dois me montrer tes mains.

— Te montrer mes mains ?

— Oui. La pointe de tes doigts. S'il te plaît.

Muhammad ne put retenir un ricanement nerveux où résonnait son incompréhension.

— Abdonaï ? Que s'est-il passé ? Êtes-vous tous devenus fous ?

— Un peu, c'est vrai, admit Abdonaï d'une voix lasse et sans humour. Mais pas autant qu'on le pourrait et qu'il le faudrait sans doute. S'il te plaît, montre-moi tes doigts.

— Voilà...

Muhammad brandit ses mains, les doigts bien tendus, durcis par les longes tenues pendant des lunes. Abdonaï tapota les flancs de sa mule pour s'approcher. Il scruta chacun des doigts de son maître avec attention. Puis une exclamation de soulagement jaillit de sous le chèche.

— Rien ! Tu n'as rien ! Pas une ombre... Qu'Al'lat, si elle veut encore de nous, soit remerciée. Tu es sauf, Muhammad ibn 'Abdallâh ! Tu es sauf et en bonne santé !

Déjà, Abdonaï redevenait lui-même. Il découvrit son visage et, d'un mouvement des reins, se jeta au bas de sa mule. Puis, d'un coup de badine sur les pattes du méhari de son maître, il le fit s'agenouiller. De sa main valide il attira son jeune maître contre sa poitrine et l'enlaça avec une effusion peu commune.

— Maître Muhammad ! Si tu savais comme j'ai espéré ton retour ! Je me fais vieux. Je ne puis plus être le seul homme de la maisonnée capable de soutenir la saïda Khadija.

— Comment va-t-elle ? Comment va mon épouse ?

— Bien, bien ! Soit rassuré. Les dieux la protègent encore. Quoiqu'elle en fasse beaucoup, et plus qu'il ne faudrait. Elle t'attend, comme les épouses doivent attendre : avec le ventre rond. Tu vas être de nouveau père, seigneur Ibn 'Abdallâh. Si les dieux le veulent. Mais sait-on encore ce qu'ils veulent ? Tes enfants aussi vont bien. Tes filles, ton fils, toute la maisonnée bint Khowaylid se portent bien. C'est un miracle dans notre malheur. On ne peut pas en dire autant de beaucoup. Qu'Al'lat soit clémente !

Abdonaï parlait avidement. Comme rarement. La peur, la colère, le chagrin se mêlaient dans sa voix et noircissaient ses yeux cernés, gonflés d'épuisement. Il semblait avoir vieilli d'un coup, ses puissantes épaules se voûtaient sous l'épaisseur des tuniques qui le recouvraient. Et sa main, qui n'avait pas quitté celle de Muhammad, sa main unique, capable de briser le cou d'un agneau d'une secousse, semblait incertaine.

Dans un chuchotement, Muhammad demanda :

— Qu'est-il arrivé, Abdonaï ? Tu dis : « Notre malheur »... A-t-on volé la Pierre Noire d'Hobal ?

— Volé la Pierre Noire ?

Les yeux écarquillés de surprise et d'incompréhension, Abdonaï dévisagea son maître.

— Non, non ! Personne n'a rien volé. La Pierre Noire de la Ka'bâ est toujours là où elle doit être. Mais peut-être aurait-il mieux valu qu'elle soit volée. Peut-être que ce serait moins terrible.

— Abdonaï...

— Ce qui est arrivé dans Mekka, c'est la mort. Oui, la mort. Une très grande maladie. Une maladie toute noire qui te rentre dans le corps par les doigts.

— De quoi parles-tu ?

— Trop long à expliquer. Trop compliqué. La saïda le fera mieux que moi... Et Waraqà. Le hanif sait ces choses. Peut-être même aussi ton jeune esclave de Kalb aussi.

— Zayd ?

Abdonaï opina.

— Il est savant dans ces choses-là, paraît-il.

Il retira sa main de celle de Muhammad, qui demanda :

— Qui, parmi ceux que nous connaissons, est mort ?

— On ne les compte plus. Zayd te le dira. Lui, il en tient la liste.

— Des compagnons ?

— Hélas ! Le vieux seigneur Abu Nurbel. Trois de ses épouses et presque toutes ses servantes. Mais puisqu'il est mort, ses servantes et ses épouses ne lui manqueront pas. Une mauvaise nouvelle attend le seigneur Al Sa'ib. Sa première épouse a été fauchée par la maladie au tout début. Et la moitié de sa maisonnée. Une bien triste nouvelle pour son retour...

— Al Sa'ib ne l'affrontera pas. Lui aussi est mort. Il y a dix jours.

Muhammad n'ajouta rien de plus. Abdonaï ouvrit la bouche, sur le point de s'enquérir de la cause de cette mort, mais se contenta d'un grognement. Apprendre la disparition d'un homme ne pouvait plus l'étonner. Et qui sait, peut-être les dieux avaient-ils voulu épargner au bon Al Sa'ib l'annonce de la mort de ses proches ?

Muhammad s'enquit encore :

— Mon oncle Abu Talib ?

— Il est parti. De sa maisonnée, il ne reste ici que quelques servantes et ta cousine Kawla. Elle est avec la saïda. Et aussi la cousine Muhavija. Toutes, elles vont bien.

Abdonaï esquissa une grimace. Son regard se perdit dans le désert.

— Des vivants au milieu des morts, voilà ce que nous sommes, dit-il. La maladie va partout et attaque tout ce qui bouge, comme un tigre affamé dans le Nefoud. Les vieux, les jeunes, les femmes, les épouses, les vierges, les enfants, les mauvais, les bons... Tout ce qui vit lui convient. Elle prend, elle prend. On se lève un matin, et le soir on a du noir au bout des doigts. Alors, c'est la fin. Après quatre ou cinq jours, parfois moins, on commence à pourrir sur pied. Quand ça prend dans une maisonnée, il faut fuir pour ne pas être attrapé à son tour. Mais en réalité, non, ce n'est pas suffisant. Si ça veut t'attraper, ça t'attrape.

De son moignon de cuir, Abdonaï désigna le wadi transformé en cimetière qu'ils venaient de quitter.

— C'est pour ça que, tout à l'heure, j'ai voulu voir tes doigts... Il faut être prudent. Prudent et sans pitié. À la moindre ombre, ne t'approche pas. Tu es devant un mort encore debout. Il peut te tuer aussi bien qu'avec une nimcha. Tu voudrais en prendre certains dans tes bras pour les consoler. Mais non. Tu dois fuir.

— Tu fuis les vivants, mais pas les morts ? s'étonna Muhammad. C'étaient bien des morts de cette maladie, que tu enterrais tout à l'heure ?

— Ah, ça...

Abdonaï approuva avec un grondement de dédain qui laissa réapparaître le fier guerrier qu'il avait été.

— Les morts tombent là où la vie les quitte. Personne n'ose les toucher. Si tu ne fais rien, ils se gâtent sur place. Au début, dans les maisons, on les a laissés aux mouches et au soleil. Puis on a quitté les maisons.

— C'est à cause des morts que vous vivez sous les tentes ? s'exclama Muhammad, sidéré.

Abdonaï opina.

— Les cadavres s'entassaient dans les cours, les resserres, les chambres... Il y en avait partout. À ne plus pouvoir respirer ni oser ouvrir les yeux. L'air était gorgé de mort. Impossible de rester. C'est ainsi qu'est venue l'idée des tentes chez les Bédouins. Après un temps, la saïda m'a dit : « Abdonaï, si le fils de mon époux n'était pas déjà dans mon ventre, j'irais moi-même brûler tous ces morts. Si nous ne le faisons pas, jamais nous ne pourrons retourner chez nous... » J'ai compris. Je fais ce qu'elle ne peut pas faire.

— Les feux dans les cours ?... Les feux que j'ai vus ?

De nouveau Abdonaï approuva.

— Oui, ce sont les bûchers funéraires. Quand on en a le courage, quand le soleil les a bien séchés, on brûle les cadavres dans les cours. Et avec eux tout ce qui leur appartient. Waraqà dit que c'est de la purification. Il te racontera. Il a lu ça dans ses rouleaux. Et les brûler, c'est plus simple que de les transporter on ne sait où. Ceux que tu as vus tout à l'heure, ceux que l'on enterre, ce sont ceux que la pourriture n'a pas encore trop atteints. Mais ce n'est pas facile. Il me faut trouver des esclaves pour m'aider. Il n'en reste plus beaucoup, femmes ou hommes.

— Et toi ? Comment as-tu pu échapper à la maladie ?

— Les dieux...

Abdonaï dressa sa main valide et la frotta habilement contre son moignon de cuir pour découvrir la pointe de ses doigts.

— Regarde. Pas la moindre ombre. Peut-être que les morts bien morts, dans cette maladie de l'enfer, sont moins dangereux que les morts encore vivants.

— Les Al Çakhr, les Abd Manât, les Hanifa ?... Tous les puissants de la mâla ? Que font-ils ?

— Ah, ceux-là !

Abdonaï ricana, le regard brillant de fureur.

— Ceux-là ne sont plus dans Mekka depuis longtemps. Dès que la mort noire s'est mise à bondir d'une maison à l'autre, ils se sont sauvés.

À Ta'if ou ailleurs. Trop lâches pour rester et se battre contre elle à nos côtés.

— Ils ont quitté Mekka ? s'exclama Muhammad, abasourdi.

— Tous, ou presque. Surtout les plus riches et les plus puissants. En emportant tout ce qu'il y avait de précieux, comme si notre cité allait disparaître... Et sans se retourner. Je peux le dire : moi, Abdonaï le Perse, qui a été esclave de la maison bint Khowaylid pendant vingt années de ma vie, j'ai plus d'amour pour Mekka que ces rats !

— La saïda n'a pas voulu les suivre ?

— Les suivre ? Tu ne connais pas ton épouse. Tu aurais dû voir sa colère quand elle a appris leur départ.

— Qu'a-t-elle fait ?

— La saïda est allée devant la Pierre Noire. Elle s'est agenouillée devant la source Zamzam et a demandé à Hobal de venger l'affront qu'il venait de subir. Elle criait si fort que l'on a cru qu'elle insultait Hobal. Ce n'étaient pas des insultes mais un cri de douleur, une exigence de justice. D'ailleurs, Hobal ne s'en est pas fâché. La saïda est toujours bien vivante.

Abdonaï hésita, puis fixa son regard sur celui de Muhammad.

— C'est aussi que... Beaucoup de gens pensent que cette mort noire, c'est la volonté d'Hobal. Une maladie noire comme la Pierre Noire.

— Une punition pour Mekka ? Pourquoi ?

Le Perse haussa les épaules.

— Ce que veulent les dieux, qui le sait ? Waraqà, peut-être... Allons, il est temps que tu retrouves la saïda. Elle serait furieuse d'apprendre que je te retarde avec mes palabres, comme une vieille servante.

Abdonaï ouvrit le sac de cuir qui pendait sur la croupe de sa mule. Il en sortit un grand chèche blanc et propre.

— Serre bien ce tissu autour de ta tête et protège tes mains. On va devoir passer par des endroits où le démon de la maladie est plein de joie et de puissance. Des malades et des morts, tu vas en voir. Ne t'approche pas. Respire lentement sous ton chèche. Certains disent qu'il ne faut regarder les malades ou les morts que d'un seul œil. Moi, je les regarde avec les deux yeux bien ouverts. La vérité, c'est que nul ne sait comment elle nous attrape, cette mort noire. Perfide.

La peur

Muhammad emboîta le pas à Abdonaï. Ils contournèrent la porte de Jarûl qui donnait sur la rue principale de Mekka. Ils montèrent vers le nord, vers le quartier d'Al Hajûn, suivant des ruelles envahies d'herbes sèches et des sentiers creusés entre les tentes des Bédouins. Au fur et à mesure, les tentes sombres des gens de la cité devenaient plus nombreuses que les tentes rayées. Cachées sous de longs voiles, des femmes s'activaient sans entrain. Le méhari de Muhammad attirait l'attention. Entre les plis de son chèche, Muhammad devinait les regards curieux. Apeurés.

Lorsqu'ils parvinrent à la hauteur de l'enclos de la Ka'bâ, le surplomb du sentier permit à Muhammad d'entrevoir l'esplanade par-dessus le nouveau mur d'enceinte. Les murs sacrés étaient intacts. À l'intérieur du cube sans toit, on devinait la face d'Hobal, et les idoles patientaient dans leurs cercles immobiles. Sans doute la Pierre Noire était-elle encore à sa place, mais nul ne tournait autour d'elle, nul ne priait.

La mule d'Abdonaï fit un brusque écart. Le Perse poussa un grognement de rage. Muhammad entrevit un amas de chairs putréfiées et de linges souillés dans une ravine parsemée d'oponces. Les corps avaient été jetés à la hâte sur les pierres brûlantes de soleil. Entre les vêtements déchirés apparaissaient des nudités atroces, les membres de femmes et d'hommes emmêlés. Leurs mains recroquevillées étaient aussi noires que des cailloux de basalte. Les chairs s'écaillaient, éventrées par la putréfaction qui les dévorait, remontait haut sur les avant-bras et les laissait calcinées, racornies, comme si elles avaient été plongées dans le feu. Aux aisselles et sur la poitrine, des plaies énormes laissaient entrevoir l'intérieur des corps. Là aussi, la mort suintait, immonde et puante.

Fasciné, Muhammad ne parvenait pas à détacher son regard de cette monstruosité. D'un coup de badine sur le col de son méhari, Abdonaï le fit sursauter. Muhammad leva la tête. Une couleur de sang occupait l'horizon.

— Tu en as assez vu, gronda le Perse sous son chèche. Et tu en verras d'autres. Ceux-là, personne ne veut les transporter. On attend que le soleil fasse son œuvre. Ensuite, on les brûlera.

Ils reprirent leur montée vers les *shi'b*, les « ravins du haut », comme on appelait les quartiers des puissants. Ici et là, dans un enclos, des tentes semblaient abandonnées. Une femme aux doigts plus noirs que la nuit surgit soudain, portant le corps nu et mort d'un petit enfant. Elle le brandit vers Muhammad, hurlant sa douleur, exposant les bubons purulents qui déchiraient la poitrine de son fils. Avec un cri de guerre, Abdonaï tira un fouet de dressage de sous sa cape et le fit claquer à trois pas de la femme.

254

— N'approche pas ! Va sous ta tente envelopper ton enfant ! Qu'au moins il ait une sépulture décente et ne pourrisse pas avec les autres !

Pour toute réponse, la femme tomba à genoux, soudant ses lèvres au front du petit mort qu'elle pressait contre elle de ses doigts malades. Puis tous deux s'affaissèrent sur le côté.

La bouche tremblante d'effroi, Muhammad ferma les yeux.

Comment cela était-il possible ? Quels dieux pouvaient ainsi se venger des humains ?

Cette fois, furieux et impatient, Abdonaï attrapa la longe du méhari et le tira à sa suite.

En approchant des hauts quartiers et du puits voisin de la mâla, les tentes des Bédouins et celles des gens de la cité parurent disposées avec plus de soin et de régularité. Elles s'imbriquaient les unes dans les autres et partout entre elles vaquaient des troupeaux de petit bétail, des chèvres que surveillaient, apparemment sans crainte et normalement vêtus, des enfants en bonne santé. Des femmes, elles aussi en simples tuniques, quoique ayant un voile étroitement serré sur la tête, allaient et venaient dans des enclos délimités par des branchages d'épineux et de feuilles d'agaves à demi séchées et bornés de grosses pierres brunes. Les tentes sombres étaient aménagées à la manière des bâtiments d'une maisonnée, entourant des cours où le bétail déambulait à sa guise.

Alors qu'ils avançaient rapidement sous le regard curieux des Bédouins, des serviteurs de la maisonnée de Khadija accoururent au-devant de la mule d'Abdonaï, agitant de longs bâtons.

Le Perse leva son poignet de cuir avant de dénouer son chèche.

— Ne me reconnaissez-vous pas ?

Les hommes se tournèrent vers Muhammad qui faisait agenouiller son méhari.

— Et lui, gronda encore Abdonaï, l'avez-vous déjà oublié ? C'est votre maître !

Les serviteurs se précipitèrent pour saluer Muhammad, lui prendre les mains et les presser contre leur front en lui souhaitant la clémence d'Al'lat.

Un peu en retrait, attirée par le bruit, une femme releva la portière d'une tente, le visage en partie dissimulé par un pan de voile retenu entre ses dents. Elle l'abandonna en poussant un cri strident. Muhammad la reconnut aussitôt. Abdonaï dit :

— Barrira...

Mais Barrira s'était retournée vers l'intérieur de la tente en criant :

— Khadjiî ! Khadjiî ! Ton époux est de retour ! Ton époux est là !

Les enfants la bousculèrent sans ménagement. Zaynab, l'aînée, et son petit frère Al Qasim jaillirent les premiers en hurlant. Puis ce furent Ruqalya, la seconde des filles de Muhammad, qui parut, un large sourire aux lèvres.

Alors que Muhammad s'agenouillait, les bras grands ouverts pour les accueillir contre sa poitrine, Al Qasim agrippa les tuniques de ses sœurs et les retint. La mine sérieuse, menaçante, il demanda à son père :

— Tu n'es pas malade, toi ? Tu n'as pas les doigts noirs ? Montre-moi !

Muhammad, sidéré, ne trouva rien à répondre. Abdonaï pétillait de fierté et d'amusement. Puis, aussi sérieusement que son fils le lui avait ordonné, Muhammad tendit ses mains :

— Vérifie toi-même, mon garçon.

Al Qasim le fit avec tant d'attention que Zaynab s'impatienta.

— Tu vois bien qu'il a les doigts sains, Qasim ! s'écria-t-elle. Il vient du dehors, lui. Et c'est notre père. S'il savait qu'il a la maladie, il ne s'approcherait pas de nous !

Elle se jeta dans les bras qui se tendaient vers elle. Ruqalya l'y rejoignit avec fougue, couvrant Muhammad de baisers tandis qu'Al Quasim les observait, toujours sérieux et sévère. Et maintenant boudeur. Attendant que ses sœurs lui cèdent enfin la place. Une main douce et tendre se posa sur sa nuque. Il n'eut pas à lever les yeux pour reconnaître sa mère. Khadija, qui se retenait pour ne pas sauter au cou de son bien-aimé, gronda :

— Ça suffit, les filles, laissez votre père saluer son fils.

Et comme ses yeux rencontraient enfin ceux de son époux, elle ajouta :

— Ne lui en veux pas. Il a fallu leur apprendre à être prudents. Ça, et bien d'autres choses. Al Qasim est aussi courageux et réfléchi que son père. Il est devenu notre petit homme.

Elle avait maigri. Sous la tunique sombre on devinait le gonflement de son ventre. Ses pommettes étaient tendues et des cernes de fatigue assombrissaient son regard. Fugacement, Muhammad songea que l'âge avait rattrapé son épouse et effacé les signes si longtemps préservés de sa jeunesse. Des rides étaient nées autour de sa bouche, sur son front, ses tempes et son cou. Ses joues, longtemps tendues et fermes, s'affaissaient doucement, comme plus lourdes de tendresse que de sensualité. Ses cheveux tirés en arrière, noués par un simple peigne, brillaient moins. Néanmoins sa beauté demeurait assez puissante pour chasser, par sa seule présence, les horreurs que Muhammad venait de découvrir. Il en fut ébranlé et contempla son épouse comme s'il la voyait pour la première fois.

Quand Al Qasim eut reçu sa part de caresses et de félicitations, quand ils s'embrassèrent enfin, unissant leurs corps sous les épaisseurs de tissu, Muhammad se rendit compte que, malgré la chaleur, Khadija frémissait de la tête aux pieds. Nouant ses bras sur sa nuque, fermant les yeux, elle laissa des larmes couler sur ses joues, chuchotant entre les sanglots :

— Mon aimé, mon aimé, mon aimé ! J'ai tant attendu ton retour que j'en ai honte. Je n'ai pas su être courageuse. J'aurais dû t'expédier un messager pour te prévenir. Te dire : « Ne viens pas ! Surtout n'approche pas de Mekka, mon époux bien-aimé. Ici, il n'y a plus que les fruits pourris de la mort. » J'aurais dû t'envoyer ton fils et tes filles. Te dire : « Prends soin d'eux, ils sont demain. Ils sont la vie de Mekka qui renaîtra quand la colère noire d'Hobal s'apaisera. » Mais je n'en ai pas eu le courage. J'ai été faible. Chaque jour je me suis réveillée en imaginant que tu te rapprochais de moi. Et cette pensée me donnait de la force. M'empêchait de devenir folle.

Ici où le mal nous rend déments avant de nous tuer.

Encore, ils s'embrassèrent et, sans retenue, se tinrent enlacés sous les yeux de tous, d'Abdonaï et de Barrira, des Bédouins, des servantes, des voisins accourus pour saluer le premier puissant de Mekka qui osait partager leur sort.

Khadija se détacha enfin de son époux. Muhammad essuya ses joues humides de la pointe de ses doigts. Khadija, aussitôt, les emprisonna dans ses mains pour les baiser un à un. Rassurée, elle dit :

— Qu'Al'lat garde sa paume sur toi, mon époux. Que mes baisers te protègent de l'ombre de la mort.

Puis, tenant toujours la main de Muhammad dans les siennes, elle ajouta :

— Viens sous la tente te rafraîchir le visage et te nourrir. Tu dois avoir faim. Et nous avons beaucoup à nous dire. Ta dernière fille dort. Tu la verras plus tard. Elle se porte bien. Elle te plaira. Elle est forte.

Al Qasim gloussa :

— Elle n'est pas forte : elle dort tout le temps. Elle tète, elle dort, c'est tout ce qu'elle sait faire. Elle ne sait même pas pleurer.

— Ce n'est pas comme toi ! s'écrièrent en chœur Zaynab et Ruqalya, pouffant.

Al Qasim les ignora. Il posa sa main menue sur le ventre de sa mère et fixa son père.

— Mon frère est là. C'est lui qui est le plus à l'abri de la maladie.

Muhammad rit devant l'aplomb de son fils. Les autres adultes se contentèrent d'un mince sourire. Ce n'était pas la première fois qu'ils entendaient cette phrase, et il y avait longtemps qu'ils ne possédaient plus les certitudes d'Al Qasim.

Khadija devina les craintes qui refermaient les visages de ceux qui les entouraient. Non, elle ne pouvait pas encore s'isoler avec son bien-aimé, comme elle l'aurait souhaité, pour goûter pleinement leurs retrouvailles. Elle appela les servantes.

— Annoncez que maître Muhammad est de retour.

Quand Barrira voulut reconduire les enfants sous la tente des servantes, Al Qasim protesta.

— Je ne vais pas avec les filles, je reste avec mon père !

Khadija hésita. Mais Muhammad avait déjà posé la main sur l'épaule de son fils.

— Tu restes avec moi, et Zaynab et Ruqalya peuvent rester aussi, si elles le souhaitent.

Bien sûr, qu'elles le désiraient. Al Qasim grogna, s'attirant de nouvelles moqueries de son aînée. Khadija entraîna son époux vers la plus grande des tentes.

— Viens. Il faut que tous te voient.

Et, rencontrant le regard d'Abdonaï, elle poursuivit :

— Nous, cela viendra plus tard.

Ce qui était vrai. Une simple et grande vérité de l'instant. Qui ne présageait rien du futur.

Le récit de Zayd

Muhammad se lava le visage et les mains. Les servantes déposèrent devant lui du lait fermenté et des galettes fourrées de fromage de chèvre aux piments verts. Puis les gens de la maisonnée mais aussi d'autres, alertés par la rumeur, s'amassèrent autour de la tente. L'émotion était grande et les pleurs fréquents.

Sur les traits de chacun se lisaient la fatigue et la peur. Il y avait surtout des femmes. Elles saluaient Muhammad en invoquant la clémence d'Al'lat, mais jamais ne prononçaient le nom d'Hobal, à qui elles en voulaient d'avoir abandonné la ville. Après avoir montré un grand respect à Khadija, comme si celle-ci était désormais leur saïda à tous, les nouveaux venus prirent place sur les tapis, sous les dais de toile tendus pour l'occasion.

La cousine Kawla et la cousine Muhavija rejoignirent Muhammad, ainsi que les deux plus jeunes épouses d'Abu Nurbel, leurs servantes et les trois concubines survivantes d'Al Sa'ib. Quand Muhammad leur annonça la mort de leur seigneur, il fut surpris de leur calme, comme si la mort était trop familière pour s'en émouvoir.

Quant aux femmes d'Abu Bakr, lorsqu'elles apprirent qu'il n'était qu'à une demi-journée de caravane, aussi vigoureux et bien portant qu'à son départ de Mekka, elles fondirent en larmes.

Zayd accourut, le visage rougi par la joie et ses longs cheveux en désordre. Il baisa les mains de son maître comme un fils. Muhammad remarqua qu'entre Al Qasim et lui était née une affectueuse complicité de frères. L'un protecteur, l'autre admiratif. Par ses regards, ses gestes et ses paroles, Al Qasim ne traitait pas Zayd en esclave. Il l'observait même avec respect. Lorsque Zayd prit place sur le côté de la tente pendant que Muhammad achevait de se restaurer, Al Qasim alla s'asseoir tout contre lui.

Après avoir salué quelques compagnons de la mâla, Muhammad s'étonna du petit nombre d'hommes présents et de l'absence de Waraqà. Khadija répondit avec colère que, pour la plupart, les hommes de Mekka s'étaient conduits comme des pleutres. Muhammad s'en rendrait bientôt compte. Le hanif, lui, n'avait pas fui. Depuis les premiers signes de la maladie, il étudiait et cherchait sans relâche un remède.

Elle précisa :

— Il lit les vieux rouleaux de mémoire. Il dit que ce qui nous arrive y est écrit.

D'un regard vers Zayd elle confirma ce qu'Abdonaï avait avancé :

— Parfois, Waraqà étudie avec Zayd. Le hanif assure que le garçon sait des choses sur la maladie, mais aucun d'eux ne souhaite m'en parler. Waraqà dit : « Tu es une femme, saïda. Ces paroles, je ne sais pas si les femmes peuvent les entendre. » Il sera heureux de ton retour. À toi, il confiera son secret.

Il y avait autant d'irritation que d'ironie dans le ton de Khadija. Muhammad eut un geste d'apaisement.

— Oui, il m'en parlera. Mais je ne l'écouterai pas sans la présence de mon épouse.

Le rire de Khadija pétilla. Il y eut un silence sous la tente. Depuis combien de temps n'avait-on pas entendu le rire de la saïda bint Khowaylid ?

Khadija ne laissa pas l'étonnement s'appesantir. Elle frappa dans les mains. Son tabouret, d'ordinaire sous le tamaris de sa cour, avait été placé au pied du mât central de la tente. Elle s'y assit, indiquant à tous qu'il était temps de parler et d'écouter.

— Mon époux doit apprendre comment la mort noire est entrée dans Mekka, dit-elle. Et tout le malheur qui en est résulté. Je l'ai souvent répété : bien comprendre ce qui nous arrive, c'est apprendre à se battre au lieu de fuir, ainsi que l'ont fait ceux qui ajoutent la honte aux malheurs de Mekka.

Elle adressa un signe au jeune Zayd. L'esclave de Kalb caressa affectueusement la tête d'Al Qasim et s'approcha du pilier central pour faire face à Muhammad, assis au côté de Khadija. Puis, d'une voix monocorde mais bien audible, y compris de ceux qui se trouvaient en dehors de la tente, il entama son récit.

— Ce désastre, dit-il en relevant ses cheveux, s'est abattu sur la ville un peu plus d'une lune après le départ de maître Muhammad et du seigneur Abu Bakr pour les marchés de Sanaa et de Ma'rib. Une caravane des Banu Hawazin, un puissant clan de l'est de Ta'if, arriva un jour aux portes de Mekka. Elle revenait du pays de Ghassan et fut accueillie avec joie. Ses coffres et ses paniers étaient pleins à craquer. Les affaires promettaient d'être fructueuses, car les marchands d'Afrique, toujours friands de produits du Nord, étaient présents. Toutefois, quand la caravane franchit la porte de Jarûl, quelques-uns d'entre nous remarquèrent que quelque chose n'allait pas.

« Nous apprîmes que, sur la route du retour, après avoir dépassé la petite cité de Yathrib, plusieurs serviteurs de la caravane avaient été pris de fièvre. Une fièvre qui les tua en quelques jours. Noircissant et pourrissant leur corps. Le seigneur Ailan ibn Nizar, qui conduisait la caravane, ne s'en était pas inquiété. Sur les routes du désert, ces choses-là n'étaient pas rares. Ou peut-être, comme nous le pensâmes plus tard, voulut-il éviter d'affoler ses femmes et ses serviteurs. Car si, dans le désert, les fièvres sont fréquentes, l'aspect qu'avaient pris les corps des malades avant de mourir, nul ne l'avait jamais vu auparavant. Cela faisait peur. Ibn Nizar n'en avait eu que plus grande hâte d'atteindre Mekka afin de déposer ses riches marchandises aux entrepôts. »

Zayd reprit son souffle, passa les mains dans sa chevelure bouclée et regarda Muhammad. Celui-ci, tout à l'écoute, l'encouragea d'un hochement de tête.

— D'abord, tout se déroula normalement, continua le jeune esclave. Le seigneur Ibn Nizar conduisit les siens sur l'esplanade de la Ka'bâ.

Ils tournèrent et prièrent et remercièrent le grand Hobal par de belles offrandes.

« Mais le soir, peu après le crépuscule, le seigneur Ibn Nizar sentit la fièvre monter en lui et découvrit que le bout de ses doigts noircissait. Il demanda aux servantes de lui nettoyer la peau des mains. En vain. Au coucher, se souvenant des morts de sa caravane et malgré sa forte fièvre, il se mit nu devant sa troisième épouse et la pria de se munir d'une lampe à double mèche afin d'ausculter chaque partie de son corps.

« Sous son bras droit, avons-nous su plus tard, l'épouse trouva deux plaies rapprochées, pareilles à une morsure de serpent. Le seigneur Nizar jura : "Aucun serpent ne m'a mordu. Ni sous la tente ni sur la selle de mon méhari. Une morsure de serpent ? Insensé ! Je l'aurais sentie." »

Dans la tente envahie par l'obscurité, le jour s'en allait dans le pourpre. Barrira fit apporter des lampes. Des ombres prirent place à côté de chacun des présents. Le visage de Zayd parut soudain très pâle et ses cheveux très noirs. Il déplaça son tabouret au milieu d'un halo de lumière et reprit :

« Ibn Nizar, donc... Au matin suivant, ses doigts étaient entièrement noirs. Les plaies des morsures étaient gonflées de pus. Avant que la matinée ne se termine, il sombra dans l'inconscience. Au zénith du soleil, un homme venu d'Afrique, de Sawakin, se présenta chez lui, désireux d'acquérir des objets provenant du marché de Bosra. Découvrant l'état du seigneur Ibn Nizar, il s'enfuit en annonçant à la ronde que la mort noire était entrée dans Mekka. Ses cris alertèrent les passants. Devant un rassemblement de gens inquiets, il raconta que des voyageurs du Nord lui avaient assuré que cette maladie se manifestait d'abord sur les doigts, qui noircissaient comme du charbon. Et que, dans les très grandes puissances du Nord, en bordure de la mer, elle avait décimé des villes entières. Contre cette malédiction, il ne restait qu'à prier les dieux et à fuir dans le désert, loin des morts.

« Les marchands de Sawakin quittèrent Mekka sans même attendre le coucher du soleil.

« Nombreux furent ceux qui se moquèrent de ces propos. "Le marchand de Sawakin est devenu fou !" disaient-ils en riant. Aujourd'hui, on mesure combien cet homme était sage. Il faut espérer qu'ils soient partis, lui et sa caravane, avant que la maladie ne les ait attrapés.

« Le seigneur Ibn Nizar mourut quatre jours plus tard. Au cours de ces quatre journées, sa troisième épouse fut malade à son tour, ainsi que plusieurs de ses serviteurs. Le plus impressionnant pour les Mecquois, ce fut d'apprendre que l'un des serviteurs du seigneur Otba, de la maison des Al Çakhr, qui avait fait affaire avec les serviteurs d'Ibn Nizar, sans entrer en contact avec lui, mourut de cette même maladie.

« Bientôt, ils furent nombreux à avoir les doigts noirs. Puis le seigneur Abu Nurbel perdit sa première épouse.

« Le treizième jour après l'arrivée de la caravane, la terreur se répandit dans les ruelles de Mekka. Ce fléau se glissait dans les maisons comme un chacal errant. Il s'introduisait partout, et chaque nouvelle journée apportait son lot de cadavres. Nul n'était épargné. Les femmes comme les hommes, les vieux et les jeunes, les maîtresses et les servantes, les puissants et les esclaves.

« Les seigneurs de la mâla décidèrent d'offrir des sacrifices à Hobal. Quatre jours... Pendant quatre jours ils tournèrent autour de la Pierre Noire sacrée. Mais même ceux qui se prosternaient devant le grand Hobal virent leurs doigts noircir. D'autres s'écroulèrent, saisis par la fièvre, leurs plaies suintantes sous les tuniques et les manteaux.

« Certains se dirent : "Ce qui arrive dans Mekka est la volonté d'Hobal. C'est la punition d'Hobal." »

Sous la tente, les ombres s'allongeaient. On entendit au loin le grondement d'un de ces orages sans pluie. Barrira fit ajouter de l'huile dans les lampes. L'odeur des mèches brûlées piqua les narines. Zayd poursuivit :

« Le sage Waraqà se demanda pourquoi une telle punition. "Pour quelle faute ? Qu'avons-nous commis, nous, les Mecquois, qui puisse déplaire à Hobal ?"

« Personne ne sut répondre.

« "Pourquoi seulement Hobal ? interrogèrent quelques-uns. Des dieux qui portent leurs paumes sur Mekka, il n'en manque pas. Cette maladie est peut-être la volonté d'Al'lat la grande, ou d'Al Ozzâ, ou de Manât."

« Le sage Waraqà n'écarta pas leurs remarques. "Quelle faute la cité aurait-elle pu commettre pour que les dieux veuillent ainsi l'anéantir ?"

« Une fois de plus, nul ne sut lui répondre.

« Des fautes, chacun en commettait chaque jour, ni plus ni moins que depuis l'origine des temps et la naissance de Mekka. Pourquoi soudain châtier les hommes ?

« Jour après jour, les morts s'accumulaient. Les hommes s'effondraient, noirs et pourrissants. Dans les maisons, dans les cours, dans les ruelles, sur les chemins et les places publiques. Plus personne ne se rendait aux entrepôts et aux enclos.

« La nouvelle du mal de Mekka se répandit dans toute la région. "Surtout, évitez la ville de la Ka'bâ ! criait-on sur les routes. Ceux qui s'en approchent meurent. »

« Les puissants seigneurs qui n'étaient pas encore atteints par le mal quittèrent la cité. Ils le firent tous ensemble, une même aube. Emmenant avec eux leurs épouses, leurs serviteurs et les hommes des clans en bonne santé. On raconte que tous, avant de partir, durent montrer leurs doigts et lever les bras afin que les seigneurs puissent s'assurer qu'aucun n'emportait avec lui la maladie. »

Le silence se fit sous la tente. Il fut interrompu par les paroles de Khadija :

— Ils ont fui ! Aussi honteusement que des couards sur un champ de bataille !

On la sentait en colère, hors d'elle. Elle avait quitté son tabouret et se tenait debout devant eux, le bras tendu.

— C'est ce qu'ils ont fait ! Ils ont fui à Ta'if ou plus loin encore. Comme des pleutres qu'ils sont, nous abandonnant, abandonnant Mekka ! Abandonnant la Ka'bâ et la Pierre Noire.

La fureur faisait trembler sa poitrine. Muhammad revit la saïda de leur première rencontre. Elle était belle. Impressionnante. Un grondement d'approbation sortit de toutes les gorges. Khadija se tourna vers son époux.

— Peux-tu imaginer cela ? Ils sont partis avec leurs esclaves, leurs coffres, leurs bêtes, leurs tapis, leurs mercenaires et leurs hommes d'armes. Ils sont partis en laissant ici le peuple. Les servantes et les pauvres...

Elle s'interrompit, fermant les yeux comme si elle revoyait ce terrible matin.

— Abdonaï est venu me réveiller : « Saïda, saïda ! Viens vite, ils s'en vont tous ! » Le jour n'était pas encore levé. J'ai allumé une mèche et j'ai couru pour les rattraper alors qu'ils sortaient leurs chevaux des enclos. Il y avait là les puissants des Banu Makhzum, les Hashim d'Abu Tahab, les Al Kattab et tous les Al Çakhr. Tous, ils étaient là. Plus nombreux que je ne pouvais les compter. Ton oncle Abu Talib aussi était présent. Mais il n'a pas osé tourner la tête vers moi quand je me suis mise en travers de leur chemin. J'ai crié : « Vous nous abandonnez, nous, les faibles ! Vous laissez Mekka sans protection ! Vous abandonnez votre cité ! » Et tu sais ce qu'a fait Abu Sofyan ? Il a ri. Il m'a dit ces paroles : « Cousine bint Khowaylid, depuis quand es-tu faible ? Et de la force des nimcha, vous n'avez nul besoin : qui viendrait vous voler la maladie ? Du nord du Hedjaz aux montagnes d'Assir, qui voudrait s'approcher de Mekka aujourd'hui ? Aucun de nous n'abandonne notre cité. C'est Hobal et Al'lat qui l'abandonnent. Moi, je me soumets à leur colère. Tu devrais faire de même. Prendre ce qu'il te faut et porter ton ventre plein au-devant de ton époux avant que tes doigts ne noircissent et que ton fruit ne pourrisse. Si tu veux rester, c'est ton affaire. N'accuse personne de ne pas vouloir partager ton entêtement. » Il a fallu que mon bon Abdonaï me pousse sur le côté de la route pour éviter que les sabots de son cheval ne me renversent et que les cent chameaux qui le suivaient ne me piétinent.

De nouveau, la colère enfla sous la tente. Dehors, une vague de murmures traversa la foule.

Khadija se rapprocha de Muhammad.

— Le cousin Abu Sofyan pensait m'insulter et me mépriser en me traitant ainsi. C'est ce que j'ai cru en retournant dans la cour de notre maison. Mais je me trompais. Il venait de dire une vérité : « Cousine bint Khowaylid, depuis quand es-tu faible ? » Oui. Depuis quand ? Depuis que rôdait tout autour de nous le malheur de la maladie ? Depuis que j'écoutais les uns et les autres répéter : « C'est la volonté d'Hobal ! Mekka doit être punie ! La mort noire est plus forte que tout. Contre le vouloir des dieux, il n'y a pas de lutte. » Faiblesses, sottises, mensonges !

Ces dernières paroles, Khadija les adressa à ceux qui l'écoutaient plus qu'à son époux. Elle se tut le temps que chacun, d'une inclinaison du front ou d'un mot, l'approuve. Elle caressa doucement son ventre rebondi et dit à Muhammad :

— Je n'étais pas faible. Mekka n'était pas faible. Mais la peur nous aveuglait. Et, dans mon ventre, j'avais la vie déposée par mon époux. Cette vie refusait que la peur me ferme les yeux et me rende imbécile. J'ai dit à Barrira et à Abdonaï : « Regardez autour de vous : dans les maisons on meurt chaque jour. Dans les tentes des Bédouins, tout autour de Mekka, il en meurt en tout petit nombre ici et là. Pourquoi ? » Ils l'ignoraient. Puis le sage Waraqà a dit : « Sous les tentes, les Bédouins respirent l'air du désert. Nous, nous sommes cloîtrés entre nos murs et nous respirons l'air impur. » Les paroles du sage soudain dévoilaient ce qu'on ne savait plus voir. Il a ajouté : « Saïda Khadija, montre-nous l'exemple. Fais dresser une tente de caravane parmi celles des Bédouins et vois si la maladie te suit. »

Khadija s'assit. À présent, elle parlait posément. Elle caressait son ventre comme, si, sous le tissage de la tunique, elle apaisait l'enfant à venir. Sous la fatigue de son visage, sous les rides nouvelles, chacun pouvait voir la tendresse et la puissance. Et dans le regard qu'elle posait sur son époux, la fierté autant que l'apaisement de celle qui, enfin, n'est plus seule.

Elle raconta comment, suivant le conseil du sage Waraqà, elle installa toute sa maisonnée sous ces tentes où ils se trouvaient.

— Les Bédouins nous ont accueillis comme des frères et des sœurs de clan. Sans craindre que la maladie ne vienne parmi eux. Hélas, il a fallu beaucoup de persuasion pour que les femmes, les épouses abandonnées, les servantes et le serviteurs des autres maisonnées acceptent de camper avec nous parmi les Bédouins. Ils se sont obstinés à demeurer trop de temps encore dans l'air vicié de leurs murs, et lorsque enfin ils les ont quittés, nombreux étaient ceux qui emportaient le mal avec eux. Alors nous fîmes installer leurs tentes à l'écart, loin des puits et des troupeaux.

Elle fut interrompue par des cris à l'extérieur. Muhammad se précipita, suivi de Khadija et de Zayd. Un groupe d'hommes, dont l'obscurité voilait les visages, poussaient avec des bâtons un malheureux loin du campement.

— Il a les doigts noirs ! Il risque de nous contaminer, dit un homme avant de se fondre dans l'ombre.

Les cris s'éloignèrent.

— Pour que la mort noire ne se répande pas à l'extérieur de Mekka comme à l'intérieur, nous devons être impitoyables, expliqua Khadija, de retour sous la tente. Chacun peut le constater : après trois lunes où rien ne le contrariait, le fléau est en train de reculer.

Khadija laissa pour la première fois la fatigue paraître dans sa voix. Barrira, toujours aux aguets, lui apporta un gobelet de lait de chamelle. Khadija but d'un trait puis, rendant le gobelet vide, elle poursuivit :

— Voici tout de même une bonne nouvelle : le hanif a trouvé dans ses rouleaux la mémoire d'une maladie semblable. Il y est dit qu'il faut brûler sans hésiter toutes les traces des morts. Les vêtements, les objets, même les plus précieux. Il faut brûler les cadavres séchés par le soleil et enfouir leurs cendres loin des puits. Il faut enterrer loin des routes et des lieux de passage les cadavres que la pourriture n'a pas encore pris. Pour protéger les enfants, les nouveau-nés et les femmes enceintes, il faut les enduire d'huile.

Elle s'interrompit brusquement.

— Qu'All'at me vienne en aide ! Bientôt, nous n'aurons plus d'huile !

— Moi, j'en rapporte de Sanaa ! s'exclama Muhammad, déjà debout. Quatre des chameaux de notre caravane en transportent des jarres pleines. La caravane n'est qu'à un quart de jour de Mekka, sous la garde d'Abu Bakr. Il attend mon signal pour nous rejoindre. Il n'y a pas que de l'huile, mais aussi des tissages propres et neufs, du grain, des cuirs, des objets que la maladie n'a pas souillées.

Muhammad fit quelques pas. Et, comme si c'était là un signe, tous se levèrent. Khadija prit la main de son époux, la baisa avec ferveur.

— Vous tous qui êtes là, sous la grande tente de Khadija bint Khowaylid, je vous le promets ! clama-t-elle. Maintenant que mon époux, le seigneur Muhammad ibn 'Abdallâh, est de retour, nous vaincrons la mort noire et sauverons Mekka.

La mort d'une déesse

La lumière de la lune était si intense qu'elle traversait la toile de la tente et éclairait, avec une extrême netteté, tous les objets : les coffres, les tapis, les jarres et même la couche.

Khadija ne dormait pas. Elle écoutait le souffle régulier de son époux et guettait, appuyée contre des coussins, les ombres mouvantes que sa respiration dessinait sur sa poitrine nue.

Après l'amour et les ultimes caresses, il s'était tourné sur le côté, un bras noué autour de sa taille, pour s'endormir d'un coup, ainsi que les hommes des caravanes savent prendre du repos. Sa hanche était pressée contre la cuisse de Khadija, leurs chairs brûlantes se fondaient l'une dans l'autre comme si leurs sangs bouillonnaient encore du désir de se mêler en un seul et unique feu de vie.

Dans un geste machinal, Khadija caressa son ventre rond. Une caresse qui fit ressurgir celles de Muhammad.

Enfin, il était de retour.

Enfin, elle n'avait plus à combler son impatience et sa solitude en rêvant de son odeur. Elle pouvait le toucher. Elle pouvait baiser sa peau si fine, si blanche sous la lune qu'elle en paraissait presque une chair de femme.

Il était revenu. Beau, svelte et paisible comme à son départ. Plein de l'envie de nouer son corps au sien. Comme si l'horreur qu'il avait affontée en une seule journée ne pouvait l'atteindre.

Oh, comme elle avait brûlé d'impatience dès le premier instant des retrouvailles ! Dès que Barrira avait crié : « Khadjiî ! Ton époux est là, ton époux est de retour », avant même de le voir, le désir lui avait empoigné les reins. L'âge, la maternité, l'usure du temps, la terrible vie de ces dernières lunes n'avaient pas amoindri son désir pour son époux. Tout au contraire, semblait-il. Jamais il ne lui avait paru si beau, si fort. Si unique !

Quand elle songeait à lui en son absence, il lui arrivait de frissonner, les genoux faibles, comme lorsque ses mains d'homme durcies par le cuir des longes lui enserraient la taille.

Peut-être la violence de ce désir était-il l'effet du désastre qui l'entourait ? De cette peur qui l'avait taraudée sans répit durant toutes ces lunes de lutte solitaire contre la mort noire, l'égoïsme et l'impuissance ?

Car elle avait eu peur. Une peur sans voix, sans souffle, engloutie derrière le visage de l'assurance, de la colère, de la fermeté qu'il lui avait fallu présenter à tous.

Un mensonge.

Mentir à tous, sans relâche, ne jamais faiblir afin que chacun garde courage, n'abandonne pas, ne se résigne pas à la maladie. Chaque jour, elle devinait les regards qui la guettaient comme ils guettaient les morsures de la mort noire.

La saïda bint Khowaylid ne devait pas avoir peur. Elle ne pouvait abandonner Mekka au monstre qui avait fait fuir les faux puissants. Elle avait immédiatement établi les règles de son devoir : ne jamais laisser revenir le doute. Parler fort. Ne rien laisser paraître, jamais.

Alors que chaque nuit elle luttait et gémissait sous les couvertures, elle serrait les poings pour que la peur qui lui brûlait les tempes n'atteigne pas le fruit de son ventre. Le fils prochain de son époux.

Plus tôt, tout à l'heure, lorsqu'elle avait pris la parole dans la grande tente, un seul regard de Muhammad lui avait suffi pour savoir qu'il comprenait. Il avait deviné, lui, l'époux qui la connaissait si bien, qu'elle ne parlait pas que pour lui. Elle était la saïda, la seule puissante de Mekka. Sa parole les protégeait, eux tous qui étaient là et qui ne devaient jamais perdre courage.

Elle, elle n'avait qu'une impatience : attraper la main de son époux tant désiré et l'entraîner loin de tous. « Viens, viens, mon aimé ! Viens sous notre tente ! »

Cela aussi, Muhammad l'avait deviné. Et il avait su lui communiquer sa patience, lui adresser des regards de promesse quand les uns et les autres voulaient encore le retenir, encore le toucher. Quand la cousine Kawla, en larmes, s'était blottie dans ses bras comme si, elle aussi, eût voulu qu'il l'emporte dans une couche et lui fasse oublier la maladie, l'effroi et la honte abattus sur sa maisonnée par la faute d'Abu Talib.

Enfin, enfin, les pans de leur tente étaient retombés. Alors seulement Muhammad avait montré son impatience. Enlaçant en riant son épouse, il lui avait baisé les yeux, les lèvres, la nuque, respirant ses plaintes de bonheur, lui ôtant sa tunique, glissant ses paumes sur son ventre plein, appelant son fils à venir.

Elle lui avait tendu la fiole d'huile d'olive en murmurant :

— Protège-nous, mon aimé.

Et, doucement, les caresses tant désirées étaient venues. Elle se souvenait d'avoir retenu son souffle pour ne rien perdre du jeu des doigts agiles. Elle se rappelait la plainte vibrant au fond de sa gorge. Et puis, comme une pluie d'hiver, les larmes l'avaient emportée.

Une immensité de larmes. Tous ces pleurs retenus depuis des lunes pour demeurer, envers et contre tout, la saïda bint Khowaylid. Celle qui ne cédait pas plus devant la terreur que devant la volonté des dieux, si leur volonté était de détruire la vie dans Mekka.

Des larmes, des pleurs, des sanglots. Enfin elle avait pu se vider de ce torrent d'angoisses. Elle s'était agrippée à son époux et lui avait planté les ongles dans la nuque comme on s'agrippe aux rochers immobiles pour ne pas être emporté par la fureur des wadi.

Son époux ne s'était pas mépris. Il avait deviné le bonheur sous le flot de douleur. Il avait deviné la crue du désir qui ravine tout. Il n'avait pas cessé ses caresses. La basculant sur le côté, il était entré en elle comme un prince s'élance dans un monde profond et lumineux. De tout ce temps de merveille où il l'avait emportée vers la jouissance, il n'avait cessé de sourire.

Que les dieux, que les sombres et terribles dieux, s'ils se souciaient encore des demi-vivants sous les tentes de Mekka, en soient remerciés ! Et qu'ils voient. Qu'ils reconnaissent cette vérité : l'amour entre Muhammad ibn 'Abdallâh et son épouse Khadija bint Khowaylid était le plus pur, le plus fort, sans simagrées, sans hypocrisie ni mensonges.

Un amour que rien, ni la mort noire ni le poison de la peur ou la fuite des couards n'avait pu amoindrir.

Maintenant, sous le lait de la lune, dans l'apaisement du désir assouvi, comme si elle avait bu une force nouvelle à la beauté de son époux, Khadija songeait que cela se pouvait. Peut-être avait-elle dit vrai tout à l'heure, devant tous, sous la grande tente. Muhammad ibn 'Abdallâh était de retour dans Mekka. Il n'apportait pas simplement les richesses si nécessaires de sa caravane, il apportait également la force de vaincre la mort noire.

Et à lui Waraqà confierait enfin ce savoir si précieux auquel elle n'avait pas le droit d'accéder, elle, la saïda !

« Ce que disent les rouleaux de mémoire, ce sont des oreilles d'homme qui doivent l'entendre. C'est ainsi, et depuis toujours. Tu es la saïda bint Khowaylid, maîtresse de ta maisonnée et de ta richesse, certes, mais tu es une femme. Tes oreilles ne sont pas plus faites pour les rouleaux de mémoire que ta bouche pour les décisions de la mâla. C'est ainsi. »

Khadija ferma les yeux. Voilà que la colère contre Waraqà la reprenait. Elle devait se contrôler.

Le vieux hanif pouvait être borné sur bien des choses, mais il avait été courageux quand tant d'autres ne l'avaient pas été. Jamais il ne s'était soucié de quitter Mekka. Tout ce qu'il apprenait dans ses rouleaux pour lutter contre la maladie, il s'empressait de le confier à chacun, homme ou femme, puissant ou serviteur, riche ou pauvre. « Le mal est pour tous. Le remède sera pour tous ! », répétait-il.

Mais elle aussi, Khadija bint Khowaylid, avait ses secrets.

Ce que jamais Waraqà ni Muhammad n'apprendraient, c'est ce qu'elle avait fait trois nuits avant qu'Abu Sofyan et les puissants fuient Mekka.

L'idée lui en était venue quelques jours plus tôt. La maladie courait d'un bout à l'autre de la cité. Un matin, Abdonaï lui annonça la mort du vieil Abu Nurbel. De la maisonnée de celui qui avait été un fidèle compagnon de son défunt époux, il ne restait plus que la moitié des femmes, servantes et serviteurs. La mort noire se propageait de cour en cour. Chacun se convainquait qu'Hobal voulait la ruine de Mekka. La peur nourrissait les paroles. Sans cesse on entendait : « N'allez plus à la Ka'bâ. Ceux qui ont les doigts déjà noirs s'y traînent, on se demande pourquoi : Hobal les ignore. Ils meurent devant la Pierre Noire aussi bien que chez eux. »

Beaucoup retiraient de leur cou les amulettes de cornaline, le signe du pouvoir d'Hobal. Dans les cours, les cendres des autels qui lui étaient dédiés étaient froides. Quelques-uns faisaient encore des offrandes à Al'lat, mais on leur disait :

« Le pouvoir d'Al'lat va sur ceux qui voyagent dans le désert. Si Hobal se détourne de Mekka, tant que nous restons dans nos maisons, la déesse sera aussi impuissante que nous. Il faut fuir dans le désert pour rester en vie. »

En entendant ces mots, Waraqà le sage grognait comme devant les sottises d'un enfant. Mais il n'offrait pas plus sa pensée que son savoir : « Qui connaît la volonté d'Hobal ? Qui connaît la volonté des dieux ? Ont-ils des mots pour nous parler ? Dans le bonheur comme dans le malheur, nous n'entendons que leur silence. »

Les gens se détournaient de lui avec colère : « Comment oses-tu prononcer de telles paroles, hanif ? Tu ne sais donc pas voir ce qui est évident ? Hobal a lancé la Pierre Noire dans notre désert pour faire la richesse de Mekka. Aujourd'hui, il nous envoie la mort noire pour nous punir de nos fautes. »

« De quelles fautes parlez-vous ? » grondait Waraqà avant de leur tourner le dos.

Qui avait tort, qui avait raison ? Comment elle, Khadija, aurait-elle pu trancher ?

Mais ce jour de la mort d'Abu Nurbel, au crépuscule, elle se décida. Elle rejoignit Ashemou dans sa chambre étroite.

« Pourquoi la maladie est sur nous, je l'ignore, dit-elle à l'esclave qu'elle aimait autant qu'une fille ou une sœur. Si c'est la volonté d'Hobal ou d'Al'lat de nous punir, je ne le sais pas. Comme le hanif, je ne connais pas notre faute. »

Si Ashemou fut surprise d'entendre ces paroles, elle n'en montra rien. De ses beaux yeux calmes, elle observa sa maîtresse attentivement. Khadija, la voix encore plus basse, ajouta :

« Que notre mal vienne d'Al Ozzâ, je n'entends personne le dire. Mais dès qu'Abu Sofyan m'a offert cette femme d'albâtre, à Ta'if, j'ai su qu'elle n'était pas bonne pour notre maisonnée. »

Ashemou approuva d'un signe et murmura :

« Je savais que tu viendrais pour elle, saïda. »

Elle repoussa des paniers et des tissages au pied de sa couche. La statue d'albâtre d'Al Ozzâ apparut telle qu'Abu Sofyan l'avait apportée, des années plus tôt, dans la maison de Ta'if.

« Tu n'auras pas à creuser, poursuivit Ashemou avec légèreté. Je l'ai retirée de sous ma couche ces dernières nuits. Personne ne m'a vue ni entendue. »

Khadija scruta son visage dans la lumière mouvante de la lampe. Comme souvent, il lui sembla qu'Ashemou en savait plus qu'elle ne le laissait paraître. Avait-elle deviné la volonté de sa maîtresse avant même que Khadija ne se décide ?

Comme pour le confirmer, Ashemou ajouta :

« J'ai pensé que tu ne voudrais rien dire à saïda Barrira ou à Abdonaï. Que tu préférerais qu'on ne soit que toutes les deux pour en finir avec elle. »

D'un geste négligent, elle désigna la statue à ses pieds. Khadija s'étonna :

« Tu ne crains pas ce que l'on va faire ?

« — Cette statue de pierre est restée sous ma couche pendant plus de dix années et pas une nuit elle n'a gâché mon sommeil.

« — Tu penses que ce n'est pas une vraie déesse ?

« — Je ne sais pas. Peut-être en est-elle une pour toi. Ou pour ceux qui la vénèrent. »

Comme pour rappeler à Khadija le geste qu'avait eu Abu Sofyan à Ta'if, Ashemou passa la lampe derrière la statue. Aussitôt, la pierre s'illumina, diffusant une étrange lueur verte sur les murs de la chambre étroite. Un instant, Khadija et Ashemou ne purent s'empêcher d'admirer la silhouette qui apparaissait sous leurs yeux. La sensualité de cet être de pierre possédait un charme auquel il était difficile de ne pas succomber. Tout en faisant danser la lumière de la lampe à hauteur de la poitrine de la statue, Ashemou caressa la nuque et les épaules d'albâtre.

Voyant l'aisance avec laquelle Ashemou jouait avec la statue, Khadija ne douta pas qu'elle avait, seule dans sa chambre, répété ces gestes plusieurs fois déjà. Elle ordonna :

« Cesse. Retire la lampe. »

Ashemou obéit. Elle dit avec douceur, en regardant Khadija bien en face :

« Ce que les dieux veulent de nous, qui peut le savoir ? Le hanif dit : "La volonté des dieux n'est qu'une énigme dont nous ne savons pas déchiffrer les signes."

« — Waraqâ te parle ainsi ? »

« — À moi, non. Mais quand il parle avec Zayd, je l'écoute. »

Elles se sourirent. Ashemou reprit :

« Pour moi, c'est comme si les dieux n'existaient plus. Ceux de mon père et des pères de mon père ne se soucient plus de moi depuis longtemps. Et dans ta maison, le bien que je reçois vient de toi, pas d'Hobal ou d'Al'lat. »

Khadija ouvrit la bouche pour protester. Les mots d'Ashemou l'avaient emplie de peur. Mais face au calme et au sourire de l'esclave, elle se contraignit à n'en rien montrer. Elle demanda :

« Tu penses que le cousin Abu Sofyan ne m'a offert cette statue que dans le but de m'effrayer ?

« — Il voulait voir si la peur te conduirait dans sa couche. »

Cela, Khadija s'en souvenait aussi bien qu'Ashemou.

« S'il est une chose certaine, acquiesça-t-elle, c'est que le seigneur Abu Sofyan ne m'a pas fait ce présent pour mon bien et celui de ma maisonnée.

« — Peut-être est-ce seulement la peur qui donne à cette pierre la forme et la présence d'Al Ozzâ ? Mais moi, je n'ai pas peur de la briser pour te débarrasser de la méchanceté du seigneur Abu Sofyan. »

Et comme elle voyait Khadija hésiter, Ashemou ajouta :

« Je peux le faire seule, si tu crains la colère d'Al Ozzâ.

« — Non ! Je dois le faire moi-même. »

Elles se turent sans se quitter des yeux. Puis, montrant une fois encore qu'elle se tenait prête pour ce moment depuis longtemps, Ashemou souffla :

« Attendons la deuxième partie de la nuit. Nous chargerons la statue sur le bât d'une mule. Elle est trop lourde pour que nous puissions la porter suffisamment loin, surtout toi, maîtresse, avec ton ventre déjà plein. »

Khadija approuva, poursuivant :

« Enveloppons-la d'une tunique. Nous, nous nous draperons dans nos manteaux. Si l'on nous voit, on croira que nous allons enterrer quelqu'un de la maisonnée. Personne n'osera s'approcher de nous. »

Elles se comprenaient en silence, maintenant. Pour le reste de ce qu'elles avaient à faire, elles n'eurent guère besoin de se parler.

Khadija décida de l'endroit et conduisit la mule au-delà des puits du Nord, sur la route d'Arafa. Là, en contrebas, serpentait un éboulis de basalte. L'endroit était dangereux. Souvent, du petit bétail égaré y culbutait et y disparaissait dans des chutes mortelles. Les Bédouins eux-mêmes n'osaient y abandonner leurs carcasses aux fauves et aux rapaces.

Quand elles eurent ôté la statue du bât et l'eurent dépouillée du linge qui la recouvrait, elles la déposèrent, non sans peine, sur une grosse roche au-dessus de la pente. Il ne restait plus qu'à la pousser.

Khadija retint son geste.

La lune n'était pleine qu'à demi, mais son rayonnement traversa la statue. La pâleur verte de l'albâtre s'illumina. Le torse d'Al Ozzâ apparut d'une grande beauté. Le doute serra de nouveau la gorge de Khadija. S'il existait une femme qui possédait une aussi belle poitrine que cette statue, c'était bien l'esclave Ashemou bint Shir al Dhat, dite Ashemou de Loin.

Soudain, Khadija eut cette pensée terrible, la certitude qu'Ashemou mentait. Ashemou était une servante d'Al Ozzâ. Elle connaissait son pouvoir. Pourtant, elle se sacrifiait pour que la maisonnée de Khadija bint Khowaylid soit épargnée. La vengeance d'Al Ozzâ allait s'abattre sur elle.

Elle s'écria :

« Va-t'en ! Va-t'en, Ashemou ! Tu ne dois pas à être là. Retourne dans notre cour. J'attendrai que tu sois loin. Si Al Ozzâ veut frapper, elle saura que ce n'est pas toi qui as brisé sa figure de pierre. »

Ashemou saisit les mains de Khadija pour les porter à ses lèvres.

« Non. Où tu iras, j'irai. Ce que tu fais, je le ferai. Chaque jour depuis ce premier jour où tu m'as prise dans ta maison, tu me donnes la vie. Je suis à toi, saïda bint Khowaylid ! »

Khadija arracha ses mains de celles d'Ashemou et ordonna :

« Va-t'en ! »

Mais Ashemou bondit vers l'éboulis. Des deux mains elle poussa la statue. Khadija cria. Déjà le corps de pierre basculait, rebondissait, éclatait en une pluie d'albâtre. La nuit résonna d'un cliquetis clair, presque joyeux et curieusement liquide.

Puis le silence retomba. Ashemou et Khadija s'agrippèrent l'une à l'autre, tremblantes. Les battements de leurs cœurs étaient si violents qu'il leur sembla que leurs poitrines ne faisait qu'une, que leurs deux cœurs battaient en cadence d'une même vie.

Le silence, rien de plus.

Ashemou chuchota :

« Tu vois, saïda… »

Khadija lui ferma la bouche de sa paume. Elles restèrent un long moment ainsi. Guettant encore mais n'entendant que les mâchonnements de la mule et le frottement de ses sabots.

Elles revinrent dans la demeure de Khadija sans prononcer une parole. Et dans les jours

suivants, pas une seule fois elles n'en parlèrent.
Redoutant secrètement un signe d'Al Ozzâ.
Craintives. Et quand Abu Sofyan, Abu Talib et
tous les autres décidèrent, trois jours plus tard,
de quitter Mekka, Khadija ne put s'empêcher de
se demander si c'était là la vengeance d'Al Ozzâ.

Dans les yeux d'Ashemou, elle lut une réponse.
« Non. Non, ce sont seulement des lâches qui
fuient. »

Mais qu'en savait-elle, elle, simple mortelle ?

À présent, sous la tente, sa cuisse brûlante
contre la hanche de son époux, Khadija ne savait
toujours pas. Avait-elle purifié sa maison en
détruisant cette femme de pierre ? Avait-elle
attisé le désir de vengeance d'Al Ozzâ ? La déesse
allait-elle s'en prendre à Ashemou ? Ou tout cela
se réduisait-il au silence pesant sur l'éboulis de
la route d'Arafa ?

Comme le disait le hanif Waraqâ : « La volonté
des dieux n'est qu'une énigme dont nous ne
savons pas déchiffrer les signes. »

La main sur son ventre rond, Khadija s'inclina,
baisa la nuque de Muhammad. Respira son
odeur aimée, son parfum d'homme en sommeil.

Jamais personne ne saurait ce qu'elle avait
accompli sur la route d'Arafa avec Ashemou.
Mais s'il en était un qui pouvait apaiser ses
doutes, ses incertitudes, la purifier de la souillure
de ces terreurs, de ces confusions, de cette
immense laideur dont la mort noire recouvrait
chaque vivant de Mekka, c'était lui. Cet homme
à la peau fine, si doux quand il venait en elle
dans la lumière du désir.

Les révélations de Waraqà

Le matin suivant, aussitôt après les ablutions de l'aube, Khadija conduisit Muhammad devant la tente du sage Waraqà. Les servantes du hanif cuisaient ses galettes. Avant de soulever la portière de la tente, Khadija consulta du regard son époux. Il hocha la tête sans un mot.

Une fois à l'intérieur, Muhammad laissa échapper une exclamation de surprise. Il restait à peine assez d'espace pour s'asseoir sur de vieux coussins. Le sol était jonché d'un fatras où disparaissaient les tapis et l'étroite couche. Partout des coffres béants débordaient de rouleaux d'écriture. D'autres rouleaux ainsi que des enveloppes de lin et de cuir s'amassaient aux côtés du hanif. Assis sur un coussin au cœur de cet amoncellement désordonné, engoncé dans son manteau noir, un bonnet en poil de chameau recouvrant son crâne nu, il se tenait incliné sur une sorte de long tabouret. Deux pierres plates gravées de signes y retenaient les extrémités déroulées d'une bande d'écriture.

Les sourcils froncés par la mauvaise humeur, il releva la tête. Un éclair de satisfaction passa dans son regard avant qu'il ne reprenne sa mine renfrognée.

— Muhammad ibn 'Abdallâh ! De retour enfin ! De retour dans notre belle Mekka !

À Khadija, il adressa un vague coup d'œil. Et, se tournant de nouveau vers Muhammad :

— Tu es arrivé hier, m'a-t-on rapporté.

Muhammad le confirma d'un geste.

— Et tu n'es pas venu me voir. Ne sais-tu pas qu'ici, chaque instant compte ?

Waraqà brandit brusquement les mains, écartant les doigts sous les yeux de Muhammad.

— Hier, mes mains étaient saines. Aujourd'hui, mes doigts pourraient être noirs.

— Mais ils ne le sont pas, fit Muhammad avec un léger sourire.

— Ne souris pas. Il n'y a rien ici qui prête à sourire.

— Tu te trompes, cousin Waraqà, intervint Khadija sur le même ton léger et ironique que Muhammad. Plus que le sourire, il y a le bonheur de l'épouse qui retrouve son bien-aimé. Vivant et aussi beau qu'à son départ. Ta sagesse est grande, hanif. Et aussi ton impatience. Mais pardonne à celle qui porte le fils de son époux d'être aussi sage et impatiente que toi, à sa manière.

Waraqà ouvrit la bouche, les lèvres tirées par la colère. En signe d'apaisement, Khadija leva la main.

— Au moins, je connais ton état. À chaque mouvement du soleil et des ombres, tes servantes viennent m'assurer que tes doigts sont ceux d'un bien-portant. Que les dieux en soient remerciés.

— Les dieux, les dieux ! gronda le sage. Sais-tu de quoi tu parles ?

Avec un grognement de dédain, Waraqà eut un geste en direction de Khadija comme s'il voulait la chasser de la tente.

— L'homme ne saurait fabriquer une tablette de glaise pour y inscrire son propre nom, mais il fabrique, de cette même glaise, des dieux à la douzaine...

À Muhammad il déclara :

— Il est des choses que tu dois savoir. Quoi que prétende ton épouse, aujourd'hui peut être mon dernier jour. Ou demain. Si la maladie me prend, il sera trop tard.

Il jeta un coup d'œil de reproche à Khadija, puis désigna l'amas de tablettes et le fatras de rouleaux qui l'entouraient.

— Certains appartenaient au père du père de mon père. Tout ce que nos anciens ont laissé de traces dans le temps est là. Il y en a tellement que je n'avais encore jamais tout lu. C'est presque fait, tout du moins pour ceux qui sont dans une langue que je connais. Ton esclave Zayd connaît bien la langue de Judha. Il a pu m'aider. C'est un bon garçon, celui-là qui est venu à toi, Muhammad ibn 'Abdallâh. Mais il n'est qu'un esclave. Il n'est issu ni des Al Qoraych ni de Mekka. Ce que j'ai à te dire, c'est un homme d'ici qui doit l'entendre. Un homme qui peut tenir sa parole et être écouté à la mâla.

En prononçant ces derniers mots, Waraqà regarda de nouveau Khadija. Elle sentit la rage l'envahir. Voilà qu'une fois encore le hanif voulait l'exclure de son savoir ! Elle referma les mains sur son ventre rebondi, toisa le vieux sage avec toute l'insolence dont elle était capable.

— Ce que tu as à dire, cousin Waraqà, mon esclave Zayd peut l'entendre, mais moi, sa maîtresse, je ne le peux pas ?

— Les femmes ne sont pas nées pour entendre ce que les hommes peuvent entendre. Il est dit quelque part dans ces rouleaux que l'homme sait bâtir des cités et la femme les détruire.

Furieuse, Khadija ne se laissa pourtant pas démonter.

— Je suis certes moins savante que toi, hanif. J'ai cependant entendu parler de reines qui ont bâti des empires. La reine de Saba, Zénobie...

Waraqà ouvrit de grands yeux étonnés, cherchant une réplique. Khadija ne lui en laissa pas l'occasion.

— Ce que tu as à dire à mon époux Muhammad, il ne reste plus beaucoup d'hommes pour l'entendre, cousin Waraqà. Comment le pourraient-ils ? Ils ont fui comme des poules devant un lynx. Et toi, si tu es ici, avec tous tes rouleaux et tes doigts sans tache, c'est parce que tes servantes ont porté tes coffres et t'épargnent les durs travaux.

— La tradition le veut ainsi : seuls ceux de la mâla peuvent entendre ce que j'ai à dire.

— La tradition, où est-elle sous nos tentes ? Où est-elle dans Mekka dévorée par la maladie ? Tu veux parler à ceux de la mâla, mais plus un homme ne s'assoit sur les gradins de l'assemblée. Ce qui se décide se décide sous la grande tente de la saïda Khadija. Quand tu as dit qu'il ne fallait pas rester dans les cours et les maisons, nous t'avons tous écouté. Quand tu veux nous enseigner comment nous protéger, tu parles aux hommes et aux femmes. Mais à présent il te faut les oreilles d'un homme pour entendre ce savoir ? Que peux-tu nous apprendre d'autre, hanif, que le chemin de la vie de demain ? Et cette vie de demain, dans la Mekka d'aujourd'hui, qui d'autre que nous la portons ?

En parlant, Khadija avait tiré le tissu de sa tunique sur son ventre, le serrant doucement entre ses paumes. Un rayon qui pénétra par l'entrée de la tente effleura le visage maigre du hanif.

— Tu te trompes du tout au tout ! s'exclama-t-il. Ton orgueil t'aveugle, saïda bint Khowaylid. Malgré tous tes mots et tes ruses, tu te trompes. Ce que j'ai à apprendre à ton époux, ce n'est pas la vie de demain, s'il en vient une, mais celle du passé.

Muhammad s'avança pour prendre la main de Khadija. Il la fit asseoir sur l'un des vieux coussins et prit place à son côté, face à Waraqà. De sa voix qui savait être aussi humble que douce, il déclara :

— Hanif, tu le sais, ce que je suis aujourd'hui, je le dois à Khadija bint Khowaylid, mon épouse. Si tu me penses capable de t'écouter, c'est aussi à elle que tu le dois. Ce que je peux entendre et apprendre, mon épouse doit l'entendre et l'apprendre en même temps que moi.

Il y eut un silence. Le regard du hanif glissa vers Khadija. Tous deux paraissaient traversés par la même surprise. Le ton de Muhammad ibn 'Abdallâh semblait nouveau. Respectueux et apaisant, mais ne laissant place à aucune discussion. Cette capacité à s'imposer, lui, Waraqà bint Assad, l'avait depuis longtemps devinée, et elle le poussait maintenant à se confier.

Fermant les paupières, comme pour se recueillir, il demanda :

— Sais-tu comment la Pierre Noire de la Ka'bâ est devenue la Pierre Noire d'Hobal, et Hobal le dieu de Mekka, Muhammad ibn 'Abdallâh ?

— Je sais ce que tout le monde sait, répondit Muhammad, étonné.

— Alors tu ne sais rien. Mieux vaut commencer par le début.

L'histoire de la Pierre Noire

— Voilà ce qui a été, commença le hanif Waraqà.

Ce qui se racontait partout dans le Hedjaz, et plus loin encore, et que tout le monde croyait être une certitude, c'était que la Pierre Noire était un jour tombée du ciel comme une étoile. Elle s'était enfoncée dans cette poussière de terre entre les collines de Safâ et de Marwa, là où la sainte Ka'bâ avait été entretenue génération après génération. Elle avait apporté prospérité et puissance à Mekka. Et ce prodige, rapportait-on, était l'œuvre et la volonté du dieu Hobal. Donc, depuis la nuit des temps, disait-on, on révérait le grand Hobal. On venait de loin pour le couvrir d'offrandes et tourner autour de la Pierre Noire. On le craignait comme on doit craindre un dieu qui tient sous sa paume les maisonnées d'une cité.

— Voilà ce qui court de bouche à oreille depuis des dizaines d'années, peut-être bien des centaines, expliqua Waraqà.

Il se tut un instant, mesura l'attention de Muhammad et de sa cousine Khadija. Il réclama qu'on lui apporte un gobelet de lait fermenté.

Khadija se leva, transmit l'ordre à une servante, puis reprit sa place.

Quand le hanif se fut mouillé la langue et les lèvres, il désigna l'amoncellement de rouleaux d'écriture qui l'entourait et reprit son discours.

— Parmi ces rouleaux écrits par d'anciens *hunafa*, scribes et hommes de savoir, certains racontent une tout autre histoire que celle qu'aujourd'hui chacun colporte quant au pouvoir d'Hobal sur Mekka.

« Cela se passait à l'époque des pères des pères des pères des pères de nos pères. Depuis long-temps déjà, l'on venait en nombre s'incliner et révérer la Pierre Noire de notre sainte Ka'bâ. Puis vint une époque sombre et confuse où personne n'avait plus la mémoire des temps anciens. Du Hedjaz au royaume de Ghassan, dans les plaines et les cités du Sud, au royaume de Saba, les guerres entre les tribus étaient incessantes. Appa-rut alors un puissant guerrier du nom d'Amru ibn Luhayyî, qui avait le pouvoir sur les Khuzâ'a, des hommes vivant de rapines et de vols. Amru était intelligent. Il possédait la force d'un homme de guerre mais ne pouvait jouir de ses richesses. Il prit le pouvoir à Mekka et sur le Hedjaz, acheta des caravanes et se fit marchand. Son commerce était aussi redouté que ses guerres. La ville s'enri-chit et imposa sa puissance. À cette époque, les gens de Mekka priaient déjà autour de la Pierre Noire, mais ils le faisaient par habitude, sans savoir d'où provenait son pouvoir sacré.

« Un jour qu'il accompagnait lui-même sa caravane au pays de Sham, Amru remarqua, dans les riches et paisibles cités, la vénération que manifestaient les habitants pour des pierres auxquelles ils donnaient des formes d'humains ou d'animaux étranges. Il questionna des sages, qui lui répondirent que chacun de leurs dieux avait une apparence. L'une des pierres représentait Hobal, le dieu tout-puissant de la guerre et de la paix. Elle plut à Amru. Il acheta la statue et la rapporta à Mekka. La déposant près de la Pierre Noire, il annonça à tous qu'Hobal les tenait sous sa paume. Chacun devait le vénérer et l'aimer comme on adore ce qui rassure et protège.

« Voilà comment Hobal est entré dans notre cité. Et comment Amru, pour impressionner ceux qui ne le suivaient pas encore, a raconté que notre Pierre Noire si sacrée était venue de la main de ce dieu de Sham. »

Waraqà se tut en considérant Muhammad. Mais c'est Khadija qui parla la première :

— Hanif !... Hanif, tu dis qu'Hobal n'a pas lancé la Pierre Noire sur le sol de la Ka'bâ ?

L'air furieux, Waraqà leva la main.

— Silence !

À son tour, Khadija eut un geste d'agacement. Mais comme Muhammad ne réagissait pas, elle se tut. Le hanif but une nouvelle lampée de son gobelet et, sur un ton moins querelleur, il reprit :

— Je dis ce qui est écrit. Je ne sais rien d'autre que ce qui est écrit par les pères de nos pères et leurs anciens. Cependant, l'histoire d'Amru ne révèle pas la vérité sur l'origine de la Pierre Noire.

Avec beaucoup de soin, de sous le long tabouret placé devant lui il retira un étroit coffret de cèdre noir. Il le déposa sur ses maigres cuisses pour en soulever le couvercle. Le coffret contenait une bande d'écriture plus étroite que les autres rouleaux jonchant le sol de la tente. Elle était soigneusement enroulée autour d'une baguette de genévrier, blonde et lustrée. Les bords de la bande s'effritaient et l'âge et l'usure avaient affadi sa couleur verte.

Waraqà la leva précautionneusement sous le regard fasciné de Khadija et de Muhammad. Il dit :

— Ceux qui parlent dans ce rouleau vivaient bien avant Amru. Ils vivaient pour ainsi dire quand le monde commençait. En ces temps du passé où naquit Mekka. Déjà, ils parlaient de la Pierre Noire.

Cette fois, Waraqà n'eut pas à réclamer le silence de sa cousine Khadija. Il vida son gobelet, passa le dos de sa main sur ses lèvres et sa barbe blanchie, et poursuivit.

— L'histoire est simple, reprit-il. C'est celle d'un prophète des premiers temps du nom d'Ibrahim. Il était né près de l'une des grandes cités de pierre de l'autre côté du désert du Nefoud, où vivent aujourd'hui les Perses. Les peuples de ces cités adoraient toutes sortes de dieux. Le père de cet Ibrahim fabriquait leurs apparences en pierre et en bois. Le plus souvent, ils ressemblaient à la fois à des hommes et à des animaux.

« Un jour, Ibrahim déclara à son père que les dieux ne pouvaient pas ressembler à des figures si grotesques. La dispute entre le père et le fils s'envenima. Pour prouver que les dieux se moquaient de leur apparence en pierre ou en bois, Ibrahim entra une nuit dans l'atelier de son père pour briser et brûler toutes les statues qui venaient d'y être fabriquées. L'insulte était terrible. Tout le monde se mit à redouter la vengeance des dieux. Les autels furent couverts d'offrandes. Mais rien ne se passa. Rien de rien.

« Alors Ibrahim vint sur la place sacrée de sa ville et déclara qu'il fallait être fou pour croire que les dieux endossaient ces formes mi-humaines, mi-animales.

« Cette fois, c'en était trop ! Pour ne pas mourir lapidé, Ibrahim dut fuir avec sa femme. Ils marchèrent vers le nord, vécurent comme des Bédouins, poussant devant eux du petit bétail. Enfin ils arrivèrent devant une cité dont ils ignoraient le nom. Un matin, alors qu'il venait de se laver la figure à une source, Ibrahim entendit une voix. Autour de lui, personne. Les paroles redoublèrent. Ibrahim prit peur. "Tu as eu raison de détruire les idoles fabriquées par ton père", dit la voix. "Qui me parle ?", demanda Ibrahim. "C'est ton dieu qui te parle. Un dieu qui n'a aucune apparence. Aucune : ni homme, ni bête, ni chose. Un dieu qui possède la parole et peut être entendu de tous." »

« Ibrahim pensa : "Je deviens fou." Mais le dieu de parole dit à Ibrahim : "Tu n'es pas fou. Marche vers l'ouest et je te soutiendrai."

« Ibrahim obéit à son dieu. Il s'en trouva bien pendant longtemps, sauf pour une chose : son épouse ne lui donnait pas d'enfant. Elle était stérile.

« Ibrahim vieillissait et craignait de se trouver sans descendance. Pour la première fois depuis leurs épousailles, il prit dans sa couche une autre femme que la sienne. Sa servante Hajjar. Avant peu, elle lui donna un fils. Ils le nommèrent Ismâ'îl.

« La femme d'Ibrahim ne supporta pas de voir son époux avec le fils de sa servante. Un jour, alors qu'Ibrahim et son troupeau se trouvaient à l'ouest de ce qu'on appelle aujourd'hui le pays de Sham, elle chassa Hajjar et Ismâ'îl.

« Ils prirent la route conduisant au sud à travers le désert de Maydan et du Hedjaz.

« Apprenant que son épouse avait chassé Hajjar et son fils qui n'avait pas un an, Ibrahim fut empli de honte. Il loua des chameaux, les chargea de nourriture et d'eau, et se hâta de les rejoindre.

« Une fois réunis, ils poursuivirent leur route vers le Sud, cherchant à chaque occasion une place favorable pour construire une maison où Ismâ'îl puisse grandir et devenir un homme.

« Un jour, ils atteignirent une vallée qui parut propice à Ibrahim. Mais Hajjar lui fit remarquer que, si la vallée ressemblait à celle d'un grand wadi, on n'y voyait aucune source. Elle dit : "Sans eau, la vie ne sera pas possible."

« Ibrahim était un homme capable de beaucoup d'obstination. Il grimpa sur l'une des collines dominant l'emplacement où il avait laissé Hajjar et son fils. Sur Safâ, notre colline ! dit Waraqà, emporté par son histoire et la racontant avec force gestes et mimiques.

« Donc, tout vieux qu'il fût, Ibrahim atteignit vite le sommet. De là, il ne vit que la poussière et le basalte du désert. Il redescendit, monta sur la colline opposée. Sur notre Marwa ! Même désolation ! Mais il s'obstina encore. Sept fois, il bondit de Safâ à Marwa. Pourtant, aussi loin que portaient ses yeux, il ne distinguait aucune plante indiquant une source.

« La huitième fois, il ne remonta pas sur Marwa. Il redescendit près d'Hajjar pour lui dire qu'elle avait raison. Alors qu'il approchait, il entendit les cris de son fils qui réclamait à boire. Son cœur se serra. À quoi bon avoir parcouru tant de chemin pour que son fils n'ait pas de maison ?

« Son petit Ismâ'îl était couché sur une grosse pierre noire à la forme étrange. Une pierre qui ne ressemblait à aucune autre des alentours. Et qui n'avait l'apparence ni d'un homme ni d'un animal. Dans sa soif et sa colère, Ismâ'îl frappait le sol de ses pieds. *Tap*, *tap*, *tap*, ses tout petits pieds de bambin cognaient dans la poussière. D'un coup, le sol s'ouvrit sous ses talons, comme si une nimcha de géant avait frappé. L'eau jaillit. L'eau de la source Zamzam qui ne tarit jamais !

« Ibrahim sauta de joie : il avait trouvé le lieu où bâtir la maison de son fils. Son dieu de parole le lui avait désigné. Pour le remercier, Ibrahim dit : "Je vais construire la maison d'Ismâ'îl et j'utiliserai cette Pierre Noire comme pierre d'angle. Ainsi, chacun la verra."

« Voilà ce qui est écrit là, Muhammad ibn 'Abdallâh. »

Il y eut d'abord un silence. Waraqà le goûta, son œil brillant scrutant les visages de Khadija et de Muhammad. Toute pâle, les lèvres un peu tremblantes, Khadija fut la première à demander :

— Cousin Waraqà, ce que tu dis, c'est que cet Ibrahim a cassé les statues des dieux et qu'il ne s'est rien passé ?

— Rien de rien. La pierre est devenue cailloux et le bois est devenu cendres.

Waraqà semblait s'en réjouir, toutes ses grimaces de mauvaise humeur soudain disparues.

— Hanif, s'enquit Muhammad d'une voix hésitante, ce que tu dis, c'est que nous tournons autour de la Pierre Noire sept fois parce que cet Ibrahim est monté sept fois sur Safâ et Marwa ?

Waraqà était ravi. Pourtant, il secoua la tête et tapota le vieux rouleau du bout des doigts.

— Je ne le dis pas. Ce rouleau des très anciens le dit.

— Il dit que lorsqu'on tourne autour de la Ka'bâ, on ne tourne pas pour remercier Hobal ?

— Tu peux le comprendre ainsi.

— Ce qu'il dit aussi, intervint Khadija, qui avait repris de l'assurance, c'est qu'Hobal ne peut pas avoir appelé la maladie sur Mekka. Et qu'il ne sert à rien de le craindre ou d'attendre qu'il nous sauve. Mais si c'est un autre dieu qui nous a donné l'eau et la vie entre Safâ et Marwa, nous l'insultons en refusant de tourner autour de la Pierre Noire et de la Ka'bâ, comme nous le faisons.

— Tu peux le comprendre ainsi, répéta Waraqà, cette fois en inclinant la nuque devant Khadija avec un fin sourire.

— Hanif, reprit Muhammad, crois-tu qu'on peut se tromper si longtemps sur les dieux ?

— L'homme se trompe en comptant ses chameaux, ses femmes et ses espoirs. Pourquoi ne se tromperait-il pas sur les dieux ?

— Crois-tu que la maladie vient de cette erreur ?

— Le mal vient toujours des erreurs.

— Alors, que devons-nous faire, hanif ?

Avec un gloussement ironique, Waraqà referma le couvercle de la boîte de cèdre contenant le rouleau très ancien.

— Muhammad ibn 'Abdallâh, je suis un hanif, je ne suis pas celui qui décide à la mâla. Toi, tu l'es, et tu sais maintenant ce qu'il faut savoir.

Ironique, le vieux sage pointa un doigt sur la poitrine de Khadija.

— Tu dis que ton épouse a toujours su te conduire sur le bon chemin de tes choix. C'est à elle que tu dois demander conseil.

L'espoir

Plus tard, ils furent un grand nombre à se souvenir de ces jours comme de ceux où l'espoir était
revenu dans Mekka.

Avant que le soleil n'atteigne le zénith, la caravane menée par Abu Bakr et Zayd, dépêché par
Muhammad, arriva à Mekka. Depuis l'aube,
Abdonaï, aidé des serviteurs en bonne santé,
avait préparé les entrepôts. Prenant de grandes
précautions, ils avaient éliminé et brûlé tout ce
qui était demeuré là, inutile et périssant, depuis
le début de la maladie.

Les biens de la caravane furent déchargés par les
seuls compagnons de Muhammad et d'Abu Bakr.
Dès l'après-midi, Khadija et ses servantes purent
commencer la distribution des jarres d'huile
auprès des femmes bien portantes afin qu'elles
puissent se protéger, ainsi que leurs enfants.

La surprise vint au crépuscule. Alors que sous
les tentes, ici et là, on comptait une fois de plus
les morts du jour et les malades nouveaux,
repoussant avec terreur les uns et les autres, une
fumée s'éleva sur l'esplanade de la Ka'bâ.

Les plus curieux et les plus courageux s'en
approchèrent.

Des offrandes brûlaient sur le socle de la Pierre Noire. Ces mêmes offrandes qu'à chaque retour à Mekka les marchands et les puissants offraient à Hobal. Aujourd'hui, cependant, elles ne brûlaient pas au pied de la statue recouverte de cornaline. Les encens, les pétales séchés venus de Saba et de Ma'rib, les écailles de corne de bouc et les viscères d'agneau grésillaient devant la Pierre Noire.

Autour d'elle, la saïda bint Khowaylid, son époux Ibn 'Abdallâh et Abu Bakr tournaient comme avant le désastre. Leurs maisonnées les suivaient, les cousines Kawla et Muhavija comme les servantes et les serviteurs libres, la vieille Barrira au côté d'Abdonaï.

Derrière les maîtres, tous priaient en tournant sept fois, ainsi que l'exigeait depuis toujours l'adoration de la sainte Pierre Noire de la Ka'bâ. Après sept rotations, ils se recueillaient, les yeux clos et les paumes offertes au ciel. Ils parfumaient un peu plus le feu de l'offrande par de nouveaux encens et reprenaient leur chemin autour de la Pierre Noire, tournant de nouveau sept fois.

Cela dura jusqu'à ce que l'ombre des collines de Safâ et de Marwa s'étendent sur le sol de l'esplanade.

Alors ceux qui les avaient regardés purent enfin demander :

— Pourquoi ces offrandes et ces prières ? Vous voulez regagner la pitié d'Hobal ? À quoi bon ? Sa punition est toujours sur nous. La mort noire nous dévore, et il nous ignore !

Khadija fut sur le point de leur répondre. Mais elle se tut et, d'un regard, laissa la parole à Muhammad.

— Ce qu'Hobal veut de nous, comme vous, je l'ignore. Mais il ne me suffit pas de voir des doigts noircis pour croire qu'il me punisse. Je ne suis de retour dans Mekka que depuis peu. J'y ai trouvé mon épouse avec le ventre rond. Encore deux lunes et j'aurai un nouveau fils. Je ne veux pas qu'il naisse dans une ville de désolation et de résignation.

Les femmes étaient nombreuses à l'écouter. Beaucoup approuvèrent ces mots dans un soupir. D'autres, ainsi que les hommes encore présents, étaient déjà prêts à la dispute. Cependant, l'assurance de l'époux de la saïda bint Khowaylid les intimida. Muhammad en profita pour ajouter :

— Nous ne savons qu'une chose : la sainte Pierre Noire a été déposée ici pour que Mekka naisse et vive par nos vies. Celles de nos anciens, de nos pères, et demain celles de nos fils. Quand un enfant vient, sa vie n'est pas sûre. Pourtant, on ne se détourne pas de lui si la maladie le prend. On se bat pour qu'il demeure sain et grandisse. Et on ne déchire pas le ventre qui l'a enfanté. Ne plus venir prier et tourner ici, autour de notre sainte Ka'bâ, c'est déchirer le ventre qui nous a enfantés au cœur du désert. Si nous avons commis une faute, nous, le peuple de Mekka, la voici : nous nous sommes détournés de la Pierre Noire comme des époux haineux se détournent de leur couche.

Les jours suivants, à l'aube, ceux qui le voulaient purent voir Muhammad ibn 'Abdallâh tourner autour de la Pierre Noire en compagnie de son jeune fils, Al Qasim, et de son compagnon de caravane, Abu Bakr. Au crépuscule, la saïda bint Khowaylid venait y prier à son tour avec ses filles aînées et ses cousines. Les deux épouses d'Abu Bakr, et bientôt des femmes de plus en plus nombreuses, se joignirent à elles.

Pourtant, chaque jour, de nouveaux doigts noircissaient. Il semblait que rien ne changeait, et sans cesse il fallait repousser, enterrer ou brûler de nouveaux cadavres.

Le sixième jour, une très grande chaleur s'abattit sur le Hedjaz. Les toiles des tentes, brûlantes, se tordaient et se déchiraient. L'existence devint insupportable.

Les jours passaient et la chaleur ne diminuait pas. Un soir, Khadija se sentit mal, sa respiration était difficile. Elle alla tout de même tourner et prier autour de la Ka'bâ et ne confia rien de son malaise à son époux. Mais le lendemain matin, elle resta couchée.

Barrira ne relâcha pas un instant sa surveillance. Elle houspillait les servantes pour qu'il y ait toujours des cruches pleines d'eau près de la couche de Khadija.

— Tu dois boire, Khadjiî. Tu dois boire !

Khadija buvait, mais il semblait que l'eau ressortait aussitôt par tous ses pores. Elle ruisselait, de grands cernes se creusaient sous ses yeux. À l'aide d'un linge humide Barrira lui essuyait le visage et la poitrine avec les gestes qu'elle aurait eu pour un enfant. Khadija s'en agaçait, la repoussait. Barrira la laissait gronder et continuait. Une même pensée les obsédait : Khadija allait-elle perdre le fils de Muhammad qui grandissait dans son ventre ? Un malheur allait-il s'ajouter au désastre de Mekka ?

Pourtant, chaque soir, Khadija quittait sa tente pour aller tourner autour de la Ka'bâ. Barrira gémissait et tentait de l'en empêcher.

— Ne va pas là-bas, Khadjiî ! Tu n'es pas en état de tourner sur ce sol brûlant. Tu vas y perdre ton fils. Et pour quoi faire ? Que vaut un dieu, s'il te regarde perdre ton nouveau-né ?

Khadija répondait :

— Tais-toi ! Tu parles sans savoir. Mon époux m'a dit : « Tu pries pour nos nuits, moi, je prie pour nos jours. » Et lui sait pourquoi il le faut, vieille folle !

Mais que Barrira dît vrai, et qu'elle-même risquât de vider son ventre en tournant sur les dalles brûlantes de l'esplanade, Khadija le savait mieux que personne. Les sept tours autour de Pierre Noire, elle les accomplissait à tout petits pas, les mains nouées sur la vie qui grandissait en elle, Muhavija et Kawla la soutenant de part et d'autre. À sa grande fureur, durant ces jours-là, elle avait l'apparence d'une vraie vieille.

Le quatorzième jour de la canicule avait été précédé d'une nuit sans lune tout aussi chaude. Alors qu'il revenait de la Ka'bâ avec Al Qasim et Abu Bakr, la vieille Barrira se dressa devant Muhammad.

— Ton épouse n'enfantera pas si tu continues de l'envoyer tourner autour de notre sainte Pierre ! cria-t-elle. Ton dieu sera peut-être content. Mais toi, tu perdras ce fils qui te vient et peut-être même ton épouse. Cinquante années que je fais venir les nouveaux-nés d'entre les cuisses des femmes, je sais de quoi je parle.

Depuis longtemps Muhammad s'était accoutumé à la brutalité de Barrira. Il ne s'en offusqua pas plus qu'il ne douta de la vérité de ses propos.

— Mon épouse agit selon sa volonté, pas selon la mienne. C'est ainsi depuis nos épousailles.

Barrira gronda et soupira encore. Muhammad parlait juste, et elle craignait cette réponse.

— Alors, trouve le moyen de changer sa volonté, si tu veux avoir un second fils, lança-t-elle en lui tournant le dos.

Plus tard ce même jour, Zayd vint voir Muhammad. Il était tout de blanc vêtu, les cheveux bien peignés. Il tenait entre les mains un rouleau de chiffres comme ceux qu'il utilisait autrefois pour les comptes des entrepôts. Avec un sourire comme on ne lui en avait pas vu depuis longtemps, il tendit le rouleau à son maître.

— Lis ce chiffre. Voici la colonne de ceux dont les doigts ont noirci depuis sept jours. Là, celle de ceux qui sont morts ces mêmes jours. Plus haut, ce sont les chiffres des sept jours précédents. Si tu déroules, tu verras les comptes des sept jours encore précédents, et ainsi de suite.

Les rides lui plissant le front, Muhammad examina les derniers chiffres. Il n'était pas certain de comprendre ce qu'il lisait. Il releva la tête en demandant :

— Deux morts en sept jours ?

— Deux ! confirma Zayd avec excitation. Deux ! Et depuis trois jours, pas un seul ! Trois femmes encore sont malades, qui vont mourir bientôt. Mais depuis sept jours, un seul homme a vu ses doigts noircir ! Et de ceux qui sont revenus du Sud avec toi, aucun n'a pris le mal... Je ne voulais pas t'en informer plus tôt, maître

Muhammad, je voulais être sûr. Les gens cachent leurs morts et leurs malades. Abdonaï a cherché avec moi. Les chiffres sont justes : la maladie s'en va !

Le jeune Zayd avait des larmes plein les yeux. Il riait et sanglotait en même temps. Muhammad se leva pour le prendre contre lui et le calmer.

Il l'entraîna sous la tente de Khadija et chassa les servantes avant de lui faire signe de lire son rouleau à haute voix.

À son tour, Khadija eut la gorge nouée de sanglots. Elle prit les mains de son époux et les mouilla de ses larmes. Ils s'enlacèrent sans un mot, rompus de bonheur autant que d'épuisement.

Intimidé, séchant ses joues humides, Zayd baissait la tête sans oser les regarder. Quand elle se détacha de son époux, Khadija lui caressa le front comme elle l'eût fait pour un fils.

— Va montrer tes chiffres au hanif. Mais tiens ta langue, ne dis encore rien aux autres. Le sage Waraqà sera celui qui annoncera la nouvelle à tous quand il le jugera bon.

Lorsqu'ils furent seuls, Khadija et Muhammad n'osèrent parler ni l'un ni l'autre. Ils avaient les mêmes pensées, mais elles étaient encore pleines d'incertitude.

Finalement, Khadija murmura :

— Se peut-il que cette canicule tue la maladie ?

Muhammad répondit :

— Si cela est, la grande chaleur ne doit pas tuer celui qui va naître. Cette nuit, tu dormiras dans ta chambre, au frais de ta cour.

Un peu de crainte passa sur le visage de Khadija. Puis elle approuva.

— Tu as raison. J'étais la première à venir sous la tente, je dois être la première à retourner dans ma cour.

Tout le reste du jour, Muhammad, Abdonaï et les compagnons bien portants de la caravane nettoyèrent les chambres de la maison de Khadija et brûlèrent ce qui devait l'être encore. Abu Bakr les rejoignit et s'en étonna :

— Que fais-tu ? Veux-tu que ton épouse revienne chez elle ?

Muhammad le prit à part et lui annonça la bonne nouvelle : la maladie quittait Mekka.

Tremblant de joie, Abu Bakr serra son ami contre lui comme un frère.

— C'est toi, toi et la saïda, qui avez vaincu la maladie.

Muhammad protesta :

— Nous n'avons rien fait ! Mais peut-être cette chaleur qui nous est venue tue-t-elle le mal ?

Abu Bakr rit comme s'il n'en croyait rien. Puis il se précipita pour chercher de l'aide.

— Moi aussi, dit-il, je veux que mes femmes et mes fils retrouvent notre cour et nos chambres.

Le sage Waraqà se montra le moins impressionné de tous quand Zayd lui montra les chiffres. Plusieurs fois il se fit répéter comment l'esclave de Kalb les avait obtenus, et vérifia qu'il n'oubliait rien.

La canicule n'améliorait pas son caractère. Les servantes lui proposaient sans cesse des linges humides afin qu'il se rafraîchisse le front. Il les renvoyait avec des mots durs. L'instant d'après, ne parvenant plus à trouver son souffle dans l'air brûlant, il les rappelait.

Grommelant, à peine audible, il ordonna à Zayd :

— Retourne près de la saïda. Préviens-la que l'annonce peut attendre jusqu'à l'aube de demain. Dis-lui de ne pas trop se réjouir : un mal peut en chasser un autre. Nos doigts ne vont peut-être plus noircir, mais le soleil risque de cuire nos corps tout entiers.

Les femmes d'Abu Bakr voulurent savoir pourquoi il les ramenait dans leurs chambres. Elles craignaient encore leur maison.

— La saïda bint Khowaylid va aller dormir dans la sienne cette nuit, répondit Abu Bakr. Son époux Muhammad assure qu'elle y sera mieux que sous la tente, elle qui va bientôt donner vie à un fils. Ce qui vaut pour elle ne vaut-il pas pour vous ? Croyez-vous qu'il lui veuille du mal ?

Les femmes d'Abu Bakr ne se laissèrent pas intimider par l'argument. Elles crièrent que le mal rôdait encore certainement dans les demeures. Abu Bakr se moqua de leur peur. Ses épouses se mirent en colère. Dans la dispute, comme Abu Bakr ne parvenait pas à les convaincre, il finit par rompre sa promesse.

— Cessez donc de gémir ! s'écria-t-il soudain. La maladie s'en va. C'est fini. La mort noire ne dévore plus Mekka !

Pour les convaincre, il cita les chiffres donnés par Zayd.

Il ne fallut pas longtemps pour que la nouvelle se répande. De haut en bas de Mekka, des cris et des pleurs retentirent. Joie et tristesse se mêlaient, comme après ces immenses batailles où le vainqueur compte tant de morts que son bonheur est aussi amer que la défaite.

Le retour dans les maisons se fit lentement.

Au quatrième jour après que Khadija eut retrouvé sa cour, il fallut encore enterrer deux morts. Zayd compta qu'il restait encore trois femmes et deux hommes pris par la maladie. Maintenant qu'ils allaient mourir alors que la maladie épargnerait les survivants, leur désespoir et l'injustice des dieux en paraissaient encore plus profonds.

L'une des femmes, une jeune servante de la maisonnée d'Abu Nurbel, dont déjà il ne restait plus grand-monde, n'eut pas la patience d'attendre que la mort noire s'empare d'elle. Trois ou quatre lunes plus tôt, Barrira l'avait aidée à enfanter et l'avait prise en amitié. Depuis que ses doigts avaient noirci, elle lui apportait chaque jour, en restant à distance, un peu de lait et des galettes. Un matin, elle la trouva une dague enfoncée dans le ventre. Sa main noircie, éclatée et toute sanglante, reposait encore sur la nuque de son enfant à la gorge tranchée.

Cependant, jour après jour, la crainte s'éloignait. À chaque réveil, la peur de découvrir l'ombre maléfique au bout de ses doigts faiblissait. La nouvelle lune croissait et, avec elle, l'espoir que bientôt Mekka recouvrirait sa force et sa puissance.

Barrira s'en va

Pour Khadija, la décision de son époux de retourner dans l'ombre fraîche de la maison fut un grand soulagement. Elle retrouva ses forces et son sommeil redevint paisible. Sa couche fut même assez fraîche pour que Muhammad puisse dormir auprès d'elle. Au cœur de la nuit, elle le réveillait pour qu'il place sa paume sur son ventre et sente comme la vie s'y agitait. Pour la première fois depuis très longtemps, cela leur donna des occasions de rire. Et le matin Khadija appelait Al Qasim et ses sœurs pour qu'à leur tour ils viennent saluer leur petit frère.

— Il est impatient de vous retrouver, disait-elle.

Zaynab demandait :

— Comme sais-tu que ce sera notre frère et pas notre sœur ?

— Parce que je le sais, répondait paisiblement Khadija.

Al Qasim se moquait de Zaynab.

— Tu es bête. Bien sûr qu'elle le sait, puisqu'il est dans son ventre !

Un de ces matins, alors qu'il revenait de la Ka'bâ avec son fils, Muhammad découvrit son oncle Abu Talib au milieu de la cour, sous le tamaris, devant Khadija assise sur son tabouret, entourée d'Abdonaï et des serviteurs.

Avant même que Muhammad ne s'approche, son oncle s'inclina profondément, le visage enfoui dans ses paumes.

— Muhammad ! Muhammad ibn 'Abdallâh mon neveu... Me pardonneras-tu ?

Et Abu Talib, dans un déluge de mots, raconta comment il avait eu peur de perdre ses épouses, sa maisonnée. Il était allé se cacher à Ta'if, mais là-bas il avait craint la mort noire autant que l'humeur despotique d'Abu Sofyan. Alors il avait formé une caravane pour Yathrib et il s'était tenu là-bas toutes ces lunes, commerçant un peu avec les Juifs, jusqu'à ce qu'un Bédouin lui apprenne que la maladie de Mekka était terminée. Il s'était mis en route sur-le-champ, malgré la grande chaleur qui pesait même sur les chameaux.

— Et quand j'ai vu les fumées de la Ka'bâ depuis la route de Jarûl, oh, mon neveu ! Mon neveu...

La honte et les sanglots le firent taire.

Sur son tabouret, Khadija le fixait sans émotion, la bouche durcie.

Muhammad dit :

— Ce n'est pas à moi que tu as manqué, oncle Abu Talib, mais à mon épouse et à toutes celles qui sont restées dans Mekka pour soutenir la vie contre la mort pendant que tu fuyais.

Abu Talib n'eut pas le temps de répliquer. Ashemou surgit dans la cour en appelant :

— Saïda ! Saïda ! Viens vite !

Elle indiquait la porte d'une resserre vide. Ils s'y précipitèrent tous.

Avant qu'ils ne l'atteignent, ils entendirent Barrira qui hurlait :

— N'approchez pas ! N'approchez pas !

Khadija, les mains sous son ventre, parvint sur le seuil de la resserre après les autres. Barrira, sa vieille Barrira, était accroupie sur le sol, tassée dans un angle, brandissant ses mains.

— Khadjiî ! Khadjiî, ils sont noirs !

Elle ne criait plus. Sa voix était calme. Elle ajouta comme un constat, avec presque de l'indifférence :

— La maladie m'a rattrapée.

Khadija eut un mouvement. Le bras de Muhammad la retint. Il la serra doucement contre lui. Elle l'entendit qui murmurait :

— Non.

Barrira avait deviné le mouvement. Elle croisa le regard de Muhammad et approuva d'un signe.

— Surtout pas, dit-elle. Ne m'approchez surtout pas. Je suis venue dans cette resserre parce qu'elle est vide et que vous pourrez la nettoyer facilement plus tard.

À ces mots, Ashemou gémit. Elle s'agenouilla en larmes aux pieds de Khadija, lui agrippant la main.

D'une voix un peu rauque, un peu essoufflée, Barrira poursuivit :

— C'est ma faute. Je n'ai pas su résister. Cette pauvre fille qui s'est enfoncée une dague dans le ventre, l'autre jour, la veille de sa mort, elle m'avait fait promettre que je prendrais soin de son petit. J'ai promis. J'ai cru que l'enfant n'avait pas encore la maladie. Je lui ai dit : « Je surveillerai ses menottes. On lui passera de l'huile. Il deviendra un beau garçon. » Trop tard. C'était du rêve. Elle lui a tranché la gorge, et moi, tout ce que j'ai pu faire, c'est l'enterrer comme il se doit. Pour que les charognes ne s'en occupent pas.

Barrira se tut, regardant ses mains, les agitant comme si elle y soupesait encore l'enfant.

— Il était si petit. J'ai pensé : quelle force peut avoir la maladie dans un si petit bout d'homme ?

Maintenant les larmes glissaient sur sa joue, pourtant elle eut un drôle de sourire.

— Assez pour tuer une vieille comme moi, apparemment. Tant mieux, tant mieux ! Il faut bien mourir. Qu'une vieille aussi vieille que moi meure pour un enfant, ce n'est pas une injustice. Mais je ne verrai pas ton fils, Khadjiî. Ma fille va enfanter et je ne serai pas là…

Khadija trembla des pieds à la tête. Muhammad la soutint pour qu'elle ne s'effondre pas. Barrira avait prononcé ce mot qui depuis toujours hantait son cœur : *ma fille*. Cette fille à laquelle elle s'était dévouée chaque instant de sa vie.

— Ce sera un beau garçon, marmonna encore la nourrice, la voix s'assourdissant. Un beau garçon si tu prends bien soin d'elle, Muhammad ibn 'Abdallâh. Ton épouse t'a ouvert la porte. Elle t'a conduit. Elle te conduit, tu vas dans le désert, elle sait te conduire.

Tandis qu'elle prononçait ces dernières paroles, la fièvre emporta Barrira. Il y eut un silence. Les sanglots de Khadija se joignirent à ceux d'Ashemou et des servantes qui se pressaient autour d'elle. Barrira serrait les mains sur sa poitrine, les tordant doucement. Brusquement, elle fixa Abdonaï.

— Abdonaï, fais pour moi ce que je ferais pour toi.

Sa voix était à nouveau nette et calme.

— Je ne veux pas mourir de cette maladie. Je ne veux pas pourrir dans cette maison. J'en ai assez vu, et toi aussi, de cette laideur. Dans ma chambre, sous ma couche, tu trouveras un sachet d'herbes et de poudres. Prépare-moi une tisane, Abdonaï. Si tu as eu de l'affection pour moi durant toutes ces années, offre-moi cette bonne tisane. Et ensuite, sois prudent en enveloppant mon corps pour le mettre en terre. J'ai déjà revêtu trois tuniques. Et quand il le faudra, je me roulerai dans ce manteau. Je ne veux pas te revoir de sitôt. On s'est tenus bien assez long-temps côte à côte.

Le souffle rauque d'Abdonaï emplit l'air, mais il ne parla pas. Ses yeux ne quittaient pas Barrira. Elle sourit et approuva d'une légère inclinaison du front. D'une voix à peine audible, Khadija dit :

— Grande vie à toi dans l'autre monde, aimée Barrira. Belle vie à toi sous la paume d'Al'lat la puissante. Pour toi, il n'y aura ni ténèbres ni dou-leur. Ta paix sera éternelle. Aussi longtemps que je vivrai, je serai ta fille.

Sans desserrer les dents Abdonaï fit ce que Barrira attendait de lui. Il déposa le gobelet d'eau chaude et de poison à l'intérieur de la resserre et ferma la porte derrière lui après que Barrira lui eut adressé un sourire et un merci.

Toute la maisonnée attendit sous le tamaris, les mains de Khadija nouées à celle de Muhammad, les sanglots et les gémissements résonnant dans la cour.

Plus tard, Khadija dit à Abdonaï :

— On l'enterrera dans le vrai cimetière de Mekka, au côté des femmes de mon lignage.

Ce qu'ils firent dès le crépuscule. La nouvelle de la mort de Barrira s'était propagée. Quand Muhammad et Abdonaï firent glisser le corps lourd de la vieille servante enveloppé de linge blanc dans la fosse, tous ceux qui avaient survécu étaient présents. Comme avant la maladie, comme le voulait la tradition, ils marmonnèrent et chantèrent les prières à Al'lat, la remerciant pour le temps de vie et le temps de mort.

Pour beaucoup, ce fut comme si Barrira emportait dans sa tombe ce mal qui avait voulu tous les anéantir. Et comme ils s'en retournaient vers les ruelles de Mekka et leurs maisons retrouvées, résonnèrent les cris de joie des enfants de Bédouins qui annonçaient les premières caravanes des puissants de retour de Ta'if.

Fatima

À la stupéfaction de tous, Mekka reprit vie
rapidement. Pourtant, la joie des retrouvailles et
la délivrance du mal n'effaçaient pas le souvenir
des morts, ni celui des abandons et des trahisons.
Dans la maison de Khadija, chacun se prépa-
rait au prochain enfantement de la saïda. Pourtant la mort de Barrira occupait toutes les
pensées. Les servantes, tant habituées à la voix
rauque, aux colères et aux rires de la vieille nourrice, s'assombrissaient pour un rien. Abdonaï,
pour masquer une peine qu'il jugeait à peine
digne d'un homme, s'enferma dans un mutisme
rageur. D'un coup, lui qui avait avancé dans le
temps sans usure ni autre émotion que sa fidélité
à Khadija parut vieilli et fragile, tel un époux
abandonné.
Quoiqu'elle fît de son mieux pour montrer
bonne figure, Khadija elle-même ne pouvait
s'empêcher d'être tourmentée par l'absence de
Barrira et de craindre l'enfantement prochain,
sans le dire jamais, surtout à son époux. Elle
regardait Al Qasim jouer et lui revenait un peu
de joie. Bientôt, ce serait des frères qu'elle regarderait jouer et se chamailler. Oh, comme il allait

être beau, le nouveau garçon de son époux bien-aimé ! Il aurait ses yeux, son menton, sa peau douce et si désirable. Il aurait, comme Al Qasim, le regard un peu lointain et amusé de Muhammad. Ce regard qui l'avait fait fondre d'amour, elle, son épouse, son amante.

Puis, l'instant suivant, le doute la tenaillait. Comment pouvait-elle croire que ce serait un garçon ? Comme elle aurait aimé que sa vieille Barrira soit là pour lui tenir les mains le jour de l'enfantement !

C'était la première fois qu'elle allait accoucher par les soins d'une autre que Barrira. La cousine Muhavija avait déjà trouvé une de ces femmes de savoir dont c'était la tâche.

— Elle est aussi habile que Barrira, assurait Muhavija. C'est elle qui a mis au monde tous les enfants des femmes de chez nous. N'aie pas peur.

Pourtant, Khadija avait peur.

Elle avait tort. Et elle avait raison.

Le nouveau-né naquit sans plus de difficulté ni de douleur que les précédents enfants. Il sembla même à Khadija que cela fut plus facile. La femme de savoir se montra aussi experte, rassurante et délicate que Barrira. Le sang mortel qui emportait tant de femmes ne coula pas de son ventre en même temps que le nouveau-né. Mais quand elle eut l'enfant minuscule dans ses mains, Muhavija annonça, esquissant un sourire triste :

— C'est une fille, Khadija. Une bien belle fille !

Et la femme de savoir ajouta aussitôt :

— Saïda bint Khowaylid, tu ne dois plus enfanter ou tu mourras. Cette enfant doit être la dernière. Tout s'est bien passé parce que les dieux l'ont voulu ainsi. Cependant, tu as ton âge, saïda. Une naissance de plus te tuera et tuera l'enfant que tu porteras.

Khadija n'eut pas de cris ni même de larmes. Elle demanda à Muhavija et à Kawla de présenter la nouveau-née à Muhammad mais, lorsque son époux voulut venir près de sa couche, elle refusa.

— Tu ne veux pas voir ton époux ? s'étonna Muhavija.

— Je ne veux pas qu'il voie celle qui n'a pas su lui donner un nouveau fils. Ni celle qui est trop vieille désormais pour lui offrir son ventre.

— Khadjiî !

Emportée par l'émotion, la cousine Muhavija avait repris le surnom dont usait seulement Barrira. La surprise les figea toutes deux. Khadija saisit la main de Muhavija.

— Si Muhammad demande pourquoi je le tiens hors de ma chambre, dis-lui la vérité. À lui, je ne cacherai jamais rien.

Devant la nouveau-née, Muhammad laissa exploser sa joie et se refusa à écouter ce qui pouvait l'assombrir.

— Elle est belle et parfaite ! s'écria-t-il en baisant le front du nourrisson. Regardez-la : elle va vivre plus longtemps que moi ! Je le sens. Cousine Kawla, je t'en conjure, convaincs Khadija : je me moque d'avoir un fils de plus. Al Qasim est déjà tout mon bonheur. Chacun de mes enfants, fille ou garçon, est une montagne de bonheur. Ils me sont plus précieux qu'une goutte de rosée dans le Nefoud ! Dis-le à mon épouse. Est-ce qu'on a vaincu la mort noire pour s'attrister d'avoir une fille plutôt qu'un fils ?

Lorsque Muhavija rapporta la joie de Muhammad, répéta ses paroles, assura que pas une fois son époux n'avait montré de regret d'avoir une quatrième fille plutôt qu'un second fils, Khadija demeura sans émotion. Le soir et le matin suivants, elle se contenta de demander si le bébé se portait bien. Kawla lui assura qu'elle était en pleine santé et belle à voir. Une fois encore, elle insista :

— Saïda, tu ne la veux pas dans tes bras ? Tu ne la veux pas contre ton sein ?

Khadija répondit durement :

— Mon sein est sec. La nourrice l'abreuvera de plus de forces que moi.

Après quelques jours où nul ne la vit dans la cour et où les servantes ne parlaient plus que de cet enfermement dans lequel se tenait leur maîtresse, Khadija demanda si son époux avait donné un nom à sa fille.

— Il l'a fait, répondit Muhavija avec humeur. Et il est allé tourner avec elle dans ses bras autour de la Pierre Noire. Mais ce qu'est ce nom, nul ne le sait. Il a promis qu'il ne le prononcerait que devant toi.

Khadija approuva d'un signe. Tête basse, elle saisit les mains de sa cousine, les baisa.

— Ne m'en veux pas, Muhavija. J'ai besoin de ton cœur. Bientôt, je serai celle que je dois être.

— Alors que cela ne tarde pas trop. Je fais ce que je peux pour mettre de l'ordre dans ta maisonnée. Mais Barrira n'est plus là pour veiller à ce que les servantes gardent leur langue dans leur bouche. Au moins, tu devrais sortir, reprendre ta place dans la cour. Sinon, qui d'autre que ton époux en recevra les reproches et les moqueries ?

La colère de la cousine Muhavija ne fut pas sans effet. Le lendemain, Khadija fit venir Abdonaï dans sa chambre. Elle lui demanda :

— Comment va mon époux ?

— Il est triste et heureux. Tu connais les raisons de l'un et de l'autre. Elles viennent de toi.

— Il va à la mâla ?

— Il fait ce qu'il a à faire, comme à l'ordinaire. Il joue avec son fils, il tient sa place aux entrepôts, il se rend à la Ka'bâ, et partout on le salue comme il doit l'être. À la mâla, les puissants qui sont de retour lui montrent un grand respect. Ils savent qu'ils le doivent. D'un mot, ton époux pourrait leur casser la nuque. Ne t'inquiète pas de la mâla. Il y a bien d'autres choses à faire dans Mekka.

— Tu te trompes, Abdonaï. Je les connais. Ils se font humbles aujourd'hui, mais ils restent des serpents. Le venin leur gonfle la gorge. Bientôt, ils le cracheront. Bientôt, tout redeviendra comme avant la maladie. On oubliera les doigts noirs et les fuyards. Ce qu'il faut apprendre, c'est ce que l'on raconte de mon époux derrière son dos.

— Comment le saurais-je, saïda ? Je garde ta maison. Je garde tes entrepôts, tes enclos. Tout est à remettre en ordre. Le commerce va reprendre. Ceux à qui je parle n'éprouvent que du respect pour mon maître, ton époux. Ceux qui ne lui veulent pas du bien, ce n'est pas dans mon oreille qu'ils viendront distiller leur bile.

Les reproches vibraient trop fort dans le ton d'Abdonaï pour que Khadija puisse les ignorer. Le regardant bien droit dans les yeux, elle murmura avec douceur :

— Je fais ce que je dois faire.

Abdonaï hocha la tête. De sa main valide, il massa son moignon de cuir. L'esquisse d'un sourire se glissa dans la tristesse de son regard.

— Saïda, je te connais depuis trop longtemps pour ignorer que tu ne fais rien sans bonne raison. Barrira n'est plus là pour dire tout le mal qu'elle pense de toi, et je n'ai plus à te défendre. Mais laisse-moi te dire une vérité : ton époux est le plus patient des hommes. Dans la maisonnée, personne n'oublie ce qu'il a fait en nous rejoignant sous les tentes, et tout le monde s'étonne de ton comportement. Sauf lui.

Plus tard le même jour, ce fut Ashemou que Khadija appela dans sa chambre. Elle lui déclara aussitôt :

— Sais-tu ce que la femme qui a tiré ma dernière fille de mon ventre a dit de moi ?

Le ton de Khadija était calme mais dur. Si elle s'en étonna, Ashemou n'en montra rien. Elle baissa la tête. Répondant à sa propre question, Khadija déclara :

— Elle a dit : « N'enfante plus ou tu mourras en emportant le fruit de ton époux. »

Après quoi, elle se tut. Le silence les figea toutes les deux un instant qui parut interminable. Finalement, avec plus de douceur, Khadija indiqua la couche où elle se tenait.

— Viens t'asseoir près de moi, Ashemou de Loin.

Ashemou obéit avant de chuchoter :

— Saïda, si tu penses que tu as eu une fille plutôt qu'un garçon à cause de ce que nous avons fait sur la route d'Arafa...

— J'ignore si je le pense ou pas, l'interrompit Khadija à voix basse. Le hanif a lu dans ses rouleaux que déjà un homme, Ibrahim, a brisé les statues des dieux que fabriquait son père. Et qu'il ne s'est rien passé.

Ashemou approuva d'un signe. Khadija ajouta :

— Cet homme avait une épouse stérile. Stérile, je ne le suis pas, mais il me vient des filles.

— Des filles et Al Qasim.

— Oui.

Elles se turent sans oser se regarder. Puis Khadija saisit le menton d'Ashemou et le tourna vers elle.

— Ce que j'ai à te dire, je veux aussi que tu le comprennes par mes yeux.

Khadija devina que sa douleur et son émotion impressionnaient la jeune esclave. Elle tenta de sourire.

— Ce que j'ai à te dire... Tu le devines ?

Les joues d'Ashemou s'empourprèrent. Bien sûr, qu'elle avait deviné. Khadija lui caressa la joue.

— C'est bien. N'aie pas peur. Tu sais que je t'aime. Qui d'autre, de cette maisonnée, à part toi et mon époux, a dormi dans cette couche près de moi ?

Elle respirait lourdement, comme si elle se livrait à un puissant effort. Ce n'était que rage, colère et désespoir. Enfin, elle parvint à se calmer. D'une voix plus lourde, elle reprit :

— Les dieux t'ont donné une grande beauté de corps et de visage afin que tu apportes la vie et non la mort. Moi, je ne dois pas me plaindre. Al'lat m'a donné dix années de bonheur à l'âge où les femmes cessent d'être des épouses et des amantes. Mais aujourd'hui, c'est fini. Voilà ce qu'a dit la femme de savoir, celle qui tire la vie de nos cuisses : tu n'enfanteras plus. Elle ne prononce pas ces paroles pour rien. Des épouses comme moi, elle en a vu plus d'une. Elle a dit aussi : « Pour ne pas risquer d'enfanter quand tu ne le dois pas, il n'y a qu'une solution. N'ouvre plus tes cuisses à ton époux. » Elle a dit : « Pour ton bien-aimé, ne sois plus son lit de plaisir. » Voilà le vrai du vrai, fille Ashemou. La mort noire m'a épargnée, mais mon ventre est mort. Alors je te le demande à toi : ne laisse pas mon époux errer dans ce désert de chair. Deviens sa concubine, son plaisir et son ventre. Donne-lui des fils.

— Non...

— Pourquoi non ?

Khadija avait crié. Ashemou se recroquevilla.

— Je ne pourrai pas.

— Tu ne pourras pas ? Il te répugne ?

— Non, non...

— Alors ? À ton âge tu n'as pas encore accueilli un homme entre tes cuisses ? Cela s'apprend...

— Non, ce n'est pas...

— Qu'y a-t-il ? Réponds !

— Saïda ! Je t'aime comme une mère, saïda. Sans toi...

— Et moi, c'est parce que je t'aime comme une fille que je te veux pour lui. Crains-tu ma jalousie ? Tu as raison. Je serai jalouse. Ce sera un fiel pire que de la bile de chamelle. Il me brûlera le cœur. J'aurai mal. Mais pourquoi crois-tu que je me sois enfermée tous ces jours dans cette chambre ? Alors que vous étiez tous dehors à vous demander si je devenais folle ? Mauvaise mère et mauvaise épouse ! Et mauvaise saïda ! Veux-tu savoir ? Je me suis cloîtrée pour piétiner mon orgueil et ma jalousie afin d'être capable de te dire : prends mon époux dans ta couche, Ashemou de Loin, esclave qui compte autant dans mon cœur que mes filles, si cela se peut.

La gorge sèche, les yeux secs et brûlants à la fois, Khadija se tenait agrippée à la tunique d'Ashemou comme si elle allait s'effondrer, se réduire en poussière sur sa couche.

Puis, reprenant son souffle, mordant ses lèvres sèches, elle poursuivit, plus bas et plus calmement :

— Je vais te dire ce que nul ne sait. La première nuit où mon époux est venu dans cette couche, ici, dans cette chambre, apportant son sucre et son lait de chamelle pour le boire entre mes seins et mes cuisses, il m'a dit : « Khadija bint Khowaylid, tant que nous vivrons, tu seras mon unique épouse. Je ne veux ni de seconde ni de troisième épouse, ni de concubine, ni aucune autre que toi, ma bien-aimée. Je le dis devant Al'lat. Qu'elle m'entende et me punisse si j'en décidais autrement. » Voilà ses mots. Mais ce soir, je lui ouvrirai ma chambre. Je me mettrai à genou sur cette couche et je le délivrerai de sa promesse. Je lui dirai : « J'ai prié et parlé aux dieux. Je suis allée devant l'autel d'Al'lat. Je suis allée tourner autour de la Ka'bâ, la nuit, quand chacun dort et que l'on doit demander une faveur que nul autre que la Pierre Noire ne doit entendre. J'ai fait les offrandes.

Et l'offrande de moi, s'ils la veulent, je la ferai aussi. »

Toujours accrochée à Ashemou, Khadija avait plié la nuque. À peine audibles, les mots sortaient de sa bouche comme des pierres lui brisant les dents. Tremblante, elle laissa passer un peu de temps, puis enfin elle se redressa, ses mains lâchant brusquement la tunique pour saisir la nuque d'Ashemou.

— Fille, ne m'humilie pas en refusant cette beauté d'homme que je t'offre ! Je ne pourrai supporter qu'il te prenne que parce que je saurai qu'il jouira de ta beauté comme d'un don de moi. Tu n'as plus vingt années, mais trente. Ta beauté aussi va s'envoler, Ashemou. Laisse mon époux la cueillir et en tirer le fruit avant qu'elle se flétrisse, comme tout ce qui appartient au temps.

— Saïda...

— Non, je ne veux pas t'écouter. Je sais lire le désir dans tes yeux comme dans les yeux de toutes les femmes. Et je sais pourquoi, durant tout ce temps dans ma maison, tu n'as pas pris d'homme. Toi, la plus belle d'entre toutes celles qui vivent ici, moi y compris. Je ne suis pas aveugle. Entre nous, ni honte, ni crainte, ni mensonge. Ainsi sommes-nous faites. Si mon époux était venu, un soir de ces dernières années, dans ta chambre pour te prendre comme il en avait le droit, lui, le maître, sur toi, l'esclave, l'aurais-tu repoussé ? Non. Mais tu as su te tenir en retrait. Et ne pas me faire honte avec ta beauté. L'heure est venue de ta récompense. Demain, tu seras une femme libre. La concubine de mon époux ne peut pas être une esclave. Le cousin Waraqà viendra l'écrire dans son rouleau de mémoire : l'esclave Ashemou, achetée sur le marché de Mekka il y a plus de dix années par la saïda bint Khowaylid, est une femme libre dans la maison. Elle pourra aller et venir à son gré, sans maître ni maîtresse. Et ce sera la vérité si, je t'en supplie, tu lui donnes des fils. Que Muhammad ibn 'Abdallâh, époux de Khadija bint Khowaylid, soit le père d'une descendance qui entre dans les mémoires pour les années à venir. Après, dans peu de temps, si tu ne te trouves pas bien parmi nous, tu iras où ton cœur te poussera.

Cependant, ce n'est pas ainsi que les choses se passèrent.

Au crépuscule, Muhammad entra dans la chambre de son épouse, portant la nouveau-née dans ses bras. Il déposa aussitôt l'enfant dans les mains de la mère et l'observa rire et pleurer tout à la fois, couvrir leur fille de baisers et lui offrir un sein lourd de lait.

De tout le temps que l'enfant téta goulûment, comme si elle reconnaissait dans ce lait une saveur ou une puissance qui lui manquait au sein de sa nourrice, les époux se turent. Ce n'est que lorsque Khadija, les joues humides d'émotion, détacha sa fille de sa poitrine, la retourna sur le ventre dans ce geste si habituel des mères, lui reposant la tête sur son épaule et la berçant doucement pour que le sommeil l'emporte, ivre de s'être rassasiée, que Muhammad constata :

— Tu es pâle et triste, mon aimée, alors que tu tiens notre bonheur entre tes mains.

Khadija baissa le front, baisa le visage minuscule de l'enfant pour que Muhammad ne voie pas le tremblement de ses lèvres. Qu'elle ne fût pas belle à voir, elle le savait. C'était ce qu'elle avait voulu montrer à Muhammad, jusqu'à s'en faire un masque menteur. Défaite, les yeux noirs de fatigue, la peau luisante, les cheveux trop tirés sous un châle terne, vêtue d'une tunique sombre et informe, voilà ce qu'elle montrait d'elle. L'apparence d'une vieille femme qu'elle n'était pas encore vraiment.

Muhammad cependant posa sa main sur celle de Khadija qui retenait l'enfant. Elle ne put réprimer le frisson né du contact de cette paume qui tant de fois l'avait ravie. Il fut si proche d'elle qu'elle devina la chaleur de son corps au travers des linges qui la recouvrait. Il dit encore :

— À cette quatrième fille, j'ai donné deux noms. Fatima, comme ces jeunes chamelles, les plus fortes, que leurs mères sèvrent avant l'heure. Car c'est bien ce qui lui est arrivé dès son premier jour...

Khadija ouvrit la bouche pour protester, mais Muhammad retint sa parole en dressant son index.

— ... et aussi Zahra, la « Resplendissante ». Car c'est le bonheur que son père ressent chaque fois qu'il la retrouve : la splendeur. Qu'Al'lat et Hobal m'entendent ! Notre fille Fatima Zahra, chair de ma chair, sera la force et la beauté de mes jours jusqu'à mon dernier souffle.

Comme les sanglots emportaient Khadija, Muhammad retira l'enfant de ses bras. Il l'entoura d'une couverture et la déposa dans le berceau où elle n'avait encore jamais dormi.

Quand il en eut terminé, il se retourna vers Khadija, écroulée plus qu'assise sur sa couche. Sérieux, en même temps qu'un peu ironique, comme il savait l'être, la voix paisible, la tête doucement inclinée, il dit :

— Il est temps, maintenant. Je t'écoute.

Khadija parla. D'un trait, elle répéta les paroles de la femme après l'accouchement et annonça ce qu'elle avait demandé à Ashemou.

Quand elle se tut, le visage de Muhammad, qui s'était crispé en l'écoutant, se détendit. Les rides qui s'étaient creusées entre ses sourcils s'effacèrent et ses lèvres pleines, qu'elle savait si douces, s'étirèrent dans un sourire qui se transforma en rire. Un rire qui lui fit trembler la poitrine.

— Tu es folle, mon épouse ! Tu veux que je sois comme cet Ibrahim dont parlait le hanif Waraqà ? Cet Ibrahim qui a pris sa servante pour femme parce que son épouse était stérile ?

Il rit encore, d'un vrai rire joyeux.

— Mais tu n'es pas stérile et tu m'as fait père quatre fois !

— Je ne suis pas folle. Je sais ce qu'une épouse doit être pour son bien-aimé. Et je sais ce qui compte dans Mekka pour se tenir droit et fort à la mâla.

De nouveau, Muhammad secoua la tête.

— Tu es folle et belle et bonne comme mille autres épouses. Ma réponse est non.

— Non ?

— Non, jamais.

— Muhammad !

— Devant toi, ici, dans cette chambre, devant les dieux et dans mon cœur, j'ai fait un serment. Tu es mon unique épouse. C'est ainsi, et ce sera ainsi. Libère ton esclave Ashemou. Elle le mérite. Qu'elle puisse se trouver un époux digne de sa beauté et de sa fidélité. Mais ce ne sera pas Muhammad ibn 'Abdallâh, époux de Khadija.

D'abord saisie de stupeur devant ce refus auquel elle ne s'attendait pas, Khadija s'écria soudain que c'était de la démence. Son cri réveilla l'enfant, qui se mit à pleurer. Alors Khadija se tut, prit sa fille contre sa poitrine le temps de la rendormir, murmurant son prénom, « Fatima, Fatima ! », tandis que Muhammad, assis sur un tabouret, patient, une lueur d'amusement et de satisfaction dans ses yeux dorés, les contemplait toutes les deux, si parfaitement mère et enfant.

Mais, aussitôt Fatima rendormie, Khadija fit ce qu'elle avait promis à Ashemou. Elle vint s'agenouiller devant son époux, le suppliant, l'assurant qu'elle le délivrait de sa promesse. Si elle chuchotait pour ne plus réveiller sa nouveau-née, sa voix n'en était pas moins pressante :

— Je t'aime plus que moi-même, Muhammad. Tu ne dois pas rester ainsi, sans véritable épouse, sans mère de tes fils, sans l'amante que j'ai été pour toi quand tu as bien voulu me prendre.

Des prières et des mots, elle en aurait dit encore si Muhammad ne l'avait interrompue en lui couvrant de baisers le front, les yeux et la bouche, en ouvrant sa tunique pour saisir le sein que leur fille Fatima n'avait pas tété, le soupesant et le baisant lui aussi, en disant :

— Je suis assez père maintenant pour savoir ce qu'est la douleur de celles qui retiennent leur lait comme tu le fais.

Et, après avoir porté ses lèvres sur le mamelon durci de Khadija afin de téter lui aussi comme s'il était son enfant, il déclara :

— Jamais je ne m'abreuverai à d'autres seins. Souviens-toi des mots de Barrira : tu m'as ouvert la porte de la vie heureuse. Ne la referme pas. Il n'y en a pas d'autre pour ton époux.

QUATRIÈME PARTIE

AU SOIR D'UNE VIE

Nouveau-née, nouvelles angoisses

La canicule dura plus d'une lune. Elle suivit de près la naissance de Fatima. Puis le chaleur diminua aussi brutalement qu'elle était venue. On était au début de l'été. La mort noire avait disparu pour de bon. Cette bonne nouvelle fit vite le tour de l'Arabie.

Les étrangers cependant se montrèrent prudents. Des éclaireurs venus de tout le Hedjaz, comme des marchés de Sham et de Ma'rib, vinrent vérifier l'information. À leur retour, ils racontaient les entrepôts vides, les Bédouins qui prenaient leurs aises, les ruelles et les cours de la cité à nouveau habitées mais très peu animées. Beaucoup de puissants restaient encore à Ta'if, attendant la fin de l'été et des températures plus clémentes. Mais nulle part dans la ville les visiteurs ne trouvèrent trace de la terrible mort noire. Pour cela, il aurait fallu s'éloigner de Mekka, se perdre dans les collines et entre les falaises de basalte. Là, les plus intrépides auraient découvert les vastes fosses communes ceintes de roches peintes à la chaux d'un blanc aveuglant. La rumeur disait qu'il y en avait plus d'une dizaine. La rumeur, car personne encore n'osait s'en approcher.

Enfin Abu Sofyan fut de retour. Et, avec lui, les puissants des clans qui l'avaient suivi. À peine retrouvèrent-ils leurs maisons de Mekka qu'ils s'empressèrent d'aller tourner autour de la Ka'bâ et de déposer des offrandes au pied d'Hobal. Comme auparavant. Ils manquaient néanmoins de l'eau nécessaire à la purification. La chaleur avait tant asséché la terre qu'il fallut allonger la corde du seau pour atteindre cette source que nul à ce jour n'avait encore vu se tarir.

Mekka reprit son rythme habituel. Les trompes taillées dans des cornes de bélier recommencèrent à lancer leurs appels rauques à l'approche des caravanes. Celles des puissants de Mekka partirent pour le nord avec trois lunes de retard. D'autres prirent la route du sud, alors que les commerçants d'Afrique étaient de retour.

L'appétit des marchands s'aiguisa. Mekka se relevait, mais elle était loin de son opulence d'avant la maladie. On avait tant récuré les cours et brûlé les biens des maisons pour se protéger de la mort noire qu'on manquait à présent de tout. Les entrepôts demeuraient vides. Dans leurs demeures les puissants manquaient de serviteurs, de servantes et d'esclaves. Car les plus misérables avaient été les plus nombreux à mourir. Les riches, cependant, n'allaient pas rester longtemps dépourvus. Avant l'hiver, les marchés regorgeraient d'esclaves comme jamais, et les plus hardis des serviteurs libres seraient accueillis à bras ouverts.

Dès l'automne, Mekka bourdonnait d'une existence nouvelle, nerveuse et joyeuse, déjà oublieuse de la catastrophe qui l'avait ébranlée.

Les pèlerins de la Pierre Noire réapparurent. Les offrandes brûlèrent aux pieds des statues d'Hobal et des trois cent soixante idoles qui se dressaient sur la place de la Ka'bâ. Les prières adressées aux dieux de Mekka résonnèrent sur l'esplanade sacrée. Il ne se passa plus de jours sans que des foules ne viennent s'incliner devant la Pierre Noire et tourner, tourner autour de leurs idoles. Enfin, on recommença à vendre et à acheter à grand prix des amulettes de cornaline identiques à celles qui recouvraient, en de longs colliers, la statue d'Hobal.

À la mâla, les puissants affirmèrent que la paume du dieu de Mekka se posait de nouveau sur la cité et que l'avenir était assuré.

Dans la cour de Khadija, toutefois, les fumées ne s'échappaient que devant l'autel d'Al'lat. Abu Talib s'en montrait apeuré à chacune de ses visites. Un soir, Khadija remarqua que l'oncle de Muhammad cherchait des yeux l'autel abandonné d'Hobal. Elle sourit. Un sourire qui montrait peu d'amusement et beaucoup de lassitude. Elle demanda :

— Que crains-tu, seigneur Abu Talib ?

Embarrassé, encore trop conscient de sa faute, Abu Talib ne sut que répondre.

— Oublie ta peur, cousin, poursuivit Khadija d'une voix où perçait la moquerie. Hobal est le dieu de ceux qui ont fui Mekka. Pour ceux qui sont restés et ont survécu à la maladie, il n'est plus que pierre et cornaline. Sais-tu que ce sont les anciens de Mekka qui ont déposé sa statue venue de Sham dans l'enceinte de la Ka'ba ? Si mes mots te choquent, demande à mon époux de t'accompagner auprès de notre hanif. Waraqà te dira ce que contiennent ses rouleaux de mémoire.

Abu Talib acquiesça modestement. Comme il croisait le regard silencieux mais incisif de Muhammad, il répondit avec empressement qu'il irait volontiers écouter les paroles savantes du vieux Waraqà en compagnie de son neveu. Il était trop fin connaisseur des hommes et des femmes pour ne pas se rendre compte que quelque chose avait changé chez la puissante saïda bint Khowaylid comme chez son époux.

La passion du temps de leurs épousailles n'avait pas disparu. Le poids des années passées ensemble avait lesté leur entente de patience et de ténacité. Pourtant, quelque chose d'autre en eux les rendait différents d'avant l'épreuve.

Moins souples et plus brutaux dans leurs manières, voilà ce qu'ils étaient devenus. Le piquant et la vivacité tranchante de la saïda étaient plus impérieux. Elle se montrait moins soucieuse de plaire. Quant à son neveu, le rusé Abu Talib ne lui voyait plus guère la modération du passé. Muhammad était devenu un homme assuré, mais aussi plus distant, au jugement mûr et dont le regard vous jaugeait sans faillir. Un regard que l'on sentait désormais aussi lourd d'expérience que de savoir.

Il est vrai que la présence du sage Waraqà était devenue constante dans la cour de la saïda. Il y possédait désormais une chambre dans laquelle s'entassaient ses rouleaux de mémoire. Aux heures des repas, toute la maisonnée pouvait voir le hanif, enveloppé dans son manteau noir, claudiquer lentement jusqu'à l'ombre du tamaris, où il avait son propre tabouret. Parfois, il mangeait dans un silence que ni Khadija ni son époux ne rompaient. D'autre fois, Waraqà parlait tant qu'il se nourrissait à peine. Il ne s'adressait alors qu'à la saïda, à Muhammad et à l'esclave Zayd. Dès qu'une servante s'avançait, il se taisait ou la renvoyait. Si Abu Talib s'approchait, il se taisait aussi en le toisant d'un air méprisant.

L'oncle Abu Talib songeait que c'était là l'effet de la mort noire. La bataille contre le mal avait été terrible. Ceux dont la chair n'avait pas été prise et pourrie formaient désormais une sorte de clan. Ils avaient en commun un esprit durci par l'intransigeance et le goût de l'affrontement.

Dans les années à venir, quand le grand changement adviendrait, Abu Talib s'enorgueillirait souvent d'en être peu surpris, au contraire de tant d'autres. « Ce que vous avez sous les yeux, dirait-il, il y a longtemps que je l'ai vu venir. »

Plus encore qu'Abu Talib, le Perse Abdonaï se montra attentif et souvent soucieux des changements qu'il devinait à l'œuvre dans le cœur et la tête de sa bien-aimée saïda.

Elle avait repris sa place sous le tamaris de la cour, imposé sa volonté sur l'ordre de sa maisonnée et, quand il le fallait, sur le commerce de ses caravanes. De son côté, son époux avait retrouvé son banc à la mâla et dirigeait comme avant leurs affaires.

Khadija avait décidé qu'aucune servante ne remplacerait la fidèle Barrira. Elle installa cependant Ashemou dans la chambre de la vieille nourrice et, ensemble, elles s'occupaient des tâches de la maison. Ainsi que des enfants, qui maintenant étaient cinq et répandaient dans la cour, du matin au soir, sans jamais se lasser, leurs cris et leur joie.

Comme ses sœurs et son frère, Fatima se montra robuste. Traversant l'été, puis l'automne et le printemps, elle forcissait, solide et rassurante. Al Qasim lui montrait une affection qu'il n'avait jamais accordée à ses sœurs aînées. Muhammad, par jeu autant que pour rassurer Khadija, prit l'habitude d'appeler Fatima : « mon second fils ».

Al Qasim s'empressait de copier son père, la nommant : « mon frère ». Les servantes en riaient, mais Abdonaï s'en montra choqué.

— Al Qasim, le sermonnait-il, une fille est une fille. Ce n'est pas bon de la traiter comme un garçon.

— Pourquoi ?

— Un jour, quand tu seras grand, tu sauras pourquoi.

— Pourquoi t'écouterais-je, Abdonaï, si tu ne peux pas me répondre ?

Dans les yeux d'Al Qasim, qui n'avait pas alors six ans, scintillaient la ruse et le goût de la dispute hérités de sa mère. Abdonaï s'en trouvait tout ému.

— S'il y a des garçons et des filles, ce n'est pas pour qu'ils soient pareils, grognait-il. Toi aussi, tu aimeras que les filles soient des filles, et rien d'autre. Ça viendra.

— Mon père prend Fatima dans ses bras et lui dit : « Bonjour, mon second fils. » Tu crois que mon père ne sait pas ce qu'il dit ?

— Ton père est ton père.

— Et moi, je suis son premier fils. Je ne peux pas me tromper en répétant ce qu'il dit.

Comme les servantes, Abdonaï finissait par rire, s'avouant vaincu et secouant la tête. Mais aussi jetant des regards vers Khadija. Devant la vivacité d'esprit de son fils, elle se contentait d'un sourire qui n'éclairait guère ses yeux. Abdonaï connaissait sa maîtresse depuis trop longtemps pour ne pas deviner que la déception de ne pas avoir enfanté un second garçon et la douleur de ne plus pouvoir être mère la rongeaient toujours.

En présence de son époux, elle faisait bonne figure. Mais dès que Muhammad quittait la cour, elle redevenait silencieuse et froide, parfois jusqu'à l'indifférence. Elle qui avait montré tant de volonté et d'énergie, elle qui avait vaincu tous les obstacles, laissait à présent l'amertume l'envahir. Et, pour la première fois, le fidèle Abdonaï voyait, impuissant, les signes de l'âge creuser le visage triste de sa saïda.

Il songea à parler de la tristesse de sa maîtresse à Muhammad, mais l'occasion ne se présenta pas et la timidité le retint. Après tout, il n'était qu'un serviteur. Un ancien esclave que les dieux de sa Perse natale avaient depuis longtemps abandonné. Cependant, comme Abu Talib, il ne montra pas de surprise devant tout ce qu'il arriva par la suite de terrible et d'étrange.

Le duel

L'hiver venu, de lourds nuages se posèrent sur la ville. Trois jours après que Muhammad, accompagné d'Abu Bakr, fut revenu du sud, où ils avaient conduit leur première caravane depuis l'éveil de Mekka, la pluie s'était mise à tomber.

Ce fut d'abord l'une de ces pluies d'orage chaudes et violentes comme souvent à cette époque de l'année. Puis l'averse prit un tour inédit : les gouttes, aussi grosses que des perles, rebondirent sur le sol sec, les roches, les éboulis, se déchirèrent aux épines des arbustes, se fracassèrent contre les pans de basalte soudain plus sombres et plus rouges. Elles martelaient les toiles des tentes des Bédouins, frappaient les têtes des moutons et des chameaux.

Les habitants de Mekka accueillirent la pluie avec joie. Les enfants, hurlant d'excitation, dansaient dans les ruisseaux de boue qui déjà se formaient. Les paumes brandies vers les nuages, ils recueillaient cette eau merveilleuse, la lapaient jusqu'au creux de leurs coudes, avides comme de petits animaux. Dans les cours des maisons, pour recueillir cette eau tant désirée, chacun disposait sur le sol des jarres aux cols évasés, des baquets de cèdre ou des outres ouvertes utilisées ordinairement pour battre le lait de chamelle.

Le sourire aux lèvres, bravant les trombes drues, les puissants comme les modestes remercièrent Hobal de ce si précieux cadeau. Enfin la source Zamzam allait retrouver son niveau d'avant la canicule ! Et les puits du haut de la cité, presque asséchés, seraient pleins comme avant ! C'était cela, la magie de Mekka. Jamais les dieux ne laissaient la source sacrée de la Ka'bâ se tarir et, chaque hiver, de longs et beaux orages venaient de nouveau la remplir.

Avant la tombée de la nuit, l'orage cessa dans un dernier roulement de tonnerre. Une chance. La terre si sèche et si dure des rues de Mekka n'absorbait plus les eaux. Les ruisseaux transformés en torrents dévalaient du haut de la cité jusqu'aux bas quartiers des portes d'Al Layt et de Jarûl, au sud et à l'ouest. La poussière de la route et des enclos aux alentours des entrepôts s'était muée en bourbier. Les chameaux s'y enfonçaient jusqu'aux jarrets, les mules y dérapaient. Des pentes abruptes des wadi, asséchés depuis des lunes, bondissaient des coulées de boue et de pierres qui déterraient les maigres arbustes et, parfois, les os des cadavres de la mort noire qu'on y avait imprudemment abandonnés.

Ce soir-là, au coucher du soleil, dans un ciel si bas qu'il semblait possible de le frôler de la pointe des doigts, la fumée des offrandes à Hobal s'éleva de la Ka'bâ, ainsi qu'ici ou là dans les cours des hauts quartiers.

Mais, au cœur de la nuit, la pluie fut de retour.

Une pluie bien différente des trombes de l'orage. Une pluie douce et paisible qui paraissait caresser la terre. Pourtant, à l'aube, dans un jour terne et indécis, chacun découvrit, d'un horizon à l'autre, un ciel de tumulte. Alors que pas un souffle ne se glissait entre les collines de Safâ et de Marwa, un mouvement incessant déchiquetait les nuages dans un chaos de ténèbres et d'éclats d'acier. La pluie, elle, tombait bien droit, fine et régulière. Partout elle avait lavé la poussière, sur les toits et les murs de Mekka comme sur les falaises qui l'entouraient, si cramoisies sous la cendre tempétueuse du ciel qu'elles semblaient ruisseler de sang.

Dans l'après-midi, tout changea de nouveau. Les nuages, qui agitaient le ciel depuis plusieurs jours, s'effacèrent. Le firmament devint lisse, uniforme, lumineux. Puis, subitement, tout s'assombrit. La pluie du matin laissa place à un martèlement froid, dru et serré, d'une effrayante régularité. Au crépuscule, les ruelles de Mekka ne furent plus que torrents. Partout les flots bourbeux, débordant de leurs lits, arrachaient des pans de roche, les malaxant dans un roulement insatiable. Des cadavres décomposés apparaissaient fugitivement et aussitôt disparaissaient, submergés par la boue.

Quand elles n'étaient pas emportées, les tentes des Bédouins cédaient sous le poids de l'eau. Les enfants pleuraient. Les femmes les recouvraient de manteaux et tremblaient autant de froid que de frayeur sous leurs tuniques trempées. Les hommes, hagards, qui tentaient de regrouper leurs bêtes dans l'obscurité afin de les pousser vers les hauteurs, se trouvaient vite prisonniers des torrents qui les encerclaient.

Le vacarme de cette eau se fracassant contre les roches, les murs et les portes de la cité dura toute la nuit. On perçut le bruit sourd des éboulements. Partout où les briques des constructions cuites au soleil avaient été mal assemblées, trop peu liées ou mal protégées par les enduits de chaux, l'eau s'infiltra. Elle gonfla les murs, les réduisit en boue. Les toits les plus anciens, mal conçus, s'effondrèrent. Maîtres et serviteurs, cette nuit, nul ne trouva le sommeil.

Cela dura deux jours. Au troisième matin, toutes les cours étaient inondées. La boue se déversait dans les resserres et les chambres construites en contrebas. Partout les serviteurs tentaient de sauver les réserves de grain, de farine, les sacs de laine, les semences. Dans les cuisines, sous les toits d'alfalfa, les feux étaient éteints, noyés depuis longtemps. Les briques des foyers fondaient et se muaient en une fange caillouteuse. Il ne fut plus possible de cuire la moindre nourriture.

Dans la maison de Khadija, le hanif Waraqà montrait une grande agitation. Selon ses instructions, Abdonaï et Muhammad avaient enfermé ses précieux rouleaux de mémoire dans des coffres recouverts hâtivement de peaux de chèvre et de mouton afin que l'humidité ne les pénètre pas. Tout en les surveillant à la lueur d'une lampe, même en plein jour tant la lumière était faible, Waraqà martelait le sol de son bâton. Dans son long manteau noir lourd de vase, il sautillait sur ses jambes bancales, guettant le plafond de la chambre, cherchant les fissures, les gouttes qui annonceraient sa ruine. À Khadija, qui lui fit apporter son tabouret et du lait, il grommela, en pointant du doigt la cour inondée où la terre n'absorbait plus les flaques :

— C'est l'œuvre de Nouh ! C'est l'œuvre de Nouh !

Comme elle le dévisageait sans comprendre, il lui agrippa la main et la serra contre son flanc en désignant les coffres que Muhammad et Abdonaï avaient sanglés de cuir. Hors de lui, essoufflé, il marmonna sur le ton du secret :

— C'est écrit dans l'un des rouleaux. L'eau du ciel vient sur nous et fait le tri. Elle lave des souillures. Il faut s'attendre au pire.

Khadija songea à ce qu'elle avait appris de la bouche des servantes : des cadavres abandonnés ou mal enterrés avaient été charriés jusqu'aux portes des maisons par la boue torrentielle des wadi. Sans doute Waraqà l'avait-il appris lui aussi.

Elle demanda :

— Qui est Nouh ?

Waraqà eut un geste d'impatience. Un geste qui signifiait qu'elle ne pouvait comprendre, puisqu'elle était une femme.

Khadija ne se laissa pas impressionner.

— Quelle femme ignore que l'eau purifie et emporte ce qui est corrompu ? Et qui mieux que moi, la saïda bint Khowaylid, sait que Mekka n'est pas encore lavée du mal qui s'est incrusté dans ses murs ?

Cette fois, Waraqà l'observa avec plus d'étonnement que d'impatience. Khadija fixa son vieux visage que la flamme vacillante rendait grotesque et menaçant.

— Ce que tu racontes et lis à mon époux, cousin Waraqà, crois-tu que cela me laisse sourde et indifférente ?

Sans élever la voix, mais d'un ton très violent, le hanif reprit :

— Dans mes rouleaux, il est écrit que, au début de la vie des hommes, le dieu sans apparence a lavé le fruit de sa création de ses grands défauts par une inondation qui a recouvert le monde. Mais avant, il a choisi un homme parmi les hommes pour prévenir ses semblables de ce qui les attendait. Il s'appelait Nouh. Ici, dans Mekka, qui saura dire devant les puissants et les oublieux que cette pluie est plus qu'une pluie ?

En effet, ces temps derniers, plus rien ne paraissait normal. La succession de désastres qui s'étaient abattus sur Mekka et ses habitants avait profondément marqué les esprits. La mort noire puis l'exceptionnelle canicule, suivies d'un déluge si rare dans la région, firent croire à certains que les dieux voulaient mettre les hommes à l'épreuve. Les préparer à un événement qui allait changer leur vie et, qui sait, marquer l'humanité.

Mekka s'installa dans l'attente.

L'aube suivante débuta sous un ciel aussi gris et lourd que la veille. La pluie continuait. Il y eut encore des bêtes emportées par les torrents, des tentes effondrées, des murs écroulés et des toits éventrés. Tout le jour les flots creusèrent les ruelles de Mekka comme si soudain le trop-plein d'une mer se déversait en amont de la cité. Personne n'osait s'aventurer dehors, de peur d'être emporté et fracassé tel un fétu.

Puis, d'un coup, le soleil écarlate apparut à l'horizon, balaya le désert du Hedjaz et l'embrasa d'une ultime lumière.

Ce n'est qu'au matin suivant, sous un ciel d'un bleu transparent, que les habitants de Mekka purent mesurer les destructions et les pertes. Les cadavres qui avaient hanté les esprits durant toute la période de pluie avaient disparu comme ils étaient apparus, emportés par la rage des flots. Sans doute l'eau qui les avait déterrés les avait-elle de nouveau enfouis loin sous la boue à laquelle ils appartenaient désormais.

La mauvaise nouvelle, c'est Abu Bakr qui l'apporta dans la maisonnée de Khadija.

La pluie avait ruiné les nouveaux murs de l'enclos de la Ka'ba. Pis encore, elle avait détruit l'édifice, jetant à terre la statue d'Hobal et roulant la Pierre Noire sur plus de cinquante pas.

Une femme orgueilleuse

Ils étaient tous là. Les puissants de la mâla et les autres, les habitants de Mekka, les enfants comme les étrangers de passage, les marchands et les pèlerins que la pluie avait retenus. Ils formaient un grand cercle et contemplaient le désastre : la Ka'bâ ne ressemblait plus à la Ka'bâ.

Là où, depuis tant d'années, des milliers d'hommes et de femmes avaient tourné et tourné pour s'en remettre à la volonté des dieux, il ne restait qu'une étendue de fange et de ruines, briques à demi dissoutes, conglomérat de pierres et de bois brisé. Entre les amas d'idoles s'étaient creusées des rigoles où coulaient des ruisseaux d'eau trouble.

Au cœur de ce chaos, le pire était à voir. Les murs sacrés de la Ka'bâ s'étaient effondrés sous la force du bouillonnement qui jaillissait de la source Zamzam. Le ruissellement avait emporté les dalles de basalte où reposait la construction de bois qui soutenait la statue d'Hobal. L'effigie du dieu avait basculé, face contre terre, comme si une force mystérieuse l'avait précipitée loin de son piédestal, rompant ses colliers de cornaline et dispersant ses perles. Dans sa chute, l'idole avait éventré l'angle est de la maison sacrée.

Les cris et les gémissements résonnèrent sur l'esplanade en ruine. Plus d'un tremblait de la tête aux pieds, la gorge nouée par l'effroi devant le désastre qu'il contemplait.

Brusquement, le seigneur Abu Sofyan s'écarta de ceux de son clan. Il souleva les pans de son manteau et plongea ses sandales dans la boue. Pataugeant, il franchit les amas de pierre que charriait une boue liquide et s'approcha des vestiges de la Ka'bâ. Après quoi il s'inclina devant la statue abattue d'Hobal.

Tous retinrent leur souffle. Abu Sofyan se redressa, replia les pans de son manteau sur son épaule, offrant aux regards l'ivoire incrusté de cornaline du manche de sa dague bénie par le dieu de Mekka. Une arme à large lame dont l'étui de cuir rehaussé d'or et d'argent barrait son torse. Derrière lui, la source sacrée produisait un son étrangement léger, presque joyeux.

Abu Sofyan s'en approcha. Répétant le geste rituel des pèlerins, il cueillit dans sa paume un peu d'eau et s'en mouilla le front et les lèvres. Puis il se redressa, et ses yeux soulignés de khôl parcoururent la foule.

— Gens de Mekka ! s'exclama-t-il d'une voix sonore. Je lis la crainte sur vos visages. Vous voyez la statue d'Hobal renversée, la Pierre Noire dans la boue, notre très sainte Ka'bâ en ruine, et la peur vous agrippe le ventre. Vous vous demandez : quel mal frappe encore Mekka ? Moi, Abu Sofyan al Çakhr, je vous réponds : aucun. Bien au contraire.

Esquissant un sourire, il s'interrompit pour juger l'effet de ses paroles. Il pointa du doigt la source ruisselant à ses pieds.

— Le très saint Hobal a envoyé l'eau de la vie à Mekka. Puissante et forte pour que la source Zamzam nourrisse un wadi éternel. Si puissante qu'elle bouscule nos murs et nos maisons. Les constructions des hommes ne sont pas les constructions des dieux. Sous la paume des dieux, nous sommes des enfants. Et vous, alors que l'eau abreuve le désert sous nos pieds, vous vous lamentez ? Vous pleurez sur le drame de quelques briques fondues, de quelques tentes renversées et d'idoles à redresser ? Hobal sait ce qu'il fait. Il assure la vie de Mekka. La terre avait durci sous la canicule. Hobal la rend douce et souple.

Il leva une main bien haut.

— Vous voyez sa statue la face dans la boue et vous avez peur. Détrompez-vous : il se désaltère lui aussi à notre source sacrée, ainsi que les voyageurs se hâtent de traverser le Hedjaz et les collines arides du Kabsi pour se mouiller le front et les lèvres avec l'eau de Zamzam.

Abu Sofyan se tut, toisant la foule, en quête de signes d'approbation. Puis de la main droite il désigna le soleil d'hiver, chaud et paisible, qui déjà allongeait les ombres.

— Le grand Hobal a accompli son œuvre. Il nous rend le soleil. Demain, le sol de la Ka'bâ sera sec et ferme. L'amour du plus puissant peut être rude, comme peut l'être l'amour d'un père pour ses fils. Ce n'est pas la première fois. Questionnez les sages. Ils vous diront combien de fois nos murs ont cédé devant l'eau de Zamzam. Mais, moi, Abu Sofyan al Çakhr, je vous le dis :

nous, les Al Çakhr, les Abd Manâf, les Banu Makhzum, les Abd Sham, nous relèverons les murs de la Ka'bâ. La Pierre Noire regagnera sa place, ainsi que le grand Hobal. Mekka brillera de nouveau dans le cœur des pèlerins. Ce soir, allumez les feux des offrandes. Que la crainte vous épargne. La main d'Hobal nous a caressé la nuque, l'orage est venu, l'orage est passé. La protection d'Hobal plane sur Mekka !

Soudain, la voix de Khadija jaillit. Pleine de colère.

— « L'orage est venu, l'orage est passé. La protection d'Hobal plane sur Mekka. » Voilà ce que dit la bouche de celui qui a fui notre cité quand la mort s'emparait de nos vies !

Soulevant le bas de sa tunique, Khadija s'avança à son tour dans la boue. Elle marcha jusqu'à la source Zamzam. Sous le regard sidéré d'Abu Sofyan, elle plongea ses mollets nus dans la glaise liquide pour atteindre le bouillonnement de la source Zamzam. Comme lui un peu plus tôt, elle y plongea la main pour s'en mouiller le front et les lèvres. Puis, se redressant, elle le jaugea d'un air hautain et répéta d'une voix pleine d'ironie :

— « Que la crainte vous épargne ! »

Abu Sofyan leva une main, agacé.

— Saïda bint Khowaylid...

Mais Khadija ne le laissa pas poursuivre.

— Puissant cousin Abu Sofyan, il est fort dommage que tu n'aies pas suivi ton propre conseil quand la peur de la mort noire t'a fait abandonner Mekka et notre sainte source !

— Cousine bint Khowaylid...

— Cousin Abu Sofyan, tu as parlé devant tous. Maintenant, c'est moi qui parle devant ces mêmes yeux et pour ces mêmes oreilles. Nous ne sommes pas à la mâla, nous sommes dans les ruines de la Ka'bâ, devant la source sacrée de Mekka. Ici, les femmes parlent comme les hommes.

Ses mots avaient la violence de coups de lame. Abu Sofyan pinça les lèvres, le visage livide d'humiliation. Khadija l'ignora et se tourna vers la foule.

— Je vous le demande : Qui a gardé la Ka'bâ, ses murs et ses idoles debout, quand le seigneur Abu Sofyan et tant d'autres couraient cacher leur lâcheté dans le désert ? Où était la paume d'Hobal quand dépérissaient, pourrissaient et mouraient tant d'innocents, de femmes pures, d'enfants à peine nés, de fils et de filles bien trop jeunes pour connaître le mal et la punition ? Où était la justice du tout-puissant de Mekka ?

Comme Abu Sofyan l'avait fait avant elle, elle s'interrompit pour laisser ses mots atteindre les cœurs et les esprits. Elle fixa des visages connus ici et là, avant de reprendre d'une voix plus basse, vibrante de peine et de rage :

— La vérité, ce sont ceux qui sont demeurés dans les murs de Mekka, dans ses cours et ses maisons infectées de pestilence, qui vous la diront. La paume d'Hobal, elle, nous fuyait. Elle nous abandonnait aussi vite que les chameaux du seigneur Abu Sofyan sur les routes de Ta'if.

À ces mots, des grondements enflèrent parmi les compagnons d'Abu Sofyan et ceux des clans qui l'avaient accompagné dans sa fuite.

Quelqu'un cria :

— Honte à toi, bint Khowaylid ! Comment oses-tu nous insulter ?

D'autres cris s'élevèrent. Des poings se tendirent vers Khadija. Certains se crispèrent sur les dagues.

Du coin de l'œil, Khadija surveillait Abu Sofyan. Il semblait impassible. Elle crut deviner l'ombre d'un sourire sur ses lèvres, l'éclat d'une moquerie dans ses yeux. Abu Sofyan se croyait supérieur à tous et comptait sur sa puissance pour éviter de rendre des comptes aux habitants de Mekka. En attendant, il profitait des protestations des siens.

C'était là sa faiblesse. Son arrogance l'empêchait de comprendre que la cité qu'il avait désertée n'était plus la même. Elle ne se prosternait plus devant sa morgue et sa richesse. À l'insolence des siens répondait à présent l'indignation des survivants : les femmes, les pauvres, les artisans et les modestes commerçants qui n'avaient eu ni chameau ni mule pour fuir la mort noire et qui l'avaient vue dévorer leurs enfants, leurs époux, leurs sœurs et leurs frères. Ceux-là avaient pu mesurer la valeur et le courage de la saïda bint Khowaylid. Dans sa colère, ils retrouvaient un peu de la leur, trop longtemps retenue, et aiguisée par ces jours de pluie et de nouvelles destructions.

— Honte à vous ! hurlèrent-ils à leur tour en brandissant le poing contre Abu Sofyan et les siens. Les mots de la saïda ne sont que vérité. Ils vous insultent ? Puisque la paume d'Hobal est sur vous, qu'elle vous protège ! C'est la vérité qui vous insulte !

En un instant, l'espace sacré de la Ka'bâ, d'ordinaire recueilli et silencieux, se mua en un chaos de vociférations. Un geste de trop et, à coup sûr, un carnage aurait lieu.

La raideur faussement désinvolte d'Abu Sofyan révéla à Khadija que c'était précisément ce qu'il espérait. Elle chercha des yeux son époux. Elle l'aperçut un peu en retrait, près de la Pierre Noire. Il était entouré d'Abu Talib, d'Abu Bakr et d'autres hommes des clans amis. Ceux-là l'observaient, l'air inquiet. Mais le visage de son bien-aimé demeurait serein, son regard calme fixé sur elle. Elle y puisa l'encouragement dont elle avait besoin. Les lèvres de Muhammad prononcèrent quelques mots rendus inaudibles par les hurlements. Mais c'était assez pour qu'elle tienne tête à Abu Sofyan.

Elle fit quelques pas dans la boue et, à la surprise de tous, se plaça entre les deux groupes qui s'insultaient. Il lui suffit de lever les mains pour que les cris cessent. Cette fois, elle parla sans élever la voix.

— Moi, Khadija bint Khowaylid, fille du clan des Assad et de nos ancêtres Al Qoraych qui ont porté les briques de la première Ka'bâ, je vous le dis : le seigneur Abu Sofyan, mon cousin, se trompe. Cette pluie est bel et bien sur nous pour nettoyer Mekka de ses souillures.

Son bras se tendit vers la Pierre Noire au pied d'Abu Bakr, d'Abu Talib et de Muhammad. L'une de ses faces, recouverte d'une fine onde transparente venue de la source Zamzam, scintillait sous le soleil tel un diamant de nuit.

Khadija s'en approcha, s'inclina humblement, paumes jointes et ouvertes, accomplissant le geste ancestral de salut des pèlerins.

— Voyez notre Pierre sacrée, reprit-elle, de nouveau face à la foule. Voyez-la qui se lave à l'eau la plus pure.

Et, reprenant ce qu'elle avait dit à Waraqà :

— Quelle femme ignore que l'eau purifie et emporte ce qui est corrompu ? Zamzam bouillonne au pied du seigneur Abu Sofyan comme le sang s'écoule d'une blessure. Ce sang, c'est celui de notre ville. Il s'échappe des ruines de la Ka'bâ. Quoi que prétende Abu Sofyan, Hobal est à terre, la face cachée dans la boue. Il ne s'y abreuve pas. Il se cache comme se sont cachés ceux qui ont fui Mekka. Moi qui suis restée ici avec un ventre gros de vie, je vous le dis : reconstruire notre sainte Ka'bâ, ce n'est pas seulement remonter des murs et redresser des idoles de bois ou de pierre. C'est avoir, pour le faire, les doigts aussi purs que ceux du premier homme qui déposa à l'angle du levant la sainte Pierre Noire de notre maison sacrée. Ces doigts peuvent-ils être ceux du cousin Abu Sofyan, lui qui avait si peur de les voir noircir hier et qui aujourd'hui vient nous dire « Ne craignez rien » ?

La sagesse de Muhammad

De retour dans sa cour, Khadija trouva le sage Waraqà qui s'activait près de ses coffres en compagnie de Zayd. Avec soin, ils déposaient les rouleaux de mémoire sur des nattes afin d'en vérifier l'état et d'en chasser l'humidité.

Zayd, qui parlait d'abondance, s'interrompit à l'arrivée de Khadija et lui adressa un regard admiratif. Le hanif, tout au contraire, feignit de ne pas remarquer sa présence. Il allait et venait, boitillant, grommelant, soupesant et examinant ses rouleaux. Khadija connaissait trop ses manières pour ne pas savoir qu'il montrait ainsi sa désapprobation.

À l'opposé de la cour, des cris joyeux retentirent. Muhammad retrouvait son fils et ses filles. Khadija profita de ce que Waraqà jetait un coup d'œil dans leur direction pour demander :

— Dois-je attendre que mon époux soit présent pour que tu me dises ce qui assombrit ton humeur, cousin Waraqà ?

— La liste en serait trop longue pour ta patience, grommela le hanif.

Il lui faisait face, sa hanche bancale calée contre sa canne. De son menton pointu recouvert d'une barbe aussi blanche que du lait, il désigna Zayd.

— Ce garçon est revenu il y a un instant de la Ka'bâ avec la tête farcie de tes paroles. Il m'a raconté ton affront au seigneur Abu Sofyan.

— Mon affront au seigneur Abu Sofyan ?

Waraqà ourla ses lèvres d'ironie.

— Deux boucs dans la boue de la Ka'bâ, si j'ai bien compris ce que m'a raconté Zayd.

Le jeune esclave rougit jusqu'à la racine de ses longs cheveux et baissa la tête en tripotant nerveusement les rouleaux du hanif. Khadija écarta d'un geste le dédain du vieux sage.

— Les paroles que j'ai prononcées te déplairaient-elles, cousin Waraqà ? Pourtant, tu sais autant que moi qu'Abu Sofyan et les siens sont des menteurs, des hypocrites, des chiens sans âme qui ne rêvent que de me ruiner. Tu me parles d'affront quand ce pleutre va se mouiller le front à la sainte Zamzam comme s'il était le roi de Mekka ? Toi qui te dis si peu dévot d'Hobal, tu aurais dû le voir plier le genou devant son idole. Et nous expliquer que, si la pluie a enfoncé la face de pierre du puissant Hobal dans la boue, c'était pour qu'il s'y désaltère !

La moquerie de Khadija piqua au vif l'orgueil du hanif. Poussant sur sa canne, il se raidit. Il franchit les cinq pas qui le séparaient de Khadija en fronçant les sourcils de manière menaçante. Quand il fut proche d'elle, il ferma à demi les paupières.

— Ce que je pense des dieux et des idoles ? Qui s'en soucie ? Je suis un hanif, de ceux pour qui, de dieu, il n'en est qu'un. Un seul et unique : le dieu qui a conduit Ibrahim, Hajjar et Ismâ'îl jusqu'ici, aux confins de l'Arabie. Que les idoles de la Ka'bâ tombent dans la boue, ce n'est pas moi qui les relèverai ! Mais toi, oui, tu le veux. Toi qui es une puissante de Mekka, comme Abu Sofyan. C'est votre affaire. Moi, je dis : cette eau, ces ruines font œuvre de purification. Je dis : cela a déjà été. Il y a bien longtemps, une eau immense a recouvert le monde des hommes, noyant l'impur et le fangeux pour que l'innocence de l'origine renaisse. Je dis : aux jours de l'inondation, Nouh a averti les hommes de ce qui les attendait. Je dis : Nouh a tenu la parole du prophète. Nouh a tenu la parole du Bédouin devant son maigre troupeau. Mais toi, cousine bint Khowaylid, d'où vient ta parole ? Tu dis : purification. Tu dis : souillure. Des mots pareils à ceux sortis de ma bouche mais qui n'ont pas le même sens. Tu m'as entendu demander : « Ici, à Mekka, qui saura dire devant les puissants et les oublieux que cette pluie n'est pas qu'une pluie ? » Aurais-tu la vanité de croire que tu dois être celle qui dit ? Toi qui vas devant la source Zamzam pour dresser une moitié des habitants de Mekka contre l'autre ? Crois-tu que, parce tu as été celle qui décidait au temps de la mort noire, tu puisses oublier la modestie qui convient aux épouses et aux filles ? Demain, ici, la guerre sera le fruit de ta vanité. Voudrais-tu que je m'en réjouisse ?

Le cœur en feu devant la violence des paroles du hanif, Khadija voulut se détourner avec dédain. Mais elle ne put résister au besoin de répliquer :

— Ma modestie, cousin Waraqà, elle est tout entière entre les mains de mon époux. S'il en est un pour me comprendre et me juger, c'est lui. Ta sagesse, il me semble, ne va pas jusque-là.

Pour le reste de la matinée, Khadija demeura troublée et comme brûlée par les paroles de Waraqà.

Assurément, les derniers mots qu'elle avait laissé échapper allaient contraindre le hanif à s'adresser à Muhammad. Et il se pouvait que Muhammad ne soit pas indifférent aux arguments de Waraqà. Depuis que le vieux sage avait confié le contenu de ses rouleaux de mémoire à son époux, Khadija avait pu plus d'une fois mesurer combien son influence sur Muhammad était grande.

Mais avait-il raison ? Et elle, avait-elle eu tort de s'opposer si durement à Abu Sofyan ?

Non, elle ne pouvait le croire. Trop longtemps elle avait composé avec l'arrogance et l'hypocrisie du cousin Al Çakhr. Durant des années elle avait montré une échine souple devant l'insolence et la médiocrité de ses compagnons. Ce temps était fini. Les épreuves de Mekka avaient érodé sa patience et son indulgence.

En outre, le jugement de Waraqà était entaché de sa détestation des femmes qui ne se comportaient pas selon son goût. Pendant longtemps, Waraqà avait désapprouvé qu'elle reste sans époux. À présent, il s'irritait de ce que, mariée, elle demeure une femme qui s'exprime, pense et décide. Qu'elle reste la saïda bint Khowaylid et ne se contente pas d'être soumise à Muhammad ibn 'Abdallâh.

Ainsi se rassurait-elle face aux reproches de Waraqà pour, l'instant d'après, douter à nouveau. Ce qui n'échappa pas à la cousine Muhavija.

Ayant assisté à la dispute publique devant la Ka'bâ, Muhavija était accourue chez Khadija. Arrivée dans la cour, elle n'avait osé interrompre ce qu'elle devinait être les remontrances du hanif. Elle rejoignit Khadija dans sa chambre, où celle-ci ôtait sa tunique couverte de boue. En silence, elle l'aida à choisir une robe propre. Tout en levant les bras pour passer le vêtement, Khadija s'exclama :

— Ne me regarde pas toute nue ! Je suis vieille et laide, maintenant.

La cousine Muhavija eut un rire joyeux.

— Tu as dix ans de moins que moi, et j'aimerais beaucoup avoir aujourd'hui ton corps si laid.

Khadija ajusta sa tunique sans répondre ni croiser le regard de Muhavija. La cousine insista :

— Et j'aimerais bien avoir un Muhammad ibn 'Abdallâh qui vienne encore dans ma couche caresser ce corps si laid que j'ai à lui offrir.

Le visage marqué par le reproche, Khadija s'apprêtait à répliquer, mais Muhavija lui ferma la bouche d'un doigt.

— Ne te fâche pas. Je sais bien que ton cœur gronde. J'étais moi aussi devant les ruines de la Ka'bâ. J'ai entendu les mensonges d'Abu Sofyan et je t'ai entendue. Et tout à l'heure, dans ta cour, j'ai vu l'expression du hanif...

— Il ne me trouve pas assez modeste. Il dit que je mène Mekka à la guerre.

— Pour la guerre avec les Al Çakhr, il se peut. Mais on sait que le seigneur Abu Sofyan est un lâche. Quant au reste...

Muhavija grimaça. Du mieux qu'elle put elle imita le ton de Waraqà :

— Il t'a dit : « Comment oses-tu, toi, une femme, te quereller avec un homme et parler de guerre devant la Ka'bâ et ces ridicules idoles ? »

L'imitation était si comique que Khadija ne résista pas au rire.

— À peu près.

— Qu'il n'ait jamais trouvé de femme pour sa couche n'a pas arrangé son caractère ni l'opinion qu'il a de nous.

— Ses sornettes sur les femmes, je les connais depuis toujours. Mais il dit peut-être une vérité.

— Oui ?

— Je n'ai pas réfléchi. Je me suis dressée devant Abu Sofyan en oubliant que j'avais un époux. C'était à lui de parler. Ce que j'ai sur le cœur, il le sait. Mes reproches sont les siens. Il devait s'exprimer à ma place. Maintenant, on va se moquer de lui dans Mekka.

— Tu te trompes, personne ne l'humiliera.

Muhavija prit les mains de Khadija, l'obligeant à s'asseoir.

— Je t'ai vue et entendue, comme les autres. En ce moment, tout Mekka répète les paroles de la saïda bint Khowaylid devant le puissant Abu Sofyan. Tes mots, nous les avions tous dans la gorge depuis longtemps sans oser les prononcer. De cela, Waraqà ne se soucie guère.

— Mais j'ai parlé à la place de mon époux.

— Si cela est, il te le dira...

Muhavija se tut. Un fin sourire se posa sur ses lèvres fripées. Khadija soutint son regard.

— La vérité, cousine Khadija, c'est que, au fond, tu t'en veux plus à toi-même que tu n'en veux à Abu Sofyan. Tu es préoccupée de ne plus pouvoir offrir ton corps de belle amante à

Muhammad et blessée de n'avoir su lui donner un second fils. Et contre cela, tu es impuissante. Te dresser contre Abu Sofyan, cela, tu le peux. Mais ne t'égare pas, ne laisse pas ta blessure t'aveugler. Crois-moi, Muhammad te contemple avec amour. Tout à l'heure, quand tu te tenais devant Zamzam, il était fier de toi ! Ces mots que tu prononçais, il savait qu'ils devaient être dits. Et par ta bouche. Tu as accompli ce que tu devais accomplir. Maintenant, fais confiance à ton époux.

Le retour de la Pierre sacrée

À l'heure du repas, la sagesse de la cousine Muhavija pour être bien différente ne s'avéra pas moins réelle que celle du hanif.

Pour la première fois depuis le début des pluies, la cour s'asséchait. La fumée s'élevait de nouveau depuis les foyers de la cuisine. L'odeur familière des galettes et de la soupe de fèves flottait dans l'air. Les servantes remirent les tabourets sous le tamaris. Muhammad vint s'y asseoir près de Khadija, tandis qu'Ashemou prenait soin des enfants. Le siège du hanif demeura vide. Muhammad le fit remarquer avec un sourire.

— On dirait que le sage Waraqà a beaucoup à faire avec ses rouleaux.

— Il désapprouve ce que j'ai dit et fait ce matin devant la Ka'bâ.

D'un hochement de tête Muhammad confirma.

— Il désapprouve toutes les fortes paroles qui ne viennent pas de lui.

Cela était dit avec autant de moquerie que d'affection.

— Il désapprouve que l'épouse parle à la place de l'époux, fit encore Khadija.

— Je le sais.

— Il t'a certainement dit : « Comment permets-tu à ta femme de tenir tête au seigneur Abu Sofyan ? »

— En effet.

Kjhadija leva sur époux ses grands yeux noirs cernés de khôl, sans dire un mot. Muhammad parut surpris par ce silence.

Soudain :

— Et s'il avait raison ? demanda Khadija.

— Raison ? Non. Veux-tu savoir ce que je lui ai répondu ?

— Oui.

— Je lui ai dit : « Mon épouse tenait déjà tête au seigneur Abu Sofyan quand je n'étais que son serviteur. Pourquoi devrais-je prendre la place qu'elle a su tenir sans moi ? »

Il mâcha un peu de sa galette et ajouta :

— N'est-ce pas ce que tu as dit devant Abu Sofyan : à la mâla, les hommes ont la parole, mais devant la source Zamzam et la Pierre Noire, homme ou femme, chacun peut parler ? Je l'ai rappelé au hanif. Il ne m'a pas contredit, bien que l'idée lui déplaise.

Khadija sourit. Apaisée enfin par les mots de son bien-aimé. Elle demanda :

— Tu ne me désapprouves pas ?

— En ce jour, moi, l'époux de la saïda bint Khowaylid, je suis l'homme le plus fier de Mekka.

Ils se turent un moment, chacun plongé dans ses pensées. Puis Khadija reprit la parole.

— Et pour Abu Sofyan, qu'en penses-tu ? Waraqà croit qu'il va nous faire la guerre.

— Je ne crois pas. Abu Sofyan n'a aucun courage. En ce moment même, mon oncle Abu Talib parle avec les puissants de la mâla qui nous soutiennent. Il nous rejoindra bientôt. Leur opinion nous guidera.

Abu Talib arriva, essoufflé, à la tombée du jour. Il avait recouvré tout son allant et son aplomb d'avant sa fuite de Mekka. L'occasion était bonne pour lui de se faire pardonner en se montrant le plus acharné défenseur de son neveu et de son épouse Khadija.

Sous le tamaris, il fut bref et mystérieux.

— Pas un ne pense qu'Abu Sofyan osera se battre contre nous, fit-il. C'est un homme de ruse, pas de combat. Mais si cela devait être, nous sommes prêts. Les paroles de la saïda Khadija ont réveillé ceux sur qui pèse depuis trop longtemps l'arrogance des Al Çakhr, des Abd Harb et des Banu Makhzum.

Il but un gobelet de lait fermenté.

— Les travaux de la Ka'bâ doivent commencer sans tarder, poursuivit-il. Les pèlerins vont affluer à Mekka pour redresser leurs idoles. Les rues sèchent. Le commerce doit reprendre. Demain à l'aube, nous irons nous asseoir à la mâla pour désigner celui qui replacera la Pierre Noire à l'angle est de la Ka'bâ. Cela devra se faire avant le crépuscule.

Abu Talib, enjoué, cligna de l'œil en direction de Khadija.

— Pour pouvoir soutenir notre sainte Pierre Noire, Abu Sofyan compte sur ses alliés. Mais il pourrait avoir quelque surprise. Et nous, mon neveu ton époux et moi-même, nous n'irons pas à la mâla les mains vides.

Voici comment les choses se passèrent.

Le lendemain, aux premières lueurs du jour, les puissants, les uns après les autres, arrivèrent à la mâla. Une foule s'épaissit dans les ruelles alentour.

Dans la grande salle du conseil, chacun scrutait à la dérobée l'époux de la saïda bint Khowaylid. Enveloppé dans son manteau d'homme du désert qu'il ne quittait plus, Muhammad impressionnait par son calme. Abu Talib, lui, était d'une tout autre humeur.

L'instant qui précéda les débats, on le vit aller de groupe en groupe, parler avidement avec les uns et les autres. À l'étonnement général, il serrait contre sa maigre poitrine une grande et belle nimcha. Nul ne se rappelait avoir vu un jour Abu Talib porter une arme. Or voici qu'il la montrait à chacun, tirait la lame du fourreau pour que l'on puisse bien distinguer les cils d'Abu Sofyan gravés dans l'acier.

Soudain la mémoire revint à tous. Un murmure parcourut la salle. On revit Muhammad ibn 'Abdallâh venu s'asseoir pour la première fois parmi les puissants de Mekka, portant cette même lame dont l'histoire, à l'époque, avait fait le tour de la ville : des mercenaires d'Abu Sofyan avaient conduit une razzia près de Tabouk contre une caravane de la saïda bint Khowaylid. Ils ne cherchaient pas à voler : les chameaux marchaient vers Sham, bâts et paniers vides. Les mauvais voulaient tuer.

Le tout jeune Ibn 'Abdallâh n'était pas encore l'époux de la saïda. Abu Nurbel et Al Sa'ib ibn Abid menaient la caravane, mais c'était lui, Muhammad, qui avait mis en déroute les pillards par une ruse. Il avait aussi tué l'un des assaillants, à qui il avait pris cette nimcha, preuve de la fourberie d'Abu Sofyan. Celui-ci n'avait pas respecté la règle de la mâla interdisant à ceux de Mekka de s'en prendre aux caravanes des puissants de la cité.

Aussi, quand le seigneur Abu Sofyan arriva, accompagné de ses fidèles, il fut accueilli par un lourd silence.

Jamais Muhammad ibn 'Abdallâh et la saïda bint Khowaylid n'avaient cherché à sanctionner l'affront de cette razzia ou réclamé justice devant la mâla. Plus de quinze années avaient passé. La maladie avait ravagé Mekka. La pluie avait ruiné la Ka'bâ. Le jour était venu pour eux de confronter Abu Sofyan al Çakhr à ses forfaitures.

C'est alors que vint la véritable surprise.

L'aîné parmi les puissants prit la parole pour ouvrir l'assemblée.

— Nous sommes réunis aujourd'hui pour décider quelles sont les mains qui tireront notre sainte Pierre Noire de la boue, dit-il.

Tumulte, agitation, brouhaha : tout le monde voulait parler à la fois. Principalement ceux dont la voix ne pesait guère à la mâla. Quand le calme fut enfin rétabli, Abu Sofyan avait eu tout le loisir d'apercevoir la nimcha portant la gravure de son clan sur les genoux d'Abu Talib. Il était blême de fureur. Autour de lui, ses amis tâchaient de l'apaiser.

Quand Abu Talib se leva, arborant la nimcha, Muhammad se dressa à son tour et posa une main sur l'épaule de son oncle.

— Pourquoi vouloir que dix de nos doigts se posent sur la Pierre Noire ? demanda-t-il devant l'assemblée étonnée. Cette Pierre sacrée n'appartient-elle pas à tous ? Un seul de nos pouces la souillerait. La trace de nos paumes effacerait celle qu'y a laissée celui qui a placé la Pierre Noire dans la Ka'bâ. Hobal pour les uns, Ibrahim pour les autres. Je parle du père d'Ismâ'îl.

Muhammad se tut et, d'un regard, fit le tour des auditeurs. Puis il fixa Abu Sofyan.

— Nos fautes, qui les connaît mieux que nous ? Et que Mekka ait besoin de tous, qui le sait mieux que nous, qui fûmes séparés devant la mort noire ? Si la pluie est venue purifier ce qui était souillé par nos fautes, allons-nous redresser nos murs en nous affrontant ? À quoi bon la guerre et l'humiliation ? La sainte Ka'bâ possède quatre côtés et quatre angles, mais une seule Pierre sacrée. Cela signifie que chacun, depuis le lointain Hedjaz jusqu'aux collines du Kabsi, peut trouver le mur qui lui convient pour honorer son dieu. Ces dieux sont multiples. Mais il n'est qu'une Pierre Noire pour nous unir. Et c'est pour manifester cette union que nous tournons sept fois autour d'elle.

Abu Sofyan parut soulagé.

— Comment comptes-tu remettre la Pierre Noire à sa place sans que nul ne la touche ? demanda-t-il avec une pointe d'ironie.

Sans se laisser démonter, Muhammad répondit :

— Je propose que nous la portions à sa place comme elle nous le demande : par ses quatre angles.

Les mots de l'époux de Khadija se répandirent rapidement dans la ville et apaisèrent les habitants qui se préparaient à l'affrontement.

Quand Muhammad fut de retour dans la cour de Khadija, entouré d'Abu Talib, de Zayd et de représentants de clans amis, il fut accueilli avec admiration. Khadija, cependant, paraissait soucieuse. Elle attendit qu'ils soient seuls pour confier ses craintes à son époux.

— On m'a rapporté tes paroles devant ceux de la mâla. Ne penses-tu pas que tu promets un monde qui n'est pas encore le nôtre ? Comment Abu Sofyan, l'homme qui se meut dans le sang et la fourberie, pourrait-il comprendre ce que tu dis ?

Muhammad serra Khadija contre lui, baisant son front, ses yeux et ses lèvres avant de répondre :

— Qui peut savoir ce qu'il y a à l'intérieur d'un homme s'il n'essaye pas de lui ouvrir le cœur ?

L'accident

Avant le crépuscule, l'esplanade de la Ka'bâ était comble. Contrairement à la veille, la foule était silencieuse. Sous ses pieds, le soleil avait fait son œuvre. La boue durcissait et les flaques s'évaporaient. Mais l'eau de Zamzam courait toujours à grands flots, creusant son sillon vers le bas de la cité et ruisselant sur la Pierre Noire.

Ceux de la mâla arrivèrent en rangs serrés. Le grand ancien portait un tapis sur ses bras repliés. Derrière lui marchaient Abu Sofyan et Muhammad ibn 'Abdallâh, chacun tenant un bâton épais à l'extrémité plate et polie.

Quand ils approchèrent de la sainte source et de la Pierre Noire, les trompes en corne de bélier retentirent. Leur son grave pénétra les corps et fit plier les nuques.

L'ancien de la mâla s'immobilisa devant la Pierre Noire. Il déplia le tapis et le brandit. C'était un tapis composé de quatre petits tissages que des femmes depuis le matin avaient solidement cousus ensemble. Arbres, losanges, crénelages et jeux de cercles qui caractérisaient chacun des quatre clans les plus puissants de Mekka étaient reconnaissables sur chacun de ces quatre tissages : les Abd Harb et les Al Çakhr d'Abu Sofyan, les Khowaylid de Khadija et les Hashim de Muhammad et d'Abu Talib.

L'ancien tendit un angle du tapis à Muhammad, le deuxième à son oncle Abu Talib, le troisième à Abu Sofyan et le quatrième à son oncle Al 'Acr. Les trompes sonnèrent une deuxième fois. La foule vit les quatre hommes, chacun tenant une pointe du tapis au-dessus de la Pierre Noire, tourner sept fois autour d'elle.

Ils déposèrent ensuite le tapis au bas de la Pierre sacrée, dans la boue et le ruissellement de Zamzam. Au grand étonnement de tous, Abu Sofyan et Muhammad saisirent des bâtons qu'ils avaient apportés et, sans jamais la toucher de leur main, parvinrent à hisser la Pierre Noire hors de la fange et à la faire rouler au centre du tapis.

Les premiers cris d'admiration jaillirent. Ils cessèrent dès que les quatre hommes empoignèrent les quatre angles du tapis et, d'un même mouvement, le soulevèrent. La Pierre Noire était lourde. Son poids surprit Abu Talib autant que l'oncle d'Abu Sofyan. Le tapis manqua de leur glisser entre les doigts. Des femmes hurlèrent. Abu Talib et Al 'Acr raffermirent leurs prises. Lentement, dans le plus parfait silence, les quatre hommes se déplacèrent vers les vestiges de la Ka'bâ.

La foule retint son souffle quand ils enjambèrent la statue toujours effondrée d'Hobal. Puis lorsqu'ils entrèrent dans le flot de Zamzam. Ils déposèrent enfin le tapis et la Pierre Noire à son emplacement ancien à l'angle est de la Ka'bâ.

Ils lâchèrent ensuite les coins du tapis, qui retomba lourdement, gorgé d'eau. Sans attendre, repliant son manteau tout boueux sur son épaule gauche, Muhammad dévoila le baudrier qui lui barrait le torse.

Il y eut un instant d'inquiétude lorsqu'il tira la nimcha de Tabouk de son fourreau. Mais ce n'était que pour trancher l'un des côtés du tapis prisonnier de la Pierre Noire. Geste qu'il répéta par trois fois, tranchant ainsi le tapis à l'aplomb des quatre faces de la Pierre Noire sans jamais effleurer celle-ci.

Alors seulement chacun comprit le projet d'Ibn 'Abdallâh. Désormais, la sainte Pierre Noire de la Ka'bâ reposait sur les dessins des puissants clans de Mekka comme si elle s'appuyait sur l'union de ses fils.

Le feulement rauque des cornes résonna au milieu des cris de la foule. Tous se précipitèrent pour déposer une offrande devant la Ka'bâ. Puis, par grappes s'écartant de la foule, ils commencèrent à tourner selon la tradition autour de l'édifice sacré. Les visages inondés de larmes.

Muhammad et Abu Talib s'éloignèrent sans un mot, laissant Abu Sofyan et Al 'Acr qui exhortaient déjà les leurs à redresser la statue d'Hobal. C'est alors que Muhammad vit le visage blanc d'effroi d'Abdonaï qui s'approchait de Khadija.

Il entendit un cri. Puis un autre. Il se mit à courir, bousculant quelques fidèles sur son passage. Abdonaï tendit sa main valide vers lui.

— Al Qasim ! Ton fils Al Qasim ! répétait-il dans un long sanglot. Ton fils Al Qasim !

L'enterrement d'Al Qasim

Dans l'excitation et la joie qui emportaient la foule auprès de la Ka'bâ, personne n'entendit les cris du Perse. Comme si ses mots ne s'adressaient qu'à eux deux : la mère et le père d'Al Qasim.

Khadija leva les bras au ciel. Ses genoux cédèrent. Elle manqua de tomber. Muhammad lui saisit la taille, la serra contre lui. Elle enfouit son visage dans sa barbe, puis, pour y étouffer le hurlement qui montait de sa poitrine, elle mordit le pan de son manteau. La main de Muhammad caressa sa nuque. Elle y puisa des forces. Elle s'arracha à son époux et se mit à courir. Muhammad lui emboîta le pas. Leurs mains se cherchèrent. S'agrippèrent l'une à l'autre. Le Perse leur ouvrait le chemin. Mais, au-delà de la Ka'bâ, les ruelles étaient vides. Tout Mekka était plongé dans la prière.

Zayd et Bilâl, voyant Khadija et Muhammad s'éloigner, coururent derrière eux, sentant un malheur, mais ignorant encore lequel. Ils soutenaient tant bien que mal la vieille cousine Muhavija, à bout de souffle.

Quand elle arriva, haletante, devant la porte bleue de sa maison, Khadija vit l'attroupement des servantes devant la resserre qui, longtemps, avait été la chambre d'Ashemou de Loin. Une plainte secoua son corps. À son approche, les servantes, en larmes, s'écartèrent. Alors, Khadija et Muhammad virent.

Al Qasim était couché à plat dos sur des débris de brique et des bandes de cuir recouvertes de poussière humide. Sa tunique sale, remontée haut sur ses cuisses, découvrait ses jambes nues bizarrement repliées. Son genou gauche était ouvert et ensanglanté. Il avait la tête tournée sur le côté, basculée en arrière. Son front s'appuyait contre un morceau de brique. Ses yeux étaient grands ouverts. Sa bouche aussi, comme si un appel allait en sortir. Sur sa poitrine, le lin de sa tunique n'était qu'une flaque de sang. D'un rouge de nuit, elle s'étendait jusqu'à ses épaules en orbes plus clairs, dessinés comme des pétales.

Une pointe de fer conique, luisante de sang, parsemée de fragments de tissu déchiré, jaillissait du thorax de l'enfant.

Devant lui, recroquevillée dans un amas de gravats, de peaux puantes encore recouvertes de leur toison, les mains nouées autour de la main gauche du petit cadavre, Ashemou se tenait prostrée, le visage et la poitrine barbouillés du sang d'Al Qasim.

C'est seulement après avoir vu tout cela que Khadija leva les yeux. L'immensité du ciel bleu et vide lui tomba dessus : elle venait de comprendre que le toit de la resserre s'était effondré.

Ce qu'il s'était passé réellement, elle l'apprit plus tard, quand déjà son propre corps apprenait à n'être que douleur et larmes invisibles.

Dès l'aube, Al Qasim avait voulu accompagner Muhammad à la mâla puis à la grande procession sur la Ka'bâ.

Depuis longtemps, et malgré ses huit ans, Al Qasim avait montré un amour passionné pour son père. Ses gestes et ses paroles le comblaient de fierté.

Il avait sans peine deviné que ce jour n'était comme aucun autre. Il voulait voir son père charrier la sainte Pierre Noire. Il voulait l'admirer, puissant parmi les puissants. On lui avait refusé ce bonheur.

Les servantes d'abord, puis Ashemou, avaient dit non. Enfin Khadija elle-même :

— Non, tu ne peux pas, Al Qasim. Pas aujourd'hui. Ce n'est pas la place d'un enfant. Grandis, et bientôt tu pourras accompagner ton père. Sois patient.

Il y avait eu des pleurs, des cris, des hurlements. Muhammad lui-même avait tenu tête à son fils :

— Pas aujourd'hui. Ce n'est pas la place des enfants, c'est celle des vieux et des très vieux. Ta mère a raison : tu as tout le temps. Ton tour viendra.

— Je veux te voir quand tu porteras la Pierre Noire ! gémissait l'enfant.

— Calme-toi, fils. Ne crois pas que je la porterai seul. Je ne la porterai même pas. Je tiendrai simplement un coin de tapis. Ce soir, je te le promets, je te raconterai tout. Rien qu'à toi. Tous les détails, tu les connaîtras comme si tu les avais vus de tes propres yeux.

Muhammad avait posé une main sur la tête de son fils et lui avait baisé les tempes.

Al Qasim n'avait pas eu la patience d'attendre. Quand le son grave des trompes avait vibré dans l'air transparent de Mekka, annonçant le début de la cérémonie sur l'esplanade de la Ka'bâ, il était déjà sur les toits. De là-haut, il voyait un peu du bas de la cité. Pas suffisamment. Il avait alors couru d'un toit à l'autre, bondissant par-dessus les murets qui séparaient les chambres.

Les servantes et Ashemou avaient d'abord tenté de le retenir. Mais l'obstination d'Al Qasim les avait attendries et amusées. Courir sur ces toits où l'on allait si souvent faire sécher du linge ou l'alfalfa ne représentait sûrement pas un grand risque. Et puis le fils de la saïda était agile comme un singe... Elles lui avaient recommandé la prudence et l'avaient laissé goûter au plaisir d'entrevoir son père.

Al Qasim s'était finalement immobilisé au-dessus de cette resserre qui avait été la chambre d'Ashemou. Depuis que celle-ci s'était installée dans l'ancienne chambre de Barrira, Abdonaï en avait fait l'atelier des cuirs. On y fabriquait des brides, des gourdes, des sacs, des selles, des sandales et des étuis. Tout ce que des mains adroites pouvaient obtenir en travaillant et cousant les peaux. Le toit de cette resserre, plus voûté que les autres, avait donné à Al Qasim un peu plus de hauteur pour scruter la multitude amassée autour de la Ka'bâ.

Sans doute pas encore assez à son goût. L'enfant s'était mis à sauter sur place, cherchant à apercevoir le manteau de son père dans ce qu'il devinait, là-bas, de la foule.

Ce n'était qu'un enfant. Il ne pesait pas lourd. Pourtant, d'un seul coup, dans un grondement sourd, le toit gorgé d'humidité avait cédé.

Les servantes avaient entendu son cri de surprise puis la terrible plainte lorsque la pointe de fer qui servait à percer les peaux pour le laçage lui avait troué la poitrine.

Ensuite, ce fut leurs cris à elles qui résonnèrent dans la cour.

Muhammad et Abdonaï retirèrent la pointe de fer du corps d'Al Qasim et transportèrent l'enfant dans la chambre de Khadija. Elle ne laissa à personne le soin de le laver du sang et de la poussière qui le souillaient.

Elle s'en chargea seule. À petits gestes. En respirant profondément entre chaque caresse. Sa vue se brouillait. Il lui semblait que le corps doré de son fils éclatait en mille perles de larmes. Bientôt, elle n'aurait pas les mains assez fortes pour les assembler toutes sur un même fil. Elle fermait les paupières. Laissait s'éloigner la rage qui la mettait elle-même en pièces. Priait Al'lat pour que la douleur lui tranche le cœur.

— Si tu as pitié, puissante déesse, retire-moi le souffle de la poitrine, murmurait-elle en glissant le linge sur la chair de son fils. Ô Al'lat ! Ne me laisse pas vivre plus que lui !

Mais non. La déesse ignorait sa prière. Le cœur de Khadihja continuait à battre, déchirait ces seins qui avaient nourri celui qui n'était plus. Elle rouvrait les yeux. Le beau petit corps d'Al Quasim était toujours devant elle. Avec sa peau de fille, ses cils si longs, son front haut, ses épaules déjà musclées, ses mains qui promettaient d'être élégantes et son grand trou sous le téton gauche où apparaissaient des brisures d'os, pâles et délicates.

Elle s'inclinait pour baiser doucement cette chair d'enfant qui devenait, à chaque baiser, plus tiède, presque fraîche, et qui, étrangement, se durcissait contre ses lèvres comme si elle les repoussait.

Muhavija vint s'asseoir près elle. Elle avait apporté trois lés de lin blanc pour confectionner le linceul. Elle y enroulèrent le corps d'Al Qasim en silence.

Déjà, les questions tourmentaient Khadija.

Pourquoi le toit de la resserre avait-il cédé ? Et en ce jour précisément ? Pourquoi ?

Abdonaï avait expliqué :

— Pendant les jours de pluie, l'eau s'est infiltrée entre les briques de la voûte. Les petits sautillements d'Al Qasim ont suffi à la faire écrouler. Sans cette maudite pluie, rien ne serait arrivé. Un jour de plus au soleil, tout serait redevenu solide.

Abdonaï cherchait toutes les raisons qui pouvaient apaiser sa maîtresse. Il était le seul avec Ashemou à savoir, pour la déesse Al Ozzâ. N'avait-il pas creusé la fosse dans le sol de cette resserre pour y enfouir sa statue ? Il ignorait que Khadija et Ashemou avaient brisé l'idole offerte par Abu Sofyan dans les éboulis d'Arafa, mais il s'en doutait.

Ashemou était anéantie. Elle ne parlait plus. Ne bougeait plus de sa couche. Ne se nourrissait plus. Ne levait les yeux sur personne. Les servantes disaient qu'elle était devenue folle.

Khadija ne trouvait pas le courage d'aller près d'elle, ni de révéler le secret d'Al Ozzâ à son époux. Depuis que l'idole, présent d'Abu Sofyan, était entrée dans sa maison, jamais elle n'en avait parlé à Muhammad. Elle s'en rendait compte seulement maintenant. Pourquoi avoir gardé ce secret qui, aujourd'hui, lui transperçait la poitrine comme la pointe de fer avait transpercé celle de son fils ?

Ce jour, avant le coucher du soleil, le corps d'Al Qasim, emmailloté dans ses trois linceuls retenus par quatre bandelettes, fut enveloppé d'un drap immaculé et porté jusqu'au cimetière du haut de la cité. Nombreux furent ceux de Mekka, connus et anonymes, qui vinrent déposer des offrandes sur l'autel d'Al'lat et parfois aussi sur celui d'Hobal dressés au milieu des tombes.

Au moment où les trompes sonnèrent, Muhammad, Abu Bakr, Abu Talib et Abdonaï, qui tenaient chacun un coin du drap, laissèrent glisser le corps d'Al Qasim dans la tombe. Ils avaient pris soin de tourner la tête de l'enfant vers la Ka'bâ. Les marmonnements des prières recouvrirent les gémissements et les larmes. Dans la foule, nombreuses étaient les femmes qui avaient vu la mort noire dévorer leurs fils et leurs filles.

Khadija ne pleurait pas. Elle se sentait devenir sèche comme le désert. Sans plus la moindre source de larmes en elle. Sans la moindre source capable de donner naissance à un nouveau fils pour son époux. Ce rêve était désormais aussi mort qu'Al Qasim.

Elle pensait aux fins tissages de lin qui séparaient la chair si douce de son fils de la poussière de la terre, et cette pensée lui était insupportable.

Elle avait envie de hurler, mais se retint. Elle devait penser à son époux. Et à ceux de Mekka qui l'entouraient. Eux qui, seulement deux jours auparavant, avaient vu Muhammad Ibn 'Abdallâh soulever d'un même geste le tapis contenant la Pierre Noire.

Sans fils

Après l'enterrement, Khadija comprit que les questions qui la hantaient taraudaient son époux autant qu'elle. « Pourquoi ? Pourquoi en ce jour-là ? Pourquoi à ce moment-là ? »

Mais, pour la première fois depuis leurs épousailles, un fossé les séparait. Il leur paraissait impossible d'accomplir l'un pour l'autre les gestes les plus simples. Muhammad évitait son corps, elle évitait le sien. Ils ne se regardaient pas. Ne se parlaient pas. Ne mangeaient pas ensemble sous le tamaris si la faim les prenait.

Ils étaient soudain éloignés en toutes choses, y compris en pensée.

La nuit, Khadija gardait les yeux grands ouverts sur l'obscurité. Elle revoyait ce jour néfaste depuis le premier instant. Le visage et le cri d'Abdonaï. Son visage à elle dans le manteau de Muhammad. Elle sentait sa paume sur sa nuque. Elle se revoyait courant vers sa maison, la main de Muhammad agrippée à la sienne.

En ce moment, ils se touchaient toujours. Et fortement. Ils se touchaient d'amour aussi intensément que dans le désir qui avait engendré Al Qasim. Ils le pouvaient pour quelques instants encore. Le vide du ciel, dans la resserre, ne leur était pas tombé dessus.

Le vide d'Al Qasim. Ce néant qui empêchait aussi Khadija de retourner à la Ka'bâ.

Zayd, à qui elle posa la question, lui apprit que Muhammad s'y rendait chaque jour pour surveiller le travail des hommes qui remontaient les murs du sanctuaire. Il s'y montrait comme à son ordinaire, mesuré mais inflexible.

— Le prochain bâtiment sera plus haut que le premier, et plus vaste, raconta Zayd. La porte d'entrée sera plus large. Et la Ka'bâ aura un toit qui protègera ses murs de la pluie. C'est ce que maître Muhammad a décidé.

— Suis-le, ne l'abandonne pas de la journée, demanda Khadija. Le soir, tu viendras me raconter ce qu'il a fait et ce qu'il a dit.

Zayd hésita, baissa les yeux. Il dégagea ses longs cheveux et, soudain, il baisa la main de sa saïda.

— Je sais que tu l'aimes. Le vide d'Al Qasim est entre mon époux et moi. Nous ne sommes pas encore capables de nous parler. Abu Sofyan sait que nous sommes à terre. C'est un serpent. Il attaque seulement quand on est à sa hauteur. Ne le laisse pas mordre ton maître.

Elle n'avait pas tort. Abu Sofyan ne fut pas long à cracher son venin.

Sept jours à peine après l'enterrement d'Al Qasim, alors qu'on entamait la construction du toit de la Ka'bâ, Abu Sofyan et les Banu Makhzum vinrent à la mâla pour protester.

— Un toit au-dessus de la tête d'Hobal ? Impossible ! Le puissant Hobal ne peut avoir que l'infinité des étoiles au-dessus de lui.

Muhammad ibn 'Abdallâh leur répliqua sèchement :

— Un toit au-dessus des murs de la Ka'bâ, il
en faut un. Qui veut que la pluie et les orages
ruinent une fois de plus la maison sacrée ? Qui
veut voir la Pierre Noire rouler de nouveau dans
la boue ? Si ce toit ne convient pas à la statue
d'Hobal, pourquoi la laisser au-dessus de la
source Zamzam ? Elle ne s'y abreuve qu'en tombant ! Pourquoi ne pas la placer hors de la Ka'bâ,
parmi les autres idoles ? Alors, Hobal aurait tout
le ciel pour lui.

La voix de Muhammad était si dure, si pin-
çante, que certains Banu Makhzum tirèrent leur
dague. La mâla résonna de vociférations,
d'insultes. Muhammad considéra ce tumulte sans
ciller ni desserrer les lèvres. Finalement, ce fut
Abu Sofyan qui déposa les armes.

— Ibn 'Abdallâh a raison. Notre Ka'bâ doit
posséder un toit pour la protéger de l'eau des
dieux. Pourquoi cela humilierait-il Hobal ? Dans
les temples de Ghassan et de Sham, et même
dans ceux de Ma'rib et de Saba, les toits recou-
vrent les idoles et les maintiennent dans l'ombre.
Pourtant, elles y reçoivent les offrandes, et personne ne conteste leur puissance.

Mais ces paroles conciliantes destinées aux
puissants n'étaient que boniment. À peine sorti
de la mâla, Abu Sofyan se répandit dans la ville,
répétant à qui voulait l'entendre :

— Laissons passer l'humeur de l'époux de la
saïda bint Khowaylid. Qui voudrait être à la place
de Muhammad ibn 'Abdallâh, sans plus de fils
pour que son nom survive ? Hobal lui a infligé
cette punition alors qu'il tenait avec nous le tapis

de la Pierre Noire. Maintenant, il voudrait ôter à notre dieu le firmament et les étoiles !

Le fidèle Zayd répéta ces paroles à Khadija. La saïda fut bouleversée. Mais comment lutter contre la perfidie d'Al Çakhr ? Où puiser la force ?

À Abu Talib, accouru, elle se contenta de montrer sa chevelure. Depuis la mort d'Al Qasim, la racine de ses cheveux était devenue grise.

— Voilà ce que je deviens : une vieille mule qui ne sait plus porter sa charge. Abu Sofyan nous insulte et je ne sais plus défendre mon époux.

— Tu te trompes, Khadija. Mon neveu n'a besoin de personne pour le défendre contre les Al Çakhr et leurs alliés. Au contraire, c'est lui qui te défendra quand il le faudra, comme un époux doit défendre son épouse. Sans toi, Muhammad ibn 'Abdallâh ne serait jamais devenu celui qui relève les murs de la Ka'bâ. Aujourd'hui, tu dois apprendre à appuyer ta douleur sur son bras.

Khadija n'aima pas les paroles du vieil Abu Talib. Que savait-il, lui, l'égoïste, de ce qui va entre des époux si longtemps demeurés comme des amants de la première nuit ? Pourtant, elle dut reconnaître qu'il avait en partie raison.

Les paroles sournoises d'Abu Sofyan ne détournèrent en rien les travaux de la Ka'bâ. Quand ses murs furent à nouveau dressés et le toit construit, des centaines de fidèles, de Mekka comme les pèlerins des clans éparpillés dans le Hedjaz, vinrent remercier Muhammad avec un respect qu'ils ne manifestèrent à personne d'autre.

Un soir, exultant et radieux, Zayd annonça à Khadija :

— Les gens l'appellent « Muhammad al Amin », « Muhammad l'homme sûr ». Ils lui donnent des offrandes pour votre défunt fils. Ce matin, après le conseil des puissants, le jeune seigneur Othmân ibn Affân est venu devant ton époux et a dit : « Donne-moi ta fille Ruqyya en mariage, puissant Muhammad, et je serai pour toi comme un fils. Ruqyya est la plus belle des filles de Mekka. Elle tient tout de toi. »

La surprise redressa Khadija et redonna vie à son regard.

— Othmân, de la maisonnée des Omayya ! s'exclama-t-elle, incrédule.

— Oui, oui, lui-même. Le riche Othmân, s'autorisa à préciser Zayd.

Othmân n'était pas seulement riche. Il appartenait à un clan influent et qui, jusqu'à ce jour, avait toujours suivi Abu Sofyan.

— Qu'a répondu mon époux ?

— Il a dit : « Ma bouche est encore pleine de la terre où j'ai déposé mon unique fils. Il est bien trop tôt pour que je songe aux époux de ma fille Ruqyya. Si tu la trouves toujours aussi belle dans un an, reviens me voir. »

Cette nuit-là, comme toutes les autres nuits dans sa couche solitaire, Khadija garda longtemps les yeux ouverts. Contre toute attente, des larmes les mouillèrent.

Le lendemain, Muhammad s'assit devant elle sous le tamaris. Ils s'observèrent. Khadija devinait ce que son époux voyait d'elle : le gris de ses cheveux, les cernes de ses yeux manquant de sommeil, les rides qui partout griffaient son visage. Tandis que lui, elle le voyait plus mince et plus ferme que jamais. Un bref instant, elle songea qu'il possédait désormais l'allure d'un étranger. Mais tout s'effaça quand, brusquement, Muhammad avança les mains pour prendre les siennes. Elle frissonnea comme au jour presque oublié où il lui avait fait boire du lait sucré sous ce même tamaris.

Il sourit.

— Tu m'as donné un fils magnifique et il est toujours en moi. Pourquoi l'a-t-on repris, je ne sais pas. Toi non plus. Si tu crois que c'est ta faute, tu te trompes. Tu peux beaucoup, mais ça, tu ne le peux pas.

Comme dans la nuit, les larmes montèrent aux yeux de Khadija. De vraies larmes.

Muhammad se tut. Ils restèrent un moment ainsi, face à face, leurs mains entrelacées. Ils renouaient tout doucement ce qu'il se pouvait des liens qui les avaient séparés depuis la mort d'Al Qasim.

Enfin Muhammad annonça :

— Demain, je conduis une caravane aux pays de Sham et de Ghassan avec Abu Bakr. Ne te fais pas de mauvaise idée sur ce départ. Je pars avec tout l'amour de toi pour mes jours et mes nuits, et je reviendrai avec.

La folie d'Ashemou

Comme à l'accoutumée, une foule, nombreuse, vint saluer le départ de la caravane. Khadija fut soulagée de voir son époux entouré de ses fidèles compagnons de voyage, Abu Bakr, le grand Bilâl et Zayd. Mais à peine était-elle chez elle qu'elle reçut la visite de sa cousine.

— Ashemou se meurt et tu l'ignores toujours, lança d'emblée Muhavija sur un ton de reproche.

C'était vrai. Ashemou refusait de manger depuis presque une lune et ne buvait que sous la contrainte. Depuis que le sang d'Al Qasim avait inondé sa tunique, elle n'avait plus prononcé une parole.

Khadija en connaissait la raison, mais elle n'avait pas eu le courage de lui faire face. À plusieurs reprises elle avait pensé lui dire : « Tu n'y es pour rien. Ce qui a été accompli l'a été selon ma volonté. Cette Al Ozzâ d'albâtre, c'est à moi qu'Abu Sofyan l'a offerte. C'est moi qui ai voulu la briser. Ce fils, c'était le mien. J'ai choisi d'épouser Muhammad alors que j'étais déjà vieille, mais c'était mon désir. Si je n'ai pu lui donner un second fils, c'est ma faute. Et s'il ne t'a pas prise pour concubine, c'est parce qu'il a voulu tenir sa promesse de n'avoir pas d'autre couche que la mienne. J'étais trop heureuse et trop confiante. Pourtant, depuis ma première nuit avec Muhammad, je savais que ce qui arrive aujourd'hui pouvait arriver. Toi, tu n'es que la beauté que je ne lui ai pas laissé posséder. Ton innocence n'est pas à prouver. » Mais elle ne l'avait pas fait.

— Ne la laisse pas ainsi, insista Muhavija. Personne d'autre que toi ne peut lui redonner vie.

La cousine avait raison. Khadija sentit une onde de honte l'envahir. Mais que faire ? Elle fit remplir un gobelet de soupe légère et entra dans la chambre d'Ashemou. Celle qui avait été la plus belle femme de la maisonnée et peut-être bien de Mekka était laide à faire peur. Cheveux en désordre, tunique sale sur un corps si maigre qu'on ne savait comment il vivait encore, bras décharnés. Sur ses pommettes et ses genoux, la chair était si tendue qu'on pouvait craindre qu'elle ne se déchire. De son visage d'autrefois il ne restait de beau que la bouche, mais elle paraissait si grande qu'elle effrayait. À chaque respiration d'Ashemou, elle se retroussait sur ses dents telle la lippe d'un fauve à l'agonie.

Cette vision d'Ashemou de Loin horrifia Khadija. Le temps d'un éclair, toute l'ancienne gaîté et l'immense beauté de la jeune servante lui revint. Comme elle avait aimé la tenir dans ses bras ! Comme elle l'avait admirée et enviée. Et jalousée !

Les yeux immenses d'Ashemou maintenant la fixaient, dévorés de fièvre et de déraison. Des yeux ternes, sombres, voilés comme des pierres précieuses rabotées par le sable. Mais qui, par moments, semblaient la reconnaître, reprenant alors assez de vie pour se nouer aux siens.

Khadija s'avança. Elle s'agenouilla près de la couche d'Ashemou et fit doucement glisser sa tête effrayante sur ses cuisses. Elle s'inclina, baisa le front moite et gris. Elle baisa les yeux pour en fermer les paupières. Elle trempa ses doigts dans la soupe et en effleura les lèvres de la jeune fille. Celle-ci tressaillit mais ne rouvrit pas les yeux. Il fallut un peu de temps pour que la pointe de sa langue vienne cueillir la soupe. Quand ce fut fait, Khadija répéta son geste. Ashemou ouvrit la bouche et suça le doigt enduit de soupe de Khadija comme un petit animal.

Cela prit longtemps. Quand enfin Ashemou s'endormit, Khadija quitta la couche, endolorie par sa posture. Les ombres étaient déjà longues dans la cour. Waraqà se tenait assis sous le tamaris. Il l'observait en faisant tourner lentement sa canne.

Il ne dit rien.

Khadija s'approcha, s'assit sur un tabouret. Elle regarda ses mains, ce doigt qu'Ashemou venait de lécher pour revenir à la vie.

Elle serra le poing, l'enfouit dans les plis de sa tunique contre son ventre.

— J'ai quelque chose à te confier, cousin Waraqà.

D'un trait, elle raconta comment Abu Sofyan lui avait offert la statue d'albâtre d'Al Ozzâ et ce qu'elles en avaient fait, Ashemou et elle. Cela aussi prit du temps, et le crépuscule était là quand elle demanda :

— Pendant la mort noire, tu as dit à mon époux qu'Ibrahim, le père d'Ismâ'îl, avait brisé les idoles fabriquées par son père avant de venir ici et de trouver la source Zamzam. Tu as dit qu'il n'en avait reçu aucune punition des dieux. Pourquoi nous punissent-ils, mon époux et moi, et aujourd'hui Ashemou, pour ce que j'ai accompli ? Pourquoi ont-ils tué Al Qasim ?

Waraqà resta silencieux si longtemps que Khadija crut qu'il n'allait pas répondre. Sa canne continuait à tourner entre ses mains. Mais dans ses yeux, il y avait une chaleur que Khadija croyait ne jamais lui avoir vue. Où était-ce l'effet du dernier reflet du jour dans ses pupilles étroites ?

Non. Waraqà semblait bel et bien l'observer avec étonnement et tendresse. Lui, ce vieil acariâtre si imbu de son savoir ! Sans doute devait-elle l'émouvoir, bouleversée qu'elle était après tout ce temps passé auprès d'Ashemou. Ashemou malade. Ashemou à demi vivante, preuve de ses fautes.

Soudain, levant la tête vers Khadija :

— La déesse Al Ozzâ est-elle ta déesse, cousine ? demanda-t-il.

Elle fit la moue et se contenta de hausser les épaules.

— Crois-tu en son pouvoir sur toi, cousine ? insista Waraqà.

— Je ne sais pas.

Waraqà eut un reniflement agacé. En d'autres circonstances, Khadija en aurait souri : le vieux hanif redevenait lui-même.

— Tu ne sais pas ?

— Non. Mais je crois à la malfaisance d'Abu Sofyan.

Waraqà balaya la remarque d'un revers de la main.

— Abu Sofyan est un homme, pas un dieu. Il n'a que le pouvoir d'écraser des mouches.

Brusquement, il s'appuya sur sa canne, quitta son tabouret et claudiqua en direction des cuisines. Interloquée, Khadija se demanda si elle devait le suivre. Le hanif ne se retourna pas. Elle resta donc assise et le vit se diriger vers les autels d'Hobal et d'Al'lat. Sur chacun d'eux il prit quelque chose et, calant sa canne sous un bras, traînant maladroitement sa jambe bancale, il revint vers le tamaris.

Le souffle rapide, il reprit sa place sur son tabouret. Puis il ouvrit les mains. La droite contenait des petits fragments de cornaline : les amulettes d'Hobal. Sa paume gauche était recouverte de cendres tièdes et de déchets des offrandes que les servantes, à l'aube, avaient brûlées sur l'autel d'Al'lat.

Grinçant, il demanda :

— Hobal est-il ton dieu ?

Une nouvelle fois, Khadija se contenta d'une moue et d'un haussement d'épaule, quoique sans quitter le hanif des yeux.

— Réponds ! gronda-t-il.

— Il l'a été. Longtemps. Il ne l'est plus depuis la maladie.

Waraqà retourna sa main droite et laissa tomber les fragments de cornaline sur le sol. De la pointe de sa sandale, il les écrasa, les enfonçant dans la poussière. Après quoi il fixa Khadija sans un mot pendant un court instant.

— Entends-tu la fureur d'Hobal ?

— Non.

— Non, pourtant ceux qui tournent autour de la Ka'bâ en priant Hobal m'arracheraient les yeux s'ils me voyaient piétiner ces amulettes. Et ils gémiraient en attendant la vengeance de leur dieu.

Il tendit sa paume gauche, pleine des cendres de l'autel d'Al'lat.

— Et Al'lat ? La toute-puissante Al'lat ? Ne crois-tu pas en son pouvoir ?

— Je ne sais pas.

— Comment ça, tu ne sais pas ? Quand il s'agit de croire aux dieux, il n'est qu'une seule réponse : oui ou non.

— Je l'aimais. Je la sentais près de moi. Mais il me semble que c'était il y a longtemps. Il s'est passé tant de choses où elle n'est pas venue à mon secours.

— Alors, c'est non, fit Waraqà en laissant les cendres s'écouler de sa paume. Ces cendres ne sont que cendres. Tu peux les piétiner, elles aussi. Tu n'entendras pas la colère d'Al'lat, car la déesse n'est plus dans ton cœur. Les idoles, cousine Khadija, ne sont que ce que les mains des hommes en ont fait. C'est-à-dire pas beaucoup.

Le hanif se tut, laissant ses paroles couler dans le cœur de Khadija.

— Et toi, tu es comme ces hommes pleins de prétention. Tu viens devant moi, tu dis : « J'ai brisé l'idole d'Al Ozzâ comme Ibrahim a brisé l'idole de son père. » Tu dis : « Les dieux se vengent de moi ! Ils m'ont pris mon petit Al Qasim. » De quels dieux parles-tu, puisque tu ne crois en aucun d'eux ? Tu n'es pas Ibrahim. Tu brises les idoles, mais tu ignores pourquoi. Tu dis : « Ils ne sont pas à mon côté. » Pourtant, tu crains leur colère. Tu gémis : « Ils me punissent de ma faute. » Mais où est cette faute, si ces dieux ne sont pas dans ton cœur ? La vérité, cousine Khadija, c'est que ton dieu, c'est l'orgueil. Il est si grand que tu veux être toi-même une déesse. Tu veux que toute chose vienne de ta volonté ou de ta faute. Et si le toit qui porte ton fils Al Qasim s'effondre, il faut que ce soit ta faute !

À présent, Waraqà la regardait en souriant.

— Tu vas devoir apprendre la modestie, saïda bint Khowaylid. Quand Ibrahim a détruit les idoles de son père, il l'a fait comme on nettoie à coups de balai une chambre trop crasseuse. Rien de plus qu'un petit geste. Ton époux Muhammad a déjà compris cela. Il n'est pas simplement parti pour Sham et Ghassan afin de commercer. Peut-être verra-t-il la tombe d'Ibrahim et cela lui éclairera-t-il la tête. Peut-être rapportera-t-il des réponses à tes questions. Patience et humilité, voilà ce qu'il te faut accepter maintenant, cousine. Et ces autels qui ne servent à rien, tu peux sans crainte les faire disparaître de ta cour. Tes filles resteront en vie.

La douleur d'Al Qasim

Les conseils de Waraqà, Khadija les suivit en partie. Elle n'osa pas répudier de sa cour les autels d'Hobal et d'Al'lat : les servantes y venaient prier et brûler des offrandes tous les jours. Pourquoi les punir de ce que leur maîtresse ne sentait plus la paume des dieux sur elle ? Elle fit cependant de son mieux pour être patiente et pratiquer cette humilité que vantait le hanif.

— Waraqà a raison, c'en est fini de ma vie, dit-elle un jour à Muhavija. J'ai la toison grise et je ne réparerai plus les fautes que j'ai commises. Je dois cesser de croire que les habitants de Mekka craignent le pouvoir de la saïda bint Khowaylid. S'il en est un qu'ils craindront et admireront, ce sera Muhammad, mon époux.

— N'était-ce pas ton souhait quand tu l'as conduit dans ta couche ? Qu'il devienne un puissant dans Mekka ? Et c'est ce qu'il est devenu aux yeux de tous. Tu as accompli ce que tu voulais. N'en éprouves-tu pas une grande fierté ?

Khadija acquiesça, conciliante. Comme le hanif, Muhavija, tout en se montrant réconfortante et affectueuse, n'était pas loin de lui reprocher son orgueil.

Néanmoins, la vérité demeurait la vérité : Al Qasim était mort. Muhammad n'avait plus de fils et n'en aurait plus de son épouse. Comment pouvait-elle ne pas songer, chaque aube où elle se réveillait, qu'elle n'avait pas donné à son époux tout ce qu'il méritait ?

— Il ne me reste qu'à être sage et patiente, opina-t-elle. Peut-être Waraqà a-t-il raison. Peut-être Muhammad reviendra-t-il du pays de Sham avec les réponses à mes questions.

Muhavija comprenait la grande peine de Khadija. Elle dit :

— Ton travail n'est pas terminé. Tu ne dois pas oublier tes filles. Ce n'est pas ton époux qui fera d'elles des femmes.

La cousine n'avait pas tort, mais Khadija ne se sentait pas proche de Zaynab et Ruqyya, ses filles aînées.

Le feu de la jeunesse brûlait en elles. Quelques lunes après la mort d'Al Qasim, elles ne prononçaient plus son nom. Elles riaient, la main devant la bouche, tournant la tête lorsqu'elles se racontaient les regards et les compliments que leur avaient adressés les hommes des grandes familles de Mekka. Elles embellissaient de saison en saison. Elles se confiaient aux servantes plus qu'à leur mère. La cour de Khadija était bien trop triste pour ce goût de plaire et elles attendaient le retour de leur père. Chaque soir, avant de s'endormir, elles se répétaient en chuchotant ce qu'elles lui demanderaient dès qu'il franchirait la porte.

Omm Kulthum, trop jeune encore pour entrer dans leurs confidences, les admirait comme des déesses. Fatima, elle, n'avait que six ans. Elle observait ses sœurs avec reproche. Elle, elle n'oubliait pas son frère, le premier fils de son père. La tristesse de sa mère, elle la devinait aussi profonde que le jour où la pointe de fer avait traversé la poitrine d'Al Qasim.

Des filles de Khadija, Fatima était la seule à passer un peu de temps auprès d'Ashemou, à se soucier d'elle alors que les servantes la craignaient et l'évitaient, ne supportant plus son silence et sa maigreur.

Un jour, sortant de la chambre qu'Ashemou ne quittait plus, Fatima vint s'asseoir sous le tamaris au côté de sa mère.

— Tu crois qu'un jour Ashemou reparlera ? demanda-t-elle.

— Peut-être.

Fatima resta silencieuse un instant, goûtant la caresse de sa mère sur son front, sa nuque. Puis elle se dégagea.

— Si Al Qasim revenait, dit-elle avec beaucoup d'assurance, Ashemou parlerait et serait belle de nouveau. N'est-ce pas ? Et les servantes ne se moqueraient plus d'elle.

Khadija ouvrit la bouche. Aucun son n'en sortit. Les mots de sa fille brûlaient dans sa poitrine.

Avec l'assurance de son âge, Fatima poursuivit :

— Toi, mon père, chacun ici voudrait qu'Al Qasim soit encore là. Mes sœurs sont bêtes. Elles ne se rendent compte de rien, elles ne pensent qu'à elles.

Les yeux embués, Khadija s'inclina pour baiser la tête de sa fille. Elle murmura :

— Al Qasim ne peut pas revenir, ma chérie. Il ne faut pas l'attendre.

Fatima s'écarta brutalement. Elle pivota sur ses genoux pour faire face à sa mère, le visage durci et buté.

— Je sais qu'il ne peut pas revenir. Mais Al Qasim m'appelait « petit frère ». Et mon père me dit : « Mon second fils ! » Je ne veux pas être une fille aussi bête que Zaynab et Ruqyya. Je veux être un garçon. C'est beaucoup plus intelligent, les garçons. Quand mon père sera de retour, je lui dirai que je ne suis pas une fille. Je lui dirai : « Tu dois être avec moi comme tu étais avec Al Qasim. »

Cette nuit-là, sur sa couche, les yeux ouverts sur l'obscurité, Khadija entendait les paroles de Fatima. Elle ne savait si elle devait s'en réjouir ou s'en attrister.

Waraqà disait : « Courbe ton orgueil, sois modeste. »

Muhavija disait : « Ne te crois pas responsable de tout ! »

Pourtant, n'était-ce pas elle, Khadija, qui avait planté ces pensées dans le cœur de Fatima, l'espérant comme un fils, s'adressant à elle comme à un fils quand elle n'était encore, dans son ventre rebondi, qu'une vie sur le seuil ?

Il était vrai aussi que Muhammad avait fait sauter en l'air sa fille Fatima tout bébé en s'écriant : « Voici mon second fils ! »

Était-ce une faute ?

Se pouvait-il qu'une fille remplace auprès de son père le fils qui ne lui était pas venu ?

Devant les yeux ouverts de Khadija, l'obscurité possédait plus d'énigmes que de réponses.

Cette même nuit, alors qu'elle ressassait ces pensées, Khadija ressentit pour la première fois une douleur aiguë, fulgurante, qui paraissait partir de ses reins et lui ouvrir la poitrine.

Cela advint quand la lune était haute, blanchissant le ciel. Puis une seconde fois, un peu avant l'aube. Khadija grimaça et gémit. Mais, la deuxième fois, un sourire inattendu tira doucement ses lèvres. Elle songea que c'était sans doute une douleur semblable qu'avait ressentie Al Qasim avant sa mort.

Peut-être son fils, de là où il se trouvait, lui faisait-il signe en se déchargeant sur elle, sa mère, de la dernière douleur qui l'avait emporté en ce jardin radieux qui accueillait, selon le hanif, les enfants disparus ?

Aussi, au lieu de craindre le retour de ce mal, Khadija s'en sentit curieusement soulagée.

— Ah, murmura-t-elle dans l'obscurité. Enfin ! Bienvenue à la douleur d'Al Qasim !

Une fille au cœur de garçon

Muhammad, à la tête de la caravane, fut de retour avec les premières chaleurs. Selon la tradition, Khadija et ses filles allèrent le guetter depuis la porte du Nord, sur la route de Jarûl. Les Bédouins crièrent leur joie, les femmes lancèrent leurs youyous de bienvenue. Abu Talib et les puissants des clans amis s'avancèrent à sa rencontre et l'escortèrent jusqu'à l'entrée de la cité.

Zayd et les serviteurs conduisirent les chameaux lourdement chargés aux enclos. Muhammad, lui, s'avança vers la Ka'bâ, franchit les murs fraîchement façonnés et se mouilla le front et les lèvres à la source Zamzam. Puis il s'approcha de la Pierre Noire, s'y prosterna et tourna sept fois sur la place sacrée en compagnie d'Abu Bakr et de son oncle Abu Talib.

Quand il se fut incliné une dernière fois devant la Pierre sacrée, ceux de Mekka vinrent le saluer avec le respect dû aux puissants et se réjouir de son retour.

Pendant ce temps, Khadija et ses filles revêtirent des habits de fête. Seule Fatima refusa de porter autre chose que sa robe ordinaire. À présent, assise sous le tamaris de sa cour, Khadija sentait son cœur cogner entre ses côtes comme si sa poitrine était devenue trop petite pour le contenir. L'âge lui grisait les cheveux, mais, sous ces seins qu'un jour son bien-aimé avait tétés comme un enfant, son cœur battait toujours aussi fort.

Combien de fois avait-elle ainsi attendu son époux de retour de pays qu'elle n'avait jamais visités ? Combien de fois l'impatience de l'attente lui avait-elle fait tourner la tête ?

Aujourd'hui, cependant, dès qu'elle l'avait vu, au retour de la Ka'bâ, franchir la grande porte bleue, elle avait deviné que Muhammad n'était pas le même homme que celui qui avait quitté Mekka quatre lunes plus tôt.

En l'apercevant, il précipita son pas et tendit les bras vers elle.

— Khadija, mon épouse !

Ils se sourirent. Sur le visage de Muhammad, elle lut l'amour qu'il lui portait autant que s'il avait prononcé des mots d'amant.

Pourtant, ce n'était pas le même homme. Khadija n'aurait su dire pourquoi.

Agacée par ses filles aînées qui jacassaient, pleines d'excitation, et remplissaient la cour de leurs piaillements, elle gronda :

— Taisez-vous donc ! Croyez-vous que votre père ait envie d'entendre vos sottises à peine de retour à la maison ?

Zaynab, Ruqyya et Omm Kulthum pouffèrent, puis se turent. Non sans faire des mines. Fatima leur tourna le dos et adressa un regard sévère à sa mère.

L'instant d'après, Khadija se mordait les lèvres en frissonnant. La douleur que lui envoyait Al Qasim depuis le jardin où il se trouvait ressemblait de plus en plus à la pointe d'une flèche lui fouillant les entrailles.

Comme toujours, cela ne dura que le temps d'un éclair. Le souffle coupé, elle s'essuya le front. Puis lui vint un mince sourire : combien de fois avait-elle attendu le retour de son époux en sentant la vie de leurs enfants lui marteler les flancs ?

Enfin Muhammad la prit dans ses bras. Il se montra doux et enjoué, comme il savait l'être. À ses filles aînées il offrit les bijoux, bracelets d'argent et colliers, qu'il leur avait rapportés. L'occasion pour elles de pousser de nouveaux cris. De nouer leur bras autour de son cou et de le couvrir de baisers. Il se laissa faire un instant, puis, les écartant :

— Je sais que vous avez beaucoup de choses urgentes à me demander. Mais elles devront attendre.

Fixant Ruqyya, il ajouta :

— Au seigneur Othmân, j'avais dit : une année. Elle est loin d'être écoulée.

La joie excessive des aînées s'éteignit aussitôt. Ce qui plut à Fatima.

Elle se plaça devant son père, qui s'était assis sous le tamaris au côté de Khadija.

— Moi, j'ai quelque chose à te demander pour lequel il n'est pas besoin d'attendre une année.

— Ah ? fit Muhammad. Quoi donc ?

Fatima surprit le coup d'œil amusé de Khadija.

— Pourquoi te moques-tu alors que tu ne sais pas ce que je vais dire ? lança-t-elle à sa mère.

— Moi, je ne me moque pas, s'empressa de dire Muhammad. De toi, je ne me moque jamais.

— Je veux que tu me traites comme ton fils. Pour toi, je ne veux pas être une fille. Je veux être ton fils, comme Al Qasim.

La surprise laissa Muhammad muet. Khadija le vit pâlir, le regard soudain grave. Il se tourna vers elle comme pour lui demander conseil. Elle se garda d'ouvrir la bouche. Alors il tendit les mains et attrapa Fatima par la taille pour l'attirer contre lui.

— C'est une fille que je serre contre moi, chuchota-t-il à son oreille. Mais je sais qu'elle a le cœur et le courage d'un garçon.

— Non, protesta Fatima en repoussant l'étreinte. Ça ne suffit pas. Tu dois me traiter comme ton fils.

Muhammad affronta son regard de colère avant de lui baiser le front.

— Aujourd'hui, tu es encore ma fille au cœur de garçon. Demain, qui peut savoir ?

Le déclin des idoles

Cette nuit-là, Khadija demeura seule sur sa couche, comme toutes les autres nuits. Que son époux ne la rejoigne pas n'était pas une surprise. Qu'aurait-il pu faire d'un corps de vieille comme le sien, lui qui était encore dans la grande vigueur de son âge ?

Cependant, comme cadeau de retour, Muhammad lui avait offert un sac de sukar. Le sucre de leurs épousailles ! Toute la nuit, Khadija tint le sac ouvert près d'elle, y puisant des pincées de grains bruns et les déposant entre ses lèvres où ils fondaient lentement. Dans cette douceur qui envahissait son corps lui vint le souvenir de toutes les fois où Muhammad l'avait rejointe sur cette même couche et où le désir fondait entre leurs lèvres.

Ce fut une belle nuit. Une nuit comme Khadija n'en avait pas passée depuis bien longtemps. Étrangement, la douleur que lui lançait Al Qasim depuis le jardin se fit plus rare et moins violente, comme si le sucre de Muhammad parvenait à l'adoucir.

Cependant, à la première lueur de l'aube, quand elle fut debout, enjouée et presque rajeunie, espérant préparer elle-même le premier repas du matin pour son époux, Khadija trouva sa cour en émoi.

Zayd lui annonça :

— Ne cherche pas Muhammad, saïda. Il est parti avant que le jour ne se lève.

— Parti ? Parti où ?

— Je ne sais pas. Il ne l'a pas dit. Il a seulement annoncé qu'il serait de retour au coucher du soleil.

Du mieux qu'elle put, Khadija cacha sa déception. Elle retint toutes les questions qui déjà lui dévoraient le cœur.

Alors que les servantes approchaient de la cuisine pour relancer les feux, il y eut des cris. Khadija les rejoignit. Il ne lui fallut pas longtemps pour comprendre ce qui provoquait cette émotion : les autels d'Hobal et d'Al'lat avaient été renversés, les cendres des offrandes dispersées et piétinées. On y devinait les amulettes brisées.

Avec une grimace embarrassée, Zayd expliqua à voix basse :

— Dès qu'il s'est levé, maître Muhammad est venu devant les autels et les a renversés. Il a dit qu'il ne devait plus y en avoir dans la maison. Il m'a ordonné : « Veille à ce qu'on ne dépose plus d'offrandes et à ce qu'aucune fumée ne s'élève de ces briques. »

Abdonaï arriva et considéra à son tour les vestiges des autels. Il chercha le regard de Khadija. Elle crut y lire un éclat moqueur. Waraqà approcha, frappant le sol de sa canne comme s'il voulait l'y enfoncer. Un curieux sourire découvrit ses gencives.

— Ah, dit-il avec plaisir, ça n'a pas tardé, cousine Khadija ! Dès son retour, ton époux a fait ce que tu aurais dû accomplir depuis longtemps.

Khadija ne protesta pas. Abdonaï opina, ajoutant à l'intention de Waraqà :

— Ce ne sera pas long, de nettoyer ces détritus.

Surprise par l'adhésion de son fidèle Perse, Khadija s'en prit aux servantes :

— Cessez de gémir ! Le hanif Waraqà a raison. J'ai tardé à supprimer ces autels parce que vous y étiez attachées. Mon époux a fait ce qu'il devait faire. À partir d'aujourd'hui, cette maison sera une maison sans idole. Si vous craignez vos dieux et voulez changer de maisonnée, vous le pouvez. Si vous voulez courir faire des offrandes à vos idoles sur la place de la Ka'bâ, vous le pouvez aussi. Sinon, dépêchez-vous de faire cuire les galettes et apportez-nous le lait du matin.

À peine eut-elle prononcé ces mots qu'Abu Talib entra dans la cour, tout agité. Ses yeux vifs sautèrent d'un visage à l'autre.

— Où est Muhammad ? demanda-t-il.

Personne ne lui répondit.

— Il devrait être à la mâla ! s'exclama-t-il d'une voix stridente d'impatience. Les seigneurs l'y attendent ! On me demande : « Où est ton neveu ? Où est ton neveu ? » Et je ne sais que répondre.

— Alors ne réponds rien, grinça Waraqà en pointant sa canne sur Abu Talib.

Le cœur et les tempes battantes, mais ne voulant surtout pas le montrer, Khadija eut un geste d'apaisement.

— Mon époux est sorti tôt ce matin. Il ne sera pas de retour avant le coucher du soleil.

— Sorti pour aller où ? s'indigna Abu Talib.

— Il ne me l'a pas dit, répondit calmement Khadija. Je dormais quand il est parti. Ce n'est pas à une épouse de surveiller les pas de son époux.

Tout le matin, par orgueil, comme aurait dit Waraqà, Khadija rongea son frein et attendit que la chaleur de l'après-midi ensommeille la maisonnée pour questionner Zayd.

Avant de quitter la cour, Muhammad s'était-il montré soucieux ou fâché ? Non, répondait Zayd. Le maître était de son humeur ordinaire, calme et aimable.

N'aurait-il pas dit ce qu'il allait faire de sa journée sans que Zayd ne s'en rende compte ? insista Khadija. Certainement pas ! s'offusqua Zayd. Chacune des paroles de son maître, il les cueillait comme une rosée dans le désert.

Peut-être avait-il une grande affaire de commerce à régler ? suggéra encore Khadija. Avaient-ils fait des achats particuliers aux pays de Sham et de Ghassan ?

Rien qu'on ne vende et n'achète dans Mekka depuis longtemps, répondit Zayd. Quoique, cette fois, la cargaison de sukar fût plus importante que d'habitude. Maître Muhammad était assuré de bien la vendre aux commerçants à la peau noire venus de Sawakin et d'Adulis.

Khadija posa encore une dizaine de questions auxquelles Zayd répondait toujours par la négative, sur un ton de plus en plus las. Khadija finit par se taire. Quand elle vit le silence et la chaleur

abrutir le jeune esclave, elle lui demanda brusquement :

— Et des femmes de Sham et de Ghassan,
quand il était dans les belles villes du Nord, mon
époux en a-t-il fréquentées ?

Zayd sursauta et la fixa, bouche bée.

— Saïda ! Non, non !

— Ne rougis pas. Crois-tu que les épouses
ignorent la vie que mènent leurs époux quand
ils conduisent les caravanes dans le désert ?
Réponds-moi. Et dis la vérité. Sois sans crainte,
je ne te questionne pas par jalousie.

— Non, saïda ! Maître Muhammad n'est pas
comme les autres. Aller vers les femmes des marchés... Lui, jamais !

— Jamais... Et les belles servantes de la caravane ?

— Saïda ! Ni elles ni les autres.

— Tu es bien sûr de toi.

— J'étais tout le temps auprès de mon maître.

— Peut-être est-il plus rusé que toi.

— Saïda ! Quand on marche côte à côte toute
la journée, comment pourrait-on se cacher des
choses ?

— En marchant la nuit, pendant que les autres
dorment, mon garçon, répliqua Khadija avec un
sourire et une simplicité qui choquèrent Zayd.

— Non, saïda. La nuit non plus, maître
Muhammad ne marchait pas vers les femmes. Si
je mens, que le dieu Christus me punisse.

Avec un sérieux comique, Zayd ferma les paupières et offrit son visage et ses paumes au ciel,
comme si une lame pouvait à l'instant le frapper.
Khadija esquissa un sourire de tendresse. Elle

attendit que Zayd rouvre les yeux pour demander d'une voix adoucie :

— Tu le surveillais aussi la nuit ?

— Non. Bien sûr que non. Mais, quand il le pouvait, maître Muhammad achetait des rouleaux de mémoire pour en faire cadeau à Waraqà. Il me demandait de les lire jusque tard. On a brûlé beaucoup d'huile de lampe, saïda, tu peux me croire. Parfois, le maître me demandait de relire dix fois le même passage, jusqu'à ce qu'il le connaisse par cœur. La vérité, saïda, et je ne m'en plains pas, c'est que je n'ai presque pas dormi de tout le voyage.

— Alors tu dormais le jour sur ton chameau.

— C'est arrivé.

— Et ton maître, dormait-il lui aussi ?

— Non ! Lui, il n'a pas besoin de sommeil comme moi.

Khadija eut un sourire qui se mua en un brusque et violent gémissement de douleur. Elle s'agrippa le ventre des deux mains, la bouche grande ouverte pour happer un peu d'air. Zayd était déjà debout, s'écriant :

— Saïda ! Saïda !

Khadija trouva la force d'agiter la main pour lui ordonner de se taire. La respiration lui revenant, elle dit, la voix blanche et le regard dur :

— Ce n'est rien. Rien du tout. Des affaires de femme qui ne sont pas faites pour tes oreilles. Va dormir, mon garçon, puisque tu as besoin de repos. Et surtout, tiens ta langue. Ne va pas jouer les commères auprès de Waraqà ou de mon époux en parlant de ce que tu ignores.

Les interrogations de Khadija

Comme il l'avait promis, Muhammad fut de retour avant la nuit.

Khadija s'abstint de le questionner. Le bonheur de voir son époux rire avec ses filles aînées et jouer aux osselets avec Fatima tant que la lumière le leur permettait était bien trop grand pour qu'elle eût le désir de l'interrompre. En outre, elle avait eu la journée pour réfléchir et s'apaiser.

Que Muhammad ne fut pas allé rejoindre une femme, qui aurait pu en douter ? Elle le connaissait depuis assez longtemps pour savoir qu'il tenait ses promesses. Il préférait la vérité au mensonge et le courage de dire à la dissimulation. S'il se comportait de cette étrange manière, sans doute avait-il de bonnes raisons. Le moment viendrait de les connaître. Il était temps de suivre les conseils de Waraqà et de se montrer humble et patiente.

Cette nuit-là, Khadija picora encore dans le sac de sukar. De nouveau, il lui sembla que la douleur d'Al Qasim en devenait plus douce.

Elle fut debout avant l'aube mais n'alluma pas de lampe. Elle posa son tabouret sur le seuil de sa chambre et attendit. Le ciel blanchissait à peine quand elle devina la silhouette de son époux. Il s'approcha de la cuisine et fouilla dans les sacs pour trouver quelques dattes, des galettes de la veille.

Elle resta immobile et tint les yeux fixés sur lui. Muhammad avait déjà poussé la porte de la maison quand il se retourna. Et comme s'il la devinait dans l'ombre, il lui adressa un salut.

Au cœur de la matinée, Abu Talib revint, et, ainsi que la veille, s'enquit de Muhammad. Devant l'ignorance de Khadija, il s'irrita.

— Ton époux quitte ta cour sans remplir ses devoirs et tu ne sais pas où il va ?

— Non.

— Il ne s'occupe pas de tes affaires et tu ne t'en soucies pas ?

— Ce sont ses affaires autant que les miennes.

— Alors, tu devrais te montrer plus attentive. À la mâla, son siège vide fait jaser. Et tes servantes sont allées gémir sur la place de la Ka'bâ. Dans Mekka, plus personne n'ignore que Muhammad a détruit les autels d'Hobal et d'Al'lat qui protégeaient ta cour. Des serviteurs de la caravane racontent que, pendant le voyage aux pays de Sham et de Ghassan, ton époux est devenu comme ceux du Nord. Un homme des Christus ou des Yudah ! Je viens de croiser mon cousin Abu Lahab. Il avait l'air étrange. Il m'a demandé : « Ton neveu a fait remonter les murs de la Ka'bâ en insultant Abu Sofyan, et maintenant il renverse Hobal et Al'lat, ainsi que les fous du Nord ? Pour qui se prend-il ? » Abu Lahad est mauvais. Il nous déteste. Abu Sofyan et lui marchent main dans la main. Si ton époux ne réagit

411

pas, leurs deux mains seront bientôt plus fortes que les nôtres.

Les paroles d'Abu Talib ne surprirent pas Khadija. Il lui semblait même qu'elle les attendait depuis longtemps. Depuis que Muhammad avait replacé la Pierre Noire à l'angle de la Ka'bâ et ordonné qu'on y érige un toit.

Faisant fi de son exaspération, elle se contenta de lui demander :

— Penses-tu que ce soit vrai ? Que mon époux est devenu un fidèle de Christus ou du dieu des Yudah ?

— Ne me pose pas cette question. Interroge ton esclave Zayd et ton cousin Waraqà. Ils sauront te répondre.

— Alors, à toi je demande : si mon époux était de ceux-là et allait contre les dieux de Mekka, le soutiendrais-tu ?

Le visage d'oiseau d'Abu Talib se plissa. Son regard rusé examina Khadija.

— Je sais ce que je te dois, saïda bint Khowaylid. Je sais aussi la faute que j'ai commise en fuyant Mekka devant la maladie. À mon âge, commettre une grande faute suffit. Il ne me reste plus assez de temps pour m'en faire pardonner une seconde.

Abu Talib sourit. Il semblait très heureux des mots qu'il prononçait.

— Là où tu iras pour soutenir ton époux mon neveu, j'irai. Qu'Al'lat m'entende si je mens, ajouta-t-il avec un petit rire. Elle a toujours son autel dans ma cour.

Khadija acquiesça. Mais, au lieu du sourire qu'elle voulait lui adresser en retour, elle serra les lèvres sur un cri de douleur. Abu Talib ouvrit de grands yeux.

— Saïda ! Saïda, ai-je dit quelque chose qui t'a contrariée ?

Khadija secoua la tête, respira à petits coups pour reprendre son souffle.

— Non, chuchota-t-elle, à peine audible.

— Tu es malade ? Tu souffres ! s'exclama Abu Talib en pâlissant.

— Non...

— Je te vois, tu trembles...

— Tu ne vois rien, affirma Khadija d'un ton plus ferme. C'est la douleur de penser à mon fils Al Qasim qui me saisit de temps à autre.

Abu Talib, qui ne la quittait pas des yeux, voyait la sueur sur son front, le sang battre vite à son cou. Il se tut, attendit qu'elle retrouve son aplomb.

— Tu ne vois rien, répéta-t-elle. Et ne dis rien, à personne, de ce que tu n'as pas vu.

Abu Talib prit encore le temps de l'observer. Pour la première fois, Khadija lut dans ses yeux une douce et grande tristesse. Elle baissa les paupières avec gêne.

— Nos entrepôts sont pleins. Qui va vendre pour toi, si ton époux ne se montre pas ? reprit l'oncle Abu Talib.

— Moi.

— Toi ?

La voix de Khadija retrouvait de l'assurance.

— As-tu la mémoire si courte ? As-tu oublié qu'il y a quelques années la saïda bint Khowaylid vendait trois fois ce que tu vendais ?

Abu Talib se dressa et leva la main vers le ciel.

— Mieux vaut que tu ne tardes pas.

Tous furent étonnés de voir Khadija arriver aux entrepôts sur sa mule blanche, accompagnée de Zayd et d'Abdonaï. Les murmures s'envolèrent sans attendre vers les maisons de Mekka. Mais au zénith, quand cessa le commerce du jour, chacun avait réappris combien la saïda bint Khowaylid était plus inflexible en affaire que son époux Ibn 'Abdallâh.

Peut-être Muhammad l'apprit-il aussi, d'une manière ou d'une autre. Ce soir-là, après avoir joué avec ses filles, il s'approcha de son épouse et lui baisa les mains.

Pas plus que la veille, elle n'ouvrit la bouche pour le questionner. Toutefois, quand il se releva, elle fut contre lui et l'enlaça, mordant son manteau à hauteur de l'épaule comme elle l'avait fait, bien des lunes plus tôt, le jour de la mort d'Al Qasim.

Muhammad comprit. Il posa sa paume contre sa nuque, la serrant tout entière contre lui pendant un instant.

Au lever du jour, quand il s'approcha de la cuisine afin de dénicher un peu de nourriture pour sa journée, il trouva un petit sac de cuir déjà prêt avec tout ce qu'il cherchait.

Il se retourna en souriant vers la chambre de son épouse. Ils n'eurent pas besoin d'un signe pour se saluer.

Les grottes de Hîra

Cela dura une lune. Au coucher du soleil, Muhammad poussait la porte bleue de la cour. Il prenait des nouvelles de ses filles, écoutait un peu le bavardage des aînées et gardait dans la sienne, aussi longtemps qu'elle le voulait, la main de Fatima. Tous les deux ne jouaient plus aux osselets. Être près de son père quand venait la nuit et sentir la chaleur de sa paume contre la sienne suffisait à la petite fille au cœur de garçon.

Muhammad s'installait ensuite face à Khadija pour manger une galette, un peu de fromage et des dattes. Enfin, avant de disparaître dans l'obscurité de la cour en direction de sa chambre, il lui baisait les lèvres et les yeux. Souvent, elle se demandait s'il allait rejoindre Waraqà. Elle n'osa jamais le demander, ni à son époux ni au hanif.

À l'aube, elle regardait Muhammad quitter la cour. Fatima ne tarda pas à l'accompagner dans ce rituel. Devant la chambre des serviteurs, mère et fille devinaient les ombres de Zayd et d'Abdonaï. Muhammad franchissait la porte bleue sans plus se soucier d'eux ni se retourner pour les saluer.

Lorsque Khadija eut vendu toutes les marchandises de la caravane, Abu Talib se montra fébrile. Il venait sous le tamaris et répétait :

— À la mâla, Abu Sofyan et Abu Lahab mènent la danse contre nous. À leur manière : jamais de front, mais avec le venin de ceux qui frappent à l'improviste.

Ou il grognait et pestait sans que Khadija sût à qui s'adressait sa mauvaise humeur :

— Même les plus fidèles se fatiguent de ne pas voir Muhammad nous rejoindre et répondre à tous ces mensonges.

Parfois, il se montrait franchement inquiet.

— J'ai entendu Abu Sofyan assurer à des marchands de Saba qu'ils ne pouvaient plus compter sur nos caravanes. « Pourquoi ? » a demandé l'un d'eux. « Ibn 'Abdallâh ne soucie plus de commerce. Il préfère se promener dans la montagne », a répondu Abu Sofyan en ricanant. Abu Bakr l'a entendu comme moi. Il s'est mis en colère.

Ou encore :

— Abu Lahab passe son temps sur l'esplanade de la Ka'bâ, où il raconte que ton époux va venir comme un fou détruire les idoles. Et que répondre quand chacun sait qu'il a détruit les autels d'Hobal et d'Al'lat dans ta cour ?

Plus le temps passait, plus Abu Talib se montrait accablé.

— Le mal est fait. Ceux qui appelaient ton époux Muhammad al Amin, « l'homme sûr », il y a encore cinq ou six lunes, haussent maintenant les épaules quand on prononce son nom. À quoi leur est-il utile, désormais ?

Aux grincements et aux soupirs du vieil oncle, Khadija répondait d'un regard. D'un sourire. Abu Talib finissait chaque fois par faire claquer ses paumes sur ses cuisses en hochant la tête.

— Oui, grommelait-il, pas d'autre solution que d'attendre qu'il en ait terminé... Mais terminé avec quoi, je te le demande ? Qu'est-ce que tout ça va nous apporter ?

Khadija souriait, s'efforçait de dissiper le doute et l'impatience qui la torturaient tout autant que l'oncle de Muhammad. À chacune de ses visites, Abu Talib guettait les traces de la douleur d'Al Qasim sur le visage de Khadija. En vain. Elle excellait dans l'art de la dissimulation. Pourtant, la douleur ne la quittait pas, bien au contraire.

Comme l'été s'achevait, Abu Talib annonça qu'Abu Bakr et lui allaient bientôt former une caravane. Il dit à Khadija :

— Ne le prends pas mal. Ce sera une caravane sans tes chameaux. Je veux montrer à Abu Lahab et à Abu Sofyan que mes affaires prospèrent sans l'aide de ton époux.

— Alors, tu n'as pas besoin non plus d'Abu Bakr, objecta Khadija.

Abu Talib hésita. Khadija convainquit sans peine Abu Bakr :

— Muhammad n'est jamais parti sans toi. Et qui sait si demain, quand la caravane d'Abu Talib sera sur les routes, il n'aura pas besoin de toi ici, à Mekka ? Reste. Il n'y a pas dans cette ville un homme pour qui il ait plus d'amitié. Quand il sortira du silence, à qui pourra-t-il s'adresser, si ce n'est à toi ?

Abu Bakr était d'accord avec Khadija. À Abu Talib, il dit :

— Attends encore. Ta caravane peut partir dans deux lunes aussi bien qu'aujourd'hui. D'ici là, Muhammad sera peut-être de retour parmi nous. Nous irons tous ensemble à Saba.

Abu Talib refusa. Il était obstiné de nature, et l'humiliation qu'il subissait à la mâla en l'absence de Muhammad avait largement entamé sa patience.

Alors qu'on approchait de la lune nouvelle du mois de ramadan, l'indulgence de Khadija finit elle aussi par s'éroder.

Elle fit venir Zayd sous le tamaris et lui demanda :

— Toi qui aimes les nombres, sais-tu depuis combien de temps maître Muhammad quitte notre cour pour aller on ne sait où ?

— Quarante et un jours, répondit Zayd sans hésiter.

— Si mon époux n'était pas ton maître mais ton père, que ferais-tu en le voyant quitter la cour tous ces quarante et un matins ?

Zayd ne saisit pas tout de suite la question de Khadija. Puis son visage s'éclaira.

— Si j'étais son fils ? Il y a longtemps que je l'aurais suivi pour savoir où il passe ses journées.

— Alors tu n'es plus esclave dans cette maison. Tu es le fils adopté du seigneur Muhammad ibn 'Abdallâh.

— Saïda !

— C'est dit. Tu m'appartenais, tu ne m'appartiens plus. Waraqà écrira cela dans ses rouleaux.

Maintenant, c'est en fils que tu dois obéir et protéger mon époux.

— Saïda, maître Muhammad ne voudra peut-être pas de moi pour fils.

— Serais-tu si mauvais qu'il te refuserait ?

Khadija dut attendre encore deux jours avant que Zayd se présente devant elle. Le cœur battant, elle l'écouta raconter comment Muhammad se faufilait dans les ruelles les plus étroites pour sortir de Mekka.

— Il court presque et il rabat le capuchon de son manteau loin sur ses yeux pour que personne ne le reconnaisse. Ensuite, il emprunte un sentier qui conduit aux falaises du mont Hîra, celles qui sont percées de grottes. Il marche vite dans la montée. On dirait qu'il connaît son chemin. J'avais du mal à le suivre. Quand il arrive aux grottes, le soleil a à peine jauni le ciel.

Zayd s'interrompit en inclinant la nuque. Khadija fronça les sourcils.

— Et ensuite ?

— Ensuite... il entre dans une grotte.

— Et...

— Il prie.

— Il prie ? C'est tout ?

Zayd approuva d'un signe.

— Tout le jour ? insista Khadija.

— Tout le jour.

— Que me caches-tu, fils de Muhammad ibn 'Abdallâh ?

Zayd releva le visage.

— Il prie comme priait mon père de Kalb. À genoux, les paumes ouvertes, puis en baissant le front jusqu'au sol. Cent fois dans la journée.

Khadija fut déçue.

Qu'avait-elle attendu d'autre ? Elle l'ignorait. Mais la déception était là.

Elle demanda à Zayd :

— Il ne t'a pas vu, au moins ?

Le garçon secoua la tête.

— Ne ne le laisse jamais tout seul quand il court dans Mekka, fit Khadija. Certains seraient trop contents de le surprendre et d'inventer des mensonges sur ce qu'il fait et ne fait pas.

Elle se présenta devant Waraqà et, ravalant son orgueil, lui raconta ce qu'elle venait d'apprendre. Le hanif posa sur elle un regard ironique.

— N'as-tu pas dit que ce n'était pas le rôle d'une épouse de surveiller les pas de son époux ?

— Ne joue pas avec moi, cousin Waraqà ! s'énerva Khadija. Quoi que fasse mon époux, il fait bien. Ce que je veux savoir, c'est s'il prie maintenant le dieu de Christus. Nous savons tous que c'est ton dieu...

— Ne parle pas de ce que tu ignores, femme !

— D'une manière ou d'une autre, c'est ton dieu, cousin Waraqà. Même les femmes ont des oreilles, je te l'ai déjà dit. Et, aujourd'hui, ton dieu est peut-être devenu celui de mon époux.

— À lui de te le dire.

— À moi de le protéger quand les puissants de Mekka l'apprendront. Ce qu'ils pensent du dieu sans apparence de Sham et de Ghassan, tu le sais. Ils n'attendent qu'une occasion pour détruire Muhammad ibn 'Abdallâh.

Frappant le sol avec sa canne comme chaque fois que l'émotion le prenait, Waraqà claudiqua de long en large avant de lâcher :

— Si tu crois que j'ai eu une mauvaise influence sur ton époux en lui parlant du dieu unique et en lui lisant les rouleaux des anciens, tu te trompes. Ton Muhammad ibn 'Abdallâh est assez fort pour suivre son chemin selon son choix, et personne n'y peut rien. Quand il sera arrivé où il doit arriver, tu le sauras. Si cela lui plaît de te le confier.

La révélation

Six jours plus tard, Waraqà fut le premier surpris de la manière dont Muhammad se confia à
son épouse.

C'était le milieu de l'après-midi, au plus chaud
de la journée. Chacun sommeillait dans l'ombre.
Un peu plus tôt, Khadija avait été réveillée par
la douleur d'Al Qasim. La lame était allée loin.
Elle avait dû s'agenouiller pour la supporter sans
hurler, les poings noués sur son ventre.

Comme chaque fois, cela disparut aussi brutalement que c'était venu. Khadija se releva, marcha jusqu'à une jarre. Elle y trempa un linge pour
s'en mouiller le front et la nuque. Ses mains
tremblaient encore. Elle resta un peu, s'appuyant
au rebord de la jarre pour mieux respirer. Elle
avait les paupières closes quand elle entendit le
battant de la porte bleue frapper bruyamment
contre le mur. Elle releva le visage. Le manteau
flottant derrière lui, la bouche béante et les yeux
écarquillés, son époux courait vers elle à travers
la cour. Elle cria :

— Muhammad ?

Il bondit dans sa chambre, poussant des
plaintes aiguës qu'elle comprit à peine.

— Sauve-moi ! Sauve-moi !

Hurlant encore, il se jeta derrière la couche tandis qu'elle appelait de nouveau :

— Muhammad ! Muhammad !

— Ahiii ! Sauve-moi !

Il arracha de ses deux mains les couvertures et s'y roula en boule comme un animal pétrifié. Khadija s'approcha de lui, le découvrit et tenta de l'enlacer.

— Qu'y a-t-il, Muhammad ! Que t'arrive-t-il, mon époux ?

Il leva son visage déformé vers elle, la bouche tremblante.

— Un démon ! Un démon ! Il m'a pris !

Il ruisselait de sueur. Khadija se releva pour aller chercher le linge sur le rebord de la jarre. Muhammad lui enserra les jambes.

— Reste ! Reste, ne pars pas !

— Je veux...

— Reste !

Il lui agrippa les mollets de toutes ses forces. Toujours roulé en boule sur le sol, il cachait à présent son visage sous sa tunique en balbutiant :

— Il m'a pris ! Il m'a pris !

Khadija s'assit sur le bord de la couche. Elle posa les mains sur les épaules de son époux et le redressa un peu afin qu'il puisse presser son visage contre son ventre.

— Là, là, dit-elle, calme-toi.

Des mots de mère. Elle s'en rendit compte. Des mots qui firent couler en elle une paix étrange. Elle sentit la respiration et le cœur de Muhammad s'apaiser. Il frissonnait. Elle le serra encore plus contre son ventre que la douleur d'Al Qasim avait tranché un instant plus tôt. Comme elle se sentait bien, pourtant ! Elle eut envie de rire. Son époux pris par un démon ? Quelle idée folle ! Elle embrassa la tempe de Muhammad, baisa sa bouche brûlante.

— Raconte-moi, murmura-t-elle.

— Dans la grotte. Il s'est mis à faire nuit. La nuit en plein jour. Je me suis relevé. J'ai pensé tout de suite : Voilà l'œuvre d'un démon ! Et il est venu derrière moi. Il m'a attrapé aux épaules et m'a secoué. Secoué, secoué comme on secoue les oliviers pour la récolte ! Je ne le voyais pas. Mais sa force ! Pas une force d'humain. Il a dit : « Récite ! » Sa voix a résonné dans la grotte. « Récite ! » Et moi : « Quoi ? Quoi ? Que veux-tu que je récite ? » Et lui : « Récite ! » Et il me prend encore, il me tourmente encore ! « Récite ! Récite ! » Et moi : « Mais quoi ? Ô seigneur ! Je ne sais rien ! Que pourrais-je savoir ? » Alors il me serre plus fort encore. Je pense : Je vais mourir ! Un démon m'emporte ! Mais lui, il me tient. Devant moi brillent des lettres pareilles à celles des rouleaux de mémoire. Il dit : « Lis ! » Je gémis : « Je ne sais pas lire, Seigneur ! » Il répète en me secouant : « Lis ! » Et moi j'entends les mots à lire : « Au nom de Ton Seigneur qui a créé ! Il a créé l'homme de sang coagulé ! » Lui, il me secoue encore : « Lis ! Lis ! Par Ton Seigneur très Généreux. Qui m'enseigna au moyen du calame. Il enseigna à l'homme ce qu'il ne savait pas ! » Ô, Khadija, protège-moi, je deviens fou ! Le démon m'a fait parler de ce que je ne sais pas ! Khadija ! Je t'en supplie, protège-moi !

Pour apaiser Muhammad, il fallut du temps. Des caresses. Du temps encore. Quand les tremblements de son époux cessèrent enfin, quand elle put lui fermer les yeux pour un peu de repos, Khadija courut prévenir le hanif.

— Cousin Waraqà, Muhammad est de retour. Il dit qu'il a été pris par le démon. Mais le démon, je ne le sens nulle part en lui.

Cette fois, le cousin Waraqà se dressa pour l'écouter. Bouillant d'impatience.

— Qu'a-t-il dit ? Quel démon ?

De son mieux, Khadija répéta chacun des mots de son époux. Quand elle se tut, on eût cru que le hanif avait oublié sa mauvaise jambe tant il sautillait d'excitation.

— Saint ! Saint ! s'écria-t-il en prenant presque la même voix que Muhammad. Par celui qui détient mon âme, Khadija, c'est le suprême Nâmus qui est venu à lui ! Celui qui est venu à Moïse ! Khadija, ton époux est notre Très Grand Prophète. Ne le laisse pas faiblir !

Le prophète

Cette nuit-là, tout changea.

Quand Khadija revint auprès de son époux, elle le trouva tremblant, étendu sur sa couche. À son approche, il se redressa brusquement, manquant d'éteindre la flamme de la lampe.

— Que dit le hanif ? Il a senti les démons lui aussi ?

Khadija l'enlaça et le couvrit de baisers, de caresses.

— Waraqà dit : « Saint ! Saint ! » Il crie de joie. Il dit que la Loi divine est descendue sur toi, mon époux. Il dit : « Muhammad ibn 'Abdallâh est notre prophète comme Musâ a été le prophète des Juifs. Qu'il tienne bon ! Qu'il soit plein de courage. Ce ne sont pas les démons qu'il doit redouter, ce sont ceux de notre peuple sourds aux paroles que prononcera sa bouche. »

Malgré les rires de joie et les mots de Khadija, Muhammad demanda une fois encore, le front noué de rides :

— Je ne suis donc pas fou ? Les impurs ne me tordent pas la tête ?

Khadija répondit en lui baisant les mains et le front :

— Non. Waraqà dit : « C'est Djibril qui est venu battre des ailes près de ton époux et souffler l'haleine divine sur sa nuque. »

— Peut-être, mais qui me croira ?

— Moi. Moi, je te crois.

Muhammad cessa de frissonner. Les battements de son cœur, qui résonnaient avec force sous la paume de Khadija, devinrent plus réguliers. La main sur la poitrine de son époux, elle dit :

— Demain à l'aube, tu retourneras dans la grotte. Peut-être retrouveras-tu Celui qui t'est apparu. Et moi, dès que tu seras prêt, je ferai venir des scribes. Tu leur réciteras ce que l'ange t'aura dit et ils traceront tes mots avec des calames sur des feuilles de palmier et des pierres plates. Ainsi nous aurons, nous aussi, comme les chrétiens et les Juifs, notre livre.

Muhammad ne répondit pas.

Khadija s'allongea près de lui. Elle souffla la flamme de la lampe. Dans le noir, ils nouèrent leurs mains. Khadija songea qu'il y avait longtemps, si longtemps, qu'elle n'avait pas contemplé le noir de la nuit au côté de son époux. Maintenant, tout était différent.

Comme sa longue attente, sa solitude, le froid de s'être tenue hors de la paume d'Al'lat et d'Hobal étaient récompensés ! Comme elle avait eu raison, dès le premier regard, d'être gorgée d'amour pour cet homme qui tenait sa main et qui n'était comme aucun autre !

Elle avait été comblée de bonheur. Puis le malheur était venu et avait semblé tout recouvrir. Il y avait eu le silence terrible des dieux de pierre, de bois, de cornaline, des dieux de fumée et de cendre. Le doute et l'impatience l'avait rongée. Et voilà qu'une vie nouvelle jaillissait de la bouche de son époux, en mots tremblants et craintifs, mais qui déjà rendaient l'obscurité douce comme une caresse.

Pourtant, malgré le bonheur qui l'envahissait, alors que la paix de la nuit enfin se posait sur sa couche, Khadija ne put s'empêcher de penser à Al Qasim. « Comme ce fils, aujourd'hui, aurait été fier de son père. »

Presque aussitôt une lame jaillit de ses reins, déchira ses entrailles et provoqua un cri de douleur en même temps qu'une secousse qui arracha sa main de celle de son époux. Muhammad sursauta.

— Khadija !

Dans le noir, il sentit les spasmes qui agitaient son corps. Il l'entendit qui haletait et gémissait. Il la prit dans ses bras, la serra, chuchotant :

— Femme, femme ! Que t'arrive-t-il ?

Contre son oreille, il perçut le souffle brûlant de son épouse.

— Tu as mal ? s'écria-t-il. Pourquoi as-tu mal ?

Dans un murmure, elle prononça des mots à peine audibles, répondit que ce n'était rien. Puis, comme la douleur, selon son habitude, s'effaçait, elle expliqua à Muhammad combien Al Qasim, depuis des lunes, restait en elle. Comment, par instants, leur fils se déchargeait dans le corps de sa mère de la douleur qui l'avait tué afin d'être plus léger dans le jardin qui accueillait les enfants.

Dans le noir, les joues de Muhammad se mouillèrent de larmes. Khadija voulut protester. Mais déjà, délicatement, il relevait sa tunique, posait ses lèvres et son front sur son ventre de vieille femme, comme s'il voulait à son tour y absorber la douleur d'Al Qasim.

Et elle sourit, car il lui sembla qu'une douceur pareille à celle d'une quantité infinie de sukar fondait en elle.

À l'aube, Muhammad se prépara à rejoindre la grotte qu'il avait fuie avec tant d'effroi la veille. Khadija put lire encore un peu de crainte sur son visage, mais aussi la hâte et le courage. Elle fit un signe à Zayd et dit à son époux :

— À partir de ce jour, regarde Zayd comme ton fils et accepte qu'il te suive de loin.

Muhammad ne prêta guère attention à ces mots. Il se pressa vers la porte bleue sans se soucier de qui le suivait. Il revint le soir dans les ombres du crépuscule.

Waraqà et Khadija étaient là à l'attendre. À son air ils comprirent immédiatement que l'ange Djibril avait encore imprégné le savoir de Muhammad de paroles descendues du ciel. Sa peur avait disparu. Il avait le visage léger et frais en approchant de son épouse et du hanif. En guise de salut, il leur dit :

— Mon Seigneur crée l'humain d'une goutte. D'un grumeau ! Il instruit par le calame, Il enseigne à l'humain ce qu'il ignore.

Il s'interrompit, les yeux un peu fixes, comme s'il contemplait au-dedans de lui-même toutes ces paroles que l'ange Djibril y avait inscrites. Puis il rit, s'assit sur son tabouret au côté de Khadija et se montra plein d'animation.

— Il est encore venu derrière moi, poursuivit-il en soutenant le regard brillant de Waraqà. Il m'a ordonné : « Lis, lis ! » Et j'ai lu ce que je ne sais pas lire, moi qui n'ai rien appris !

Waraqà, tout ému, s'écria :

— Il t'appelle ! Il t'appelle comme il a appelé Musâ !

Muhammad ne protesta pas. Agitant vivement les mains, s'adressant à son épouse comme au hanif, il raconta encore sa rencontre avec les mots qui descendaient sur lui. Quand il se tut, Waraqà s'exclama :

— Ah, quelle nouvelle ! Oh, le grand jour ! Il faut te préparer à tenir bon. Si seulement j'étais jeune, si seulement je pouvais être encore vivant quand le peuple de Mekka t'expulsera !

— Que dis-tu ? souffla Khadija, alarmée.

— Ce que je dis et je sais, fit Waraqà en éludant sa question de la main.

Mais Muhammad était tout autant étonné.

— Tu crois que ceux de Mekka me chasseront de notre cité ?

— Je dis : jamais un homme n'a apporté ces mots que tu prononces sans que les colères ne s'enflamment de partout. Prépare-toi et trouve des compagnons plus valides que moi. Je voudrais le voir, oh oui ! Mais ton temps ira bien au-delà du mien.

L'annonce de temps difficiles

Dans les lunes qui suivirent ces jours de ramadan, malgré l'intensité de son bonheur, Khadija ne parvenait pas à oublier la mise en garde de Waraqà. Cependant, tout parut d'abord aisé.

Avec beaucoup de discrétion, Muhammad continua d'aller recueillir l'abondance des paroles que son Rabb, son Seigneur Très Haut, déversait en lui. Zayd l'accompagnait et veillait à sa tranquillité. Et chaque soir Muhammad revenait dans la cour, la fatigue et la paix sur le visage. Parfois il répétait quelques-unes des paroles apprises durant le jour. Parfois il les murmurait au cœur de la nuit, et Khadija les entendait distinctement, car désormais son époux restait allongé près d'elle dans l'obscurité, ses mains fermement nouées aux siennes.

Durant les premières de ces nuits, elle guetta avec inquiétude les retours de la douleur d'Al Qasim. Aussi incroyable que cela puisse paraître, depuis que Muhammad avait baisé son ventre, la nuit comme le jour, aucun mal ne la reprit. Alors, les yeux ouverts sur le noir, elle pouvait encore mieux entendre les murmures de son époux, même si elle ne les comprenait pas toujours.

Il disait :

« *Ne t'avons-nous pas dilaté la poitrine et déposé loin de toi le fardeau, celui qui pesait sur ton dos ?* »

Ou :

« *Un jour les humains seront semblables à des papillons voletant de-ci de-là et les montagnes auront l'apparence de la poussière de laine au rouet !* »

Ou encore :

« *Nous t'avons enseigné, n'oublie rien !* »

Au matin, quand Muhammad repartait pour la grotte, Khadija souriait, étonnée, car ces mots lui revenaient dans la bouche comme une chanson mille fois chantée.

Elle souriait ainsi quand Fatima vint devant elle l'un de ces matins, l'air révolté et le ton prêt à la dispute.

— Zayd se vante partout qu'il est le fils de mon père. Il dit : C'est la saïda qui l'a décidé. Je lui demande : Et mon père, que dit-il ? Zayd me répond en baissant le nez parce que mon père sait qu'il n'a qu'un fils : moi.

— Fatima !

— Pourquoi as-tu fait ça contre moi ?

— Je n'ai rien fait contre toi. Ton père a besoin de quelqu'un qui puisse le protéger.

— Il est dix fois plus fort que Zayd. Tu crois que ce maigrelet aux cheveux de femme qui passe son temps à lire les rouleaux de Waraqà pourrait le protéger ?

— Oui. Plus que toi, qu'il peut soulever dans sa paume s'il en a envie !

— Tu aurais dû envoyer Abdonaï.

— Il est trop vieux pour monter tous les jours à la grotte.

— Moi, je peux.

Les larmes perlaient aux yeux de Fatima autant qu'y brûlait le défi. D'un mouvement vif, elle glissa son bras droit dans son dos et fit jaillir la lame d'une dague.

— Fatima !

— Abdonaï m'a confectionné l'étui. Et il m'a aussi appris comment frapper. Comme ça !

D'un geste furieux, la fillette trancha l'air devant elle de bas en haut. La dague était presque aussi longue que son avant-bras. Mais elle aurait pu trancher autre chose que du vide.

— Si ton esclave Zayd peut suivre mon père en faisant croire qu'il est son fils, moi aussi je peux suivre mon père.

— Zayd n'est plus un esclave. Ton père le prend pour fils selon la loi de Mekka.

Fatima fit siffler sa lame une nouvelle fois.

— Moi, je suis son fils de cœur. Il l'a dit. Et je sais qu'il a besoin de moi.

Khadija fut sur le point de protester, mais se tut. Pourquoi Fatima n'aurait-elle pas raison ?

Si l'âge n'avait pas fait d'elle une vieille femme, n'irait-elle pas veiller sur la paix de son époux à la place de Zayd ?

Elle dit :

— Il faudra te lever tôt et être patiente tout au long du jour. Peut-être que Zayd pourra t'aider à passer le temps.

C'est ainsi que, de ce jour, ceux de Mekka qui observaient les allers et retours quotidiens de

Muhammad le virent toujours suivis de ces deux-là, Fatima et Zayd, qui s'appelaient « ses fils ».

L'hiver arrivait à sa fin. Khadija comprit que la lutte dont avait parlé Waraqà commençait.

Abu Talib entra dans la cour, le visage gris et les yeux vides. Avant de se mettre à l'ombre du tamaris, il déclara :

— Ils m'ont ruiné. Abu Talib est fini !

Khadija ordonna qu'on lui apporte de quoi boire avant de le questionner, mais il n'attendit pas.

— Ma caravane, ma grande caravane du Sud ! Pillée ! Une razzia de fond en comble.

— C'est beaucoup, mais il ne s'agit que d'une seule caravane, fit Khadija.

— Non ! Tu ne comprends pas. J'y avais mis toute ma fortune. Cent vingt chameaux ! Et tous revenaient chargés jusqu'au moindre sac. Tous pillés ! C'est fini ! Ne me critique pas, saïda. Je sais ce que tu vas dire : Pourquoi une si grande caravane pour toi seul ? Tu connais la réponse. Ton époux ne se soucie plus de commerce, et moi, j'ai cru que je pouvais être fort sans toi.

Abu Talib se tut, tête basse.

— Tu n'es pas seul, répondit Khadija. Que tes chameaux soient partis avec ou sans les miens, tu n'es pas seul.

Abu Talib ne parut pas l'entendre. Il se redressa, plein de colère.

— Je sais d'où vient le coup : Abu Lahab ! Le sourire qu'il avait aujourd'hui à la mâla en me regardant ! Abu Sofyan est un serpent. Le scorpion sous la pierre, c'est Lahab, crois-moi. Prends garde. Ils ne font que commencer à piquer et à mordre. Ils ont compris que ton époux n'ira plus jamais s'asseoir à la mâla. Ils disent : « Ibn 'Abdallâh est tombé amoureux de la montagne Hirâ. D'avoir remonté les murs de la Ka'bâ et de l'avoir recouverte d'un toit, c'était une trop lourde tâche pour lui. Maintenant, il lui faut se cacher dans une grotte, comme une chauve-souris. Grand bien lui fasse, puisqu'il a une épouse assez riche pour l'entretenir à n'être plus rien. » Je te le dis, saïda : ils se réjouissent de voir l'oncle de Muhammad ibn 'Abdallâh dans la poussière. Et s'ils peuvent t'y pousser aussi, leur bonheur sera plus grand encore !

Ce soir-là, Khadija attendit que Muhammad termine ses ablutions, qu'il parle avec ses filles, qu'il murmure les paroles que Djibril lui avait apprises et qu'enfin ils soient allongés en paix côte à côte sur la couche pour lui répéter les propos d'Abu Talib.

Muhammad resta longtemps silencieux. Finalement, il dit, la voix légère :

— Demain, la chauve-souris sortira de sa grotte. Elle ira dire ce qu'il lui faut dire devant la Ka'bâ à ceux qui auront des oreilles pour l'entendre.

Khadija souffla doucement :

— Muhammad...

Sans plus. C'était inutile. Son époux savait à quoi elle songeait. Il lui serra la main un peu plus fort et ajouta avec beaucoup de calme :

— Il faut bien que cela commence.

La fin de Khadija

Ce fut étrange.

À ces mots, Khadija sentit un long frisson la parcourir, comme si un courant d'air frais l'enveloppait plus étroitement que sa tunique. Les paroles de Waraqà lors de la nuit de ramadan lui revinrent. Il avait dit à Muhammad : « Prépare-toi et trouve des compagnons plus valides que moi. Je voudrais le voir, oh oui ! Mais ton temps ira bien au-delà du mien. »

Comme ces mots étaient faits pour elle !

« Il faut bien que cela commence », disait son époux. Oui, tout allait être neuf. Le temps de Muhammad ibn 'Abdallâh son bien-aimé allait être incomparable à tout autre. Un temps qui irait bien au-delà de celui de Khadija bint Khowaylid.

Et qu'y avait-il à redire à cela ?

Pour la première fois depuis des lunes elle était en paix avec elle-même et ne se trouvait plus fautive. Elle avait soutenu son époux afin qu'il devienne le puissant Ibn 'Abdallâh de Mekka. Il l'était devenu. Et il l'avait abandonnée pour une grotte d'où il allait ouvrir le monde comme une porte s'ouvre sur un seuil ensoleillé.

Elle avait lutté contre sa chair pour lui donner des fils. Mais des fils, les temps nouveaux lui en donnaient maintenant deux. Combien d'autres lui seraient promis ?

Et n'avait-elle pas été assez forte pour que son époux vienne en courant se réfugier dans sa tunique quand la Haute Puissance de son Rabb s'était manifestée ?

Que pouvait-elle faire de plus pour celui qu'elle avait choisi quand il était un homme de rien ?

Dans le noir, elle eut un petit rire. Un rire de satisfaction, sans cet orgueil que Waraqà lui reprochait tant.

À son côté, son époux mille fois aimé ne lui demanda pas pourquoi elle riait. D'une voix pleine de douceur et aussi chaude que leurs paumes liées, il dit :

— Bien-aimée, tu m'as soulevé jusque-là où je devais être comme la mère porte le nouveau-né à son sein gorgé de lait.

À peine les mots eurent-ils coulé en Khadija que la pointe de la douleur d'Al Qasim ouvrit ses reins et jaillit dans sa poitrine. Le temps d'un éclair, avant de perdre le souffle, elle vit miroiter la dague de Fatima. Bien sûr, que sa fille avait raison ! Les temps nouveaux seraient aussi le temps des dagues.

Puis la douleur de quitter le monde de son époux l'incendia, et le temps de Khadija bint Khowaylid s'acheva.

Bientôt viendrait le temps de Fatima.

Personnages

Du côté de Khadija bint Khowaylid.
Clan des Khowaylid

Omm Saada : mère de Khadija.

Abu Assad : grand-oncle de Khadija. Patriarche du clan.

Âmmar al Khattab : époux défunt de Khadija.

Muhavija bint Assad al Qoraych : cousine de Khadija.

Waraqà ibn Nawfal : cousin de Khadija, sage et lettré.

Barrira bint Judhaz : nourrice.

Ashemou bint Shir al Dhat, dite Ashemou de Loin : jeune esclave.

Abdonaï : esclave perse affranchi, intendant et homme de confiance de Khadija.

Du côté de Muhammad ibn 'Abdallâh.
Clan des Hashim

Abu Talib : père adoptif et oncle de Muhammad. Chef du clan des Abd al Muttalib.

Kawla bint Hakim : jeune tante de Muhammad.

Enfants de Khadija et Muhammad

Zaynab : la fille aînée.

Ruqalya, « Celle qui se tient en haut » : la deuxième fille.

Al Qasim, « Celui qui partage » : l'unique fils.

Omm Kulthum, « Petite Mère Joufflue » : la troisième fille.

Fatima Zahra : la dernière-née.

Enfant adopté : Zayd ibn Hârita al Kalb : jeune esclave du pays de Kalb qui sera adopté comme fils par Muhammad ibn 'Abdallâh.

Compagnons et alliés

Abu Nurbel al Illih ibn Hamda : marchand allié à Khadija bint Khowaylid.

Lâhla bint Salîh : cousine lointaine et de condition modeste d'Abu Nurbel. Amante de Muhammad avant son mariage avec Khadija.

Abu Bakr al Siddîq : un des cousins d'Abu Nurbel. Ami et compagnon de route de Muhammad ibn 'Abdallâh.

Al Sa'ib ibn Abid : marchand allié à Khadija bint Khowaylid.

Bilâl : esclave éthiopien tout dévoué à Muhammad.

Ennemis

Abu Sofyan al Çakhr.

Yâkût al Makhr : mercenaire.

Abu Lahab.

Clans liés aux clans de Khadija (Khowaylid) et de Muhammad (Hashim)	Clans liés au clan d'Abu Sofyan (Al Çakhr)
Al Khattab	Banu Ommaya
Al Qoraych	Abd Harb
Abd al Muttalib	Abd Kilab
Banu 'Awâmm	Abd Sham
Banu Assad	
Assad	
Makhzum	Banu Makhzum
Abd Manâf	

Remerciements

Merci à Clara Halter de n'avoir à aucun moment relâché son regard critique sur ce récit qui l'a apparemment passionnée.

Table

TROISIÈME PARTIE
LES FILS

QUATRIÈME PARTIE
AU SOIR D'UNE VIE

11122

Composition
NORD COMPO

Achevé d'imprimer en Espagne
par CPI (Barcelone)
le 15 décembre 2015

Dépôt légal avril 2015
EAN 9782290112694
OTP L21EPLN001774B006

ÉDITIONS J'AI LU
87, quai Panhard-et-Levassor, 75013 Paris

Diffusion France et étranger : Flammarion